逢灯

上·欠金三两 著

「你又在看我。」
「是啊，你好看嘛。」

四川文艺出版社

因为你好看，
我就没忍住盯着你出神了，
抱歉。

———— 欠金三两

第一章

女子香

……

001

第二章

替嫁

……

079

第三章

樱桃红与荔枝香

……

135

目录

第四章

螳螂捕蝉

⋯

191

第五章

暗香涟漪

⋯

253

第六章

黄雀在后

⋯

297

路之遥从未这样与人亲吻过，双手不禁抓紧袍角，眼睫微颤，生疏地被她引领。

这种温柔的感受，像是在被人好好珍惜。

从前有个盲眼公子，他每天都在走，不停地走，直到有一日，他遇见了一只小猫求救。

他不是温柔系男子吗，这打法是不是有点崩人设？

女子香

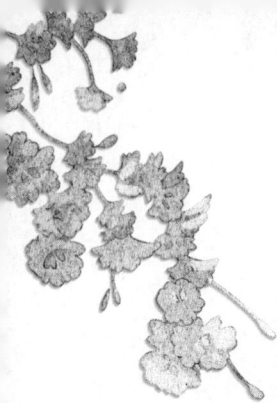

（一）

蹲在墙角，搓了搓手，李弱水正试图给地牢里的自己取暖。

现在是三月，又湿又冷的风从墙缝钻进来。可她只穿了一件薄薄的鹅黄襦裙，冷风侵入，她腰前的两条绦带都染上了几分湿意。

李弱水看着地牢里的其他女子，微微叹了口气。她好歹还能搓手跺脚，其他人都被下了药，浑身无力，只能靠着湿冷的墙壁休息，好些人都被冻得脸色发白、嘴唇乌青。

"系统，那个男配角到底什么时候来？"

请宿主耐心等待。

李弱水蹲在墙角，双手笼袖，神情凄凉，像是街边无家可归的流浪汉。

"如果我有错，法律会惩罚我，而不是让我到这本书里受苦。"

李弱水会到这里完全是因为这个系统。

它将李弱水送到了一本名叫《猫鼠游戏》的断案言情文中，目的是攻略那个温柔痴情的男配角路之遥。

为了建立李弱水与路之遥之间的羁绊关系，提高成功的概率，系统让她穿成了第一案中被无情拐卖的炮灰，还早早就给他送了专属悬赏令，据它说现在男配角正在赶来救她的路上。

据说只是据说，一个小时之前系统就说快到了，可现在还让她耐心等待。

"不行，太冷了，他再不来我就要自己想办法出去了。"

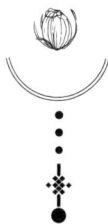

话音刚落，地牢入口处的门被打开，透进的天光照亮了小半间地牢，一道长长的影子从入口处投进。

来人是一个高高壮壮的妇人。随她一起的还有几个黑衣人，拿着披帛和斗篷，很是谄媚："杨妈妈，你慢些，小心摔着。"

她慢慢从楼梯上走下来，步伐有力，每一步都让人感觉压迫和怪异。

地牢门再次关上，黑衣人将火把点燃，橙色暖光驱散了几分阴寒。

她的面容硬朗，沉着脸走到牢门前，投下的目光像是在看牲畜，上上下下打量，肆意评判着她们的品相，估算着价钱。

李弱水微微皱眉，便见这杨妈妈的视线投了过来，眼神轻蔑，语气不耐烦："就是你昨天想跑，还伤了两个人？"

"？？？"李弱水愣了一瞬，她今天才到，难道是身体的原主？

"脾气太犟，送出去之前先磨磨脾气。"

"怎、怎么磨？"李弱水在心里猛叫系统，却一直没有回音。

不是吧！这时候又没声了！

杨妈妈拿出一个布包，亮了里面一排泛着寒光的银针，道："这东西不留伤口，从指尖扎进去，再倔的牛也不敢犟了。"

李弱水看着那排银针，眉心一跳，差点就吼出来了：牛只有蹄子，哪里有指尖！

"等等，如果我道歉，你觉得我还有机会吗？"一个真正的聪明人，就是要能屈能伸，能进能退。

杨妈妈嗤笑一声，抽出了其中一根针看她："你觉得呢？"

看着杨妈妈的脸往前凑来，李弱水无奈地贴到了墙上，退无可退，低声说："没机会也不用靠这么近……"

杨妈妈拉起她的手，慢悠悠地说道："你这小姑娘长得漂亮，看着还机灵，昨天怎么那么冲动？"

银针抵到李弱水的指尖，杨妈妈叹了口气："以后去服侍别人可要乖些，这套针是要送给主顾的，再调皮可要像今日这样了。"

"等等！有人闯进来了！"

李弱水猛地抽手，却没能抽出来，只能用眼睛盯着地牢的入口。

黑衣人们毫不在意地抠抠耳朵,杨妈妈叹了口气,又抽出了一根银针,银针上反着的暖光映在她毫无神采的眼中。

"耍花招?再来一根。"

李弱水瞪大了眼睛,想使劲收回手,却比不过杨妈妈的手劲儿。

"不是吧!我就开个玩笑!"她就想拖延一下活命的时间,连这个机会都不给她吗?!

正在这时,"吱呀"一声,地牢顶部的木门开了,幽暗的室内再次亮了起来。

一道身影被投了进来,随后是一根木质的盲杖探入木门,嗒嗒地敲击着楼梯。杨妈妈等人立刻站了起来,皱眉看向那处。

从入口走进的人穿着一身白衣,长发及腰,腰间挂着一把长剑,看不清面容,慢悠悠地从楼梯上走了下来,循着火把的猎猎声走到了牢门不远处。

他双眸轻闭,勾起一个柔和的笑容,整个人如同还未消融的春雪,明净清澈,却又不带一丝冷意。

"有人特意给我发了专属悬赏令,实在太好奇了,就来看看。

"所以,李弱水是哪位?"

任务对象路之遥已到达,请宿主把握机会,攻略开始。

温馨提示:专属悬赏令上写了姓名,请宿主自行斟酌。

李弱水听到提示,默默闭上了张开的嘴。原著里说过,在认识男女主角之前,路之遥的名字只有他自己知道。她和他完全不认识,按道理是不知道他名字的。

……

她是不是上辈子和系统有仇!系统怎么一直坑她!

阴冷的地牢里没有回音,奇怪的是杨妈妈等人居然也没有动,只是牢牢地盯着他。

靠在墙上的一位女子撑起了身体,有气无力地打破了这份寂静:

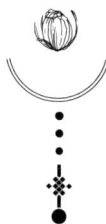

"是我。"

李弱水默默偏头看她。

就算自己不是也要争取这一分活的机会，原来这就是死道友不死贫道吗？

路之遥略一挑眉，点着木杖向牢里走来。

杨妈妈盯着他，脚步却是往后退的，其中一个黑衣人举刀而上，刚靠近一些便被他打飞到牢门上，吐了一大口血。

李弱水顿时倒吸一口气，心下疑惑，他不是温柔系男子吗，这打法是不是有点崩人设？

路之遥转头偏向黑衣人那个方向，言笑晏晏："我若是你，就会乖乖地待在一旁不出声。"

他走到那个出声少女的地方后蹲下，雪白的袍子散在地，其上映着火光，像是一朵染着夕阳的白优昙。

"你是李弱水？"他的声音温如清泉，让那个少女的紧张感顿时消散许多。

"是的。"

"那你知道我姓什么吗？"

这个少女顿时语塞了，她只知道悬赏令，却忽略了前面的"专属"二字，暗恼自己太过冲动的同时，却又带些赌徒心理般说了一个姓。

"苏。"

李弱水："……"

好像猜这个姓也有几分道理，毕竟长这么好看的人姓氏都不会太俗。

路之遥低头轻笑一声，站起身来面向众人。

"有意思。知道我的名字，却还把自己藏起来了？我好像更好奇了。"他眉梢微挑，扬起了一抹净如新雪的笑容。

"不如我们来玩个游戏吧。找找谁是李弱水。"

如果忽略他的那抹笑，那气势和话语倒比在场的反派还像反派。

杨妈妈看了眼地牢入口，僵硬地勾起一抹笑："公子想怎么玩？"

"我是个瞎子，看不见。"路之遥笑了一下，弯起的眼睫滑过火光，像是洒了点点碎金，"不如这样，谁能证明自己是李弱水，我就带谁走。"

一听这话，原本还蔫成小白菜的少女们都支棱起来了，纷纷开始胡说八道，还有人把百家姓背了一遍，都在猜测着他的姓氏。

猜一猜又没有什么，万一对了可就是有了生的希望。

只有李弱水看着他，心里的疑惑都满到快溢出来了。

路之遥不是温柔痴情又善良的男配角人设吗？怎么会给她一种很危险的感觉？

她直觉一向很准，以前凭这个躲过很多灾祸。她不怀疑自己的感觉，必定是路之遥这人有问题，可书中他的性格明明就是痴情又温柔……

"找到你了。"

面前突然蹲下一个身影，白衣黑发，双目轻闭，笑吟吟地"望"着她。李弱水再次靠后贴紧了墙面，暗叹失策。她方才想得入神，忘了和其他人一起吼两嗓子了。

路之遥凑近她，腕上缠了好几圈的白玉珠叮当作响，垂下的穗子扫在李弱水手背上，痒痒的。

"我姓什么？"他眉眼弯弯，尾音上扬，语气里带着的期盼都快溢出来了。

"路。"

李弱水松了肩膀，反正也要和他认识，不如直接说了。

路之遥静默了一瞬，突然笑出了声，眉眼柔和："在这世间知道我名字的就我一人，你是如何得知的？告诉我吧，我想了许久也没能想通。"

李弱水舔了舔干涩的唇。怎么说呢，她其实也还没想通，但她的直觉告诉她，路之遥只是想要一个足够有趣的答案，一个有趣又能再次勾起他好奇心的答案。

"一个很奇特的原因。不如你先救了我们，我再好好和你说。"

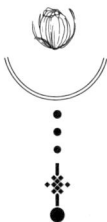

路之遥站起了身，腕间白玉珠叮当作响。

"那你可要想快些，我杀人很快的，若是理由不够奇特，你要比他们惨。"他转身对着众人，拔出了腰间剑，笑意盈盈，"我给她一些时间编，所以会慢些。谁先来呢？"

杨妈妈咬紧牙关，和身边的黑衣人互通眼色，几人一拥而上，招招对着死穴下手，没有一点心慈手软。

刀光剑影在这地牢内掠过，火光忽明忽暗，路之遥以一对多竟也丝毫不落下风。

警告：不允许透露系统及攻略一事，违者将被强制消除。

李弱水一听这话，真的想将它揪出来暴打一顿，这一切的起因不就是系统吗？！

她已经看出来了，路之遥根本就不是什么善茬，至于原著里的描述——谁让他之前面对的是女主角，而她只是一个炮灰呢？

"嗯？"

一声轻呼将李弱水的注意力拉了回来，她抬头看去，差点直呼好家伙。

反派们几个回合都没坚持住就倒地了，死得悄无声息，火把落在地上，照亮了地上那小片红色细流。

而路之遥轻呼过后，转过身面向她，地上的火光将他的面容映照得模糊不清。

"抱歉，有些兴奋，就快了些。"

李弱水咽了下唾沫。这也太快了吧！反派们快支棱起来，再给她拖点时间啊！

其他靠墙而坐的女子已经被吓到噤声，生怕发出一点声音会吸引他的注意力。

他抬脚走来，踏过那片血色，溅起的血花点染在他的袍角，最后他停在李弱水身前。

路之遥弯了弯眼眸，俯下了身，血滴从手中的剑上滴落，在这静谧的地牢中显得格外清晰。

"想好了吗？你奇特的理由。"

（二）

如果再给李弱水一次机会，她一定不会点开那本小说，这样就不会被系统选中穿书，更不会面临这个尴尬的境地。

不对，应该是早知道要穿书，她就好好做个阅读笔记，从各个方面好好分析一下这本书。

书中的女主角陆飞月是巡案司女捕快，男主角江年是被她追捕了许久的头号飞贼，两人携手破过许多案子，久而久之便互生情愫，但一直没有表明心迹。

于是，作者安排了一个男配角去推动感情发展，这个人就是路之遥。

为了表明男女主角是天生一对，作者便有意将男主角和男配角设计得完全相反。

江年只有轻功好，路之遥则是武力"天花板"；江年放荡不羁，路之遥则温柔自律；江年表达心意吞吐磨蹭，路之遥直言不讳。

如果按照这个逻辑推下去，江年家庭和睦，那么路之遥则家庭不幸；江年外冷内热、关怀他人，那么路之遥则内心冷漠、不顾他人死活……

李弱水看了眼那泛着寒光的剑尖，再看着他暖如春风的笑意，背上不禁出了些冷汗。

"想到了吗？"路之遥蹲了下来，那片血色的细流慢慢爬上他的袍角，晕染出了片片红色。

李弱水顿了一下，紧紧盯着他的脸开了口："全都是因为我做了个梦。"

路之遥点点头，双手撑住下颌，但神色没有显出多大的吃惊："继续。"

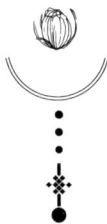

"梦里我被抓了，但是阴错阳差被你救了……"

"这很奇特吗？"他无奈地笑着站起身，随手甩了下手中剑，血滴洒落开，洒出一条弧线。

"还有，我被你救了之后不知道你名字，但是后来日久生情，我们在一起了，你才告诉我你叫路之遥，是你师父给你取的名字。"李弱水紧赶慢赶地说完这句话之后拍胸顺气。

然后她看到路之遥的笑容由原先的柔和慢慢变化，很难形容那种笑，像是不可思议，又像是厌恶。

脸还是好看的，只是笑得奇怪极了。

李弱水琢磨了一下，在他举剑之时立刻开了口："我们后来还和另外两人一起破获了这起案子，他们的名字我也知道。一个叫陆飞月，是巡案少女捕快；一个叫江年，是头号通缉犯。"

"不信的话我们可以赌！"

路之遥放下了手中的剑，再次蹲了下来："赌？赌你的梦？"

李弱水松了口气，被冷汗浸湿的襦裙更加冰冷，从墙缝吹出的风让她不禁打了个寒战："对，赌我梦里的一切都是将来会发生的。"

路之遥扬起一个笑："你想和我玩游戏？"

"对。"李弱水看着他的表情，不敢错过一点。

两个人感情的开始，一定是源于对对方的好奇。不管路之遥个性温柔还是古怪，从这点入手一定没错。谎话不能全假，半真半假才最让人迷惑。

只要证明了"梦是真的"这个前提正确，那么她在其中说的假话也会变成真话。

比如，她和路之遥日久生情这件事，即使他心里不信，但梦是真的，这便埋下了一粒种子，只等它发芽长大。

路之遥来了兴致，轻轻捻着腕上的佛珠问她："那你的赌注是什么？"

"如果我输了，不用你动手，我生吞了你这把剑。"

李弱水当场立了个"小目标"后站起身，往一旁挪了挪，离他两步远。

路之遥轻笑一声，也站起了身："如果我输了……"

"不用。"李弱水非常自信地拦住了他。

"你肯定会输，先欠着吧，到时候再说。"

增加羁绊怎么能用系统这种硬凑的方法，当然是要两人欠来欠去最后剪不断理还乱了。李弱水不禁给自己的机智点了个赞，顺便又离他远了一步。

原著里他确实是和男女主角一起破了案，只不过现在多了一个她而已。万一这次搞砸了，赌约里还有一个内容能多给她一些时间——日久生情。

情生没生不重要，重要的是日久。

"那便祈祷这次真的能遇见这两人。至于日久生情便不用算在赌约里了——"

路之遥将剑收了回去，笑意盈盈："我哪里懂什么情爱。"

李弱水："……"

根据著名的"真香定律"可以得出，一旦说出这样绝对的话，最后的结果只有真香。

地牢内的火把彻底熄灭，但地牢入口处依然光亮。

李弱水抖抖身子，看向了周围几位无力的少女，从那几个黑衣人身上搜出解药给她们吃下，一行人慢吞吞地从地牢里出去。

"能帮我找一下盲杖吗？"路之遥叫住了李弱水，神色温柔自然，一点没有方才想举剑杀她的愧疚感。

李弱水从角落处拾起了他的盲杖，用红木制的，不算很重，盲杖顶部端端正正地刻了三条波浪线。

她凑近看了一下，像是随手画的，可又端正无比，三条线之间的间隔都不差分毫。

路之遥接过盲杖，笑如春风："多谢。"

李弱水嘴上说着不用谢，心里却在呐喊：真的要谢谢就好好相处，别惦记着互相伤害了。

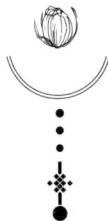

书里对路之遥的背景写得不多，简单一句"幼时被母亲遗弃，少时师父惨死身前"便概括了他的身世，其余的描写就都是他作为男配角的戏份了。

这也太难了，她光知道剧情有什么用，对路之遥的了解完全是从女主角的视角出发的。

人都有多面性，谁知道他面对主角之外的人是什么态度，比如她知道的温柔痴情，也许没错，可绝不是对她的。

李弱水走在他身后，不自觉叹了口气，道阻且长啊。

走在前面的那几位女子突然发出短促的尖叫，李弱水越过路之遥先出了地牢，看到眼前的景象时也不免一惊。

许许多多的黑衣人躺在地上，现场并没有血迹，可他们的脖颈无一例外地扭曲得厉害，死状骇人，吓到了不少姑娘。

走出地牢的路之遥似是不懂大家的惊讶，将浸了血迹的外袍扔了出去。

"走吧。"他扬起一个笑，点着盲杖往院外走去。

如果不是这满院的尸体，他在李弱水心里大概还是那种笑如新雪的人吧。她跨过这些死状各异的黑衣人，赶紧跟了上去。

"你杀人的手法可真奇特。"

路之遥低头轻笑，像是在和她讨论今早饭好不好吃。

"因为迫不及待要来见你，就快了些。"

如果不是方才差点被他挥剑相向，李弱水都要误会他话里的意思了。书里的路之遥可以说是战力"天花板"，杀人一剑毙命，有时还容易兴奋。李弱水以往将那种兴奋归为疾恶如仇，却从没想过他兴奋就只是单纯的兴奋，并没有夹杂其他情绪。

就像喝醉后做的那些事，没什么目的，只是因为醉了，不过别人是醉酒，他是醉心于杀戮。

大多数被抓的是云城本地人，进城后便都哭哭啼啼回家了；李弱水和路之遥有赌注，和他一起住进了客栈，等待两日内女捕快和飞贼的到来。

至于其他人，她们身上没有银两，只能去官府报案，到时候走官道回家。

知道她们要去官府，李弱水赶紧到她们身边小声嘀咕："我之前发现了地牢里有密道，记得告诉他们，若是想走密道，随时来找我。"

不怕一万就怕万一，万一因为她的加入而引起了蝴蝶效应，男女主角和男配角不是在这个案子遇上怎么办？那她就输了，得当场吞剑，攻略任务也会失败，再也回不了家。而原著女主角陆飞月此时必定在官府里商量对策，只要有了她，就能证明自己的梦不是假的。

天色已然黑透，李弱水抱着买来的厚衣裳正要回房，路过路之遥房门时停了脚步。

他的房门没关，站在门口往里看去，只见一个背对着她坐在窗边的身影，略显瘦削，腰背挺直，身后翻飞搅动的乌发像是要将他缠入黑夜之中。

"有事？"他转过头来，如水的月光洒在他轻闭的双眸上，勾勒出他清俊的侧颜，更衬得他如玉如仙。

可李弱水只觉得那副恬淡的面容下正涌动着奇怪的狂流，他此时的情绪并不像表现出的那样柔和，反而有一种说不出的疯狂。

总感觉再走近一步，她怕是要脑袋搬家。

……这难道就是传说中男人每月都会有的那几天吗？

只斟酌了一秒，李弱水便退了一步，声音在这寂静的夜里清脆如铃："想着你今日将外袍扔了，就让小二给你带了一件新的，明早就送来……三月天寒，少吹风比较好，明日见。"

听到李弱水飞快跑回去的脚步声，路之遥突然低声笑了出来，像是止不住般笑了许久。

末了，他感叹的话语在这夜里回荡，尾音里还带着一丝笑意。

"真敏锐啊。"

（三）

路之遥的剑很奇特。

从剑身上裂开丝丝纹路，将倒映其上的人影割成无数块，像是随时要碎裂。剑刃轻薄，在日光的照射下透着一股寒意。

李弱水的视线从那利刃上滑过，心下不禁跳了跳："你擦剑做什么？"

路之遥柔和一笑，弯起的长睫上洒着日光，透出一些碎金般的光泽："它从来没有从喉口划下过，不安抚一下会紧张的。"

李弱水不自在地站起身，晃到窗边看着下方来往的行人，舔了舔唇，干笑两声："这不是才过了三日吗……"

她看着桌边专心擦剑的路之遥，心下防线日渐崩溃。由原来的自信、不可一世成了如今站在窗边的"望夫石"。

都三天了！男女主角怎么还没查出来！难道是他们这个客栈不大不显眼吗？！还是那几位姑娘没把话带到？！再没人来，她就要当场给大家吞剑助兴了！

不知道是不是他特意嘱咐过，房里根本没有纸笔，他耳力又极好，她嘟囔几句都能被他听见，更别说和小二说些什么了。

她已经在窗边站两日了，不知道有没有点效果。

窗下车马来往，街边摊贩叫卖，在这来来往往的人流中，李弱水的视线和其中两人相接。

一男一女，男的穿着玄衣，一脸朝气，女的穿着黑红色调长裙，怀里抱着一把刀，神色严肃，二人正直直地看着她。

这经典的打扮和搭配不是男女主角江年和陆飞月，还会是谁！

李弱水转头看了路之遥一眼，忙不迭地对他们小幅度招了招手，神色惊喜。

陆飞月眼神一凛，毫不犹豫地抱着刀往这边来，江年看了李弱水一眼后也很快跟了上去。

李弱水心里暗喜，如释重负地坐回桌边，给自己倒了杯茶。

"看来是来了？"路之遥停下了擦剑的手，侧耳对着她，从这个角度能看到他翘起的长睫。

李弱水压不住扬起的嘴角，故作云淡风轻地点点头。

"梦里就是这样了。"

路之遥低眉轻笑一声，慢慢将剑收回鞘里，铁器相擦的声音听得她收敛了笑容，寒毛不禁竖了起来。

拭剑的手帕刚被他拿起，下一刻便被一支利箭穿过，狠狠钉在了窗台之上。

他扬眉对着李弱水，笑容和煦："梦里也是这样？"

"是……"当然不是这样，原著里三人的初见很和平，毕竟两位主角是善人，他是伪善人，大家相安无事。

木门被强行破开，陆飞月看好屋内的情况后毫不犹豫地拔刀袭来，还顺手将站在一旁的李弱水推到了门外。

攻势霸道的刀却在即将刺入路之遥前胸时被他双指夹住，再也没能前进分毫。

路之遥唇角弯起，指尖轻点刀刃："你是？"

陆飞月使劲将刀拔了出来，扬起傲气的眉，从怀中拿出一块令牌，道："巡案司，陆飞月。"

李弱水从门外走了进来。"他看不见……"忽略陆飞月被噎了一下的神情，她赶紧走到路之遥身边，"但我证明，那确实是巡案司的牌子。"

"女捕快啊。"路之遥意味深长地说了这么一句后，拿起一旁的盲杖起身，"我只是个瞎子，为什么要抓我呢？"

陆飞月冷笑一声，刀始终对着他："我们怀疑你私自囚禁这位姑娘。可你这样说，意思便是不认识她了？"

路之遥不再说什么，闭着双目站在那处，似是偏耳在听些什么。

李弱水揣摩了一下，凑上去试探性地拉着他的盲杖，将他转了个方向："你的手帕在那边。"

他愣了一瞬，随后扬唇轻笑："多谢。"

在路之遥去拿手帕时，李弱水赶紧和另外两人解释："他没有囚禁我。"

"我已经观察你两日了。"江年拿着弩箭从门外走进，在陆飞月身旁站定，"你每天都要在窗边站着，神色苦闷，我去问过小二，他说没见过你出门。即使这不算囚禁，总是在限制你的自由吧？"

"不是，他眼睛不好，我得照顾他。"

李弱水看了二人一眼，故作哀愁："苦闷是因为我刚从地牢里逃出来，还没缓过劲儿来，一想到差点就要被拐卖我就……"

陆飞月、江年二人对视一眼，赶紧上来问她："你是从那里逃出来的？"

"是啊，和我一起逃出来的还有好几人，她们已经去官府报官了。"

江年一听这话，突然嗤笑一声，将刀收到腰后："我说那日怎么突然将你支去城东竹林，原来是府衙里藏着证人。"

他双手抱臂靠门，看着陆飞月："我早说了，不是谁都像你们巡案司的人。"

陆飞月暗暗咬牙，清冷的眉微蹙，随后抬眼看着李弱水："姑娘能否带我们前去地牢查探一下。"

"可以。"李弱水立马接过话茬儿，"现在还早，不如我们立刻出发？"

李弱水话接得太快，陆飞月不由得愣了一瞬，转头看了一眼江年。

江年走到陆飞月的身前，垂眸看着李弱水："还不知道姑娘是如何逃出来的。"

李弱水哽了一下，她要怎么解释给路之遥的那封信，也说是梦吗？

"是我救的。"路之遥摸索到那块手帕，没有收回去，而是将它扔进了一旁的小火炉中，"我接到一封密信，让我到那里救人。"

他没有解释悬赏令的事，也没有说出和李弱水的赌约，只是隐晦地将事情翻了过去。

陆飞月压住江年的肩膀，止住了他接下来要说的话，略过路之遥向李弱水微微点头。

"事不宜迟，咱们现在就去。"

"那这次你去吗？"李弱水转头问路之遥，眼里带了一丝紧张。

其实能否赢这个赌约，决定权在路之遥手上。他完全可以拒不配合，让这次的破案失败。

"去啊。"路之遥眉眼柔和，看起来面善极了，"梦里不是有我吗，我怎能不去？"

李弱水有些蒙了，他到底是想赢还是想输？

几人一同往门外走，路之遥笑如春风、一马当先，陆飞月和江年则在后方低声嘀咕，李弱水走在中间看着路之遥的背影沉思。

她实在搞不清楚这个人在想些什么。

觉得他阴晴不定，却又时刻笑如春风。

觉得他温和无害，却又能毫不犹豫给你一刀。

如果她有罪，法律会惩罚她，而不是让她来这里和疯子谈恋爱。

关押她们的地方就在鹿鸣山的中央，那里建有一间简陋的小屋，屋旁是地牢。三天前被杀的黑衣人们还原样地躺着，从小屋门口到地牢入口铺了一路。

陆飞月看着眼前的场景微微皱眉，江年则是看了路之遥一眼，眼里也带着不赞同的意味。

这一切路之遥都看不见，他只是静静地站在小屋门口，嘴角挂着笑，但李弱水感觉他在发呆。

"陆捕快他们去检查地牢了，我们进屋去看看？"李弱水想要趁他配合时赶紧将救人这件事完成，怕迟了会发生什么变数。

原著里陆飞月二人找到的拐卖大本营不是这里，但开篇曾说过这里的屋子里有密道，她得去看看。

"你梦中没有我们救人的过程吗？"

李弱水已经进了小屋，屋中除基本的桌椅之外就没什么东西了，显得异常空旷。

眼前有了事做，她回话都不自主地拉长了调子，显得漫不经心：

"梦嘛，不都是模模糊糊的，只能依稀记得几个片段。"

"是吗？"路之遥抬脚进了屋子，盲杖在地上叩出轻响。

李弱水敲墙砖的手一顿，突然想起以前看过的一篇新闻——

出生就盲的人梦中没有色彩，只有声音，极易做噩梦。

觉得自己方才说的话不太对，她又开了口："梦里的事虽然模糊，却将你记得很清楚。"

"这样啊。"路之遥应了一声，不知又想到了什么，低声笑了出来。

李弱水默默转头看他。

她完全不知道哪个地方又戳到他的兴奋点了。

视线落在了他那双轻闭的眼眸上。路之遥的眼形很漂亮，略长却不显小，眼睫纤长，弯起的弧度像是天上的如钩的新月，看久了便会让人觉得有些心痒。只是不知道这样漂亮的眼睛睁开后又会焕发出什么样的光彩。

"你在看我。为什么？"路之遥眼睛看不见，但其他感官极其敏感，尤其是耳朵，在原著里帮男女主角破过好几次案。

但是偷看这样的事不被当场抓包是不会承认的，李弱水赶紧转移话题道："这间屋子蛮小的。"

路之遥似乎是对这个问题很感兴趣，弯了眉眼，直直地面向她："为什么要一直看我？"

他明明是闭着眼的，明明是带着笑的，却还是给李弱水带来了一种莫名的惊悚感，像是被什么盯住了。

李弱水不自在地摸了摸脖子，随后走到他身后敲了敲墙壁。

"我觉得机关可能在这里……"

路之遥听了她这话，一脸恍然大悟，就连那份笑容都带上了几分真心："原来你是在找机关。"

那不然呢？她在这里搞打击乐吗？

路之遥细细聆听了一会儿，抬脚走到屋子的西南角。他将手中的盲杖放到一旁，解下腰间挂着的宝剑，直直将它插入某块地砖的位置。地砖以剑为中心，呈蛛网状向四周裂开，发出不堪重负的咔啦声。

刚从地牢回来的陆飞月二人听到声响赶紧进门，便看着眼前的场景愣住了。

早已封牢的地砖在路之遥手下就像一块脆弱的薄冰，轻轻一压便碎裂开，露出里面掩盖的东西。四五个大大小小的铁灰色齿轮出现在下方，其中一个正哗哗地转动着。

"找到了。"路之遥笑得温柔，却在下一刻拔出宝剑，剑鞘再次插入那个单独转动的小齿轮，将它卡得"叮叮"撞着剑身。

随后轰隆声响起，两步远的地方出现了一个半米大的黑洞，正从里面吹出股股寒风，看起来深不见底。

看着眼前的场景，李弱水直呼好家伙。

别人都是经过一番思索才打开机关的入口，他倒好，找也不找，直接暴力破开，直达机关内部装置。

李弱水走了两步想过去看个究竟，原本还在叮叮撞击剑鞘的小齿轮突然停下，不再试图转动。原本半米宽的黑洞骤然扩大至一米，正好扩到李弱水脚下那块地。

"我去——"掉下去之前，李弱水扯住了身旁路之遥的衣襟。

（四）

这个地洞很深，往上吹着阵阵寒风，间或夹杂着一股令人颤抖的湿气，在这倒春寒的三月显得格外阴冷。

李弱水又冷又怕，一手死死地抱住他的脖颈，另一只手不自觉地往他被扯开的衣襟里探去，试图汲取他的热度。

就在她担心自己会不会摔死之际，路之遥的手搂上了她的腰，手中的长剑往旁边插入，生生划出一道长痕后两人才减了速度。

李弱水吊起的心又放了回去，心里暗叹还好自己临时抓的是路之遥，这要是其他人，那不得摔成饼吗。

听到李弱水的心跳减缓之后，路之遥突然轻笑一声，手一用力，抱着李弱水向上跃起，随后下落，踩在了插入一旁的长剑上。

脚下的剑卡得不太牢，李弱水紧紧拉着路之遥的衣襟，生怕两人动得厉害剑撑不住。

寒风带着浓厚的水汽不断从洞底吹上来，发出"呼呼"的声响，掀起两人的袍角，吹得人精神十足。

"你猜，我们就这么跳下去会如何？"

李弱水往下看了一眼，只是无尽的黑暗，什么都看不清楚，根本无法判断有多深。

"我们会摔死。"

路之遥来了兴趣，清越的声音在空洞中回响，莫名带来一丝暖意："那你梦中的我们摔死了吗？"

原著里没说她死没死，反正路之遥和上面的两位主角肯定没死。

"没死，但那是因为我们惜命，现在要是乱来，可要死得透透的。"

她说这话只是想让路之遥悠着点，却没想到突然让他兴奋了起来，她看不清他的表情，却能从他满含笑意的话里听到一丝疯狂。

"我会惜命？"他忍不住笑了出来，像是抑制不住一般，从开始的低笑到后来的放声大笑，震得靠在他怀里的李弱水耳根发麻。

"不如我们试试，看是你的梦厉害还是现实厉害。"他搂着李弱水的腰突然一晃，吓得她赶紧扶住一边的墙，使劲揪着他的领子，以防他从这里掉下去。

"等等等等，年轻人，不要冲动行事！"

路之遥扶着一旁的洞壁，不知是怎么掌握平衡的，带着她踩在长剑上前后摇摆，却一直没有掉下去。李弱水被迫在高空晃荡，脚下的长剑也松动了，这感觉诡异得让她想起了幼时玩的跷跷板。

他扬起的长发拂过李弱水的额头，轻轻柔柔的，随后听到他带笑的语调在黑暗的洞里响起。

"害怕？那你告诉我，方才为何一直盯着我。"

李弱水此时有些抓狂，原来他做这么危险的动作只是为了问出这个问题吗？！

"我在看你身后有没有机关。"

"骗人。"他立马说出了口。

李弱水无奈了，知道他感官敏锐，但没想到敏锐到这个地步。两人之间静默了一瞬，洞顶突然传来陆飞月有些焦急的声音。

"李姑娘、路公子，还好吗？"

李弱水松了口气，开口回她："还好，只是卡在半道了，正在想办法下去。"

她舔了舔唇，心下有些紧张："不如我们先想办法下去，我再和你说。"

路之遥轻叹一声，手放开了墙壁，原本摇摇欲坠的长剑又歪了一些。

"等等！"看来她不说出个令人信服的原因，怕是要这么摔下去了。这人也太固执了吧？

反正这里就他们两个人，她说什么都行。

"因为你好看，我就没忍住盯着你出神了，抱歉。"

这句话要是假的倒是没什么，可羞耻的地方就在于它是真的，她真的因为他的容貌看呆了。

路之遥顿了一下，随后在她耳边响起的是他抑制不住的笑声，他没有想到会是这样的答案。

"原来你也是会被皮相迷惑之人。"

李弱水并没有为此感到羞耻，而是大方承认了——这没什么，谁不喜欢看好看的人。

"很抱歉，但我就是被皮相迷惑得最厉害的那类人。"

洞内蹿起的寒风让她禁不住吸了吸鼻子，她还抓着他的衣襟，就怕他一个不小心晃了下去。

"啊，那看来我是很好看了。"路之遥点点头，话里带笑，从没有人说过他好看，倒是曾经有人指着他的相貌说恶心。

"你这几日对我很好也是因为我的容貌？"

李弱水着实有些惊讶，他竟然像常人一般感受到了她的好意，她还以为他毫无察觉。

"倒也不全是……"主要还是想攻略你。

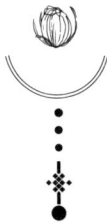

"我听说人摔坏时，从皮肤到内脏，无一不损，再好看的脸都会破开。"

李弱水心底生出一股凉意，总有种不好的预感。

"你说，到时你还会盯着我，对我好——"他凑到了李弱水的耳边，吐出的气息温热，话语里压着期待，"还是会尖叫、害怕，因为恐惧而对我拳脚相向？"

李弱水："？？？"

兄弟，你莫不是有什么疾病？

路之遥话刚说完，轻笑一声，没有一点征兆地拉着李弱水向后倒了下去。

"我去——"

梅开二度，李弱水今日第二次说出了粗鄙之语。

长剑在二人落下后彻底松开，紧随二人下落。寒风刺骨，刮得李弱水耳朵生疼，急速下坠的恐惧感让她血脉偾张、心跳加快，背上渗出一层薄汗。

她上辈子到底造了什么孽，这辈子要来攻略这个疯子？！

路之遥手指紧紧地压上了她的颈动脉，感受着那怦怦扩张的律动，不由得笑出了声。

"你怎的现在就怕了？"

"怕你个头！"实在忍不住，李弱水开口骂了出来，心中郁气顿时少了大半。

死就死吧，说不定这样她还能回家。

越往下落，潺潺的水声越发清晰，李弱水又燃起了一丝希望，掉进水里总比摔到地上好，但还没等她落到水中，倒是先狠狠撞到了路之遥怀里，有什么拦住了他们，减缓了落下的势头，周围响起一阵机械滑动的咔啦声。

是滑轮与铁轨的声音！

铁轨上系着软绳编织的网，正兜着他们减速滑下，给了二人一个缓冲的力道。李弱水捂着被撞疼的牙，眼泪汪汪，这就是劫后余生的感觉吗！

长剑划破风声从上方坠下，在即将接近二人时被路之遥抬手接住，随手放在了一旁的网上。

"原来摔不了啊。"路之遥略显遗憾地叹了口气，语调和兴致都没那么高了，完全能让人感受到他的失望。

叮当——

网兜滑到了尽头，滑轮与铁轨底部猛然撞出一声巨响，震得网中的二人一个起伏。

李弱水原本是伏在他的胸前，被这么一颠，发生了言情小说都不愿多写的一幕——

二人吻上了。

李弱水："呃……"

槽点太多，她一时不知道该吐哪个，甚至都忘了起身这件事。

嘀嘟——

沉寂了许久的系统终于上线了。

HE 系统为你服务。恭喜宿主在攻略初期就达成亲吻，现赠送特别奖励，回忆碎片 1 枚。

希望宿主再接再厉。

又多了一个槽点。

李弱水按着他的肩起身，向四周看了看，却什么都没能看到，只能听到哗哗的流水声。在完全的黑暗中，人的警惕性就会立刻加强，随之出现的还有试图弄清周围环境的慌张感，以至于她完全忽略了自己正骑在他腰间。

太黑了，她什么都看不见，下意识伸手摸索着拍了拍路之遥的肩："咱们要不要下网？"

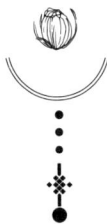

路之遥伸手抓住了她的手腕，他手指的温度比她的更低，像是一块上好的玉石，细腻却冰凉。说出口的声音也不再像之前带着笑意和疯狂，反而带着一些迷惑。

"方才那是什么？"

（五）

手腕上的手指寒凉，似乎要比这寒风温度更低一些，冰得李弱水打了个寒战，身上起了一些鸡皮疙瘩。

也是这时她才想了起来，路之遥好像一直穿得很少。一件箭袖的中衣加上一件外袍就是他在三月的穿着，冷风刮扯间还能看到他的笑意，乍一看温顺和煦，其实那是近乎自虐般的笑意。

她一直以为他不冷，可他的手不是这么说的。

又想起他方才毫不掩饰的疯劲儿，这一切都让李弱水疑惑。取下他笑如春花的面具，露出的却是一副随时想要见血的恶鬼样。

李弱水一开始对他有判断误差完全是因为小说原著，原著并没有花费笔墨来描摹路之遥的身世背景，导致她对他只有一个刻板印象——温柔痴情。

原著误我啊。李弱水思绪飘远，幽幽叹了口气。

"方才那是什么？"路之遥一直没得到她的回应便坐起了身，两人之间只隔了一指长，却被这黑暗和寒冷模糊了距离界限，直到听到他的话她才意识到两人离得多近。

"你为何咬我？"

清冽的气息近在咫尺，李弱水赶紧往后坐去，离他远了些。

"谁咬你了？"

路之遥伸手摸到了一旁的长剑，"哗啦"一声响抽出了大半。这长剑出鞘的声音听得李弱水后背冒冷汗，慌忙压上了他的手。

"等等，我不是故意亲你的。"

路之遥顿了一瞬，随后恍然大悟地点点头，凝滞的气氛霎时松了许多："原来这便是亲啊。"

本来李弱水不觉得有什么，被他这诡异纯情的语气一激，竟有一种莫名的羞耻感，下意识伸手摸了摸唇。

正在这时，洞顶传来江年喊破嗓子的声音："下去了吗？"

她也气运丹田，对着上面回吼了一句："到底了！"

过了一会儿，上面又传来了一句："那我们来了！"

李弱水赶紧摸索着网子往边缘爬，从网上下去时小心翼翼的，生怕踩到什么摔倒，而路之遥则是翻了个身便落到了地上。

他们刚从网上下去，一旁的滑轨又慢慢拉着网往上走去，"咔嗒"一声卡在了那个接住他们的位置。

在这极度的黑暗中，路之遥如履平地，行为举止和平日没什么区别，静静凝听了一会儿，转身要往某处走，却被李弱水一把薅住了袍角，疑惑道："你去哪儿？"

"出去。在地下，只要顺着水流和风走就能出去，我走过的。"

李弱水顺着袍角将他拉了过来，语气颇为苦口婆心，就像对孩子千叮咛万嘱咐的老母亲。

"还得等他们两个。这里太黑了，实在是看不见，人多要好些，发生事情还能互帮互助。"

路之遥顺着李弱水的力道站到了她身边，静了一瞬开口道："也是。"

人在生死面前都是自私的，他想看看到时李弱水被另外两人抛下会是什么反应，会不会同之前一般，哭着来求他救一救自己。

这洞穴很是黑暗，伸手不见五指，脚下的地也泥泞不平，布满许多积水，一旁的流水声不小，在这空旷的地穴里颇为吓人。

李弱水在这里两眼一抹黑，可路之遥却行动自如，自觉地带着她到了壁穴一旁等着。

似是不喜欢这样的安静，路之遥开了口："方才跃下来好不好玩？"他的语调很少带有戾气，刚才的疯劲儿似乎都被收了起来，又回到了原有的和煦，带着一股江南水乡之人特有的温软。

但李弱水已经渐渐对这股子软意有了抵抗力，无语道："不好玩。"

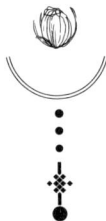

李弱水不想对他刚才突然发疯的举动做出什么评价，反正她现在知道他为什么被分配成男配角了，陆飞月那样的人怎么会喜欢上一个隐性疯子。

"方才我都回答你了，你怎么还是跳了？"

路之遥听了她的话却只是一笑而过，回的话也温温软软的："我似乎没有说过你回答了就不玩了。"

李弱水顿时噎住了，他确实没说这些。

路之遥笑着回味方才的事，意犹未尽地说道："本来想看你的反应，却意外发现另一件趣事——"

"……"她不是很想听。

洞穴上方传来江年的叫喊，两人应该是已经下来了，可路之遥像没听见一样继续说着自己脑海里的趣事。

"原来还有人心跳会快到这个地步。"

他的手指敲击在剑身上，声音逐渐加快，到后来，他竟然低低笑出了声。

"竟将我的心跳都带快了些，感觉真的很奇妙。"

她那是被吓到的生理反应，可他完全是因为兴奋吧。不得不说，他的兴奋点才叫奇妙。

李弱水默默站远了一步。

"你那时还会发热，瞬间就热起来了，像一团火。"

路之遥止了笑，但上扬的尾音还是暴露了他的状态，像是个找到心仪的新玩具的孩子，话语里带着说不出的新奇和笑意。

"这是一个人面对生死威胁时的正常反应，而且你觉得像团火是因为你体温太低了。"

谁害怕的时候肾上腺素不飙升？可他连死都很享受，又哪里会有这样的经历。在黑暗中，路之遥的声调语气没了容貌神情的遮掩粉饰，内里丧病的疯劲儿一下子就凸显了出来。没人听到这样的语气还会觉得他是一个温柔无限的人。

果然人还是要有皮囊遮掩一下。

洞穴上方的叫声越来越近，那二人大概是要到了。一旁的滑轨又哗啦啦地响了起来，二人已经落到了网中，还能听到江年紧张地问陆飞月。

"飞月，你没事吧？我有没有压痛你？"

随后便是陆飞月有些恼羞成怒的声音："起开！"

二人从网上摸索着下来，随后亮起了点点绿色的荧光，将他们的面容模糊地照了出来。

陆飞月拿着萤石往李弱水他们这边走，拿了其中最亮的一颗给她："办案带萤石是习惯，但这里实在太黑了，萤石的光不够亮，先将就着用吧。"

江年也举着萤石走了过来，抬头看了眼洞顶，话里带着一些骄傲："这洞虽然深，可只要带上一些暗器做着力点我就能上去。"

李弱水点点头，接过那颗大萤石，又想起了书里那个臭屁的男主角人设，习惯性地调侃两句："是啊，都不用带暗器，你只要左脚踩右脚就能上去了。"

原本还很严肃的陆飞月突然笑了出来，还是忍不住的那种笑。似乎觉得这样太不高冷了，她将脸转到了另一边，却还是没能忍住笑意，这样子倒是少了几分老成，多了几分少女该有的鲜活。

江年嘴巴张圆，追着陆飞月仔细看了几眼，又凑到李弱水身边。

"我跟你学说笑话如何？"

"……出去再说。"

陆飞月咳嗽一声，举着萤石沿着河流往前面走去，江年立刻转身跟了上去。身后吹来湿冷的风，李弱水回身拉住路之遥的袖子，举着萤石跟上二人。

"你的盲杖还在上面，我就暂时带着你吧。"

路之遥顿了一下，便又恢复了之前的笑容："多谢。"

几人捧着萤石，只能将地下河的河道照出一个大概的轮廓，身旁的水流不算很深，但比较湍急，偶尔会冲出一些打湿裙角。

虽然这里是地下，可空气流动很顺畅，并没有什么憋闷的感觉，唯一不好的就是冷了一点。尤其是李弱水之前出了虚汗，现在寒风一

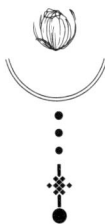

吹更加冷了，身子禁不住一抖，打了个喷嚏。

"阿嚏——"

她揉了揉鼻子便听到一声路之遥的轻笑，笑得她莫名其妙。

几人继续往前走，河道慢慢变得宽阔起来，水流却更加湍急，水深也比之前降低了许多。三个高矮不一的洞口出现在河道尽头，湍急的河水从三个洞口分流出去，消失在黑暗的洞穴中。

河流中码着几块大石，距离洞口就半寸的距离，似乎在说"快来踩我，从这里进洞口"。江年率先踩了上去，举着萤石仔仔细细地照了三个洞口，却因为光源太暗，照不到太远的地方。

他转过身来看着三人："虽然这里有三个洞，但我们定是不能分开走，那样很不安全。"

陆飞月赞同地点点头，也踏上了大石："我们可以每个洞都探查一遍，查到一半就行，只要有人走过就一定会留下蛛丝马迹。"

见两人在洞口查探，李弱水将路之遥往后推了一些，顺手拍拍他的肩："你先在这里等一会儿，我和他们一起去看看。"

原著中主角二人捉到拐卖团伙时走的并不是这条路，今日突然掉到地下也出乎她的意料。万一这次并没有找到什么贼人，路之遥又在路途中没了兴致的话，她毫不怀疑自己会血溅当场。

李弱水前脚刚迈出去，下一刻就被路之遥抓住衣领拉回了岸上。

"走这边。"他指向了第三个洞口。

陆飞月也去第三个洞口看了看，转头回望他："为何？"

"因为水声。"

陆飞月江年二人倒是对他的耳朵一点都不怀疑，毕竟是能将机关内部装置找出来的人。

二人互看一眼后朝李弱水点点头："那我们就先进去看看。"

李弱水让他放开自己，率先跨了一大步踏上石块，冰冷的河水漫过脚背，浸湿鞋袜，带来一阵刺骨的寒意。

"哟，好冰。"李弱水打了个寒噤，随后用脚踩出水花给他指明位置，生怕他看不见，跨不过来。

"跨到这里，你能辨出位置吗？"

在绿色的荧光下，他的面容不甚清晰，却还是能看到他勾出的一抹笑容。

"能吧。"他毫不在意地往前踏一步，到了河水边缘。

"再走一步就掉河里了。"李弱水举着萤石看了一眼，慌忙叫住他，"你把手伸过来，我拉你。"李弱水潜意识里忘了这里是武侠世界，他们都不需要她操心能不能踏上石块。

路之遥将剑挂在身上，朝前方伸出了手，随后便被一抹温热抓住指尖。

"你顺着这个方向稍微跳一下，免得你跳歪了掉进水里。"

原来被人抓住是这样的感觉。

路之遥眉头微挑，听着水流的声音跃到了李弱水的身前。两人面对面撞了一下，李弱水赶紧拦住他的腰稳住身子，随后顺手搂着他的腰往洞里走去。

"快走快走，等会儿赶不上他们了。这里又黑又冷，可不能只剩我们两人。"

腰间的触感极其清晰，路之遥嘴角的笑骤然僵住，走路都有些不自然。

太近了，从没有人和他离得这么近。其他人要么厌恶他，要么怕他，哪里会有人以保护的姿态接近他。

所以——

他现在是应该扭断她的手腕还是切开她的颈脉？

不知道李弱水即将被他杀死时会不会浑身发热、心跳加速，给这阴冷的地底带来一些不一样的韵律。

有些愉悦了。

路之遥轻笑出声，右手搭上了剑鞘，稍稍深呼吸平复了一下颤抖的手——

"小心！"

他被李弱水顺手一拉，两人摔到石壁上，他埋进了如绵的温软中。

（六）

李弱水一直是一个直觉很准的人。

在这阴冷潮湿的洞穴中，她莫名感到了一股更加寒冷的凉意，从后颈一直凉到脊背。这股寒意在听到路之遥的笑声后达到最大值。

心里总觉得有些怪异的李弱水找了个借口拉着他的手臂往一旁倒去，果不其然听到长剑入鞘的当啷声。

她顿时有些抓狂，他们只是在洞里走，这又怎么触到他的逆鳞了？心里把系统骂了百八十遍，李弱水调整好情绪后压低声音问道："方才我看到一个黑影蹿过来，一时情急就将你拉了过来，你没事吧？"

他当然不会有事。李弱水自己给他做了肉垫，撞得后背发麻，但还是要表达一下自己的关怀。

路之遥埋在她的颈窝中，鼻尖萦绕着一股淡淡的香味，说不出是什么香，但闻起来很是舒服。

方才躁动的情绪都平复了许多，他突然不想动手了。他差点忘了，输了赌约她可是要吞剑的，自己动手哪有她亲手划开喉咙有趣。

路之遥深深吸了口气，慢慢直起身子，眼尾带笑，神情温柔。

"我没事，还要多谢你保护我。"

李弱水抿起一个假笑，如果她信了这副面孔，她就是脑子进水了："不，应该是我多谢你。"

路之遥似乎听懂了她的言外之意，又似乎只是回答她的话："言重了。"

江年在前方走着，踩出的水声回荡在这狭小的洞穴中。

"怎么水越来越深了？"他疑惑地问道，原本才到脚踝的水竟已经漫上了小腿中部。

"这里一定是有古怪，流水应该被泄出，而不是积聚在这里。"陆飞月知道不对劲，原本向前的流水声已经渐渐小到几乎没有，再加上这慢慢加深的积水，前方一定是有什么古怪。

她侧耳去听隔壁的流水声，虽不甚清晰，但也听得出又急又快，和这里一点都不一样。

突然，江年停下了脚步，拦住了身后的人，举着萤石往前探去。前方洞穴不再这么低矮，高处黑乎乎的看不清晰，但能看出下方是一汪幽深的潭水，若是再多走一步便要踩进去了。

这绝不是天然的地势。他又举着萤石往四周看去，能看到一条婴儿拳头粗细的麻绳垂到洞前，出现得奇怪又合理。合理的是他们走对地方了，但奇怪的是这条绳子的用处。

李弱水也抬头看到了这条麻绳，一时间静了下来，大家都拿不准到底拉不拉这条绳。

"不如我们问问李弱水。"路之遥开了口，语气轻松惬意，"她想必是知道的，对吧？"

绿幽幽的荧光下，李弱水看着陆飞月二人的眼睛，再看看路之遥的笑容，没忍住地咽了下唾沫。

直到现在，李弱水心知肚明，即使路之遥想不通她知道他名字的原因，也绝不会相信梦到未来这样的话。这赌约就像是一层窗户纸，他不捅破只是因为有意思，但她不能破罐破摔地表露出来这就是假的。

"拉，我相信这里一定是出路。"她虽然不知道剧情，可眼前这两人是男女主角，她赌的就是主角光环。

路之遥眉头微挑，有些惊讶于她肯定的语气。

静了一会儿，陆飞月点了点头："隔远一点，在洞里应该会安全很多。"

几人往洞里退去，江年看大家都站好之后，伸手拉上了这条绳。

"吱呀"一声响后，四面八方响起齿轮转动的咔咔声，潭水像是找到了泄洪口，翻江倒海一般向前涌去。

水线逐渐下降，潭水内部突然翻出一条小船，摇晃了几下，似是要被这水流冲走。

"快上船！"陆飞月拉着江年跃到了船上，可李弱水不会武功，跃不了这么远，心底也有些许的恐惧。

路之遥似乎是感受到了她的退缩，轻笑一声，随手搂上她的腰，足尖轻点便向那幽深的潭水跃去。

"都梦到过，还这么怕？"

单方面打趣之后，二人落到了那艘晃悠的小船上，四人顺着水流往外冲去，小船一路上撞击着岩石，磕磕碰碰，速度却一点也没降。粗糙的石面擦过手臂，冰冷的水溅到脸上，撞击的力度让他们不得不拉稳船内的绳索来稳定身体。

江年在这样的时刻紧紧抱住陆飞月，两人之间的矜持似乎此刻都不存在了。

和那对相互依偎的鸳鸯相比，李弱水就惨多了。她没能拉住绳索，只能牢牢抓住路之遥的衣襟，闭着眼任水花拍打。

路之遥压根儿就没抓住绳索，放手随着小船摇来晃去，连带着她一起像无根的浮萍一样四处摇晃。

小船冲下一个小激流，李弱水与路之遥腾空了半瞬，连带着水花一同落回了船内。她闭着眼睛念着草字诀，双手颤抖，祈求各路神佛保佑。

小船又撞上一块稍矮的岩石，她和路之遥差点翻出小船，袍角都被甩到了水中。

"啊啊啊阿弥陀佛——"实在忍不住，她叫了出来。

路之遥一声轻笑，语调惬意："你很怕吗？体温又升高了。"

李弱水紧紧抓着他的衣襟，由于太过紧张，根本没听清他在说些什么。

小船撞击着往前冲去，洞里忽然吹来一丝清新的风，这与洞里长久的阴冷不同，这丝风里还带着一点梨花香。

"要到出口了。"路之遥垂顺的乌发也被沾湿了许多，冰冷的水珠顺着发丝滴进她的脖颈，断断续续地带来凉意。

在一阵突然的颠簸之后，小船落入了一片不算湍急的水塘，周围没有岩石，小船的速度也降了许多，被减缓的水流推着走。

他们从狭小的山间漂出，冲入一条宽阔的河流，河岸上一路开了雪色的梨花，蜿蜿蜒蜒地往前延伸。片片花瓣落到河中，顺着河流往前漂去，像是湖面落的细雪。

船上的江年和陆飞月彼此看了看，突然放开了双手，很不自在地错开了视线。船上几人只有路之遥看起来倒是有些不尽兴。

"快放开。"此时李弱水正被路之遥环在怀里，但她一点也不觉得暧昧。他的手正搭在她的颈动脉上，压了一路，搞得李弱水还以为他又起了杀心，一路上一边担心翻船一边担心被他无声勒死。

李弱水撩开他缠在自己身上的发丝，眼睛适应了光线后才慢慢睁开，一睁眼就看到了路之遥那白得晃眼的脖颈，还有锁骨处的一颗黑痣。

他的衣服早被李弱水扯散了，敞开了小半，半湿的发搭在胸前，衬得他唇红肤白，长睫上还挂着几滴水珠，闪着点点光晕。他身上如今只有黑白红三色，像一幅浓墨重彩的油画，整个人透出一股说不出的易碎感。

一到阳光下，路之遥给人的感觉就又回到了三月吐蕊的杏花，静静的、温柔的，一点不对劲都看不出来。

"你又在看我。"路之遥转头"看"向她，唇角含笑，不仅没害羞，反而舒展了身体任她打量。

李弱水无语转头看向两旁，假装自己没看到他这骚包的姿势。

"这里花好多。"微风阵阵，将两旁的花瓣吹到河面，像是落下的一片雪，层层叠叠的花瓣堆积着往下流去。

小船慢慢漂向岸边，表层的梨花被冲刷着粘上船身，浪头打过，翻出了底部发黄糜烂的花瓣，似乎在这里堆积的时间已经不短了。周围种着的梨树不是单纯的一排，而是一片密林，从岸边往里无限延伸。

陆飞月看着眼前的场景，也带着疑惑："云城还有这样的世外桃源？"

四人上了岸，一脚踩上了花瓣铺设的地面，鞋子软软地陷了进去，挤出的汁液沾在鞋周。

江年弯身将表面新落的花瓣拂开，露出底部褐色的花泥，可以看

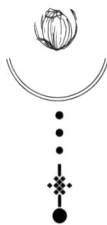

出这片林子已经种了许久。

陆飞月再次抬头看向这些安静的树，略微皱眉。

"这花瓣的作用倒像雪，一洒一吹就能把痕迹掩盖得严严实实。只是这些树并不像一两年就能种好的，这里的主人为何花这么大心思？"

这里的景象虽然很美，可对于路之遥来说还不如听听周围的风声来得有趣。他们沿着山路往里走，越走花林越密，到后来完全就是拦路的趋势了。

就在他们摸不准方向时，不远处传来一声马的嘶鸣。

几人悄声移到附近，那里种的几棵梨树更加高大粗壮，年份比这梨树林要久远许多。他们爬上梨树往下看去，偶有一些花瓣飘落到院中，那里建着一座两层楼高的木质小屋，院中站着许多蒙面人，还放着几驾马车。

拉马车的马正在吃着草料，间或打下响鼻。它们身后的马车倒是很华贵，不仅挂着上好的帘子，就连车轮上都包了一层软皮。但最让人感到震惊的不是这么多辆华贵的马车，而是这间小屋门口放置的十来个铁笼。

每个铁笼里面都躺着一个或两个浑身无力的少女，笼子上贴着字条，上面写着各个地方的名字，有小州小县，有地处交通要道的城池，还有一个贴了"皇城"。

这些女子穿得极好，绫罗轻纱，身姿曼妙，每一位的衣裳颜色都不同，款式也不一样，但都或多或少地露着某些部位。

她们眼神麻木地看着天空，偶有白色的梨花落到脸上，却连将它拂去的心思都没有。

这样待在笼子里的她们与待宰的牲口毫无二致。

其中一人转动着眼珠四处看，突然被一丝刺目的光线晃了眼睛，眼里顿时激起一些生理性泪水。她却没顾得上这泪水，只直直地往那处看去，从繁茂的花瓣中看到一抹不同的白色。

那抹白柔柔地垂在花瓣间，正随着风轻荡。

（七）

李弱水看着眼前这玉体横陈的场景，十分确定这里就是原著中写的那个地方。

但书中陆飞月二人到达时远远没有这么多人，笼中的少女只有两三个，围着院子的蒙面人也不多，这才让他们两人抓住了头领。

可现在院中这么多蒙面人，屋里也不知道还有多少，这要怎么救？

那边的陆飞月也紧皱着眉头，似乎也在思考这事的解决办法。

江年已经从小屋的后方上了屋顶查看，没一会儿便回到了陆飞月身边，神情凝重地摇了摇头。

"屋子里歇着许多黑衣护卫，大概和院子里的人数差不多，不可硬攻。"

陆飞月听了这话，直起身看着周围的环境，这里位置偏僻，就算放了信号弹，援兵一时半会儿也赶不过来。不能任由他们将这些女子卖到其他地方，一旦卖出去就不知道何时能找回了。

她将视线移到了一旁那个眼盲的路公子身上。

他正闲适地坐在树间，被风吹得摇晃的梨花枝遮住了他一半的面容，只露出精致的下颌与绸缎般的乌发。他这模样不像是和他们经过一番险阻来到这里的，反倒像是来这里踏青的。

陆飞月愿意跟着他们来这里，很大一部分原因是相信李弱水。有的人从眼睛就能看出她的品性，李弱水眼神澄澈，没有坏心，可这位路公子她有些看不透。

虽说这人总是笑着，给人的感觉也不差，江年都说他看起来是个良善之人，可她就是从心底有种奇怪的感觉，她不喜欢这人。

她的直觉也告诉她，离他远一些会更好。

可现下这样的情况，若是有他的帮忙，胜算定能加大许多。

陆飞月的视线又移到路之遥的身前，那里蹲着一个鹅黄色的身影，正探头探脑地往她这边看来。她实在不明白李弱水这样的人怎么

会和他扯上关系，难道只是因为之前被他救了？

这边的李弱水和陆飞月眼神对上，她没有收到陆飞月眼里的疑惑，反而将这个眼神当作在问她解决办法。

现在这个场面还能有什么解决办法？他们都只带了兵器就来了，除了撤退或者往上冲，其他的路是走不了的。

人要学会将自己摆在合适的位置，比如实在要硬上，自然是让路之遥打头阵。

李弱水若有所思地转头望去，只见路之遥屈腿坐在树上，双眸轻闭，身上摇曳着花间光影，就像庙里闭目抱着净瓶的佛像，整个人透着说不出的祥和与安宁。他一手把玩着不知何时摘的一串青色桑葚，另一只手的指尖停着一只不大的雀鸟。

方才她在梨树林中就见到了一株野生桑葚，但因为还没成熟，她也只是看看就走了，这人什么时候摘的？

那只雀鸟瞪着豆豆眼看着他手里的桑葚，想要上前去啄一口，却总在吃到之前被他躲开。

这样往来几次，逗得路之遥一声轻笑，李弱水以为他要喂鸟时，他却抬手将那只雀鸟挥走了。大概是这附近的梨树都还没结果，没什么吃的，雀鸟馋嘴，又扑棱着翅膀飞回来，却在半途被一粒青硬的桑葚击中了尾羽。

一根灰黑色的羽毛从它屁股上落下，打着旋落到地上。他笑着晃动手中的果子，神色柔和，说出的话也一点不锋利。

"乖一点。"

雀鸟叽叽喳喳乱叫几声又瞪着豆豆眼飞走了，那样子倒像是落荒而逃。

"它可能在骂你。"李弱水有些无语，他和一只无辜小鸟较什么劲，还把人家屁股毛给打掉了。

路之遥挑眉抬头，闭着的双眸朝向前方，片片梨花像雪一般落入他的乌发里，又给他添了几分柔和，只是说的话还是不中听。

"哦？你还听得懂鸟语？"

"……"李弱水一时间不知道他是真的疑惑还是在骂她。

"你又在看我。"

"是是是,我在看你,因为你好看嘛。"忽略他的笑声,李弱水转头看着不远处的情况,一切如常,便又转回来继续和他套近乎。

"你知道下面的情况吗?"

路之遥的脸在光影中,亦真亦幻,听到李弱水的问题,他指了指自己的眼睛:"我看不见。"

"下面有十个女孩被关在了笼子里,周围有很多守卫,我们要去救她们。"

"那听起来是有些可怜啊。"路之遥点点头,"如果我不去救她们,便可以证明你的梦是假的?"

……

李弱水仔细看他几眼,说出了那句旅游时的至理名言:"嘻,来都来了。"

她一时摸不准他的想法,路之遥心思多变,谁知道他会不会答应。路之遥玩着手中的桑葚没有说话,似是在思考。

突然,从二楼走下十个长相宽厚的车夫打扮的人,他们拿着马鞭,一腿跨坐在车上,一语不发地看着前方,神情木讷,眼神呆滞。

一旁的黑衣人拉起一个写着"姚州"的笼子,里面的少女随着笼子一同被抬到一驾马车边上。马车的底部被打开了,露出一个方形黑框,他们不顾少女无力的挣扎将笼子放了进去,框口处将木板严丝合缝地装上,只留了几个小洞透气。

随后,院中的其余笼子也被他们抬了起来。

李弱水转头看路之遥时,他开了口:"你是想我去帮你,这样不仅救了她们,赌约你也能赢。"

他总是用最温柔的语气说出最真的事实。

李弱水没有否认,回答得非常干脆:"是。"

"可以。"路之遥举起了手里的东西,眼睫也弯了起来,"吃果子吗?"

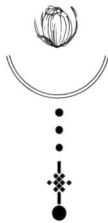

李弱水看着他手里被雀鸟惦记许久的果子，突然明白了。他现在更有兴趣的是让她吃这个，什么救人、赌约就都得往后排，当下的需求被满足才是首要的。虽然她也不知道吃果子有什么有趣的。

笼中每个少女都低声啜泣，却找不到办法，只能等着被装进那个黑暗的地方。笼子上贴着"皇城"的少女一只手拉上了铁笼，手有些颤抖，看着梨树方向哭得梨花带雨，就连抬着笼子的黑衣人都犹豫了一下。

"别看她了，上次就有人软了心，最后被剜了眼睛，成了个什么都做不了的废人。"

那个黑衣人赶紧点头，却也没忍住顺着她的视线看去。

"她在看什么？"

"不知道。"

两人一同往那处看去，院里其余的蒙面人也好奇他们在看什么，跟着他们抬头。

陆飞月顺着他们的视线看去，便看到了在低声说着什么的李弱水二人。

路之遥闭着双眸轻笑，手中在摘着果子，李弱水则是蹲在他身前，一脸无语。两人都看不到身后那慢慢聚集的视线。

一串桑葚其实不多，但个个又青又硬，乖巧地躺在他白玉般的手心，青与白相互映衬，其实很好看，但李弱水没心思欣赏，只觉得牙口一酸。

李弱水苦笑一下，那只鸟想吃没吃成，倒要进她的口里了。

她蹲在树干上，深吸口气，刚伸出手就被他拦住了："我喂你。"

他是不是看得见？李弱水没忍住伸手在他眼前晃了晃，又被他一把抓住："我确实瞎了，不用试。吃吧。"

轻叹一口气，李弱水抓住了他的手腕，腕上的白玉佛珠碰出几声脆响，凉意透人，冷得她抖了一下。

没再犹豫，李弱水抓住他的手仰头就是一口闷，还没成熟的桑葚又青又硬，一咬破就能尝到酸得吓人的汁水，唾液疯狂分泌，牙齿酸软，她条件反射地抖了一下。

这下不是冷的，是酸的。

感受到了李弱水的颤抖，路之遥低声笑了出来，就像听到被踩尾巴的猫多毛的声音一样有趣。

而另外一边的陆飞月看到李弱水龇牙咧嘴的模样，心里都快急死了，怎么到了这样的时刻两人还在尝桑葚？！

她挥了挥手，试图引起李弱水的注意，可她已经酸到眯眼了，根本看不见。

"那里有人！"一个黑衣人从一片雪白中分辨出了那片垂下的衣角，大喊一声后便提刀往上跃去。

刚跃到半空便被一粒石子打中了膝盖，黑色的衣袍霎时濡湿一小片，他叫喊着落了下去。

路之遥微微收了笑意，站起了身，似春风拂面般开怀，一把拉起李弱水飞身落到院中。

"那便履行方才的约定，帮你救人。"

果然摘下这串果子是对的，这可比逗鸟有趣多了。

其余二人一见路之遥出手了，也不再犹豫，一同飞身下树。

木屋二楼的窗户处出现了一位身着缟素的女子，头戴一朵白绢花，年龄不大，看起来二十五六岁的样子，面色略显沉稳。

那个白衣女子视线扫过他们，在路之遥身上一顿，瞳孔骤缩，原本沉稳的神色变为咬牙切齿，抓在窗台上的手都用力到泛白。

"畜生！"

辱骂来得太突然，不仅李弱水等人愣了，那群黑衣人也没忍住惊讶，转头看了白衣女子一眼。

那目光就像看深闺小姐撸起袖子倒拔垂杨柳一般惊恐。白衣女子气得双目通红，都忘了正事，直接拿了剑就朝路之遥冲了下来。围着他们的蒙面人没想到她会加入战场，一时间不知道进还是退。

那白衣女子眼带怒火，招式凌厉，此时她的目标只有路之遥一

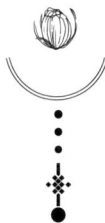

人。可她不是路之遥的对手，出手多次都只能碰到他的剑身，根本就没办法再前进一步。

路之遥一边接她的招，一边回忆："你的招式很熟，我好像碰到过。但那是很久之前，我已经记不清了。"

这话就像在烈火上浇了一捧油，烧得那女子脸都红了，手上的剑不停地往前刺去："给我抓住他！死的活的都行！"

白衣女子发话了，周围的蒙面人自然都向他而去，李弱水、陆飞月、江年三人站在包围圈外，如同空气。

但打到一半，原本准备去支援的陆飞月、江年二人都顿住了，甚至没忍住往后退护住了李弱水这个不懂武功的人。

看着包围圈中心的那个人，听着他的笑声，李弱水也没忍住往后退了一步。

这还是她人生中第一次看到这样疯狂的人。

（八）

路之遥剑舞得轻盈，出招却无比狠厉，每一剑都直取对方喉口，没有一点犹豫。

温热的血液沾上他的脸庞、润湿他的袍角，他抑制不住地战栗起来。唇角扬起笑容，眉梢挂着喜悦，眼睫微微颤抖。

他的剑不再像之前那样轻巧，反而有种无声的狂乱，让人猜不透他的下一招是什么，攻势却又丝毫不减，黑衣人们之前还能接他几招，现在就只有被砍的份儿了。

李弱水一点都不怀疑，只要他们现在敢接近他，下场和躺倒的黑衣人绝无二致。

包围圈以路之遥为中心渐渐扩大，黑衣人们面面相觑，一时间谁也不敢上前惹这个疯子。

薄剑的裂痕中浸了丝丝血红，却又在下一刻被他不在意地甩出，在地上洒出点点梅花。

"打得正高兴呢，为什么要逃？"把玩着剑柄，上扬的尾音，这些都昭示着路之遥此刻愉悦的心情。

他低声笑了一会儿，随后足尖轻点，踏着地上的血色猛然冲向一个个黑衣人。

陆飞月和江年护着几人往后退去，生怕被波及，没了小命。

李弱水此刻后悔了，是能生吞一吨后悔药的那种后悔。以为自己放出去的是本书的武力"天花板"，谁知道是个敌我不分的变态愉悦怪！

原著里每次陆飞月去找他帮忙都要纠结一会儿，原来不是害羞，是害怕啊！作者为什么不早说！早知道就不吃那些桑葚了，白白酸倒牙齿。如今这里的情形彻底颠倒，不是他们被围剿，而是那些黑衣人被猎杀。

白衣女子早就脱离了包围圈，拿着剑咬牙切齿："这个畜生武功又精进了，真是怪物，当年受那样的伤居然没死，今天一定送你归西！"说是这么说，可她眼里盛满的分明是恐惧，拿着剑迟迟不敢入场，还步步后退。

陆飞月跃起将好几位靠近风暴中心的女子拉开，便只剩李弱水一人留在原地。

此时几个黑衣人正好退到李弱水身前，路之遥已然拿着剑冲了过来。

"等等，不要误伤！"李弱水一边摆手一边后退，希望自己的呐喊能唤醒他不杀队友的良知。

高大的黑衣人在她眼前倒下，露出拿着剑、红了袍角的路之遥。锋利的剑刃映着他轻闭的眉眼，映着她后悔加恐惧的表情，路之遥微微一笑，将剑尖送了出去。

电光石火间，李弱水咬牙稳住了自己，看起来像是要接下这一招。

就在陆飞月江年二人瞪大双眼要去救人时，那把剑停在了李弱水的眉心。

那把剑离她眉心极近，甚至都能感受到眉心处的细小绒毛正被剑尖抵着，只要再动一下便能刺进皮肉。

我去！李弱水心跳如雷，心率直逼每分钟一百二十次，掌心在那

一瞬间被冷汗浸湿，腿都有些软。

千言万语，她只想感谢自己这强大的直觉。

剑尖还悬在眉心，剑的主人开口问道："你不怕？"

怕，怕死了，她从没有这么怕过，后背早已经被冷汗浸湿，天知道她费了多大力止住自己逃跑的脚步。但她显然不能这么说，只得开口说出那句小说女主角的常用语。

"我相信你。"

周遭静了下来，三月的骄阳透过梨树洒下片片花影，给人一种恍如夏日的错觉。

说完这句话，李弱水不仅没静下来，反而心跳更快了，就怕这句话踩到他的雷点。

路之遥突然开口笑了出来，笑得手都在抖，吓得李弱水头仰了一下，怕他一个不注意便刺进来了。

"虽然是假话，但原谅你了。"

不再停留，他转身向其余黑衣人攻去，但明显又有了章法，打起来也没那么不要命了，就像是吃饱了在逗弄猎物一般。不远处的白衣女子看到这幕，眼神发亮，毫不犹豫地提剑向李弱水而来。

李弱水不会武功，当然跑不过她，只能被抓住做了人质。

"畜生，你相好的在我手里，识相的话就束手就擒，否则我便将她杀了。"

其余人都看着路之遥，但不包括李弱水，她可太懂这人了，他要是停下，她把头拧下来当球踢。

果不其然，在白衣女子扬扬得意的眼神里，路之遥甚至都没给她一点反应，依旧自顾自地打得开心。

"大姐，我们认识不到十日，你也是把我看得太重了。"李弱水幽幽叹口气，侧着脖颈避过剑锋。

"不可能，你在他剑下活下来了……"白衣女子陷入了自我怀疑，随后又给自己找了一个合理的解释。

"畜生就是畜生，没有感情，冷血过人，一个不要命的疯子……"

在她碎碎念期间，看准时机的江年翻身而来，将她制伏在地。可这人被制伏的第一反应不是求救，而是命令其他人："不要管我，立刻杀了他，将他碎尸万段！"

她这副宁为玉碎的样子不免让人好奇，路之遥到底做了什么才让她恨不得吃了他。但谁也不傻，头领都被抓了，自己还拼命和疯子对打做什么，又不是活腻了。

见众人罢手躲得远远的，白衣女子怒火中烧，却也毫无办法，只能干瞪着路之遥。

路之遥慢悠悠地走过来，双手还有些兴奋地颤抖，他闭眸笑起的样子像是在享受盛宴后的余韵，餍足又开怀。

李弱水彻底悟了。这分明是个做事全凭喜好、毫不在意自己生死的疯子啊。

陆飞月看着前来的路之遥，侧身挡在李弱水身前，顺便对天放了信号弹，通知巡案司其他人前来。

她转眼看着院中的十驾马车，眉头紧紧皱着，拿着刀的手都用力得泛了白："你们到底做过多少起这样的事？"

"五年了，记不清了。"

白衣女子一点也不在意自己会不会透露出什么消息，连看着路之遥都觉得碍眼，把视线转到了一边去。

"背后主使是谁？"

"是你一个小小的捕快惹不起的人。"她眼珠一转，勾唇笑道，"你们将他杀了，我就告诉你。"

江年的视线看向路之遥，微微皱眉，只觉得这女子的执念来得太奇怪了。

"你认识路公子？"

听到这句话，白衣女子眼睛一瞪，双目带刺般地向他看去，眼里的惊诧清晰可见。

"他也姓路？"她上上下下打量着路之遥，像是要将他的每一根发丝都看清楚。白衣女子仔细盯着路之遥的相貌，又是咂舌又是摇头。

"畜生，你爹叫什么？"

没等路之遥回话，李弱水便开了口："怎么？想认他爹做爷爷？他们路家可不会要你这样的人。"

白衣女子被噎了一句，不再说话，只是看着路之遥的眼神更加复杂。

陆飞月和李弱水二人将马车底部的少女抬了出来，看着她们浑身无力的样子，被下的药一定比李弱水之前受得更多。

李弱水走到白衣女子身前："解药呢？"

她抬头看着李弱水，又想到之前路之遥的举动，无声笑了。

"小妹妹，你把他杀了，我就把解药给你。"

嗯？这是不是太高看她了？

李弱水直接将手伸进了白衣女子的衣襟里摸索。她实在不是很懂这些反派，都被绑住了还要硬撑着说这些。

"你做什么！"

在白衣女子的惊呼声中，李弱水摸出了一花一白两个瓷瓶，拔下塞子闻了闻，一香一臭。

李弱水站了起身，拍了拍她的肩："都被绑了就别嘴硬了。"

那瓷瓶里的香味李弱水太熟悉了，与之相反的臭味一定是解药。

闻了解药的几位少女一个个躺在树下，望着空中飘落的白梨花花瓣，只有一种绝处逢生的喜悦。

路之遥也坐在树下，倒不是在休息，而是在擦拭自己的剑，顺便回忆了和李弱水相识以来的事。

和陆飞月二人遇见可以解释，或许她之前就知道这二人的任务，后面与他相爱一事是荒谬至极，可唯独名字的事令他疑惑。

他的名字在此之前从未告诉过别人，赐名给他的人当日便死了，不论怎么想，李弱水都不该知道的。

难道她真的梦到过自己？擦剑的手微顿，唇角的笑都收敛了些许。

耳边是她忙前忙后的脚步声，路之遥竟有些相信这个说法了，不然实在无法解释她是如何知晓自己名字的。

正在他沉思这些时，突然感觉有人轻轻地拉了下他的衣角，轻轻柔柔的话语在他身旁响起:"公子,多谢你救我,不然,我大概要被卖到皇城任人玩弄了。"

路之遥微微偏头而去,略红的唇勾起一个温柔的弧度。

"姑娘多虑了,并不是我救的你。"

这位少女正是那笼子上被贴着"皇城"的人,也是她看到了路之遥的衣袍。她被抬进马车前便看到了他,上天没有辜负她的祈祷,这位温柔又强大的白衣公子果真来救她了。以这样强势的方式杀了伤害她的人,以这样温柔的笑意抚平她的恐惧。

"公子救了我,我无以为报,若是公子愿意,我可以照顾公子下半生。"她将路之遥的回答视为谦虚,顿时好感更生。

路之遥略微挑眉,似是对这个回答很感兴趣。

"你也要照顾我?为何?是因为我看起来很弱?"

少女的视线滑过他的长睫、高鼻、红唇,最后羞涩地低下了头:"因为公子救了我。"

路之遥收起了自己的剑,白衣在阳光下熠熠生辉,长睫投出一小片阴影,更加衬出了他的昳丽。

"你觉得我好看吗?"

少女只抬头看了一眼,心里喜悦更甚,嘴里却还有些谦虚。

"不是的,我更看中的是公子的品性,公子这样温柔善良的人,自然是很吸引人的。"

"啊。"路之遥轻轻答应了一声,随后柔柔笑道,"那你想照顾的那个人不是我。"

少女显然慌了,赶紧摆了摆手,也不管他看不看得见:"不是的,公子,我想照顾你的。你救了我的命,就是我的恩人,我自然要用一生去报答你。"

"按你这么说,这里的女子都得嫁给我?"

想到这里,路之遥轻笑一声:"那不是也得嫁给李弱水吗?她胆子小,怎么受得住十个妻子呢?"

"……"听到路之遥的这句话,刚刚走过来的李弱水顿住了脚步,

深吸一口气，转身走向另一边。

真的好想揍他。

（九）

路之遥自然是听到了脚步声，他回头面向李弱水，神情放松，唇角带笑。

"你来了？"

那少女抬眼看到了李弱水，心情复杂，她自然也是看到了路之遥和李弱水一起的场面，可她总有些不甘心。

李弱水看到了这少女的眼神，顿时明白了什么："不，我只是路过。"

话刚说完，李弱水转身便走，毫不拖泥带水，面对这样被皮相欺骗的少女，她表示理解，毕竟她刚开始也被骗到过。估计这人不久之后便会被路之遥的本性吓走。

看着李弱水干脆利落地转身，少女原本试探和示威的话语全被堵在了口中，难受又堵心。

她都烹好茶，随时可以表演了，可李弱水居然不接招？

少女吸了口气，把话语转到了路之遥这里："公子，我家就在云城，也有些家底，若是你不嫌弃……"

"你还没回答我，如果我娶你，是不是也要娶其他人？"

路之遥听着李弱水远去的脚步声，笑了笑，把玩起了手里的一枚飞刀，那飞刀食指般粗细，看起来锋利无比，闪着幽幽的寒光。

"这不行。"少女看看不远处还躺着的其他人，咬了咬唇，"是我先看到公子的，也是我在心里祈祷的，于情于理，自然该是我陪着公子。"

路之遥点点头，明白了什么："原来是你看见的。"

他手中的飞刀反着阳光，少女眯了眯眼，赶紧点头："是，就是你手中这把小刀的光。"

路之遥有些遗憾地叹口气，温柔的面上有些苦恼："你既然早看见了，为何不早叫出来？我还以为没人看见。"

他的神情变了，再没有之前那么温和，没了笑容的他看起来多了几分距离感。这几分距离感没有存续太久便被笑容代替了，那笑意像是三月里的杏花，清清浅浅又带着几分特别的颜色。

"不过没叫也好，不然我怎么能感受到李弱水酸到浑身发抖的样子呢。"他转头面向她，嘴角微微加深的笑容将那份清浅拉得略微古怪，令这少女有几分不适。

"你有没有见过李弱水酸到发抖的样子，就像一只冷得瑟瑟发抖的雀鸟，可她是被酸到的，是不是很好玩？"

"没有见到过……"少女收回了自己抓住他衣角的手，他的笑容还是那样温柔和煦，可她看着有些不舒服。

路之遥点点头，站起身欲走，却突然顿了一下，侧过头来面向她，长睫上洒着一层碎金，笑容温和。

"还想要照顾我下半生吗？"

他的脸上洒着斑驳的树影，笑容依旧，却像隔着雾霭一般不甚清晰，多了几分冷意。

她摇了摇头，讷讷出声："公子既然不愿，我便也不勉强……"

"无趣。"路之遥低声笑了出来，小刀在指尖转了几圈后向她走来，"你说要照顾，怎么又退缩了？李弱水可是一直站在我面前。"

她坐在地上颤抖着身子想要往后退去，却因为身体未恢复好而只能虚虚退一些。那刀尖上的寒光不再是她绝望中出现的希望，而是想要取她性命的催命符。刀尖离她越来越近，她想要说些什么，却只是张了口，没能发出一点声音。

突然间，一抹鹅黄拦在了她的面前。

"你们这是在聊什么？"

少女抬眼看到了去而复返的李弱水，李弱水挡在她身前，眼神中带着几分同情，还伸手将她扶了起来。

她垂下了眼睫，慢慢挪到了李弱水身后："没聊什么，只是感谢一下恩人。"

李弱水揽着她的肩哈哈笑着离开："你看你，那二位才是你的恩

人，以后可要擦亮眼睛啊。"

李弱水尴尬地笑着带她往陆飞月那边走去，自己也没敢回头看。

这少女咬咬唇，回头看了一眼，却发现他站在荫翳的树影中，那模样看起来单薄又孤寂，但不再是她眼中那副英雄的模样。她赶紧转回头，暗想自己确实应该擦擦眼睛了。

"姑娘，你与方才那位公子是不是……我看他好像不似表面那样，你可要当心些。"

李弱水听她这话，愣了一下，随后勾起一个笑容，拍了拍她的肩："习惯就好。"

李弱水突然想到了系统奖励，那个因为偶然亲到得到的回忆奖励。

"系统，这奖励什么时候能开？"

这简直是雪中送炭，是系统给她的关爱。

HE 系统为您服务。
宿主要使用吗？

"用吧！"

好的，立即使用。

"等等……"
这只是个感叹句！难道不应该约个时间吗？！
"李姑娘！"

她身旁的少女本就身软，被突然晕倒的李弱水砸下来，一下子便一起倒在了地上。

赶来的陆飞月赶紧拉起了李弱水，江年则是扶起了被当成肉垫的少女，两人一起将她们带到了休息的地方。

江年把了李弱水的脉后便松了口气，露出一口白牙笑道："没事，可能是太累，睡着了。"

陆飞月舒了口气，皱起的柳眉也松开了，扶着她到桌边休息。

"若是因为和我们来这里出了什么事，我可就是大罪人了。"

江年坐在凳子上，抬头看了看升起的暖阳，靠着桌子吃饼："这援兵什么时候来？你们巡案司的人不行啊。"

陆飞月抬眼看他，无奈地叹了口气，搂着李弱水给自己倒了杯水。

突然有一道阴影投在了桌上，雪白的袍角在她余光中出现。

"路公子。"

他歪头笑笑，只是静静地站在一旁，任谁看了都只觉得有一股亲和之意，尽管这亲和力仅仅源于他的长相。

"李弱水怎么了吗？"

"没事，大概是太累了，睡过去了。"

江年将他扶到了自己身边坐下，拍了拍他的肩膀，两人和李弱水仅仅隔着一个位子的距离。

"这样啊。"

不远处传来一阵脚步声，穿着轻甲的士兵冲了进来，领头的几人和陆飞月一样抱着一把鎏金刀。

陆飞月想要上前去说明情况，身上却靠着李弱水，只能将她轻轻放在桌上趴着，抱着刀便往前去了，江年自然是要跟着她的。

这张不大的方桌上只剩下晕睡的李弱水和静静坐着倒茶的路之遥。

突然，趴在桌上的人发出几声吃语，像是在说着什么，路之遥饶有兴趣地倾身而去。

他听到她嘟囔了几句，具体的词句不太清晰，只是最后叫的那个名字让他愣了许久。

"阿楚……"

艳阳高照，暑气逼人，空气中却依然带着一股潮湿的泥腥味，院墙外的蝉死命叫着，毫无疑问，这是一个真实存在的夏天。

李弱水站在一个户型奇怪的院子中，这个院子呈长方形，宽只有三四米，长却有十米左右，屋子与院门一个在北一个在南，距离最远。

院中立着一个又一个种着花的盆栽，每一个大概都齐李弱水腰那么高，有几只蝴蝶围着花团，像是喜欢来这迷宫般的盆栽里飞舞。

屋前有一张石桌，石桌上坐着一个穿白衣的孩子，那孩子正背对着她抬头望天，不知道在看什么，但似乎看得津津有味。

李弱水也抬头看了看，却被这阳光刺了眼睛，缓了好一会儿才恢复过来。

她低头看着自己略显透明的手，顿时有些无语。

"不是说回忆吗？怎么搞得像真穿越了一样。"

宿主，本来回忆该由本人记忆入手，进入梦境查看即可，可路之遥是天盲，他根本就做不了梦，也看不到什么景象，我们便将你的灵魂送到了这里。

"……"

这系统实在找不到地方可信了，平时不吭声也就算了，一旦吭声那就是要坑她的时候。

"这个院子怎么这么奇怪？花盆摆放的样子像是存心让人走不了路。"

几十盆花散乱在院子中，毫无规律地摆放着，花团锦簇，更让人眼花缭乱了。

她碎碎念了几句，身体自然地穿过了花盆，来到了那张石桌旁，她想看看这是不是年幼时的路之遥。

绕到桌前，她这才看清了这小童的模样。

他长得粉雕玉琢，很是可爱，长发在肩膀处被齐齐剪断，腕间挂着一串比他手大一圈的白玉珠，总是会滑下来，那身白衣也并不符合他的尺寸，松松垮垮地穿在身上，像是个偷穿大人衣裳的小孩。

他这副漂亮的样子倒是有个七八分像长大后的路之遥，不像的原因倒不是神情不同，而是他的眼睛。

他的眼睛是睁开的。

小路之遥的眼睛很大，却没有多少神采，里面像是蒙了一层氤氲的雾气，看起来沉沉的。

正当李弱水凑近想要细看时，小路之遥突然转了头，那眼神仿佛是和她对视了一般，吓得她往后退了几步。

"有人吗？"

他说着一口奶音，对着这个方向问了出来。

李弱水拍着胸口顺了顺气，暗叹他不愧是书里的武力"天花板"，感官简直是异于常人啊。

还没等李弱水平复好心跳，突然飞来一串白玉珠，直直地穿过她的脑门，落在了身后的月季上，将花压得往后仰了许多。

小路之遥收回手，话里带着一些疑惑，却还是"望"着这个方向。

"错觉吗？"

李弱水："……"

小时候的他攻击性就这么强吗？她是不是不应该动了？不过这里乱放着这么多东西，他看不见，能好好走路吗？

李弱水转身四下一看，正疑惑时，石桌正对面的院门突然开了，走进来一位穿着素净白裙、头簪桃枝的女人。

她提着一个食盒，脸上的笑容像个烂漫天真、不谙世事的少女，声音也宛如林间百灵。

"阿楚，娘亲给你带吃的来了。"

娘亲？！

这就是路之遥那传说中再嫁后弃养了他的娘亲白轻轻?

（十）

路之遥小时候便被他娘亲弃养，在外流浪了半年之久才遇上他的师父，这才吃上了饱饭。

原著没有细写过路之遥的身世背景，但在李弱水的想象里，他娘亲就是一个攀上豪门后一脚蹬了自己残疾儿子的恶毒女人形象。

她应该是个长相漂亮但气质刻薄，穿金戴银，对着自己孩子冷嘲

热讽的人，而不是这个穿着轻灵，气质如同少女的女人。

除漂亮之外，她和李弱水的想象一点都不沾边。

明眸皓齿，灿若春花，是个不可多得的美人，和路之遥有六七分相像，嘴角噙着一抹淡淡的笑，不像路之遥这么温和，却比他多了几分天真。

白轻轻费了一些时间绕过地上杂乱的花盆，将手中的食盒放到了路之遥身前，腕间的紫檀珠叮当作响。

她仔细地看了看小路之遥，随后执起了他的手，原本还天真的笑一下便收了回去，她微微皱眉，语气有些着急。

"阿楚，娘亲给你的白玉珠呢，怎的不见了？"

李弱水这才意识到他的小名叫阿楚，听起来倒像个女孩名。

小路之遥伸手指了指李弱水这个方向，声音清脆。

"在那里吧。"

白轻轻抬眼看去，果然看到了一串白色的玉珠，霎时又恢复了之前烂漫天真的神情。

"娘亲还以为你扔了呢。"

李弱水看着她骤变的表情，突然感叹了起来，果然是亲母子，这变脸的速度和路之遥一模一样。

白轻轻打开了食盒，将里面的食物拿出来摆在桌上，自己则绕过花盆准备去捡那串佛珠，一边走还一边念叨。

"这可是求了佛的，能保佑我们一家人一直在一起，能让你爹回到我们身边。"

小路之遥没有回话，自己摸索着拿起一个馒头嚼了起来。

李弱水凑上前去看菜色，顿时噎了。一个五六岁的孩子，摆在他面前的居然是馒头和青菜，不见一点肉末荤腥。而小路之遥看起来还吃得津津有味，丝毫不觉得有什么不对。

这是虐待孩子吧？果然白轻轻不是什么善茬，是个一脚蹬了儿子的刻薄女人，她差点就被白轻轻的皮相骗到了！

李弱水转头看去，只见白轻轻终于绕到了月季的面前，提着裙摆俯下了身，嘴角还是那抹淡淡的微笑。

这场景让人联想到日光下轻嗅鲜花的少女。可这少女毫不顾忌地握上了带着刺的花茎，一把将它从中折断扔下。

粉红的月季被扔到了地上，花上的露水散开，像是掉了一地的泪珠，原本还吸食着花蜜的蝴蝶扑扇着翅膀离开了这里。

娇嫩欲滴的月季被扔到了石板地上，被脚踩过的花瓣成为一抹颓靡的暗红，被生生地擦在了白石板上。

"阿楚，这可是娘亲为爹爹求来的。"白轻轻将白玉珠套回他的腕间，说辞也由原来的一家人变为爹爹。

她坐在石凳上，托腮看着小路之遥吃东西，满眼慈爱。

"你吃饭可真像你爹爹，明明你们只见过几面，血缘还真是一种奇妙的羁绊啊。"

小路之遥仍旧没说话，似是习惯了她的自言自语。

"若是我与他也有这样的连接就好了。"

听到了白轻轻的话，李弱水顿时睁大了眼睛，她从没听过谁愿意主动给别人当儿子。

果然，他娘也是个脑回路不正常的人。

似乎是被她说得有些烦了，小路之遥叹了口气，舔了舔手指上的馒头屑，扬起笑给了个敷衍的回应。

"这样啊。"

白轻轻继续看着他，越看越入迷，神色中还带了几分痴色。

"阿楚真是和你爹爹越长越像了，可他还是走了。

"若是他也瞎了多好，这样他就只能靠我了。

"阿楚，娘亲以前就说过，想给你爹爹打一对耳洞，但他走了，不如给你打吧？"

似乎陷入了什么美好的幻想，白轻轻捧着微红的双颊，此时的神态像是一个热恋中的少女，看着路之遥的眼神都是炙热的。

……

救命！原来他娘跟他一样不太正常！

这一幕给李弱水的冲击不亚于当初被路之遥拉着跳下洞穴，直接给她看傻了。这完全就是把路之遥当作他爹的替身了，他还只是个孩子啊！

爹爹跑了，娘亲病娇，还把路之遥当作了他爹爹的替身，将他困在了这小小的院子中。她一下子理解了路之遥的性格，试问谁能在这样艰苦扭曲的生活背景里不变态？

可小路之遥就像习惯了这些一样，神色如常，吃完了两个馒头后也没有再动那盘青菜，只是抬头"望"着天空沉默不语。这沉默的样子李弱水看了只觉得心绪复杂。

白轻轻伸手帮他整理那明显不合身的白衣，眼神缥缈，她在看的已经不是路之遥了。

"这身白衣还是那么适合你，你扔的时候我还以为你不喜欢呢。"

小路之遥没有分给她半个眼神，似乎只是在放空，又似乎是在思考些什么。不论他有没有在想东西，李弱水都从他的表情里看到了两个大字——无趣。

白轻轻沉浸了一会儿，随后像是突然想起什么，脸上的笑容转为慈爱，伸手捧起路之遥的小脸，腕间的紫檀珠碰撞出清脆的响声。

"我们不是说好要打耳洞吗？阿楚准备好了没有？"

小路之遥此时才有了些反应，蒙着雾霭的眼睛转向白轻轻的方向，毫不在意地点了点头。

"知道娘亲为什么喜欢你吗？因为阿楚很听话，无论娘亲怎么爱你，你都不会离开。"

她从食盒里拿出早已准备好的银针和药酒，小路之遥没什么反应，蒙着雾气的眼睛直视前方，却没能聚焦。

白轻轻将银针泡到药酒里，一边搅弄，一边笑得灿烂，如同去郊游那样轻松。

"娘亲前日得到你爹爹的消息了，他好像成亲了呢。"

黄酒略微混浊，银针在其间旋转，将里面不多的药材搅了个粉碎，白轻轻的面上却还是那副天真之样。

"不过也不怪他了，娘亲不是也带着你再嫁了吗，你爹爹是在生我的气吧？"

狭窄的小院里吹起一阵风，地上被踩为花泥的花瓣粘在石板上，像一抹化不开的血迹，空气中能闻到一阵花香，但更明显的是浓厚的酒味。

但小路之遥并不在意，他只是在想这院子到底有多大，为什么他走了许多次都没能摸到院门。

"你是不是在生我的气？因为我再嫁了是吗？"

白轻轻将药酒瓶放到一旁，瓷瓶在桌上晃了两圈，还是稳住停了下来，瓶里的银针与瓶口互相碰撞，叮叮当当很是好听。

他都快听得入迷了。

一直没有得到她心爱之人的回应，白轻轻往前拉住他的手臂，笑得无辜，眼里却又含了清泪，似是祈求，又似有些癫狂。

"你为什么不回答我？是不是因为我再嫁了，你嫉妒，所以才又娶妻的？我们的阿楚是天盲，他需要你，你为什么不回来？"

小路之遥转头"看"她，目光依旧没有聚焦，那双眼里有的只是江南的烟雨，轻轻柔柔地遮掩住了想要透进的天光。

"娘亲，要打耳洞了吗？"

白轻轻顿时笑着捏住他的脸，语气轻柔，压抑的语调中带了几丝颤抖。

"现在，不要说其他的，说你嫉妒，你嫉妒我再嫁。"

他小小的脸被捏得变形，嫣红的唇差点就被扯到耳后，黑黑的瞳仁找不到焦点，就像一个被肆意欺凌摆弄的木偶。

李弱水是个成年人都被吓到了，小路之遥只是个五六岁的孩子，他怎么会不怕？

她试图去拉开白轻轻的手，却没有用，每每都只是穿过，这让她有些无力。

白轻轻的泪已经止不住了，流了满面，看起来我见犹怜，说出的话却仿佛淬了毒。

"当年为了留住你，我吃了药，让我们的阿楚成了天盲，你却没有半分怜悯地离开，你好狠的心。现在你嫉妒了吧？你是不是嫉妒了？"

听了这话，李弱水愣愣地看向路之遥，只觉得心酸极了。他的父母没有一个真的期盼他的出生，就连眼睛也是自己的娘亲毒坏的。

"这样啊。"小路之遥嘴角扬起一抹柔和的笑，却因为被扯住了嘴角，笑容变得奇怪，就像是夜里的优昙，静谧无声，带着一种不自知的易碎感。

他开了口，清脆的童声天然就带着天真的意味："我嫉妒了，我嫉妒你嫁给了别人。"

小路之遥费力地说出这句话，白轻轻似乎是被按了什么开关，泪也不流了，笑着抹去脸上的泪痕，亲昵地点点他的鼻尖，好一副少女怀春的模样。

"我当然知道你在嫉妒。但是别难受，只是因为这个男人和你有几分相似而已。我只是太爱你，想你想得都快要发疯了。"

小路之遥像听到了什么笑话，轻笑一声，随后开口："娘亲，耳洞还打吗？"

"打啊。"

白轻轻再次拿过那个药酒瓶，脸上泪痕未干，却轻轻哼起了歌谣，歌声中带着浓厚的鼻音。

她将泡足了药酒的银针拿出来，弯弯眼眸，凑上前去捏住路之遥的耳垂。

那一针毫不犹豫，鲜红的血珠像是一粒粒的小红豆掉下耳垂，在白衣上洒下滴滴梅花。

"看，这是我找了好久的耳棒，是用白羽鸡的羽骨做的，很漂亮吧？"

双耳都扎好了耳洞，白轻轻拿出两根小小的耳棒在他眼前晃晃，眼眸弯似月牙，话里颇有几分邀功的意味。她却忘了自己的孩子根本就看不到，只是满心欢喜地将耳棒插入那还不停结着"红豆"的耳垂里。

院外的蝉依旧在死命地叫着，仿佛这个夏天再也过不去了一般。

李弱水没听到路之遥的一声惊呼，他只是虚虚地望着不知名的地方，在他的眼里，无论望向何处，也不过是一片空无。

（十一）

三月的午间洒着日光，驱走了这空气中的寒意，晒得人十分舒服，心思疲懒。空中偶有梨花被吹进这个小院，像是洒进的片片落雪，勾出了一幅意境美好的图画。

院中的桌上，李弱水还在沉睡，而路之遥则是得了什么趣味一般凑近她，倾耳听着。

"@#￥……"咕噜一大串，听不清她在说些什么，但是鼻尖的淡香倒让他有一瞬的晃神。好像之前同她离得近时也是这样的味道。

温暖的呼吸拂过耳边，呓语声声，他忍不住摩挲了一下指尖。

听说在人半梦半醒时捏住他的鼻子，这人就会被憋醒。他只是听说，却从来没有试过。

修长的指慢慢触过去，白玉般的手背还能看到淡青色的血管，指尖从她的额头滑下，停在了鼻尖，随后双指并拢。

路之遥在心里默数。

一、二、三……

数到十二时，李弱水猛地抬起了头，像离水的鱼一般大口呼吸，转眼就看到一旁笑得温柔的路之遥。

那笑容和小时候眸色空茫的他重合起来，竟让李弱水有一些恍惚。

原来他的眼睛是可以睁开的……后续到底发生了什么她没能看到，他又是如何被他娘亲遗弃的她也不清楚，实在是太可惜了。

"系统，还能继续吗？"

不可以哦，这次额外奖励已经结束，宿主可等待案情完结，即可再次获得。

案情完结?

那应该没多久了……

迟迟没听到李弱水的声音,路之遥笑容都淡了许多,李弱水为何没说他几句?

"是我捏了你的鼻子。"他语气柔和地强调了这句欠打的话,怜爱的气氛顿时消散,原本李弱水心中的那点酸楚和复杂顿时化为乌有。

李弱水面无表情道:"别搞我。"

路之遥点点头,又回到原来的神色,表示自己舒服了。

"你一定会下地狱!"身后有人破口大骂,李弱水歪头去看,正是那位白衣女子。

她口中的布团被取出后,没有回答巡案司的问题,反而是对着路之遥骂骂咧咧,头上素白的绢花都掉了下去。

陆飞月转头看了眼路之遥,沉声问她:"你认识路公子?"

"他就算化成灰我也认识,这个垃圾!我恨不得喝他的血、吃他的肉,恨不得他下地狱!"

陆飞月手中拿着一本册子记录案情,不停游走的笔势一顿,还是问了一个与案情无关的问题。

"他怎么你了?"

白衣女子恨恨地看了她一眼,被绑住的身体挣扎着想要冲过去,却被巡案司的人拽疯狗一般拉着。

"他心里清楚!说出来岂不是又让他得意一次?!"

路之遥笑微笑中带点疑惑:"会让我得意?那我得好好想想。"

"你!"白衣女子一噎,牙都快咬碎了。

李弱水走近这个白衣女子,看着她愤愤不平的神色,满是疑惑:"你没病吧?"

"你才有病!"白衣女子双眼通红,连带着对李弱水也恨了起来。

"他是要下地狱的恶人,那你们是什么?"

李弱水直起身子,鹅黄的裙摆滑过,她转身指着树下歇息的少女们:"你看到她们了吗?你们毁了多少人的人生,怎么不说自己该下地狱？"

白衣女子瞪眼看她，神色委屈："我们都是为了夫人！为了家里！夫人以前做过多少好事，她们受过恩惠，报答一下怎么了！"话音刚落，她意识到自己说了什么不该说的，便立刻闭上嘴不再开口，只是气愤地瞪着路之遥。

李弱水转眼看着路之遥，心里也很是疑惑，怎么一个两个都想要他死？

不过话说回来，这人爹不疼娘不爱，出来走江湖还到处是仇家，偏偏自己也是个疯得不清醒的人，能长这么大也不容易啊。

李弱水走了回去，在陆飞月几人盘问那女子"夫人是谁"时，凑到了路之遥耳边，说得小声："你和她有什么恩怨？说出来我帮你分析分析，放心，我绝对不会告诉别人的。"

又来了，那阵令人心静的淡香。

路之遥弯起唇角俯下身子，微微偏头凑近她的耳郭，被压低的声音中不自觉带了些哑意："……我一点也没想起来。"

原本以为要吃到什么大瓜的李弱水："那你一副神秘兮兮的样子？你觉得你很幽默？"

鼻尖的馨香离去，路之遥微微弯下的身子也直了回来，他还在回味这个味道。

从他出生起，他的听觉、嗅觉就要比常人更加灵敏。从小时候有记忆以来，他闻到的味道便是他娘亲身上那股浓厚的紫檀味，沉郁逼人，让人挣脱不开。后来遇见他师父，便一直是萦绕在鼻尖的血腥味。

在他有限的与人接触的经历中，从没有闻到过这样的味道，不是说有多香，但就是闻起来很舒服。

至少他很舒服。

这边的二人心绪飘荡，没有一人的心思在审问上，而那边的陆飞月和江年二人倒是有些头痛。

白衣女子说出了夫人之后就再也没有说一句话，不论如何问都撬不开她的嘴，他们只得作罢。

"事情有变，不要将人交给云城县令了。"陆飞月将记录本交给巡案司的人。

"将她带回去重审，这次是救下了人，但以往被拐卖的少女不知去向，他们有一本记录册子，务必查出这本册子的所在之处。"

江年站在她身旁，原本玩闹的语气也认真起来："只要你们问出册子的所在地，我一定给你偷来。"

陆飞月抿唇笑了笑，眉头也松动了许多："你现在还在观察期，不能再犯。再偷一次，我可就要将你押回牢里了。"

江年旋身坐在了凳上，衣袂翩翩，显得有些不羁。

"你又不是不知道，我都是玩玩就放回去了，真正的大案都是别人嫁祸给我的。"

陆飞月也坐了下来，一边将巡案司交给她的密函打开，一边回答："我知道有用吗，别人可不信你。这次出来也是让你抓住他们，好给自己正名。"

江年点点头，神色无奈："你们找我做白工就直说，还要用这样的理由。"

陆飞月看着密函上的内容，叹了口气："这密函可真是……"
在江年要凑过来看时她立刻收了回去，神色有几分不自然。
"公家密函，闲人勿看。"

江年嗤笑一声，转头看着另一边站着的李弱水二人，微眯了眼："那个路公子是什么来头，这次拐卖案的人全都和他有仇。"

陆飞月将信揣到怀中，随着他的目光看去，只见李弱水在发呆，而路之遥在一旁笑意盎然，两人看起来完全不在一条线上。

"敌人的敌人就是朋友。"她拿起鎏金刀起身，走向李弱水二人，"接下来去沧州，告个别就山高水远了。"

二人一同往那里去，还没走几步，屋子后方突然出现一个黑衣人，拿着一个金属圆筒在嘴边吹动。

"小心身后暗器！"陆飞月滞了一秒，立刻出口提醒。

江年点地飞身而去，他轻功极好，顷刻间便用手指接住了那根细如牛毛的银针，看清针上的毒光之后，立马将针扔了出去。

树下的少女们抑制着口中的尖叫，挤在一起四处看去，巡案司的官兵们拔刀对着屋顶。突然间，那黑衣人身旁又出现一个黑衣人，两人一起射出毒针，江年却只来得及拦住一根。

寒光掠过，另一根朝着路之遥飞去，已经来不及接住，却在中途被人挡了下来。

鹅黄的袖子上立刻沁出乌血，毒性太大，李弱水还没说出英雄救美的台词便倒在了路之遥怀里。

在原著中刺中路之遥的毒针，现在被她接住了。

请宿主不要担心，毒素短时间内不致死。

什么致死？短时间是多短？路之遥中毒了之后可是拖了好久都没事的，她不会两三天就嘎屁了吧？！

等等，这招英雄救美不会把自己玩死吧？

李弱水心里猛叫系统，却没能得到一点回应。

眼见至少有一人中了暗器，屋顶上的两人对视一眼，赞同地点点头，立刻打道回府，往那片雪白的梨花林中掠去，好几位巡案司的官兵往前追去了。

那白衣女子见状气得青筋都要爆出来了，对着离开的那二人怒吼。

"什么憨货！打那个穿白衣的！！！"

李弱水：……原来大家都有两副面孔。

白衣女子转眼恨恨地看着李弱水，即使中毒的是素不相识的人也没什么，只要能让那个畜生痛苦！

"哼，臭小子，这个毒不会立即致死，却会让你相好的非常痛苦。"

垂死病中惊坐起，李弱水立马转头看她，瞪圆了杏眼："什么痛苦？你说清楚点！"

书里可没写这个！

白衣女子满意地看着李弱水的反应，一字一字吐出接下来的话。

"每到月中她便会浑身冰冷颤抖，如坠冰窖，身体结霜，靠近火源却又会浑身痛痒如刀割。除非找到火燚草，否则这毒就是解不了。"

听着这过于魔幻的毒性，李弱水害怕的同时又忍不住吐槽——

"你们自己听起来都不觉得奇怪吗……"

"只要能让这个畜生痛苦，中毒的是你还是他都没有区别。"

李弱水眼神逐渐失去光彩，笼着袖子靠在路之遥怀里，像个历尽沧桑、看透世事的老太太。

她何其无辜可怜，不仅要攻略疯子，还要替他背负这么多痛苦。

原著中中毒的是路之遥，可症状并没有这么严重，她本以为自己也会没什么事，却忽略了一个真理——

人与人的体质不能一概而论。

还好她知道火燚草就在沧州，不至于把自己玩死，而且路之遥总该会因此有那么点触动……

"痛苦？因为她吗？"路之遥微微歪头，唇角微笑依旧，半点不安、内疚、痛苦都没有，反而像听了一个笑话般开怀。

"你似乎误会了，我和她才认识不久。"

李弱水愕然地看着他，似乎听到了自己那颗少女心破碎的声音。不说是恋人，就是个陌生人为了救人而受伤，被救的无论是谁都该有些动容吧？难不成疯子真不算人？那她哪天才能回家？

实在是生气，李弱水深呼吸一口气，给了他一个头槌后忍着痛站起身走到陆飞月身边。

白衣女子盯着揉着下颌的路之遥大笑，目眦尽裂："果然，畜生养的也是畜生，你和你师父一样，薄情寡义、毫无人性，你一定也会同她一般曝尸荒野，无人收尸！"

李弱水顿了一瞬，立刻转头询问陆飞月："还有几日到月中？"

"……三日。"

完了。

（十二）

春寒料峭，其间夹杂着丝丝细雨滋润大地。

官道上行驶着一辆朴素的马车，马车檐角挂着一串风铃，走起路来叮叮当当。

陆飞月掀起车帘看着这绵绵细雨，心有忧虑。他们有任务要前往沧州，正好李弱水需要的解毒药草也在沧州，几人便同行，路上也好有个照应。

马车已经行了两日，今晚就是三月十五，也是李弱水毒发的第一晚。

陆飞月与江年都忧心忡忡，略有愧疚。毕竟是他们让李弱水带的路，其间没看顾好出了岔子，便觉得自己也有几分责任。

车内气氛并不凝重，除路之遥毫不意外地在睡觉之外，李弱水也心大地看着窗外丝丝春雨，全然忘了自己中毒那日哭得眼睛红肿的悲伤。

陆飞月拍拍她的肩，神色认真："你放心，沧州有火燚草，你的毒不会拖太久。"

李弱水回了陆飞月一个笑，宽慰性地回拍她的手："陆姐姐，你们不用自责，这都是我自己的选择，和你们没关系的。"

一旁的江年想到中毒那日她垂头丧气的模样，忍不住凑上前来问她："你之前那么难过，怎么现在就像没事人一样，我可听说那毒很厉害。"

陆飞月捂住他的嘴，瞪他一眼，转头向李弱水抿出一个歉意的笑："他脑子不好，别往心里去。"

"没事。"李弱水莫名有些冷，放下了挡风的帘子，"刚开始是怕，但这两日都没什么情况，心里自然放松了。"

她顺便伸手指了指不知真睡假睡的路之遥："他说自己以前中过这毒，除了冷点没其他特别难受的地方。"

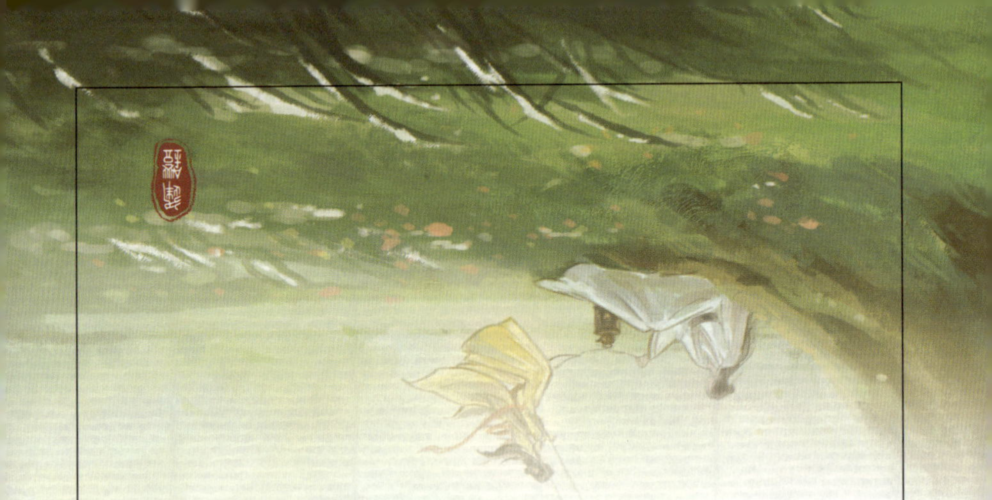

李弱水看过原著，又听路之遥说了中毒的往事，心下早已放松许多。毕竟书里他受伤了也没见多难受，只是多盖了一层棉被。

陆飞月不同意地摇摇头："不能大意，今晚不能留在马车上，得找个地方歇脚。"

李弱水点点头，心思却不在这上面。比起毒发，她现在更担心的是和路之遥的赌约。按道理来说肯定是她赢了，可这人又不按套路出牌，到时耍赖硬要她吞剑怎么办？

身旁状似睡着的那人突然动了一下，眼睫微颤，好像下一秒就要睁开的样子。

李弱水看着他的眼睛，想起了他小时候的事，不禁叹了口气。

小时候性子就有些扭曲，长大了扭曲得更厉害。而且他弯起唇笑吟吟的模样好像他娘亲，难道这就是血缘的强大吗？

"你又在看我。"靠着车壁的路之遥身子微动，衣襟散开一些，露出锁骨上的那颗小痣。

有的人就连锁骨都生得好看。李弱水移开了视线，同往常一般应了声："是啊，你好看嘛。"

不知为何，总这么答应他，搞得她平时有事没事都爱转过头看看他，都快成她的习惯了。

春风顺着车帘吹进车中，雨已经小了许多，绵绵密密的像是雾珠。

这雨今晚是停不了了。

马车摇晃着往前走去，压过泥潭，压过青草，最后停在一座破庙前。今晚他们就在这里歇息了。

这座庙宇年久失修，屋顶破了好几个洞，庙里有几处积了水，几人便到佛台前的空地上休息。他们将拾来的干柴点燃，围成一圈烤着饼和馒头。

赶了一天路，李弱水几人早就饿了，除了路之遥。

他只是随意吃了一个馒头便坐到了一旁，手指轻轻敲击着柱子，另一只手里拿着一个馒头，不知在做些什么。

"你们看这尊佛像。"江年四处环顾，视线定在了他们旁边的那尊石佛身上。

这佛像缺了半边脸，只留下一只眼和一个悲悯的笑。

江年假装害怕地靠近陆飞月，头微微地靠上她的手臂："晚上会不会有什么奇怪的事？"

陆飞月腰背挺直，仔仔细细地看着那佛像，并没有发现古怪。

"哪有什么奇怪的事……你的头，挪过去！"

她飞快地看了李弱水一眼，有些不好意思，慌忙伸手将江年推走。

江年是个闲不住的性子，之前还在李弱水面前端着，但现在熟悉了，本性也就露了出来。

他看了路之遥一眼，低声叫了李弱水一下，凑近问道："你和他……"

看着江年挤眉弄眼，李弱水立刻摇了摇头，随后想起自己的任务，又犹豫地点点头，指了指自己。

八卦是人类的天性，即使是陆飞月这样严肃自律的人也不禁挑起了眉，有些意外。

人与人的相处细节是很难演绎的，她做了这么多年的捕快，谁与谁有情她看得很清楚，可她一点都感受不到李弱水对路之遥的偏爱。但她都为了他中毒了，好像心悦这事也说得过去。

陆飞月老气横秋地叹了口气，果然还是情字最难，难判又难断。

比起陆飞月的不确定，江年立马就相信了，可能是感同身受，李弱水在他眼里就像是单相思的难友，需要被好好开解一番。

"看开点，我也是一样的，习惯就好。"

他将烤好的馒头安慰性地塞到李弱水手中，转头开始烤饼。

李弱水看着手里焦黄的馒头，无语凝噎，她和他明明有本质上的区别。她转头看着只吃了一个馒头的路之遥，幽幽叹了口气："馒头烤好了，你要不要再吃一个？"

"不用。"

路之遥不仅食量小，食欲也不大。甜的、咸的、辣的、麻的，他统统都能吃，但没一个是他特别喜爱的。

这几日光吃干粮，他们还想着到了沧州要大吃一顿，在马车里畅

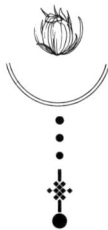

想着美食，就他一人只是挂着笑容听大家说，但兴致不是很高。

李弱水实在很难想象还有人对美食不感兴趣。李弱水起身走到他身边，双手撑膝弯腰看他敲击柱子的指尖，有些好奇。

"你在做什么？"

感受到长发垂落在耳旁，坐着的路之遥唇角弯起，突然加大掌力拍向梁柱，震动之间，一个软绵绵的东西正好落到了李弱水头上。

"啊——"

衣领被李弱水猛地抓住，路之遥收回了手，肩膀放松任她抓过去，话里带着笑意。

"我在诱猫过来。"

一根橘白相间的尾巴垂到李弱水眼前，她骤然松了口气，放开了攥住他衣领的手。

"吓死我了，还以为是老鼠。"

原本站起身的陆飞月二人又坐了回去，互相交换了个眼神便没有过去打扰。

"还以为是老鼠"这话听得路之遥来了兴致，他伸手拉着李弱水的衣袖让她坐在身前，神色有些好奇。

"同样是动物，为何你怕老鼠，却不怕猫？"

李弱水将猫从头顶抱了下来放到腿上，轻轻地撸着它的脖颈让它放松："猫和老鼠怎么一样，猫这么可爱。"

路之遥恍然大悟，轻笑一声："果然还是将皮囊看得很重要。"

李弱水掰下一块焦黄的馒头到橘猫嘴边，看它伸出粉红的舌头将馒头卷进嘴里，忍不住撸起猫来，这几日被生活碾压的郁闷顿时舒缓了许多。

"谁不喜欢好看的。"她揉着顺滑的猫毛和肉嘟嘟的猫爪，和路之遥说话的状态都松弛了，"你若是看得见，每天不开心时就照照镜子，你的相貌绝对可以拯救你的不开心。"

路之遥低眉笑了起来，像是三月杏花在枝头开放，花繁枝娇，尽显春色和柔意。

李弱水说这话问心无愧，看他笑的模样，确实有种被治愈的感觉。

路之遥抬起左手，腕上白玉珠的穗子乱晃，艳红的丝绦垂在他挺直的鼻梁上，一红一白互相映衬。

他的指尖点在了自己眉心，随后慢慢下滑。

"皮相之下，不过都是血肉白骨，肮脏丑陋。眼、鼻、口，不过是一片片肉堆砌而出，我实在不懂，美在何处？"

一室静谧，他的笑温柔悲悯，说出的话却令人震惊。

江年默默掏出镜子看了看自己，突然觉得他说的有几分道理。

"开什么玩笑。"李弱水将他冰冷的手拉了下来，总觉得那串白玉珠有些硌人。

"别把自己的观念强加给别人，街上谁都披着皮，不看皮看什么？"

莫名感到一丝寒意，李弱水惊觉自己太过放松了，怎么能对路之遥说这种话呢！

"当然，有的人思想觉悟高，比如你，不在意别人的外表，而是关注他们的心灵。"

在他又要开口说出惊世骇俗的话之前，李弱水赶紧拉过他的手放在猫背上，毛茸茸能治愈一切！

"你也摸摸，是不是很舒服？"

橘猫本来已经被摸得放松了许多，但路之遥的手刚放上来，它便像被踩到尾巴一般炸毛，猛地跃上佛台，弓着身子对着路之遥发出威胁的咕噜声。

李弱水："……"

从未见过如此被猫嫌狗弃之人。

似乎不是第一次受到这样的待遇，路之遥一点也不惊讶，反而觉得这样才是对的。

"你看，猫便不会被我的皮相迷惑。"路之遥说得很自然，顺带有种自己的看法才是正确的骄傲感。

李弱水将剩下的馒头扔给它，随后搓了搓有些冷的指尖："它是只猫，不要强求它。"

路之遥笑而不语，非要说的话，他倒是觉得李弱水和猫很像，同样都是和他靠太近就容易炸毛。

但李弱水能控制自己，猫不能。

外面天色渐黑，李弱水总觉得气温低了很多，搓搓手臂起身走了。

"我去烤烤火。"

路之遥听到这话顿了一瞬，指尖摩挲几下，随后唇角扬起一个笑容："可能待在我这里比烤火暖和。"

李弱水没理他的话，兀自坐在火边搓手烤火取暖。干柴在烈火中烧出噼啪声，偶尔有火星溅出，烤着烤着，手心突然泛起一阵刺痛。倒吸一口气，还以为是被火星崩到了，她条件反射地收回手查看。

陆飞月见状放下烤饼，转身翻出药膏："是不是被烫到了？"

"不是……"李弱水的掌心干干净净，不仅如此，靠近火源的小腿也泛起一阵刀割般的刺痛，她猛地站起远离火堆，犹豫了一下。

"应该是毒发了。"

（十三）

是夜，陆飞月、江年、路之遥三人在前往沧州的路上，还没找到歇脚的地方，路之遥敲了敲桌子，神色有些歉意："抱歉，我似乎毒发了。"

另外两人慌忙停下马车，从车厢里翻出厚被子给他，这个温柔的男子没有拒绝，轻声道了句谢便将被子盖到了身上，不再说话。

夜凉如水，他却没有半点不适，只是闭着眸子像是睡着一般靠着车壁，声音依旧温和。

"无事，可以出发了。"

这是书中对路之遥中毒时的描述，短短几句，没有点出一点痛苦，李弱水便以为这毒没那么难受。

毕竟男配角受苦，作者定是要大写特写来让他博女主角怜爱，没怎么写可能因为这毒也就那样。现在是她为自己的无知付出代价的时候。

寒意渐渐从身体内散发出来，越是靠近火源，疼痛便越明显，如刀割血肉，钻心地疼。

李弱水已经退到佛台上方了，刀割般的痛感少了很多，可随之而来的便是透骨的寒意，从内往外散发，她抖如筛糠，却没有多大作用。

李弱水坐在佛台上紧紧抱着自己，双手呵气，不知是不是错觉，她呼出的气好像都是冷的。

陆飞月二人赶忙撑着伞去马车内拿被子了，庙里只剩两人一猫。橘猫蹭到她身边好奇地望着她，伸出舌头来舔舔她的手，却被这寒冷的温度激得炸毛，抖着打了个喷嚏。

"哈、哈。"李弱水觉得好笑，却因为自己的颤抖笑得僵硬，字都是一个一个蹦出来的。

这小小绒球的温度对李弱水来说就像烤炉，她毫不犹豫地将它捞到怀里，却没想到自己体温实在太低，连有着皮毛的猫都嫌弃了。

橘猫忍不住挣扎起来，李弱水倒吸一口气，颤抖将它放走，自己搓手取暖，手心都快搓出火花了也没见体温升高。

"你为何将猫放了？"

路之遥中过毒，自然知道动物的体温对她来说有多舒服。

"它不愿意给我取暖，哽，强迫、它做什么。"如果不是冷得站不起来，李弱水此刻一定要做一套《七彩阳光》。

路之遥站起身，乌发落在身后，慢慢地走近佛台。

"现在尝到毒的滋味了，后悔替我挡暗器吗？"

李弱水看他一眼，冷得话都说不太清楚："实话实说，有、有点。"

"痛苦吗？"

"太难受了。"李弱水若是能照镜子，估计都能看到她嘴唇略微发青。

"是吗。"路之遥站在佛台前，拔出了剑递给她，笑容和善。

"既然如此，不如了结自己，免得痛苦受罪，还能履行我们的赌约。"

"？？？"本以为他是良心发现，想要过来告诉她怎么缓解毒发的症状，哪承想这厮竟然丧心病狂到这个地步！

李弱水颤抖着身子，原本是冷的，现在还有被气的，说话都利索多了。

"我为谁中的毒就不提了，赌约的事，怎么算都是我赢吧？遇见陆飞月二人还救了其他人，这和我之前说的一模一样。"

路之遥唇角的笑意敛了几分。这几天连日赶路，他一直捋一件事，那就是李弱水。

一封写着他名字的专属悬赏令，诱着他与她打赌，对他若有若无的注意，以生命为他挡毒，一桩桩一件件都摆在眼前，他却难以将她的目的找出来。

面上笑容依旧，可他实际上非常烦躁。原本对她只是一时玩性大起，可现在，这些事就像一个带刺的牢笼，慢慢缠着他，让他不得不每天都想一遍。

路之遥不知道这到底是什么感觉，但是他非常不喜欢。只有将这烦恼的根源斩掉，他才能回到以往的平静。

"我不会爱人，后面的赌约便不可能成真，与其以后被毒折磨，不如死在我剑下。"

"以后都没到，你怎么知道不会爱上我！我发现你这人太'狗'了，咬吕洞宾的狗都不如你。"

或许是心情激动了一些，体温有稍许的回升，李弱水一个标准的饿虎扑食动作缠上了他脖颈，双腿盘住他的腰，满心的不甘。

"还与其……不如，你以为你是小学生在造句呢？那怎么不说与其看我冷死，不如你舍生取义温暖我？"

离这么近，若是他动手了，她一定也要把他带走。

李弱水的身子冰冷，可这感觉依然像小时候抱的那只猫，柔软温暖，但没过多久它便跑了。

路之遥突然收回了剑，右手抚上她的头发，一下又一下地顺着。

内心的烦躁奇异地静了下来。

丝毫不知道自己被当成宠物的李弱水有些蒙圈，本以为自己要受到疯子的制裁，没想到他居然收手了。

这人又受什么刺激了？背后一寒，但她的直觉告诉她，千万不要动，李弱水僵直着身子任他顺头发。

冰凉的手指从脑后滑下，李弱水在心里碎碎念：没事没事，命还在，明天也不用梳头发了。

他的手法实在太像她撸猫，在这样轻柔的对待中，李弱水僵直的脊背松了下来，再加上路之遥正常体温的热度……

算了，能屈能伸是她的美德，现在是屈的时候，不要和自己过不去。

陆飞月二人匆匆把被子拿进庙中，看着那二人的姿势同时停下脚步，但随后陆飞月还是抱着被子上前了。

"路兄，这庙里漏雨寒凉，盖着被子好些。"

怀里抱着李弱水坐在佛台上，路之遥安静温柔的样子像是他身后缺了半张脸的佛像，温润亲和。他的睫羽微颤，似乎有些被打扰的不悦，但还是点了点头。

"多谢。"

李弱水即使被他圈在怀里，还是艰难地挣脱着转头去看陆飞月，笑容里都透着感激不尽："谢谢陆姐姐！"

女主角不愧是女主角，人美心善，想得周到。

忍不住打了个寒噤，她赶紧用被子紧紧裹着自己。路之遥本身体温也不算高，不知为何，竟然开始用内力提高体温，被子里的温度一下高了起来。

不管之前李弱水是怎么看他的，但此刻，他就是神仙下凡。她拍拍这位救命恩人的肩膀，没有半分旖旎想法，没有半点攻略意味，而是带了十分的真诚道了谢："也非常谢谢你，不然今晚都不知道怎么熬过去。"

那种寒意从内里升起，手心怎么都搓不热，全身上下逐渐僵硬，

骨头冷到仿佛要结冰碎开的痛感，她实在不想再体验一次。能有人这么做燃料来温暖她，她唯有感谢。

路之遥没有回话，只是慢慢地顺着她的头发，从发根顺到发尾，摸不够一般慢慢来回撸着，却没有一点挑逗意味，也没有一丝暧昧氛围。

一旁的江年瞟了眼一脸平静的路之遥，打算问问这毒的事情："说起来，路兄好像说自己也中过这毒，是在何处中的？看我们能不能在其中找找线索。"

路之遥沉默了一会儿，像是在回忆，又像是不想理他，但最后还是习惯性扬起一个笑："当年和我师父去偷鸡吃，不小心中过，但不知在哪儿，总之是个很大的庄园。"

师父？

李弱水在脑海里回忆着剧情，但只想到了"少时师父惨死身前"这句话，其余信息书里都没写出来，甚至连他师父叫什么都不清楚。

斟酌了一下，李弱水还是问了出来："你师父很厉害吧？"

在路之遥不长的人生中，和他接触最深的有两人，一个是他娘，一个是他师父，只有了解这两人，才能了解到他的过去。已经知道他娘是个不折不扣的疯子，那他师父呢？

"我师父很厉害？"路之遥轻笑一声，语气惬意。

"她手脚筋都被挑断了，是个废人，不然怎么看得上同样是废人的我呢？"

言语之外，他师父好像也不是什么好人。

撞上渣爹、娘亲有病、被师父鄙视，李弱水都要大呼"好家伙"了！他这是什么体质，撞上的全是恶人啊。

江年听到这话有些尴尬，以为自己揭了别人的伤疤，赶紧摆手解释："谁说的，路兄武功这么好，是不可多得的武学奇才。"

这话出口，他也不好再继续打探消息，路之遥也没回他，庙里霎时静了下来，只余柴火的噼啪声。

缩在被子里的李弱水只觉可惜，暗叹江年还是太年轻，就应该趁路之遥现在心情好顺着问下去。心情好的路之遥可以说是有问必答、百无禁忌。据她观察，他也不像是会为这些事难受的人，顺着他的话说不定就问出来了。

但话题已经被江年结束，她再问一定会引起路之遥的注意，只能另找机会了。

"这庙漏雨灌风，有些湿冷，弱水，不如你们二人去马车里休息吧。"

陆飞月在这寂静中投下一颗惊雷，李弱水和江年像被踩了尾巴一样眨眼看她，一个是怕的，一个是惊的。

陆飞月也被二人的反应吓到，原本果决的语气中都带了几分犹豫。

"这里确实冷，回马车能暖和不少……不是吗？"

这毒不知要发多久，这里能帮李弱水的只有路之遥，他虽然性子奇怪，但不是猥琐下流之人，为了救命，这没什么不妥。

陆飞月以前出任务便常有受伤的时候，若是太过在意那些虚礼，孟婆汤她都不知道喝了多少碗。

"可以。"

身体的痛战胜了心理的恐惧，李弱水飞快地点头同意了，毕竟现在止痛最重要，庙里确实湿气太重，随便一吹都能和她体内的毒遥相呼应，愈加冰冷。

路之遥微微点头，抱着人从佛台上跃下，步履轻盈，白衣翩翩。

"那便辛苦二位了。"

（十四）

雷声轰鸣，豆大的雨珠砸在车顶，哗啦啦地像落了满地珍珠。

一道银白闪电划破夜空，这强烈的光透过车窗将内部照亮一瞬，映出两个沉默的身影。马车不算宽大，两人围着棉被坐在中间，周围都是座椅，实在是难以辗转，但不得不说确实很暖和。

即使李弱水依然手脚冰凉，可比起之前那份彻骨的寒意已经算是好了很多。

她靠在路之遥怀中，睡也睡不着，周围又是一片漆黑，百无聊赖间，她开了口："你中毒的时候和我一样吗？也是围着被子？"

路之遥静静地抱着她，嘴角噙着一抹笑意，声音在这黑暗中显得缥缈。

"天为被，水为床。"

"什么意思？"

路之遥轻笑一声，没有直接回答她的问题，而是继续顺着她的头发，反问道："你知道如何缓解寒毒吗？"

"难道不是像现在这样吗？用内力？"

李弱水刚抬起头，却又被他温柔地按了回去，听他娓娓道来。

"中毒之人运内力抵抗是会断筋绝脉的，要想让自己不那么难受，只能从外部汲取热度。我师父是个废人，没有内力，但即使有，她亦不可能帮我。"

李弱水微叹一声，伸手拍了拍他的肩膀表示安慰。

"当时我还小，还不懂痛也是快乐的道理，便瑟缩在芦苇荡中取暖。"

听到这话，李弱水的手拍不下去了。

"可芦苇只是芦苇，不会散热，我便想走出来，却因为看不见，一脚跌进了湖里。那是湖边，水线刚到我腰部，若是再深一些，便只能沉在湖中喂鱼了。不过也正是这样，我才发现缓解寒毒最好的法子便是泡到水中。"

说到结尾，路之遥还笑了几声，像是在回忆自己童年趣事那般开心。

短短一个故事，槽点满满，李弱水听得百感交集，怜惜、无语、惊悚之类的情绪交织在一起，最后汇成一句话。

"要不我找个时间教你游泳吧？"

雨滴噼啪落下，雷声轰鸣，疾风将紧闭的车门吹得吱呀叫，像是下一秒就要破门而入。

黑暗的车内陷入了诡异的安静，李弱水心思回转，开始琢磨自己是不是说错话了。

"就是，万一你下次掉进水里了，不会沉进水里喂鱼……"解释了几句，好像更加奇怪了，李弱水索性闭了嘴，心里开始数羊，希望能让自己马上睡过去，逃开这尴尬诡异的氛围。

在她数到第十八只羊时，黑暗中再次响起路之遥温和的声音：

"这是和我的第二个约定吗？"

"不算吧。"李弱水仔细想了想，"这应该是商量。"

"你是在征求我的同意？"像是听到了什么新鲜事，他的音调高了一些，不再像之前那样柔和中带着漫不经心。

"难不成我还能强迫你，把你扔到水里？"

李弱水想象了一下自己逼迫他的画面，忍不住笑出声来："现在满脑子都是你被逼着游泳，却还要温柔微笑的样子。"

原本她便靠在路之遥左胸的位置，这下一笑，连带着他的心房一起震动，很奇异的感觉。

笑到一半，李弱水顿时想到了之前在洞穴里坐船漂流的事。

"你不会水，那在洞穴里坐船的时候你怎么一点都不怕，还放开手了？"

"我不会水，可这不代表我怕落水。"

也是，不怕死的人哪里会怕落水。

李弱水打了个哈欠，眼里泛起雾气："我困了。"

她睡觉一向准时，到点就困，之前坐马车也是这般，听陆飞月二人谈话，听着听着再睁眼就已经天亮了。

车外的雨没有减小的趋势，附近的林叶被打得扑簌簌地响，时不时有雷声轰鸣，可这一切在李弱水的耳里都成了催眠曲。温暖的被子和略高的体温给了她极大的安全感，还没等到路之遥的回复，她便歪着头睡了过去。

狭小的马车内一时变得寂静。

路之遥是天盲，其他感官天生异常敏锐，在常人眼里只是雨夜，对他来说却过于吵闹了。

雨打林叶、珠落车棚、云雷翻涌，声声阵阵传入他的耳朵，雨水

冲刷后涌起的泥腥味钻入鼻子，让人避无可避。

"下雨可真让人不喜。"

类似的叹息出口，他双手无意识地顺着李弱水的黑发，随后抽动鼻子，似是闻到了什么。

又是那股淡香。

他将鼻尖凑近李弱水，淡香轻轻柔柔地萦绕而来，遮了大部分土腥味，她清浅的呼吸也盖住了雨声。路之遥倾耳细细听了一会儿，竟然也有了些困意，不由得低笑一声。

"还真是神奇。"

微动身子，让她靠在了自己颈窝，让那气息喷洒在耳郭，听着这绵长的韵律，路之遥侧头睡了过去。

一夜无梦。

日头高升，还未干透的雨珠折射着阳光，勾出一幅耀目的景象。

下了一夜的雨，土地被冲刷干净，树叶也焕然一新，空中飘着淡淡的泥土味，湿润的风吹过马车，吹进破庙。

陆飞月在破庙里醒来，迷蒙地看着已经收拾好的江年，双颊一红，眼神不自在地移开，试图找回自己冷艳的人设："你今日醒得还挺早。"

江年笑着熄灭火堆，接了她的话："我要是不早点醒，这风都能把门吹飞了。"

陆飞月绷着脸点点头，起身拿起自己的刀，随手整理了一下衣着。

"多谢。"

江年早已经习惯她这一本正经的样子，也拿着包袱起身，笑着摇摇头："走吧，看看车里的二人如何。"

两人走到车前，躲在檐下的马打了个响鼻，随后又低头啃食着破庙前的草。

陆飞月将车门打开，看到里面的二人时不禁一怔，没有再上前一步。

无他，只是眼前这场景太过和谐。

车窗不知何时被打开，阳光才得以从窗口探进，暖洋洋地笼罩在相拥而眠的二人身上。

李弱水背对着他们，看不清神色，路之遥屈膝侧头而坐，乌发盖着半张脸，左手还抓着李弱水的发尾。光柱中的小尘不停在二人周围飞舞，气氛显得宁静又安然。

一切都交融在一起，就像鱼和水，就像光和树。

路之遥身体微动，遮住脸的乌发从脸颊上滑落，露出他如玉的脸庞。

"天亮了？"声线干净，没有一丝干涩的暗哑，很难让人判断他到底是不是刚醒。

江年愣了一瞬，点点头，想起他看不见，又讷讷应了一声："亮了。"

清晨空气清爽，雀鸟在枝头叽叽喳喳叫着，略凉的风吹进马车，吹醒了将醒未醒的李弱水。

阳光直直罩下，她皱着眉头，适应了光线才睁开眼，看到马车外站着的两人，蒙了一会儿后，羞耻感漫上心头，立刻爬起身收拾被子，给马车腾出空间。

"不好意思陆姐姐，让你们在外面站了这么久。"

发丝从手心溜走，路之遥摩挲几下指尖，起身坐到了一旁。

陆飞月接过被子，把它放到车厢底部，神态自然，没有一点尴尬："没事，我们也只是刚到。"

江年在车外赶马，其余三人坐在马车里，空气中萦绕着一种奇怪的安静氛围。但似乎只有李弱水感受到了这安静中透着的一丝若有若无的尴尬。

昨晚身体实在是太痛了，没有心情去想其他的，可现在没事了，那些该纠结的不该纠结的如潮水般涌来。

以往都觉得他是个疯狂、只顾自己高兴的人，没想到这次竟然愿意耗费内力来帮她，还帮了一晚上。

李弱水现在心情很复杂。一方面是知道他的为人，他这么做一定不是因为心动，但到底因为什么她也不知道。

另一方面是她自己，李弱水虽然心大，可也做不到单独和一个男人在一起时睡得毫无知觉、异常香甜。纵使昨晚是因为毒发，可也不至于倒头就睡这么松懈。

只有一个解释，她潜意识里已经开始相信路之遥了。

这简直比发现他是个疯子还要让李弱水震惊。

按照这个势头发展，她十有八九会把自己搭进去，这可就是偷鸡不成蚀把米了。

李弱水如坐针毡地看着两人，陆飞月一脸冷艳但实际在发呆走神，路之遥则是一如往常，唇角带笑地靠着车壁。

随后，他略显苍白的指尖点着车座，发出轻微的咚咚声，韵律逐渐加快，明显和她的心跳声同步。

"听说沧州附近景色不错，我去看看。"

没等二人反应，李弱水已经冲出马车坐到车厢外了。

听到压抑不住的笑声，陆飞月被惊到一般回神，茫然地看着用手背遮住唇角的路之遥。

她是不是错过什么了？

清凉的风吹到脸上，那股莫名的燥热终于消了下去，李弱水松了口气，转头便看见江年拉着缰绳，一脸羡慕地看着她。

李弱水："？"

"同人不同命啊。"江年幽幽叹了口气，"我和飞月相识两年，进展还不如你们快。"

"可不是嘛。"李弱水默默吐槽，又想到原著里两人直到两百多章才互诉衷肠。这么长的篇幅，居然没有给路之遥这个男配角多一点的背景介绍，害得她现在两眼一抹黑。

虽说是三月，可一路上绽开的花朵不少，为了压下自己纷乱的思绪，李弱水有一搭没一搭地伸手摘下，顺手编着花环。

江年看着她手里逐渐成形的花环，不由得感慨："高手啊，我怎的没想到！"还没说完话，他施着轻功去摘路上的花朵，没人牵制的马儿便向青草多的地方去。

"你拉好马啊！"李弱水伸手去牵缰绳，马车却突然颠簸一下，她身子一晃即将摔下去时，一只微凉的手抓住了她。

她转眼看去，路之遥正从车里出来，坐在了车厢外，那只手顺着她的手腕滑到了手心，接过了那根缰绳。

"你来说方向吧。"

听着他的声音，手腕上还残留着一些凉意，李弱水的心突然静了下来。

"往左一些，回到主道。"

她手下加快速度，一个花环做成了，她的声音和往日没有区别："送你，我特意做的。"

柔软的花枝夹着树藤，带着浓郁的花香，被放到了他的怀里。路之遥静了一瞬，唇角再次扬起熟悉的弧度，却只是将花环放到了一旁，温声回道：

"多谢。"

李弱水轻轻应了一声后便不再说话。她方才都在胡思乱想什么？她的目标一直都是攻略成功后回家，不能被这些胡思乱想耽搁。

第
二
章

替
嫁

（一）

黑瓦白墙，车水马龙。

宽阔的街道上来往着各地的商队，稀有的香料、珠宝、食材、药材都可以在这里买到。

这就是沧州，天下除皇城外最为富庶、发达的地方。

宿主攻略进度已达成四分之一，将根据攻略结果发放任务奖励。
奖励发放：任意回忆碎片×1、碎银二十两。综合评级：中等。
请宿主调整方向，再接再厉，自力更生。

"咳咳！"李弱水放下茶杯，捂着嘴咳个不停，似乎是被呛得厉害。

搞什么？之前好几次差点死了，评级居然只有中等？她怎么早些时候不知道还有评级的事？

评级与攻略目标的情感波动有关，中等已经不错了，请宿主不要妄自菲薄。

攻略成功与否不在于每次评级，而在于最后，宿主不要泄气，努力回家。

咳了好一会儿，一只略凉的手才伸过来帮她轻拍着背，腕上的白玉珠叮当作响。

"慢一点。"

声音柔如温流，客栈里的其他人听见都不由得偷偷转过头来看一

眼，随后眼露惊艳地转回头窃窃私语。

等李弱水顺好气后，他收回手，继续拿起筷子吃碗里的食物，随后饶有兴趣地弯了眉："你确定解药在沧州？"

"确定。"李弱水顺手给他夹了一块烧鸡，"我还知道在哪儿，就是不知道怎么拿到。"

原著里陆飞月二人带着路之遥来沧州，虽说是帮他找解药，但主要还是来执行任务的，却碰巧在任务对象家里发现了火燚草，这才帮他解了毒。

如果要解毒，等待时机就行，最后完成任务，陆飞月就能拿到火燚草。可是太慢了，这期间还会毒发，实在太痛苦了。火燚草在一位富商家里，砸钱买是砸不起的，要想偷，陆飞月肯定不愿意，李弱水自己又不会武功……

"你现在有没有兴趣接悬赏令，帮我取解药？"

路之遥吃着她夹来的食物，眉头舒展，笑容温和。

"上次救你是我自愿，但这次要算钱。我很贵的。"

李弱水捂着刚得到的二十两，脸上带了几分犹豫："多贵？"

路之遥不疾不徐地比了一个数，听到李弱水的吸气声后，笑容更加柔和了。

"你太黑了吧？我给你挡了针，于情于理你不该帮救命恩人吗？"

"与其说救命之事，不如这样。"路之遥放下筷子，神色认真。

"你把头发给我，我替你拿解药。"

路之遥将昨日心情好归功于头发，若是能时时刻刻揉着，心情大概会放松许多。

"你要头发做什么？"李弱水像被踩到尾巴一样捂着头离他远了些，满眼不可置信。

搞什么？这种时候要么要钱，要么要人，哪个神经病会要头发？！

路之遥认真思考了一会儿，唇角带笑："做个玩偶，平时没事能揉一揉，晚上放到枕边也睡得香。"

他身上勾着阳光，看起来暖洋洋的，说到"睡得香"时肩胛都松了下去，似乎光是想起来都能让他浑身舒服。

李弱水咬着筷子看他，忍不住咽了一下口水，眼神复杂。

原来他不仅疯，还是个变态啊。

她的攻略之路也太难了吧。

"你要长发短发？"李弱水觉得自己还能再抢救一下。

"我要的话，那一定是全部。"

那不就是要她秃？

"绝无可能。"李弱水严词拒绝，"我宁愿痛几次，也不会剃光头。"

路之遥直直坐着，腕上的白玉珠镀着阳光，他一点也不意外这个回答，反而弯弯唇角："痛的时候记得来找我。"

他们在客栈里吃东西，陆飞月二人则是去走主线剧情了。

之前陆飞月便收到了巡案司的一封密函，沧州郑家是皇商，巡案司怀疑他们与一起贪污案有关，想要陆飞月去搜查一些证据。可郑家因为郑二公子的病情正防备得厉害，他们没法以下人身份潜入，但正好郑府最近在给二公子招亲冲喜，想要陆飞月把握住这个机会。

门口一黑一青两道身影走来，却分得很开，各自抱臂，面色阴沉，来人正是陆飞月和江年。他们一语不发地坐到了凳子上，自顾自地端碗吃饭，双方之间没有一点交流。

这桌正在客栈的靠窗处，窗台上挂着两笼店家养的雀，啾啾地叫着，煞是可爱。这便是专门喂养来逗客人开心的。

路之遥似是没察觉到这沉默一般，正拿着一串红果逗弄，侧耳听着雀鸟上下动着吃果子的啾鸣声。

气氛太压抑，李弱水放下筷子，看向陆飞月："陆姐姐，你们怎么了？"

如果她猜得没错，大概是陆飞月的任务被江年看到了。

这次的任务是暗访，需要陆飞月在郑府招亲冲喜时嫁进去，深入敌后，探查出真相。

江年面无表情，再不像以往那样嬉笑，抬头问李弱水："我问你，如果你的头领让你嫁进去暗访，你愿意吗？"

虽然这问题显得没头没脑，但李弱水理解他的意思。

"看情况，但是一般情况下不愿意。"

李弱水不似陆飞月这么直，这种坑人的密令，她大概率会想办法翘掉。但原著这么设定不过是因为剧情太慢，想要给男女主角一些刺激罢了。

江年听了她的回答，似是找到了援兵，立马点头附和："这才是正常女子的想法。"

李弱水沉默了，江年这么久没能追到陆飞月是有原因的。谁会当面把自己喜欢的人和别人做对比，还说你不如她？

陆飞月冷着脸，紧抿着唇，说出的话都冷淡了几分。

"我是巡案司捕快，听命行事是我的职责。弱水，你觉得我不正常吗？"

"陆姐姐这是敢于担当……路之遥不会喂鸟，我去看看。"

情侣吵架，闲人最好闪开。

李弱水立马放下碗筷去了窗边，悄悄松了口气。

察觉到李弱水也过来了，路之遥扬起一个笑，手中的红果对着她摇了摇。

"这个很甜，要不要尝尝？"

李弱水压着他的手移向雀笼："我吃饱了，你还是喂鸟吧。"

路之遥笑了起来，乌发被微风吹到身后，露出他如玉的面容，不需要其余点缀，仅仅是弯起的唇角就足以让人沦陷。

李弱水撑着下颌看他，即使知道他的本性，却还是忍不住被这张脸给迷住了。

感受到身旁的目光，路之遥原本是笑容渐深的，却在某一刻倏然减淡，弯起的唇角都平了几分。

他伸手摘下一颗红果，手腕翻转间将红果打了出去。

是什么让路之遥露出这样的神色，连假笑都收了？一时好奇心暴涨，李弱水探出了半个身子去看，却什么都没发现。

"弱水，待会儿郑家比武招亲，我去参加，你们是准备待在这里还是一同去看看？"陆飞月的声音还能听出一些气愤，她抱刀起身，不再看江年。

李弱水琢磨了一下，点点头："去。"

路之遥对这些事向来没兴趣，但也点了头，而江年虽说面上生气，但其他几人走的时候还是跟了上去。

郑府招亲的擂台搭在酒楼门口，显然是把这里包下来了。

酒楼二楼坐着两位雍容华贵的老人和一位身着湖蓝纱裙的女子，他们正一脸沉默地望着擂台，神色肃穆认真。擂台上随意地挂着几段红绸，没有一点喜庆氛围，这不像是招亲，像招保镖。

按理来说，这样为了冲喜招亲该是很少人来参加的，可因为是富庶的郑府办的，在一旁做热身准备的就有十几位。

相比起郑府之人的沉默寡言，周围看戏的群众可热闹极了，包得里三层外三层，就连附近的酒楼也站满了人。有嗑瓜子的，有吃瓜果的，一同围在擂台旁大声讨论。

江年陪着陆飞月去报名了，而李弱水和路之遥还在人群中苦苦挣扎。

路之遥看不见，李弱水便紧紧拉着他的手腕往前冲，后来实在没办法，只能揽着他的腰了。

"再忍忍，很快就冲到前面了。"

路之遥看起来瘦削，没想到腰肢劲瘦有力，揽起来手感非常好。

"你好像很怕我失控？"

李弱水不禁抓住了他的腰，还不自知地按住了他的右手腕，某种程度上确实是在制住他。

"你知道就好。"

路之遥抿了个笑，没有回话，任她拉着往前。

说起来，他许久都没用过盲杖了。

李弱水敷衍式地回答之后，使劲带着他往前冲，等冲到前排时发髻都乱了不少。

郑府的比武招亲采取的是一对一轮战方式，最后胜利的便是这次

的赢家，三日后将被迎娶进郑府。

擂台上已经有女子在对打了，招招狠厉，却又不会伤到要害，更像是在论武。

"懂武功的女子看起来真的好飒爽。"李弱水不禁喃喃自语，感慨姐姐们好帅。

"你想学武？"路之遥像是听到了什么趣事，挂在唇角的笑容都显得真心了些许。

"想过。"

"我教你如何？"

他的心思完全转到了李弱水身上，不知道又在想些什么，笑容越发温柔。

虽然看着这个笑很想拒绝，但她还是点头了："可以，再找时间吧。"

攻略人就是如此，即使你再不愿，但如果能促进感情发展，也得点头。更何况她也没那么不愿，作为本书武力"天花板"，和他练一定能学到不少东西，说不定有朝一日还能成为高手。

"找时间？"路之遥偏头对着她，乌发慢慢滑至身前，长睫上掠过流光，唇角的笑更加真诚。

他毫不犹豫地把剑放到她手中。

"去擂台比武，不就可以立刻教了吗？实战练得最快。"

（二）

手里这把冰凉略重的剑时常挂在路之遥的腰侧，从不离身。

还以为他有多宝贝这剑，可现在为了自己高兴，他毫不犹豫地把它塞到了别人手里。

"什么实战？"李弱水拿着剑，有些无奈地问道。

"虽说我师父是个废人，可她倒算会教人，教了剑法便将我扔到危险境地，不需要谁指点，凭本能便可运用剑法，进步神速。"

"你招式还没教，就想我进步神速？"

"招式不难。"他侧耳听着擂台上比武的风声。

"当年我师父教我时，用绳子绑在我的关节上，像玩木偶一般教我招式，有趣且记得牢。"

好像有点道理。

嗯？玩木偶这种方法哪里有道理，她不会被同化了吧！

李弱水立即拍了拍脸，试图拉回自己的正常思维，有些奇怪地看着他："你怎么突然这么有兴趣？"

路之遥闭着双眸，带着李弱水的手握上了剑柄，语气轻柔："你胆子小，又不爱动，但胜在脑子灵活，教你学武一定有意思，或许哪日，你还有能力将我杀了。"

早已习惯他时不时带点病态的言语，李弱水无奈地将手抽出来，抱着那把剑。杀了他就是彻底断了回家的路，李弱水没这么傻。

"那你希望要落空了。我不仅不会杀你，我还会一直护着你。"

常人听到这话都该是带些感动的，但疯子不同，他不高兴了。路之遥敛了笑意，原本抓着她的手也收了回去，声色淡淡："骗人可不是什么趣事。"

这人就是如此奇怪，套路他的时候开开心心，笑得堪比春日骄阳，说真话他反而冷脸，唇角都平了。真是太难捉摸了。

"我说的是真的。"李弱水再次强调之后，略气愤地将怀中抱着的剑换了个位置，不再看他，自然也错过了路之遥那明显走神的神情。

台上已经打了好几轮，由于都是点到为止的切磋，比武的进程很快，就连后面报名的陆飞月也已经比了好几场。

按照如今场上剩下的人，只要她再赢一场，就能角逐前四名。

陆飞月手中的鎏金刀给了江年，如今她拿着的是一把普通利剑，正和另一组的胜者对峙。

"白霜对陆飞月，开始。"

陆飞月一身黑衣，而那名叫白霜的女子相貌清秀，却是一身缟素、头戴绢花，怎么看怎么丧。不过，给人的感觉很像之前拐卖案里的那名白衣女子。

陆飞月显然也发现了这点，和她交手时便动了真格，想要试探一下。果不其然，这剑招和身法跟那位口吐芬芳的白衣女一模一样。

　　陆飞月不愿放弃这恰巧碰到的突破口，动手便加了十分力，一心想将她拿下。刀光剑影间，招式渐渐变了味道，谁都看得出来其间的血腥味。

　　远处一声鸟鸣，白霜立马变了身法，招招直取要害，速度也快了起来，惊得周围的群众都放下了瓜子。

　　陆飞月从小习武，又办案多年，和白霜打起来不落下风，每一招都接得稳妥。她却在某一瞬间顿住了身体，单膝跪地，草草抬剑格挡。

　　不远处的江年正要上前，却在看到陆飞月的眼神时停下了脚步，只能紧紧地盯着白霜。她们二人再次缠斗起来，看得李弱水不禁皱起了眉。

　　原著中陆飞月是一路打到第一的，这怎么半路杀出个程咬金了？原著又误人？

　　"陆飞月中了暗器。"路之遥轻飘飘地说了这句话，"和她对阵的人有什么问题吗？"

　　"应该是和那起拐卖案有关的人。"李弱水看着在擂台上强撑着的陆飞月，心里有了点猜想。

　　这大概就是蝴蝶效应。原著中陆飞月三人找到那片梨树林时已经过了许久，并没有碰上那位白衣女子，只捉拿了一些扫尾的人，救了两三位没被送出的少女。

　　这次被李弱水带着前去，不仅碰上了领头人，还找到了不少证据。虽然结果都是救了人，没有发现真凶，其间的细节却多了不少，相应的剧情也有了一些改变。原本应该略过白霜的陆飞月认出了她。

　　不知道陆飞月伤到了哪里，但她的攻势明显慢了下来，渐渐变得被动，唇色都白了几分。

　　白霜冷眼看她，手下剑速不慢："我们也不要你性命，收手认输就行。"

　　"不可能。"

陆飞月强打起精神，咬牙顽抗，但身体跟不上是事实，一个不慎，手臂被划了一剑。

"一边想要抓住突破口，一边又想完成潜入郑府的任务。"路之遥带着笑意的声音在她耳旁响起，"可惜实力不够，不能兼得。"

"不够也要去做，这才是让人钦佩的地方。"李弱水看了他一眼，"这种事不强求，有的人懂，有的人永远都想不明白。"

路之遥点点头，似是想到了什么，手放到了李弱水的腰后："那你是哪种呢？"

"我做不到她这样，自然是很钦佩的。"

路之遥低头笑了出来，李弱水顿时感觉心里毛毛的，抬脚就往旁边走，却被他揽住腰，止住了去路："不如你去帮她？"

一掌打到后腰，将李弱水送到了激战的擂台上。

路之遥从钱袋里拿出一些碎银，递给了身旁的路人："能不能从你这儿买些花生？"

面如冠玉，笑如春风，双眸轻闭，这副极具欺骗性的面孔再次骗到路人。

"都、都给你吧。"

"多谢。"

李弱水到了台上，不偏不倚正好落到了陆飞月二人身旁。

白霜一心扬剑朝陆飞月刺去，泛着寒光的剑尖直指陆飞月，却在半道被一柄剑鞘挡住了攻势。

李弱水双手握剑，明显是不会武的姿势，却也凭着巧劲儿将她的攻势化了一半。

路之遥侧耳细听，眼睫都弯了起来。

她果然是有天赋的，竟然还知道如何借力打力。

陆飞月双唇泛白，额角汗如雨下，只能用剑撑着身体，明眼人一看就知道她状态不好。

白霜收了剑，睨了她一眼："给你个机会，自己下擂台去吧，这毒不强，早治早好。"

陆飞月紧闭着唇不说话。毒已经中了，后续再赢的可能性不大，可这次机会一过，不仅任务不能完成，还会放跑白霜。难道鱼和熊掌都要扔掉吗？

　　"她不比，我来。"李弱水站在陆飞月身前，有些心虚地捏住了冰凉的剑鞘，挺直腰背看向众人。

　　"你是何人？"白霜执剑看她，眼神轻蔑。

　　"我也是来报名的。"她转身对着报名处举了手，"李弱水，弱水三千的'弱水'。"

　　眼见郑府的人记了名字，李弱水转头看向她。

　　"第一轮两两对决，你还得和我打一轮才行。"

　　白霜嗤笑一声，视线落到她身后的陆飞月身上。

　　"你连剑都不会拿，还是带着她下去吧。"江年早就到了擂台，扶起了陆飞月，两人担忧地看着李弱水。

　　"放心吧陆姐姐，你嫁不了，那便我去吧。"

　　反正她解毒要用的火燹草也在郑家，正好找个机会早些把毒解了。

　　陆飞月抬眼看着李弱水，虽说也不放心，但看到台下笑容自若的路之遥，她还是点头了。

　　"注意安全。"江年急匆匆地带着陆飞月离开了，台上顿时只剩两人。

　　李弱水往后退了几步，和白霜拉开了距离。

　　"按照规则，进入下一轮的人得从你我之间决出。"

　　虚是肯定的，但扫了眼台下的路之遥，李弱水莫名地定了心神，看向白霜的眼都带了几分狡黠。

　　她缓缓拔出手中的剑，对着白霜挑眉："你看这是什么。"

　　薄剑闪着寒光，条条碎裂的细纹刻在剑身，将映出的人影分割成了许多块，显得有些扭曲。

　　这把剑一出，不仅白霜瞪大了双眼，就连远处的鸟鸣都尖锐起来。

　　"嚯。"李弱水睁着眼睛看了下四周，惊讶中不免带了点好笑。这也太好使了吧，简直就像经过训练的狗听到了铃声。

　　白霜二话不说，提剑而来，直刺心脏，似乎想要她立即死在剑下。李弱水拔剑格挡，突然间，一颗坚硬的东西击中了她的小腿，带着她狠狠地抬腿踢到了白霜的右手。不仅是她自己，白霜也没反应过来，生生受了这一脚。

外人都以为这是李弱水厉害，但白霜知道，就如自己身后有人一般，李弱水身后也有高人帮她。

再看看那把剑，不难想到是谁。白霜当年并没有见过那人的样貌，在李弱水后方巡视一圈也没能发现不对。

李弱水见她眉心一凝，神色沉重地提剑攻来，那表情像是悲壮赴死一般。

白霜的剑速很快，快到李弱水根本来不及反应，可她每一招都接到了——被迫的。手臂、膝盖、小腿，每一处都泛着不轻的疼痛，不用猜就知道，这都是路之遥的功劳。

场上怀疑人生的不仅是李弱水，还有白霜。她越打越疑惑，越打越不甘，禁不住喃喃自语："怎么可能，要让她接招，需要提前动手，除非他都预判到了我的招式……"

想到这里，背脊一寒，白霜再次出手劈下，没留一点余力。

"叮——"

宝剑争鸣，两把薄剑相对，李弱水接下她劈来的这招，原本带着裂纹的剑毫发无损，反而将白霜的宝剑砍了个缺口。

"哇！"李弱水看着这个缺口，忍不住低声惊呼。路之遥的剑看起来随时都能碎掉，没想到竟然这么强！

再次抬眼看向白霜时，李弱水发现她的视线并不在自己身上，而是在人群中巡视。她眼里带着怒火、带着不甘、带着恐惧，就连手都有些颤抖了。

李弱水顿了一瞬，趁白霜走神时立刻反手抬剑挑去，在她闪身躲开时毫不犹豫地撞到她腰间，就靠这股蛮力将她撞下了擂台。缠斗许久的斗武以这样意外的方式结束，观众不免发出出乎意料的欢笑声。

此时才回过神的白霜咬牙看着周围，鱼和熊掌至少要得一个，把李弱水抓回去再说。她拿着剑飞身踏上擂台，却在踏到一半时被击中

了右膝，钻心的痛意袭来，她又掉了下去。

"掉下擂台便是输了，哪里有回去的道理。"这人的声音就像三月春风，暖暖地吹进耳朵，却听得白霜如坠冰窖。

她虽然没见过那人的样貌，可听过他说话，就是这个语调。

四周似乎都静了下来，她仿佛只能听到那轻缓的脚步声，慢慢停在身前，白色的衣摆像是一朵洁净的优昙，只绽开一瞬又收了回去。

那人俯身而来，温软的声音在耳边响起："或者是，你想扰了我的兴致？"

（三）

血红的记忆再次涌现，手不住颤抖，她似乎又听到了那日呜咽的风声，感受到了冰凉的剑刃划过背部的痛苦。

白霜颤着眼睫，顺着洁净的衣摆看去。

这人笑如春风，面容姣好，略弯起的薄唇自带几分怜悯，最应出彩的眼睛却是闭着的，眼睫在眼下投出小片阴影。即便他长大了，即便之前没有见到他的容貌，在这一刻，她却能确定他就是那个人。

天底下再没有人能将温柔和残忍融合得这样好。

白霜不顾周围好奇的目光，咬牙从袖间抽出匕首，她心里清楚，这疯子是不会顾忌是否有人在场的，惹他不快，一律要被除掉。不能再退缩了，白霜抑制住本能的颤抖，毫不犹豫地刺向他的眼睛，这个距离，没人能躲开。

锋利的匕首划过血肉，落下滴滴血花，刀尖停在了他眼前，只差一分便能刺进去。

失败了。白霜卸力般松开了匕首，失神地捂着膝上的伤口。

"你有病吧？能躲怎么不躲！"少女的声音不小，带着恼意，还带着几丝疼痛的颤音，将白霜从方才的紧张失神中唤回。

她视线再次聚焦，焦点落在李弱水鲜血淋漓的手上，落在路之遥那带着温柔笑意的唇角。竟有人给这疯子挡刀了。

"我问你话呢，你怎么不躲？"李弱水将手中的匕首扔掉，语气顿时就差了许多，她怎么看怎么怀疑这人是故意的。

虽说那距离很近，可他绝不会躲不开，她可亲眼见过这人双指夹住陆飞月的刀。

"你笑什么？"李弱水看着他的笑容，顿时寒意又生，忍不住往后退了一步。

"我在笑你比武赢了。"路之遥回答这句话后，从地上捡起那把匕首，眉眼柔和地"看"着白霜。匕首在他指尖转了一圈，将白皙的手指染成艳红。

"本来扰了我的兴致，该取你的命，但现在，功过相抵，只要你一条手臂。"

回忆涌上心头，白霜想逃跑，双腿却不听使唤，只得怔在那处。

李弱水看着白霜抖如筛糠、唇色泛白的模样，抬手止住了路之遥："等等，和我去包扎，血都要流干了。"

一听这话，路之遥哪里不懂她的意思，无奈地笑笑，将手收了回来。

白霜看了二人一眼，忍着膝盖的疼痛飞身离开了。

李弱水赢了白霜，进了四强，四人两两抽签再比两轮就能决出胜者。但由于李弱水意外负伤，比赛只好暂停。

郑家包下了酒楼，在一楼请了大夫以备不时之需，李弱水便在这里疗伤。

"你是算准了我会来帮你挡吧？"李弱水越回想越不对味，也没有绕圈子，而是直接问了出来。

"我看不见。"路之遥抬手点着自己的眼睛，"看不见怎么躲开？"

"你这是睁眼说瞎话。"看不见还能让她接了白霜这么多招？

路之遥轻笑一声，抬着她的手，肉眼可见地心情好。

"我睁不睁眼，说的都是瞎话。"

李弱水："……"

一直在套路别人，莫名被套路的李弱水没再回他，转眼看向大

夫："大夫，要不您顺道给他看看眼睛？"

胡子花白的大夫扫了他一眼，收拾着桌上的东西："娘胎里带的我可治不了。"

李弱水睁大了眼睛，有些惊讶："你怎么知道的？"

"我行医几十年，看得出来。"大夫接过药童手里的纱布和药酒，开始处理她手上的血渍。

正在李弱水感叹时，握着自己手腕的凉意慢慢收缩，感叹顿时变成胆战。

路之遥另一只手轻敲着桌面，语调悠扬："你又是如何知晓的？"

李弱水眼神飘忽，下意识挺直腰背："我活了十几年，看得出来。"

大夫："……"

周围的污血被清理干净，大夫用纱布沾着药酒开始给伤口消毒。

"很痛，忍着点。"

黄褐色的药酒刷过伤口周围，带来一阵火辣辣的刺痛感，疼得李弱水直接眼泛泪花。

"姑娘，你别抖，越抖越痛。"

李弱水忍着眼泪，声线颤抖："不是我要抖，控制不住。"

闻言，路之遥立刻用双手拉开她的右手，止住了她下意识的动作。李弱水的伤口不浅，消毒要费一番功夫，手心和手指上的伤痕被药酒抹过，痛得她手部肌肉不自觉抽搐，她却习惯性地闭嘴忍了下来。

路之遥似是想到了什么，微微倾身，将肩膀送到她嘴边，语调轻柔："不如咬我吧。"

李弱水的牙根早已经被自己咬到酸软，此时罪魁祸首的肩膀就在这里，不咬白不咬。

她一点也没客气，张嘴就是一口。

这一下不仅仅是缓解痛苦，还带着别的说不清的情绪。

想到之前种种，李弱水咬得更加用力了，试图将连日来积压的情绪都在这一口里释放出来。

但对他来说，肩膀的痛不是痛，是快乐。

路之遥眉眼弯弯，笑容越发和煦，鼓励似的开了口："再重一些。"

肩膀的肉被狠狠咬住，用力地压迫出疼痛，他细细地享受着，感受着从心底涌起的愉悦。仅仅是被咬一口就如此快乐，若是哪日为李弱水所杀……

然而，还没等他好好享受，李弱水的伤口便清理好了，现在大夫正给她涂抹清凉的药膏。

李弱水抬起头，长长地出了口气："爽！"不论是伤口还是心里，此时只有一个"爽"字能表达她内心的感受。

"大夫，这个药膏多抹一些。"

"我的药膏贵着呢。"大夫眼神古怪地看了路之遥一眼，继续给她上药。

"你是来参加比武招亲的，可想好了吗？"

李弱水不甚在意地点点头，吹了吹伤口："想好了。"

这有什么想不想的，等她拿到火燧草和往来书信后便离开。

李弱水眼神清明不似作伪，而路之遥也是面带微笑、毫无芥蒂的样子。

"老夫真的是老了，不懂你们年轻人。"大夫摇摇头，从篮子里拿出两个绿色瓷瓶。

"一天换三次药，连续三日就好。"

李弱水收回手，捂着自己那少得可怜的二十两银子："大夫，我没钱。"

"不收钱。"大夫将两个药瓶装起来，递到她手中，"郑家包了。"

李弱水看着自己被纱布缠住的右手，拿着药瓶和路之遥一同走回擂台。

走到一半时，路之遥突然开了口："方才为何不让我断她一条手臂？你不想报仇吗？"

"？？？"

这人的脑回路太难跟上了。

"我和她好像没有仇吧？"

路之遥闻言顿住脚步，眉头微挑："她伤了你。"

李弱水看着他，也学他挑了一下眉："按这个说法，你能躲却不躲，吃准了我会去帮你，那我能不能算你间接伤害我？"

路之遥愣了一瞬，随即扬唇笑开，灿若春花："这个角度有趣，那你便拿去吧。"

看着抬到她身前的手臂，李弱水随手拍开，略显无语："开什么玩笑，我又不是变态。"

路之遥收回手，摩挲着袖口的血迹，眉眼柔和，说出的话近似呓语："这可不是玩笑。"

李弱水没听清他说了什么，抬手戳了戳他肩膀："这里没咬破皮吧？"

路之遥怔了一下，摇了摇头："没有。"

"那就好。"李弱水小声说了一句，随后拉着他往外走。

"你盲杖丢了就跟紧点，这酒楼里到处是桌椅，撞到麻筋，眼泪都给你疼出来。"

等到两人再回到擂台时，那几位前来比武的女子都坐在一旁，对她做出一个恭喜的手势。

而那几位郑家的主人都坐在擂台下，像是等了有一会儿。

郑家的家仆走了上来，手里拿着纸笔，开口便问："姑娘生辰是哪一日？"

李弱水一头雾水地看着其他人："这是什么意思？"

一直以来一语不发的郑夫人开了口，严肃的神情终于有了一丝松动："李姑娘，我们想直接招你，你意下如何？"

郑夫人这语气，一点不像给儿子找到了好媳妇，反而像招到了贴心的好保镖。这也来得太突然了。

"那其他人呢？"李弱水指指来参赛的另外几位女子。

"原本是胜者入我郑家，但现在是我们违约了，已经给了她们补偿，就等姑娘你同意了。"

李弱水看看周围人，又看看路之遥，犹豫着点点头："同意。"

她着实没想明白，这郑家人看上她哪里了。

郑府的那位穿着蓝纱裙的小姐走了上来，上下打量着李弱水，又看了眼跟在她身旁的路之遥。

"入我郑府可不能有情债，李姑娘和身边这位是何关系？"

李弱水毫不犹豫说了出来："朋友。"

这蓝衣小姐点点头，又看了路之遥一眼，眉头微挑，盛气凌人地站在郑夫人身后。

郑夫人上前拉着李弱水的手，神色中带了几分小心："姑娘，你怕鬼吗？"

"啊？"李弱水被她骤然拉住手，随后才反应过来她的意思，摇了摇头，"不怕。"她知道郑府的事是人为的，根本没有鬼怪。

听到这话，路之遥不禁轻笑一声，明显不相信。

但郑夫人信了。

"姑娘，你生辰不是六月十五吧？"

李弱水哪里知道"李弱水"的生辰，但不论是不是六月十五，现在都只能说不是。

"不是。"

郑夫人泪眼汪汪，抓着李弱水的手拍了拍："好孩子，三日之后，我们便来接你过门。"

这大概是最草率的一次定亲，在场的吃瓜群众是蒙的，李弱水更是蒙的。郑家甚至没有对她进行背景调查，没有聘书，没有亲人点头同意，这病急乱投医的意味实在太明显。但不论有没有诈，对李弱水来说答应都是利大于弊的。这次不仅是拿解药、找证据这么简单，李弱水还有一个目的。

替嫁在原著里可以是陆飞月、江年二人感情的催化剂，那自然也可以是她和路之遥的感情催化剂。

李弱水心里清楚，路之遥对她明显与对别人不同，但他似乎一直没意识到。不论这个不同是出于什么原因，她都得趁这个机会让他明白这点。

但凡他有一点醋意或者不对劲，她就能加大攻势了。

（四）

郑府找到儿媳，即将大办宴席冲喜一事，没过多久便传遍沧州，成了百姓们茶余饭后的谈资。

要说这郑家二公子，在沧州可是无人不知。郑二公子郑言清，三岁识千字，七岁熟读古诗，十岁便写得一手好文章，在沧州小有名气。直到十二岁那年参加童生试，一举夺魁，在沧州可谓远近闻名，成了读书人的楷模。

但也许是早慧伤人，考后不久，郑言清便得了大病，身体每况愈下，错过了后来的省试。

郑家遍访名医也没多大效果，后来便把主意打到了玄学上，请了个远近闻名的道士来卜卦。卦象显示郑言清命不久矣，要想破局，唯有冲喜可解。也是从那之后不久，郑言清便频频做噩梦，还总发生诡异之事。

因为这些，没人敢嫁进来。冲喜之事一拖再拖，眼看就要到算出的良辰吉日了，却迟迟找不到人。

无奈之下，他们只好把视线转到了武林人士身上，举起了这比武招亲的旗子。

众人以为这次招到的会是功夫了得的侠女，却没想到是个半吊子的外地人。大家都在赌，这姑娘能在郑府待多久。

李弱水此时正在客栈里上药，丝毫不知道自己在沧州已经小火了一把。

潜入郑府这件事本来是陆飞月的任务，却因为自己的问题要让李弱水来背负，这实在是让人愧疚难安。

"弱水，明日郑府便要来接亲了，若你不愿，我们还可以现在走。"

被路之遥拉着上药的李弱水抖着手，嘴角扯出一个僵硬的笑："没事的，陆姐姐，我对成亲这事不看重，况且我要的解药也在郑府，你也不用这么……哎，我觉得不用上药了。"

不知为何，路之遥对给她上药这件事兴致颇高，每天就像闹钟里的那只布谷鸟一样，到点了就开始叫"该上药了该上药了"。

"这伤痕已经开始结疤了，没必要再抹药。"李弱水觉得这药膏也奇怪，结了疤再涂反而火辣辣的。

"大夫说要上足三日的，等到今天下午再上一道就可以了。"

路之遥语调温柔，手却不容拒绝地按着她，将药膏慢慢涂到伤口上。他看不见，也不知道是怎么把药膏抹得这么准的，就连手指的伤口的位置也没放过。

李弱水叹了口气，也就随他去了。

"你确定火燚草在郑家？"江年疑惑地看着她。

"说实话，我已经去郑府翻过一遍了，不仅没发现书信，草药也只有灵芝、人参一类的常见药材。"

李弱水仔细想了想原著剧情，这火燚草是郑夫人给陆飞月的，没写明从何处拿出来，但一定在郑府。

系统不让剧透，但斟酌了一下，她还是提醒了江年。

"郑府家大业大，我相信一定有火燚草，至于书信，大抵是有哪处没搜到，不用着急，再搜搜。"

陆飞月抱着鎏金刀，垂着脑袋，冷艳的气质不再，反而露出一些愧疚带来的温柔："原本是带你来解毒的，现在反而要你帮我完成任务，还要你来安慰我们。"

李弱水哑然失笑，拂开了路之遥的手，上前拍了拍陆飞月的肩："这可不是安慰，这是实话，而且我真的不在意嫁人这个名头。"

陆飞月低着头，吸吸鼻子，飞快地抱了她一下，随后又转身拉开房门。

"我去给你买些吃的。"

江年拍了拍李弱水的肩，赶紧跟了出去，两人的身影没多久便消失在了楼梯拐角。

李弱水关上门，刚转过身便看见路之遥垂着头坐在原位，乌发遮

挡着侧脸，看不清神情。她也没多在意，坐回了原位，顺手拿起盘里削成块的苹果放进嘴里。

"继续吧，我吃点东西分散注意力。"

路之遥应了一声，又抬起头，拿起一旁的白纱布，顺着她的手指一点点地缠起来。

现在已经入了四月，天气渐渐好了起来。而李弱水的手仿佛顺应着四时变化，也暖得不行，和他的温度不同。方才被她的手拂开后，那股莫名的焦躁又浮现心头，他找不到宣泄口。

"这伤口还痛吗？"

李弱水嚼着果肉，点点头："一点点吧，你快一些，不然苹果就要被我吃完了。"

"要是痛的话，你还可以咬我。"路之遥停了手，说得非常认真。只有那种快乐才能掩盖这份焦躁。

李弱水仔细地看着他，腮帮子鼓个不停，房间里响着果子被咬下一口的清脆声。

"那你靠近些。"

像是失去方向后被海妖引诱的航海人，路之遥慢慢俯身，将肩膀凑了过去，唇角扬起一抹笑。

"张嘴。"

虽然奇怪，但路之遥还是微微张开了唇。薄唇微红，他保持着倾身张嘴的样子莫名有些乖巧。

一块苹果被放进了他嘴里，果肉冰凉清甜，他下意识嚼了嚼，那股甜味便立刻窜遍了唇齿。

"哈哈哈哈哈。"李弱水看着他怔然着吃苹果的神情，忍不住哈哈大笑，笑得见牙不见眼。

"牙根痒就吃点东西磨磨，我可没有咬人的爱好。"

清越的笑声响彻耳畔，路之遥莫名感到一阵心悸，转瞬即逝。这是从没有过的感觉。

路之遥将苹果咽下，唇角笑容不再，他伸手抚上了心口。那一瞬的感觉很奇异，就像心口被揉了一下，酸涩中又带着说不出的舒服和满足。

李弱水见他突然不笑了，慢慢收了笑声，往后坐了一些。

不会是玩得太过分，他生气了吧？

她下意识去找他的剑在哪儿，见到放在床上时松了口气。要是他脑子又短路了，她还有时间周旋。

"这是什么？"路之遥抚住心口的手慢慢收紧，神色有些茫然。

李弱水看了一眼，犹豫地回道："那是你的胸口。"

难不成这人吃了苹果就会变傻？

路之遥皱着眉头，搭上了自己的手腕，凝神分辨脉象。

李弱水凑过去看，不自觉压低了声音："你怎么了？"

路之遥收回了手，温声回道："我以为我中毒了，但好像不是。"

"中毒？"李弱水满脸不可置信，"谁能给你下毒？"

路之遥这时才松开眉头，低眉轻笑："这里就你我二人，你说呢？"

"？？？"

这是人说的话？

李弱水走到他身边，尽管知道他看不见，可还是用缠了纱布的右手在他眼前晃来晃去。

"我用得着下毒吗？我前天直接让她把你戳瞎了不是更好？"

路之遥不疾不徐地收着药瓶和纱布，唇角笑意不减："我早已经瞎了，这两颗眼珠子有什么要紧的。况且，我躲得过。"

"你终于承认了！"李弱水脸上的愤怒被笑容代替，带着几分"被我逮到了"的小得意。

"我就知道你是故意套路我！"

路之遥微微叹口气，状似苦恼："竟被你看出来了。"

"我当时立马就反应过来了。"此时的李弱水高兴到握拳，这是她第一次完全猜中路之遥的心思。她沉浸在这喜悦之中，从而忽略了自己被套路的事实。

在这和谐欢快的氛围中，客栈的房门被打开，走进两位丰腴的媒

婆，一红一绿，她们身后是匆忙跟进来的陆飞月和江年。

"哟，这就是未来的郑家少夫人吧，模样标致。"

"就是和男人独处一室有些不妥。"

两人一唱一和地对李弱水二人评头论足起来，随后用手绢遮住嘴，嘀嘀咕咕了几句。

陆飞月抱着烧鸡，三两步走到李弱水身边，有些慌张。

"这是郑家请来的两位媒婆，说是今晚给你打扮一下，明早花轿就到。"

两位媒婆商量好之后，对着楼下拍了拍手，三个小厮便立刻抱着箱子进到房中。

媒婆让他们将箱子放到梳妆台旁，亲昵地拉着李弱水走到桌边。

"这位公子，能不能让让？"

坐在桌边的路之遥勾着唇角，端起装纱布和药膏的盘子起身让位。这两位媒婆将李弱水围在中间，你一言我一语地给李弱水补起了课。

很明显，李弱水没有娘家，她们今日来不仅是给她梳妆和送聘礼，还要把成亲的规矩给她从头说起。

两位媒婆正说得火热时，路之遥慢悠悠地坐到了她们身边。

穿着红衣的媒婆转头看他："你做什么？"

路之遥笑吟吟地开了口："我也不知道成亲的习俗，有些好奇。"

不仅是路之遥，就连江年和陆飞月二人都坐了过来，他们不仅是好奇，还想摸清楚流程后找时间深入郑府翻查。好不容易得了这么个显摆的机会，媒婆们没有拒绝，反而将声音放大，继续说了起来。

"咱们这里和其他地方不太一样，新娘拜完天地后不用立刻入洞房，而是要和新郎官一同坐在大厅内，将盘中堆着的喜糖发完才行。"

李弱水也来了兴趣，完全把这个当成了风土人情来听。

"为何要发糖，不盖盖头吗？"

"不用。"红衣媒婆摆摆手，"咱们沧州开明，不讲究盖头，郎才女貌大大方方展现就好，遮不遮的无所谓。"

绿衣媒婆随后补充："成亲是大喜事，喜糖沾了新娘新郎的福气，发糖便是将福气散出去。"

　　两人继续你一言我一语说起了规矩，说得李弱水头都大了。直到夕阳的余晖斜入客栈时，这两人才算把事情说完。

　　她们将一个不大的锦盒递给李弱水，满脸喜色："这是郑家的聘礼，里面都是一些买了但没写名的店铺和宅子，都归你了。"

　　李弱水的手有些颤抖，她打开锦盒，看着里面一沓的地契，没忍住咽了下唾沫。

　　这也太实惠了。

　　两位媒婆打开另外两个小木盒，将里面的东西一一摆上梳妆台，神色喜庆："要发喜糖，脸面可是很重要的，今晚就由我们给你化个美美的妆容。"

　　李弱水被拉到梳妆台前，被细线拉着绞面开脸，开始了漫长的梳妆之路。

（五）

　　锣鼓喧天，鞭炮齐鸣。

　　过了一夜，迎亲的队伍早早就到了客栈门前。

　　李弱水此时双眼无神，呵欠连天，被媒婆拉着打扮了一晚上，现在她已经困到坐着就能睡过去的地步。

　　成亲这事儿实在没什么实感，她也不在意，就是想着在月中之前找到火燚草，先把毒给解了再说。

　　眼前的媒婆给她搽好口脂，看她的眼顿时都亮了。

　　杏眼高鼻，皮肤光洁，最出彩的便是那双眼睛，像是会说话一般，生机勃勃，任谁看了都忍不住心喜和放松。

　　"李姑娘，这可真是漂亮啊，婆子我好久没见过你这么有灵气的人了。"

　　李弱水耷拉着眼皮，不知道她是如何从这疲惫中看出灵气的，只

好点点头称是。

妆容终于化好了，李弱水撑着劳累的身体，拖着长长的喜服走到门后，从那里拿出一根普通样式的盲杖。

"路之遥，接住。"

路之遥正坐在窗台上，手中玩着一个九连环。听到李弱水的声音后，他抬手接住飞来的东西，用手摸了摸。

"这是什么？"

"这是盲杖，托陆姐姐他们买的，你随后自己单独行动的时候要用这个。"

李弱水特地强调了一遍"单独行动"，想要提醒他以后她不在的事实。

路之遥拨开吹到唇角的发丝，抿出了一个笑："多谢。"

他完全没有注意到她的语气重音……算了，攻略人哪里这么简单，得找个机会把系统奖励用了，再多了解他一些。

"可以走了吗？"

媒婆眉开眼笑地给她盖上盖头，扶着她打开了门，慢慢下楼到了客栈门口。

"新娘到！"

周围不知道聚集了多少人，叽叽喳喳地吵闹起来，要么在讨红包，要么在吃瓜看戏。

李弱水从盖头下看去，周围人影憧憧，偶尔有几个小孩探头探脑地想要从下面看看新娘子。

李弱水和一个扎着羊角辫的小姑娘对上视线，笑着对她眨眨眼睛，小姑娘便捂着嘴巴跑开了。

两位媒婆一路上说着吉祥话，周围的小厮散着喜钱，李弱水被扶到了花轿前。在进去时，她余光似乎扫到一片白色袍角。

"起轿。"

迎亲队伍吹吹打打着从客栈前往郑宅。一路上铜板叮当响，喇叭唢呐齐上阵，听得李弱水昏昏欲睡。当然，她也没有为难自己，没过一会儿便睡得天昏地暗，像是要把熬夜缺的觉全都补回来。

"吉时正好，佳偶成双。请新郎请出新娘。"

媒婆一嗓子吼出来，郑家二公子郑言清走了出来。

即使穿着大红的喜服，他看起来气色依旧不好，喜服将他衬得更加苍白和羸弱。

郑言清捂着嘴咳嗽几声，这才慢慢地走向花轿。

"按礼节要背起李弱水，这个郑公子行吗？"不远处的房顶上站着江年和陆飞月二人，江年看着郑言清虚浮的步子，有些怀疑。

"不知道。"陆飞月摇摇头，"你见到路之遥了吗？"

按那日在破庙的说法，李弱水大概是心悦路之遥的，这次却为了他们嫁到郑府。即便是假意，她也不希望因为这事伤害两人的感情。

江年将陆飞月拉到自己那处，指了指轿边："那里，一直跟着呢。"

方才那个视角，花轿完全挡住了路之遥，换到这边，陆飞月才看见那抹白。

她迟疑了一瞬，仔细看了看路之遥的表情："他好像挺乐在其中。"

江年点头，长长叹了口气："这下完了，路之遥根本就不喜欢她，李弱水的单恋也得无疾而终啊。"

天底下会有谁能眼睁睁看着自己喜欢的人成亲呢，即便是江年，在初初听到陆飞月的任务是嫁入郑府时都吃醋得快要炸了。

郑言清已经走到了轿门前，伸出手叩了叩，示意新娘出来，可等了一会儿，轿内却毫无动静。

他等了一会儿，又抬手敲了敲。周围原本的起哄声慢慢低了下来，大家都张望着想看看发生了什么，甚至还有人猜测是新娘逃婚了。

在众人的疑惑脸中，唯有路之遥掩唇轻笑。

他听到了轿内绵长的呼吸声，知道李弱水是睡着了。

在郑言清再次抬手叩门时，他捡起脚边的一颗喜糖，翻手打了进去，"啵"的一声打中了李弱水的额头。

这一下说重不重，说轻不轻，但李弱水被打醒了。

她睁开双眼，看着满目的红色时愣了一下，随后想起来自己是在花轿里，即将成亲。轿门响了三声，她想起了那两位媒婆说的话，打了个哈欠后伸手掀开了轿帘，接过那人手中的红色喜绸。

直到这时，周围看戏的百姓才收了私语，开始放声谈论。

"要说这郑公子还是不错的，相貌堂堂、一表人才，若是没有撞邪这档子事，想嫁他的可要踏破郑家门槛。"

"谁说不是呢。"

两人正咂舌后悔时，前方一位白衣男子转过了头，笑容和煦地问道："郑公子很好看吗？"

两人看到了他闭上的双目和手中的盲杖，了然地对视一眼，点点头："郑公子在我们沧州的男子里，相貌也是排得上号的。"

路之遥眉头微挑，勾起的唇也平了一些："那同我比如何？"

男子之间也不少人爱比风姿，这两人倒也不惊讶，反而仔细打量着他。

"单论姿容，公子确实胜过郑公子许多。"

路之遥的眉头展开，唇角微勾。

"但谁更好看就难说了。若非要比喻，你就像花，柔和绮丽，但郑公子像竹，清直板正。你们不一样，不好比。"

"是啊，若我是女子，会觉得郑公子那样的人更好看……公子你别生气，你当然也是好看的。"

"无事。"路之遥的笑没什么变化，等到郑府人宣布进门时，他便点着盲杖跟着人流进了郑府。

婚礼除了叩轿门有点意外，其余流程进行得很顺利，没多久便拜完了天地，到了揭盖头、发喜糖的时候。

眼前的红盖头被挑开，闷了一个早上的李弱水终于得见天日。

郑家的亲戚在大堂里看着两位新人，不由得抚掌大笑："真是郎才女貌啊！"

李弱水勾起商业假笑，转头时终于看见了这位倒霉的郑二公子是什么模样。面容清秀无害，身材瘦弱，皮肤苍白，一打眼就能看出他身体不好。

这位郑公子接到了李弱水的目光，也只是点头致意，轻轻地笑了一下，给人感觉十分安静。

随后，他们就被丫鬟带到了大堂中间坐着，一人手边放了一盘纸包的酥糖，堆得像小山，等着他们一颗颗发完。

李弱水坐在那里，有人来便笑着给一颗糖，并随口说些祝福语。她不觉得自己像成亲的，反而更像超市里端着酥糖推销的导购员，有人来试吃就笑着推销。

一个小姑娘提着裙摆跑到她面前，捧起了双手。李弱水多抓了几颗给她，在她期待的目光下说出那四个字："好好学习。"

小姑娘一听这话，撇着嘴跑走了。

不仅李弱水笑了，她身旁原本心不在焉的郑言清也笑了起来。

两人笑而不语时，一抹白色慢悠悠到了二人身前。

李弱水眉心一跳，看着路之遥的眼神带了几分期许：快说些酸酸的话，说些酸酸的话……

"新婚要发喜糖，我也能吃一颗吗？"路之遥眉眼弯弯，向她伸出了手，手腕上的白玉珠映着周围的红烛，染上了一些暖红色。

无语。

她之前吃了这么多苦头真的毫无用处吗？他就没有一点点心动？

李弱水沉浸在那略微的失望中，深吸了口气，一时忘了给糖一事。郑言清见状立刻抓了一把酥糖，想要放到他手上时却被躲开了。郑言清抬眼看着这个白衣男子，莫名感到一丝胆寒。

路之遥像是没察觉到郑言清的动作，继续开口道："一颗也不行吗？"

李弱水这时才回过神，端着盘子就给他倒了大半，随后开始沉吟："祝你……"学业事业爱情他好像都不太感兴趣。

"祝你以后走路都不用盲杖，吃饭有人给你夹菜，睡觉有人给你暖被窝。"

这是她这么久以来观察到的，同时也在提醒他一件事——这些她

都做过，所以赶快对她心生好感，赶快喜欢上她，让她早点回家吧！

"多谢。"路之遥抿唇笑了笑，抱着那小堆酥糖走出了大堂。

……

他今天依旧没听懂李弱水的暗示。

李弱水叹了口气，继续在大堂做一个无情的发糖机器。

路之遥带着这小堆酥糖回了座位，完全不知道江年正用一种同情的眼光看着他怀里的糖。路之遥唇角带笑，将酥糖放到桌面，剥开一颗吃了起来。

感受到江年的视线，他随手挑了一颗："江兄想吃？"

江年头摇得像拨浪鼓，随后迟疑地问道："李弱水成亲这事，你有什么想法？"

路之遥手里把玩着糖纸，脸上依旧是那让人看不出真实想法的笑意："想法？不过是成亲而已。"

江年凑过去，一副好学的模样："此话何解？"

"成亲，不过是两个人走个过场，粉饰彼此各过各的假象罢了。"

"……"江年沉默了一会儿，"谁告诉你的？"

"没人告诉我，我自己发现的。"

江年摇摇头："不相爱的人才会如此。"

路之遥低声笑了出来："也许吧。"

就像他娘亲，就像他师父，成亲不过是徒增痛苦，不过是彼此折磨，这又有什么意思。不过若是和郑言清互相折磨、大打出手，按郑言清那体格，多半会被李弱水打趴下，倒是不用他操心了。

江年起身看了看，低声道："路兄，我先去找飞月了，我们今日准备探郑府，你先吃着。"

路之遥随意点点头，不在意他们要去做什么，只是靠在椅背上，一颗颗地吃着酥糖。

"福气传万家，百年好合，新娘入洞房！"高昂的语调从大堂里传来，敲敲打打的锣鼓声又响起，李弱水被人带着去了新房。

他剥着糖纸，莫名有些躁意。

（六）

新娘入了洞房，新郎还要在此地留着敬酒。但郑言清身体不好，只能以茶代酒，一桌一桌地敬着。

路之遥没有动喜宴上的饭菜，只是将酥糖一颗颗剥开，似乎吃不腻一般吃了一个又一个。

坐在旁边的小孩吃着鸭肉，不时地看他一眼。

路之遥长得漂亮，又吃得很香，完全将小孩的馋虫勾了起来。但小孩莫名觉得这人有些恐怖，不敢上前搭话，又见他闭着双目看不见的样子，便大着胆子伸手摸了一颗酥糖。

"想吃糖？"路之遥伸手抓住小孩的手，笑容温和。

小孩见了他的笑容也放松下来，点点头："想吃。"

路之遥转过身对着他，左颊里包着一颗酥糖鼓了出来，整个人看起来无害极了："我心情似乎有些不好，这样，你送我一根手指，我开心了，便给你一颗糖，如何？"

他从袖子里抽出一把锃亮的匕首，转着圈在手指间玩弄，匕首上转过的流光滑过小孩的眼睛。

小孩看着他手里的匕首，吓得鸭腿都掉在了地上。

路之遥听到动静，将匕首收了回去，无奈地叹了口气："无趣。"

他继续吃着酥糖，指尖不断地敲打着桌面。似乎终于想到了什么，他将剩下的酥糖放到怀中，拿过一旁的盲杖往外走去，步伐都轻快了许多。

李弱水捂着肚子躺在榻上，又饿又困。眼见窗外的太阳都差不多落山了，她竟然还没吃到一点东西。

成亲的人不算人吗？

就在她无聊看窗的时候，外面突然吵吵嚷嚷地迎来一群人。她翻身坐起，透过纸窗往外看，只见郑言清和他身后的丫鬟小厮慢慢向房

间走来。

李弱水提着裙摆下榻，在她坐到床边的同时房门也被推开了。

郑言清对她歉意一笑，上前坐到她身边。

身后的丫鬟小厮端着饭菜和干果，他们将饭菜布置好后，在两人身前站成一排。

李弱水看着他们，一时没想起来这是个什么流程："这是做什么……"

其中两个丫鬟走上前来，一人捧着一个干果盘，盘中装着干枣、花生。

"祝少爷、少夫人早生贵子，百年好合。"

话音刚落，她们便将手中的干果全都抛了过来。

看着那两盘小山高的干果，李弱水条件反射地闭上了眼，想起了这个"祝福"的流程。

这哪里是祝福，明明就是有仇吧！干硬的坚果落到衣裳和床面上，发出"咚咚"的声响，光听着都会觉得痛。打在身上没什么，就怕打到脸。

李弱水全程紧闭双眼，手揪着裙边。这样的情形下，最怕的不是被打中，而是即将被打到的那份紧张感。

这叫什么成婚，这分明是上刑。

眼见天色渐暗，丫鬟似乎是怕误了吉时，却又不能直接倒，只好加快祝福的频率。

"祝少爷、少夫人早生贵子，百年好合……"丫鬟一边说一边砸，虽然有注意方向，却还是不免会打到脸——

打到郑言清的脸。

郑言清发着呆，脸上已经被砸出了几个红印，李弱水闭着眼自己紧张，却没有一颗打到她的脸。

等到两盘干果终于砸完之后，丫鬟们松了口气，给他们行了礼之后便匆匆离开了这里。

李弱水睁开眼，庆幸地拍拍胸口，劫后余生般说道："幸好没打到脸。"

她转眼看着郑言清时，没忍住笑出声了："你好惨啊。"

郑言清脸上不仅有红印，头发上还落了几粒花生，模样狼狈。

"昨天就已经预见到今日的情形。"郑言清指指桌上的饭菜，"要吃一些吗？"

"好啊，正好我也饿了。"李弱水起身时被硌了手，顺手将那东西拿起来，忍不住抽了下嘴角。

"枣子花生就算了，居然还撒酥糖。"

她手中是一小块被掰开的酥糖，棱角分明，带着一阵甜香。李弱水说话的姿态和语气都太自然，郑言清不仅少了许多尴尬，还奇怪地多了一丝兄弟间的亲切感。

"没有吧。"他转身看了一下床面，顿了一瞬，"……还有挺多的。"

红色的床面上，在枣干和花生间散着不少酥糖的碎块，看起来非常显眼。

"还好我没事。"李弱水再次感叹一声，将酥糖扔回床上，和郑言清一起坐到桌边准备吃点东西垫垫。准确地说，昨天下午两个媒婆上门后她就没吃什么。

"李姑娘，嫁给我这事是你自愿的吗？"原本这话是要酝酿许久的，但李弱水的言行举止莫名让他感觉亲近，似乎说些什么都没关系。

李弱水听了他这话，一点也没惊讶："不是。"

郑言清闻言松了口气，神态都自然了许多，从喜服里拿出一张信纸，略带歉意地放到了桌上。

"李姑娘，这是我写的契约书。"

李弱水吃着菜，顺手拿起来看了几眼。这是一封按了手印的契约书，约定等到半年之后才会与她和离。

"不行。"李弱水放下纸，"最多一个月。"

郑言清怔了一瞬，点头笑了，咳嗽几声后将纸收了回去。

"看来李姑娘是有备而来。"他放松地拿起筷子，神色不变，"不用担心我会告诉别人，不如说，你将这里搅得天翻地覆更好。"

李弱水对他点点头，神情深沉："你高看我了。"她做事的所有目的

都是攻略路之遥，至于原著的主线，任男女主角去走，她就不操心了。

"咳咳咳！"郑言清还是第一次听到这样的话，一下子没缓过气，咳了许久。

李弱水还以为他是因为开了窗，吹了冷风才咳嗽的，便起身去关窗。翻来覆去搜查郑府的陆飞月、江年二人正好路过这里，原本是来看有没有发生什么事的，但恰好看见窗户被关上了，便立刻靠近那里。

此时婚宴还没结束，大部分的丫鬟小厮都在前厅帮忙，这里基本没人看守。陆飞月二人走到窗台下，正探头从窗口往里看时，突然听到上方传来一声轻响。

两人抬头看去，只见路之遥屈膝坐在走廊的梁上，手里翻着几张暗黄色的糖纸，从下往上看不清他的神情。

陆飞月与江年对视一眼，心中都有些疑惑。

江年翻上房梁，用气音问他："你在这里做什么？"

路之遥将糖纸扔下，唇角又勾起了那熟悉的笑意。他从怀里掏出一个绿色瓷瓶，同样用气音回道："给她擦药。"

江年："……"

他属实看不懂了。

"那我们再去搜搜，你看着点，防止那个郑公子对她做些什么坏事。"

路之遥把玩瓷瓶的手一顿，稍稍抬头："什么坏事？他会杀了李弱水吗？"

"不是这种坏事。"江年摆摆手，唇张了又闭，委婉地说了出来，"就是成亲都会做的事。"

"将她锁起来？"

"哪儿跟哪儿……"江年猛吸一口气，但还是压低了声音，"不管是什么，总之你注意些，一有不对就进去将郑言清打晕。"

"这样啊。"路之遥扬起一个笑，点点头。

江年倒是提醒他了，他确实该进去将他打晕。

等到陆飞月和江年都走了之后，他立刻翻身下梁，没有多等一刻。

房内的李弱水早已经吃饱并且洗漱好了，正坐在一旁等着郑言清重新拟制一张契约书。但她实在太累太困，昨天熬了一个通宵不说，今日又忙了一天，早就熬不住趴在桌上睡了。

郑言清写好契约书后，抬头看到这幅画面，不禁哑然失笑。他将契约书放好，轻点李弱水的手臂叫了几遍，却一直没有得到回复。

郑言清叹了口气，从一旁拿过一张薄毯披在她身上，顺手将她从座位上扶了起来。

"得罪了。"

可他体质弱，想要将李弱水抱起实在是有些困难。正在他考虑要不要背一下时，后颈一痛，晕倒在地。

"得罪了。"路之遥语气轻柔，顺手接住了倒下的李弱水。

将她横抱后，手中闪过一抹流光，正是一把锋利的匕首。路之遥眼睫弯弯，正起势准备射出时听到了李弱水几声呓语。

手中的匕首在指间转了一圈，还是回到了袖口中，随后他抱着李弱水抬脚跨过了郑言清。

这房间里的烛火早被他灭了，此刻只剩透过纸窗的月光将房里照得微微亮。不过他原本就不需要光。没了盲杖他依然可以走，只是要慢一些。

抱着李弱水走到床前，他伸手摸了一下床面，没有硌人的干果，那里早已经被清理干净。路之遥将李弱水放到了床上，自己则屈膝坐在脚踏上。

他将瓷瓶拿出，拉过李弱水的右手，竟然真的是准备给她上药。

"还剩最后一次没上。"

轻叹的语调回荡在这寂静的房间，没睡踏实的李弱水又翻了个身，侧身对着他，呼吸绵长。路之遥摸着她掌心和指上的伤痕，不知在想些什么。

突然，李弱水的手上抬，正好落在他脸侧，轻轻地抚摸起他的脸颊。在梁上坐了许久，他又不爱多穿，体温一直都低，蓦然触到她掌心的温度，竟像碰到火一般灼人。

烫得他心里一跳。

那只手很不安分，时不时地抚摸揉捏他一下，掌间疤痕磨蹭过脸颊，带来一种麻麻痒痒的感觉，像是安慰，像是讨好。

路之遥静默许久，随后低声笑了出来，笑了许久，弯起的眼角带着无限的纯情。他将李弱水的手拿下来，为她涂着药膏，轻叹一声："睡着了都这么警觉机灵。"

（七）

咯咯——咯咯——

骨头转动的声音在房间内回荡，不知道从何处吹来的风将床幔扬起，钻进脖颈，激起一阵寒意。

床柱似乎在被什么东西啃食，咔咔作响，而早已经换过几次的床帐顶上赫然出现一双血红色眼睛，映着月光透出一股诡异。身体僵直得难以控制，像是鬼压床，让人只能直直地对着那双红眼。

床下似乎有人，他正用尖利的指甲刮着床板，每一下都像是挠在背上。

室内如此热闹，门外自然也没有歇息，"咚咚"的敲门声响个不停，紧闭的木门被撞得吱呀叫，似乎下一刻便要被破开。

躺在床上的李弱水身体忍不住颤抖，却没有办法动弹，背上早已被冷汗浸湿。

"哥哥姐姐，开门让我进来呀。"门外响起孩子的童声，听起来天真无邪，撞门却更用力了。

李弱水转眼朝那处看去，门闩被撞得弯出一个弧度，张开的门缝间赫然出现一双眼睛，正直勾勾地贴着门缝盯着她。

"我去！"被猛然吓到心脏狂跳、汗毛倒竖的李弱水骂了出来，又使劲想要动手，却还是控制不了自己的身体。

"我要进来啦！"门缝似乎有被扩大的趋势，他嘻嘻笑着继续撞，撞得门吱呀乱叫。

沙沙声响，纸窗也被戳破，露出一双暗淡无光的眼睛盯着她。床下的刮擦声更加强烈，声音也渐渐从中间往床边移来，直到一只血手从床下抠上了床沿。

"我去，我受不了了！"内外夹击之时，肩上一痛，她突然有了力气。身上的束缚也没了，李弱水猛地起身，抄起一旁的木棍往床下扫了一通，又扛着棍子开了门，像个刺头一样对着空荡的走廊大喊。

"我知道有人搞鬼，有本事出来单挑啊！

"还雇用童工，你给人家钱了吗！"

终于发泄完了，内心的恐惧和愤怒一同得到纾解，李弱水气喘吁吁地靠着门，紧紧盯着周围。她知道会有人来装神弄鬼，也给自己做过心理建设，可没想到真遇上时还是害怕。

她穿着的襦裙都已经湿了一道，现在正带着湿润的触感摩擦背部，提醒着她之前有多恐惧。

李弱水深呼吸了一下，转身关上门，又推着桌子将门抵好，这才走到榻边。

郑言清正直直地躺在榻上，一动不动，唯有眼珠能转过来看她。她说："你没事吧……你别看我。"

李弱水往后退了一步，看到他这样子不免会想起门缝间的那双眼。

郑言清将眼睛转了回去，语带歉意："抱歉，明明是冲我来的，却扰了你这么久。"

李弱水摆摆手，将棍子扔到一旁，点了三四盏油灯，房间内慢慢亮了起来："等到明天我就把他们抓住。"

虽然确实吓人，但最难受的是连续几日的骚扰已经严重影响到了李弱水的睡眠。她原本是准点睡的人，却因为这个不得不白天补眠、晚上清醒，这样日夜颠倒的作息她已经受够了。

"为什么你父母不直接派人来守着，反而要找人算命冲喜？"

听到她说家人，郑言清脸上的歉意顿时淡了几分。

"以前派过，守了一个月没东西出现，可守卫一走又有了，他们便以为我撞邪了，我如何解释都不听。"

李弱水看看他，试探性地问道："那你对你的病怎么看？"

"命不好，疾病缠身，也是没法子的事。"郑言清知道这装神弄鬼的事是有人故意为之，却没有怀疑过自己得的病也与此有关。

李弱水点点头，假装不在意地提了一句："或许你的病也不是意外呢。"

请宿主不要在剧透的边缘反复试探。

李弱水心想：这系统平时没用，不该出现的时候倒是话多。

郑言清闻言愣了一瞬，但随即笑了一下："或许吧。"就算知道是谁做的又如何，他原本就在樊笼中，又何必花精力为这点小病忧愁。

"李姑娘，你困了就去睡吧，我已习惯动不了了，不碍事的。"

李弱水打了个哈欠，趴在了桌子上："我还是继续睡在这里吧，等将人抓到了我再睡床。"

陆飞月、江年二人将郑府翻了个底朝天也没找到书信，这两天去巡案司的分部报告了，她怕是还要在这里待几天。

"前不久我问你的火燚草，你找到在哪儿了吗？"

"我娘说我用不着，就没给我。"郑言清更加抱歉了，"我只知道有个暗室，却不知道去处。"

那说不准是和书信放在一处了。

原著中有写是在书房找到的密室，开启的方法也不复杂，可陆飞月二人怎么都没有翻到，大概是哪里出了问题。得等到他们二人回来之后再提一下。

生活太难，处处操心。

李弱水叹了口气，声音里还带着之前吼过后的沙哑："真奇怪，这明明是你家，你却什么都不知道。"

郑言清勉强笑了下，咬唇静默半晌："是啊，我什么都不知道。"

桌边没再传来声音，他便猜到李弱水已经睡着了。郑言清看着屋顶，无声地笑了出来。

他原以为李弱水在被吓的第一晚就会逃走，却没想到她不仅没走，反而还抄着棍子冲出去反抗。

"李姑娘，还真是胆大啊。"

"少夫人好。"

李弱水听到这称呼不免尴尬了一下，点点头继续往外走。要抓鬼肯定要找路之遥，但她这几天白日里基本都在补眠，晚上被"鬼"定时骚扰，算算日子，已经四天没见他了。

他不会已经离开沧州了吧？当初来沧州还是李弱水硬拽着他来的，这几天要是让他走了，那可就是得不偿失了。

突然想到这个可能性，李弱水赶忙提着裙角跑了起来，越想越不对劲。

她居然让路之遥自己待了四天！

"弟妹，等等！"

门前走来一位穿着一袭蓝纱裙的女子，姿态婀娜，举止端庄，但上挑的眉尾勾出几分锐气，抿起的唇角带着几分高傲，看起来并不好接近。

这就是郑言清的姐姐，郑眉。

李弱水有些着急，但还是停了下来："郑姐姐，我有些事……"

郑眉止住她，说话也言简意赅："我就一个问题，你说上次与你同行的那位白衣公子在福来客栈，为何我今早去时没有见到？"

"没见到？"李弱水愣了一下，随即皱起眉，"我去看看。"

李弱水没在意郑眉的举动，一心扑在他不在客栈这件事上，提起裙角，一阵风一般跑走了。她前几天也睡得太死了吧，居然一次都没去找，这不是妥妥地掉好感吗！

进了福来客栈，李弱水一口气跑上二楼推开房门，在见到窗边那抹白色时松了口气，提起的心也放了下来。

"我还以为你走了。"李弱水喘着气去桌边倒茶。她连着几天都没休息好，这下突然跑了这么远，一时有些晕。

"你怕鬼吗？"路之遥背对着她坐在窗沿，朝阳为他勾了层金边。

"怕。"李弱水饮了口茶，非常干脆地承认了。

"这样啊。"路之遥意味不明地应了一声。随后，他身前似乎有什么在扭动，让他不得不微倾肩膀，手臂前压，绷着的衣袍将腰身勾勒得更加明显。

好细啊。

李弱水默默放下茶杯，站起了身："你怎么了？"

他怀里露出半截尾巴，随后这东西跳到了他头顶。短毛猫垂着耳朵，黑润的猫瞳正和她对视。

李弱水："……"

"你不会和这只猫玩了四天吧？"

路之遥转过身来面对她，那猫也在他头顶掉了个头，继续和李弱水对视。虽说和猫对视太久会被攻击，但李弱水没觉得它想攻击自己，反而是想要她过去将它抱下来。

路之遥摸着垂下的猫尾巴，神色惬意，眼尾眉梢都透出一种满足和温柔，沉吟一会儿才开口。

"我和另一只猫玩了四天。"

"？？？"

他在外面有猫了？

李弱水一时间忘了捉鬼的事，注意力全被这猫带走了。他这么被猫嫌狗弃，竟然有猫愿意和他玩四天？

"什么猫？"

"长毛、大眼、胆小、还怕鬼，但是很会讨人欢心。"

哪里有这样的猫。李弱水憋住笑，给他留了面子没有戳穿。

她擦了擦额角因为奔跑流出的汗，上前将他头上的猫抱了下来："小心把它逼急了挠花你的脸。"

高度紧张的短毛猫顿时放松，拱着李弱水的手心喵喵叫个不停。

"挠花我的脸？"路之遥微微歪了头，像是突然想起了什么。

"看，我都忘了，你是个看脸的女人。"路之遥柔柔说出这句话，却莫名带了些嘲讽的意味，李弱水觉得有些新奇。

"你竟然会阴阳怪气，还以为你只会一个腔调。"

路之遥闭着双眸，头靠在窗沿，逆着光"看"她，语带笑意："什么腔调？"

"就是一直笑着，和谁说话都像是在找他借钱，无比温柔无比客气。"

"这个比喻有意思。"路之遥抿唇轻笑，又回到了那个腔调，"所以你来找我是？"

李弱水撸着猫，靠在窗台上，和他隔着两指的距离，仰头看他。

"找你去捉鬼，这可有意思，去不去？"

"我很贵的。"

"我没钱。"李弱水缩短了与他之间的两指，碰到了他的衣角，二话不说把头塞进他手里，说话都瓮声瓮气的。

"只要你去捉鬼，随便揉。"

她记得路之遥对她的头发很是喜欢，让他揉了——能睡个好觉，这把不亏。

路之遥手指微动，触到了她的脸颊。温热、柔软，不同于以往的任何东西，就连顺滑的发丝吸引力都没那么大了。

眼睫微颤，他将手抽出来，照例摸上了李弱水的发尾，幽幽问了个问题："我同郑公子，谁更好看？"

（八）

"我同郑公子，谁更好看？"

这句话没头没脑，听得李弱水不知所云。

她的脑袋在路之遥手中转了一圈，试图抽出来却没能成功，也就随便了："你问这个做什么？"

李弱水记得之前他说过，他对外貌并没有特别在意，那么他这个问话是什么意思？

"就是好奇。"

她要是信了就是傻子，这绝对不是好奇。李弱水被他按着头，但脑子转得飞快，开始分析起其间的利弊。

首先他对只看外貌这事有意见，其次对外貌不在意，最后从心底觉得她是个"颜狗"，所以——"我觉得你们俩差不多。"

一顿分析下来，李弱水选择了当一位端水大师。

揉着发尾的手一顿，他喃喃一句："这样啊。"

李弱水看不见他的神情，他的语调也没什么变化，她琢磨了一下，觉得自己说得不错，毫无雷点。

"你也常看他吗？"

寒凉的指尖触到脖颈，激起一片鸡皮疙瘩，李弱水下意识缩起了脖子。她的分析告诉她要一碗水端平，但她的潜意识告诉她应该从心。

"当然没有。"她选择相信潜意识，选择从心。

她怀中的猫被她紧张地抱住，"喵呜"一声，挣脱着从门跑了出去，不见踪影。

"你的猫跑了。"

李弱水艰难地转头间，头被他放开。

"没跑。"路之遥从窗沿下来，将滑到身前的乌发随手甩到身后，拿起一旁的盲杖，眉眼柔和。

"走吧，今晚和你抓鬼。"

这副模样，真像那些悲天悯人、拔刀相助的善人，就连李弱水心里都不免浮现一个"他真好"的荒诞念头。

李弱水顺顺头发，跟着跑了上去："先去吃早饭。"

沧州的清晨是热闹的，早早便有人开工，街边早点很多，馄饨、煎饺、面条……应有尽有。

揭开笼盖时升腾起的雾气飘散在四月天里。

李弱水带着路之遥坐在街边，点了两碗高汤馄饨，兴奋地给他递了个勺。

"我一闻便知道他家馄饨香，果然，里面还拌了虾米，吃起来肯定鲜极了。"

路之遥朝她歪了歪头："什么是虾米？"

"就是特别小的虾。"李弱水喝了口汤，有一种灵魂回到身体里的感觉。

"你很喜欢吃？"

路之遥神情依旧如常，低头吃了一颗馄饨也没多大反应。从小他娘就给他吃馒头，后来和师父一起也没过过好日子，按理来说，这样长大的孩子一般是很爱吃的。可他不仅不爱，而且食欲和胃口都很小，仿佛吃东西是一种折磨一般。

这样皮薄馅多、汤汁醇厚的馄饨都没能入他的法眼，吃了五六个，喝了一些汤后，他便放慢了速度，漫不经心地喝着汤。

李弱水有意让他多吃一些，便拉起了话题。

"怎么听我说抓鬼，你一点不好奇？"

听到这话，路之遥抑制不住地弯起唇角，瓷勺碰到碗边，发出一声脆响："当然是因为我就在现场。"

这下轮到李弱水呆住了。

"什么意思？"

"鬼试图进房门的时候，我就坐在房顶听着，第一次听见你骂人，很有意思。"

怎么说呢，李弱水一想到路之遥笑吟吟地在他们房顶，这氛围好像更恐怖了，不过——

"你为什么在房顶？"

"在等一些事发生。"

他在等成亲的两人大打出手的场面，等到那时，他说不定不小心失手，郑言清就能归天，一切都会回到原始轨道。

不知道他在等什么，但李弱水不打算就这个问题继续纠缠了，直觉再问下去她可能要心梗。

李弱水坐在凳子上，吹着晨风，伸了个懒腰，前几日的疲惫都消了许多。

"这碗馄饨没多少个，你都吃了吧，我等你。"

路之遥闻言顿了一下，放下了瓷勺："我已经饱了，走吧。"

李弱水盯着他看了一会儿，黑亮的眼里染了些许笑意："那走吧。"

没有和他争执吃多少的事，李弱水放下铜板便带着他离开了。她没有直接回郑府，而是绕了远路，领着路之遥在街上晃荡。

"这小笼包味道好怪，你试试。"

李弱水不仅自己吃，还极其自然地拿起一个递到他嘴边："看看和你以往吃的有没有不同？"

路之遥唇角含笑，感受到递到唇边的热意，下意识张口吃了进去。就是普通小笼包的口感，哪里有什么怪味道。

李弱水没憋住笑出了声，拍了拍他的肩，话里是没掩饰住的笑意："这个大概不对，你再尝尝这个。"

明白了她的意思，路之遥虽然还是笑得柔和，心里却有种说不出的异样。他保持着笑容，却再也没有张过嘴。李弱水也没逼他，自己将小笼包吃了。

这条街这么长，一摊吃一点，等到了郑府他也该吃得差不多了。

"有人在那边卖冰糕。"

这冰糕是用水果做的，蒸出的面皮晶莹剔透，其间包着的糯米糕看起来也软糯可爱，味道肯定不错。

李弱水一手拉着路之遥的手腕，一手掏出了铜板。

"老板，多来几个。"

路之遥刚到那处时便有一股清甜的果香蹿入鼻间，只是闻着就觉得嘴里甜滋滋的。似是受不了这份甜意，原本笑着的路之遥微皱眉头，往后退了一步。

这倒是让李弱水好奇了。这人不怕死，竟然怕冰糕的香味，这又是什么道理？

接过纸包的冰糕，李弱水拿起一块放到他鼻前绕来绕去。

"香不香？想不想吃？"

路之遥连笑都没绷住，抿着唇角往后退了一步："不想吃。"

"吃一口嘛。"第一次将路之遥逼退，李弱水兴奋得不行，一时间连安全距离都没把住，撞进他怀里，咬了一大口冰糕。

"那我吃了。"被咬破的冰糕香气四溢，从李弱水的嘴里飘出一句，"怕不怕？"

少女一门心思地往前移，带着甜香的气息萦绕耳边，一时间他失了主导权，像是个被恶霸调戏的柔弱女子。可他不仅没有生气，反而雀跃起来，似乎是在为这份失控而开心。

心脏再次传来悸动，无法控制。

……要如何才能摆脱这异样的感觉。

"马惊了！快快让开！"一连串的铁蹄声破风而来，街上的行人慌忙避开，撒了不少东西在街上。

李弱水自然也想躲，可被路之遥笑着拉着站在路中，难动分毫。感受到李弱水激烈的心跳，他顿时平静下来，仿佛一切的主导权都回到了他手中。

他弯着眼睫，摸着李弱水颈脉，柔柔地吐出三个字：

"怕不怕？"

前方一个大汉躲闪不及，被马撞倒在地，铁蹄踏上了腿部，怕是骨折了。李弱水心里直呼倒霉，好不容易有个机会，怎么还能碰上惊马这种事！

"我错了我错了，我不该调戏你！"

路之遥似是没想到会得出这么个回答，扬起一个笑容："这是调戏？那我此时也是在调戏你了？"

这是什么脑回路！

"算是吧，你可以另外找个机会调戏我，我撞没了以后你就没的玩了。"

李弱水顺手拉上他的腰，试图带着他一起离开这个位置。不知是哪句话打动了他，这厮用指尖抚摸她的颈脉，在马赶到时轻点足尖，带着她落到了一旁。

李弱水拍着胸脯喘气，太惊险了，她方才似乎都感受到了马喷出

的鼻息。

"久违的感觉，调戏也这般有趣。"身后传来幽幽一声感叹，李弱水顿时无语。

试图和他解释调戏和谋杀的区别实在很难，她决定闭嘴。反正都已经习惯他突然发难，也不在乎这多一次少一次的。

心理素质早已经被锻炼出来了，惊吓过后的李弱水很快便恢复过来，甚至还能面不改色地拿出一块冰糕。

"调戏之后都得补偿一下，把这块冰糕吃了。"

路之遥是变态，但从某方面来说李弱水也不是常人，在话题的跳跃度上，李弱水甚至可以和他媲美。

"补偿？"路之遥偏头远离这块甜腻糕点，"你为何总要我吃东西？"

"你太瘦了，虽说有些肌肉，但你吃进去的能量实在不够你消耗，所以你才一直手脚冰凉。"李弱水实在没忍住戳了戳他细长的手臂、突出的蝴蝶骨和纤细的腰肢……

路之遥没忍住颤了一下，手下意识摸上身旁的剑柄，勾起的笑容僵在嘴角。李弱水鬼使神差地又戳了一下他的腰，这下不只是身体，就连他的睫羽也跟着颤了颤。

……

好敏感哦。

脸上微红，李弱水总觉得自己这个举动有些变态，她收回手，将冰糕塞进了他手中。

"你、你吃吧，这个不腻。"她还想拉他的手腕，却又想起什么，转而去拉他的衣袖，带着他往郑府走。

李弱水总觉得自己发现了什么不得了的秘密，生怕自己下一刻被他秒杀，拉着他的同时还压着他身侧的剑。

路之遥抱着冰糕被拉着前行，步履僵硬，方才那瞬间从尾椎蹿过的麻意早已消失，可他还是有些失神。

而李弱水也没好到哪里。方才路之遥的神情全被她看进了眼里，颤抖的身子、更加颤抖的眼睫、抿紧的唇角，这一切和他以往表现出的都不一样。

莫名让人想要欺负他。

李弱水甩甩头，试图将这个可怕的念头从脑子里甩出去，默念着"不要作死"。可他颤抖的样子真的有一点点好看。

可恶，竟然有点心动。

（九）

郑府守卫很严，除了自家人，进出都需要拜帖。即使是郑言清、郑眉这两人想要将人带入郑府也得先通报郑夫人，更别说是李弱水了。她带着路之遥站在门口，等着小厮进去通报。

没过一会儿，前来的不仅有小厮，还有郑家大小姐郑眉。她显然是仔细装扮过的，额上贴了梅花花钿，身上罩了雪纱，行走间飘摇自动，捎带着仙气。

郑眉停在二人面前，略略抬起下颌看着他们："生人进府是要查问的。"

李弱水疑惑地看着她，随后点点头。她总觉得郑眉有些不对劲，昨天还问她路之遥的住所，今天早上就去找人了。

莫非她看上路之遥了？

"你家住何处？家里有些什么人？婚配了吗？"

李弱水听见郑眉的问话，心中的疑问得到了解答，顿时看郑眉的目光都带了几分敬佩。

郑眉本人相貌冷艳，但又和陆飞月的冷艳不同。陆飞月是冷艳下藏着淡淡的暖意，而郑眉则是冷中带着毫不掩藏的傲气，就连此刻的问话也有几分居高临下的意味。

"我吗？"路之遥将手中空了的纸包揉在手心，勾起几分笑意，"我是孤儿。"

短短四个字便将郑眉的问话全都挡了回去。郑眉听到这条件，下意识皱了眉，但想到这样的家世背景好拿捏，也就松了眉心。

她上下打量路之遥后，露出一个满意的笑容，随后给他们让了位置："进去吧。"

　　李弱水抬脚跨过了门槛，但路之遥还站在原地没动。他蕴起笑容，比这四月的日头还要温暖几分，看得郑眉小鹿乱跳。

　　"这次便算了，下次再这般看我，我便将你眼睛挖出来。"

　　李弱水眉心一跳，赶紧上前来压住他的手臂："他说笑的，我们还有事，先不多留了。"

　　郑眉看着李弱水匆忙的脚步，忍不住嗤笑一声，眉间傲气显露无遗。也就只有李弱水这样的人才如此小心翼翼，这种话哪能吓到她，她可是郑眉，手下高手无数，给他一百个胆子他也不敢。

　　不过，也只有这种姿色的男子才配得上她。

　　"还真是抛媚眼给瞎子看。"她碰碰眉间的花钿，转身扶着身边丫鬟，"罢了，长成那模样，瞎点没什么。去找娘亲说说这事儿吧。"

　　郑言清的房间在东苑，路不远，就是弯弯绕绕，要拐好几次，而且这东苑只有他们住在这里，很是冷清，一路上走来碰到最多的也就是一些巡逻之人。

　　"这些人真的没用，每晚都巡逻，没一次抓到那些装神弄鬼之人。"

　　李弱水碎碎念几句，带着路之遥进了房间。

　　郑言清每日都在这处读书，但读的又不是什么经典名著，大多是一些游记和奇闻逸事。

　　"李姑娘，你回来了……"郑言清放下手中的书，在看到她身后跟着的路之遥时停了脚步，"这位是？"

　　"他姓路，是我请来捉鬼的朋友。"李弱水随意回了句，带着路之遥坐到了桌边，顺手塞给他一块杏仁酥。

　　"快尝尝，这是他们郑府做得最好的糕点。"

　　刚才递给他的冰糕竟然都被吃完了，李弱水莫名有些欣慰，恨不得再多投喂一些。这大概就是养宠物的快乐吧。

　　淡淡的奶香被递到唇边，路之遥原本是不想再吃的，但不知为何，他张嘴含了进去。奶味和杏仁味混合，弥漫舌尖，伴着李弱水嘀嘀咕咕介绍的声音，路之遥不禁勾起了唇角，放松了肩颈。

他略微向左侧头"看"向李弱水，如墨的发丝隐隐约约遮住他的左眼，露出直挺的鼻梁和如扇的睫羽，说不出的昳丽，道不尽的温柔。

"不让郑公子来讨论下吗？"

李弱水："……"

这话怎么被他说得这么奇怪。

郑言清闻言便坐了过去，神色有些拘谨，看得李弱水无话可说。这里明明是郑家吧，他们两个的态度是不是该调换一下？

"没事，郑言清晚上都动不了，躺着就行，主要输出还是你。"

李弱水拍了拍他的肩膀，语重心长："我能不能睡个好觉全看你了。"

虽然路之遥这个人很难捉摸，又容易有些出格的举止，但李弱水很相信他的能力。

郑言清视线在两人之间转动，若有所思，却也没有挑破，只是跟着点了点头。

"为了晚上有个好精力，我先补个眠。"李弱水打了哈欠，一头栽倒在床上，没过多久便睡着了。

郑言清看着秒睡的李弱水，心下对他们的关系更有了底，李弱水之前可从没有入睡过这么快。

"路公子，你接下来想做什么，我可以……"

"不用，等天黑就好。"路之遥站起身，慢慢走到屋外，坐上了秋千，吱吱呀呀地晃了起来。

郑言清也没再说什么，拿起书时又看了眼院中，心中有些疑惑：他是怎么知道那里有个秋千的？

夜黑风高，三声梆响。

门外又走过一队巡夜的小厮，门内的李弱水盯着床帐，神色紧张。没过多久，那被换过的床帐顶部再次出现图案，这次不是红眼，而是几个杂乱无章的血手印。

原本锁好的窗户突然打开，"吱呀"一声，回荡在这静谧的夜色中。

窗户被打开的一瞬，李弱水顿时动弹不得，这时连话都说不出来了，又回到那种鬼压床的恐怖感中。

深沉的夜色中树影摇曳，沙沙作响，走廊中传来铃声，窗户也在夜风中吱呀乱叫。或许是昨晚的反抗让他们恼怒，以往从不破门破窗而入的"小鬼"从窗户探出了头，对李弱水咧出一个笑。

李弱水深吸一口气，心中默唱：我送你三百六十五个祝福，吉祥的光，环绕着我……

"小鬼"双手拉着窗框，一下便跃上了窗台，身上的铃铛响得诡异，他咯咯笑着，竟不像个小孩，倒像是成年人。

他跳进房内，叮当作响，随后从脚边抽出了一把匕首。如果说之前是精神攻击，现在可能要进行物理攻击了。

躺在榻上的郑言清瞪大双眼，呜呜叫着，却没有办法动起来。李弱水也只能躺着，眼睛四处瞥着房顶，但根本看不到路之遥坐在何处。

"小姑娘，你昨晚吓到我孙儿了，今天该找你讨点债。""小鬼"拿着匕首慢慢走近，走到一束斜斜探进的月光下，他的容貌终于清晰起来。

幼童般的脸上横亘着皱纹，眼睛狭小，仿佛只剩下黑色的瞳仁，怎么看怎么诡异。

"你祸害哪家姑娘了？！"李弱水瞪大了眼睛看他，穴道不知何时被解开，她不禁说出了心里的话。

"你说什么！""小鬼"被戳到了痛脚，不再慢悠悠的，足尖轻点便带着匕首到了李弱水眼前。

他邪邪地笑了一下，举起的刀尖在月光中反射出光点，他看着李弱水黑亮的眼睛笑道："眼睛漂亮，就先取这个吧。"

正要挥刀落下时，他神色一僵，猛地往后撤了三米远。

在原先他站的地方，插着一把剑，雪白的剑身在月光下发着莹莹的白光，穗子晃荡，那剑破开木地板，正发着铮鸣声。

李弱水翻身而起，在房梁上四处巡视，终于在床帐上方看到了他的身影。

那"小鬼"原本跛得不行，抬头看到路之遥时，不由得又后退了几步，神色认真，眼角的皱纹都平了许多。

路之遥靠在梁柱上，屈膝而坐，手中不知在摆弄什么，偶有流光在其间闪过。

那光泽，像是月光下的蛛丝。

"你可是答应我要捉鬼的。"李弱水拔起剑，退到路之遥下方，只觉得心中不妙。

"我没有违约。"路之遥弯起唇角，一派闲适，"上次已经体会过打斗的快感了，这次该教招式了。"

招式？教学？李弱水顿时恍然大悟，难怪他今早答应得这么干脆，还以为他感悟了，没想到是在这儿等着她！

"你又坑我！"

"坑？"路之遥手间滑过几丝流光，手腕翻转间，李弱水的四肢和腰间便被缠上了，"这是在教你，多少人都求不来。"

李弱水看着手腕上缠着的银丝，顿感头痛。这泼天的福气她只想让给别人。

那"小鬼"眼睛盯着路之遥，心思转了几圈，直觉碰上了硬茬，打算溜走，却在离开之前被银丝缠住了脚腕。

路之遥轻笑一声，露在月光中的容颜温柔如水，他俯视的姿态像是垂怜众人："最好还是留下来陪她练武。"

他拉动手里的银丝，"小鬼"的脚腕立即渗出几滴血。

不是吧不是吧，他居然还会这招，书里没写啊。而且看这对话，怎么他比坏人还像反派？

李弱水苦着脸，右手被操控着碰到了剑柄。

"五指拿剑，虎口用力。"

李弱水无奈照做，下一刻便被带着拔出了剑。

"剑尖指地，放松身体，双腿分开保持好重心。"

梁上传来路之遥温柔的声音，听起来比书院里最好的先生还要有耐心。他将那"小鬼"脚腕上的银丝收了回来，语气轻柔："想要活

命，最好直接攻上来，或许能找到机会。"

那"小鬼"看着梁上言笑晏晏的路之遥，再看看满脸生无可恋的李弱水，咬咬牙，拿着匕首便冲了上去。

从这姑娘身上搏命，或许有一线生机。

（十）

这"小鬼"，不对，应该说这小老头儿还挺灵活。

三两下便蹿到李弱水身前，匕首带着狠意试图划断银丝，却被李弱水反手挡住，剑尖差点抹过他的脖颈。

"近身战，不是武器短就能占到便宜，要学会将你的剑当作自己的手，长短皆宜。"

路之遥说完这句话，手指微动，李弱水的脚便不受控制地跨了一个弓步，长剑前刺。

"这叫刺，聚力于剑尖，一往无前，可破万法。"

李弱水叹了口气，手被迫收了回来，往后退了几步，嘴里忍不住嘀咕："你教就教，怎么唠唠叨叨的。"

路之遥低眉轻笑，指尖银丝微动，将李弱水双手拉合成抱拳的姿势，随后拜了拜，像是在给谁道歉。

"边说边做，才能让你印象深刻。"

"你够啦。"李弱水看着自己的手被迫合在一起，满眼只写了两个字——累了。说他把她当玩具，但他也确实在认真教，但说他在认真教，又总是操纵她的双手做些奇怪的动作。

小老头儿只蹿到李弱水的腰部，估计是被气得够呛，一下蹿起两米高。他双手都拿着短刀，刀影铺天盖地地袭来，像是织了一张罗网。

路之遥拉着李弱水后退几步，随后提剑接招。

"这叫挡，不用看他的刀，相信你的身体记忆。"

路之遥站起身，手指搭在银丝上，动得飞快。

"我哪里有身体记忆。"李弱水正用一种不属于她的肢体动作接刀，这感觉又和在擂台上的不同。在擂台上是被迫接招，接了多少招她就被打了多少下，毫无游戏体验，但这时她有很深的参与感，甚至有一种都是她自己接下的错觉。

"聪明。"路之遥满意地点点头，在梁上一边走一边带着她往前攻去。

"接下来是剑招，我自己想的，但招无定法，你也可以自创。"

李弱水和小老头儿眼瞪眼，两人都惊恐地看着彼此。

李弱水的手速太快了，不仅这小老头儿难以招架，就连李弱水自己都吓到了。路之遥在梁上如履平地，仿佛没察觉到梁下两人在拒绝，自顾自地摇了摇头。

"可惜银丝还是不够，不能教你怎么转腕。"

够了够了！没看见这小老头儿越打越低了吗，她都涌出一种打地鼠的快乐感了。

小老头儿在地上打了个滚，躲开剑刃，随后咬牙决定最后拼一把。他猛地弹起，两把短刀直直地接住砍下的剑，用上内力后将剑从李弱水的手中震出，深深插入了床柱中。

抓到了空隙，他将短刀猛地前掷，直取李弱水的眼睛，却在半道被一把飞刀截开。梁柱上那个到底是什么怪物，竟然还有余力打落他的短刀。

小老头没再耗着，立刻翻窗逃了出去。路之遥也没犹豫，翻身下梁后背着李弱水一道追了出去。

"我看不见，你可要好好指路。"

"知道你看不见那你倒是别追了啊！"李弱水紧紧搂着他的肩膀，此时的她是崩溃的。

被系统拉来攻略疯子一定是因为她上辈子做错了什么，这辈子才这么惨。

"跳！三四米的样子！"

李弱水此时被路之遥背着在房顶飞奔，宛如坐没有安全装置的过山车。她紧紧地盯着前方的路，不敢有半点走神，生怕一个不注意摔

下去。

前方被紧紧跟着的小老头儿时不时回头看一眼，随后骂骂咧咧地加快速度。而路之遥，没有半点犹豫地往前追着，丝毫不担心前方会有坑。

他的乌发在夜风中扬起，清越的笑声从喉间逸出，在场的三人中，只有他一个人是开心的。李弱水被他的情绪传染，竟然也觉得这个速度有些舒服，忍不住扬起了嘴角。

但下一秒她就笑不出来了。

在空旷的街道上，不仅站着那个矮个儿的小老头儿，还停着一驾马车，周围站着不少黑衣人。一位白衣女子正走进马车，那身形竟然有些眼熟。

小老头儿阴恻恻地看着他们，啐了一口，神色再不复之前的恐慌。

路之遥带着李弱水落下街道，绽开的袍角都透着一股掩不住的喜意。李弱水看着眼前的大部队，倒吸一口气，拉着路之遥往后退了几步，在他耳边小声嘀咕。

"走得太急，剑忘带了，咱们先溜吧。"

"想跑？"

小老头儿狐假虎威地站在马车旁，和那车轮差不多高："敢追过来，就要做好觉悟。"

光是一个小老头儿就这么厉害，不跑就是傻子，能屈能伸一向是李弱水的优点。李弱水立马跳上路之遥的背，拍了拍他。

"快跑！"

"想得美！"其中一个黑衣人冲了上来。

路之遥提着李弱水的衣领反手将她拉到身前，丝毫没给那黑衣人面子，侧身夺过他手中的剑，反手割开他的喉口，将剑柄放到了李弱水的手中。他的动作干净利落，仿佛方才杀人的事从未发生。

"谁说佩剑很重要，没有什么是不能舍弃的。"他语调轻柔，像是夏日柔和的微风，不见一点失落。

"剑，这里不就有一把吗？"

李弱水看着一旁的尸体，心脏跳得飞快，握着剑柄的手心都出了些汗。路之遥是什么意思，不会要她去杀人吧？

"我只是个初学者……"

"你运气真好，刚学了剑招——"路之遥站在她身后，手滑到她腕间，对着众人扬起了剑，"就能学到如何带着剑招运剑了。"

"这福气我真的不想要。"李弱水现在就是后悔，明知道他的秉性，竟然还以为他有那么一丝善良。

"一起上。"

对面的黑衣人原本是被震慑住了，但车壁传来几声轻响，他们不得不硬着头皮上。

众人拿着剑往前冲时，车帘被撩开一些，露出一片白色裙角，以及那人少女般好奇的眼神。李弱水愣住了，脑子里百转千回，却被冲上前的黑衣人打断，转移了注意力。

"刀来了。"路之遥语调上扬，握着李弱水的手腕开始教她所谓的运剑，看起来兴致勃勃。

剑吟刀鸣间，路之遥带着李弱水主动踏入包围圈，发出反派才有的低笑。他左手按上李弱水的颈脉，右手握住她的手腕，一边承接着砍来的刀锋，一边带着李弱水主动攻击。

他步伐轻快、笑声悠扬，此时的他仿佛是世界上最开心的人。

"运剑这么快乐，你一定会喜欢的。"

放屁！

李弱水额角青筋暴起，倒不是被气的，而是在用力把握着剑的控制权，试图和路之遥的手劲儿对抗。

她心累，路之遥倒觉得更加有趣了。

每一次剑锋要触上别人的心脏时，就能听到李弱水倒吸气的声音，她会加着力气将剑拉偏，随后，他就能听见她松气后不自觉碎碎念些什么。

大抵是在骂他，或者求没用的神仙。真奇怪，为什么不来求他，反而去求那些虚无缥缈的东西。

"我只是个新手，来日方长啊大哥，一上来就打打杀杀实在太刺激了！"李弱水步伐凌乱，一边要挡刀，一边还要压着身后那人的疯劲儿，在场的人没有比她更累的了。

或许是今晚月色很好，或许是他实在太开心了，他竟然收了手，将李弱水推出了包围圈。

"好好学着。"

李弱水踉跄着出了圈，抬眼看着他，心下觉得不妙。

此时的路之遥像是被解了封印一般，明明唇角的笑如同今晚的月光，透彻轻柔，下手却招招致命，狠辣至极。

马车里的人放下了车帘，敲敲车壁，那"小鬼"立刻跃上马车，甩着鞭子加快速度离开这个是非之地。

李弱水看着路之遥如痴如醉的神情，不禁皱起了眉。路之遥这人的笑容看起来和善温柔，但实际上就仅仅是将人当成牲畜宰割。为了不招惹多余的麻烦，他选择在合理范围内做这件令他愉悦的事，所以他之前会选择去接悬赏令过活。但归根结底，人对他来说不过是游戏道具、咩咩待宰的羔羊。

即便是对陆飞月和江年，他也仅仅是态度好一些，若杀了那二人能发生一件趣事，他一定毫不犹豫地拔剑，说几句冠冕堂皇的话后利落动手。

那么在他眼里，她也不过是待宰割的羔羊之一吗？

她之前得到的系统评分是中等，说明之前的攻略方法不可取，或者说还不够。

但是——

正如他之前所说，一个人原本就没有爱，又怎么可能去爱人。她会不会一直都是评分中等？她做的一切会不会都是无用功？她是不是根本就回不了家？

前来"送人头"的黑衣人一个个倒下，掩护那驾马车离开。路之遥的衣上染了血色，在这夜色中转成浓黑，像是在衣袍上泼墨而成的山水画。

他长叹一声，将手中的剑扔到地上，发出"当啷"的哀鸣。

长久以来说不明的郁闷和烦躁在此时烟消云散，他嚼着笑，抑制住因兴奋而颤抖的眼睫和手指，转身走向李弱水。

"怎么样，方才的招式有哪里不懂吗？"他半蹲着问她，衣袍凌乱，眼睫略弯，温热的血液从他脸颊上滑下，显出一种凋败又柔和的美。

但问到一半，他的身体便自己静了下来。泄出去的郁闷和烦躁再次涌来，比之前更甚，铺天盖地地似要将他淹没。

"你也在怕我。"

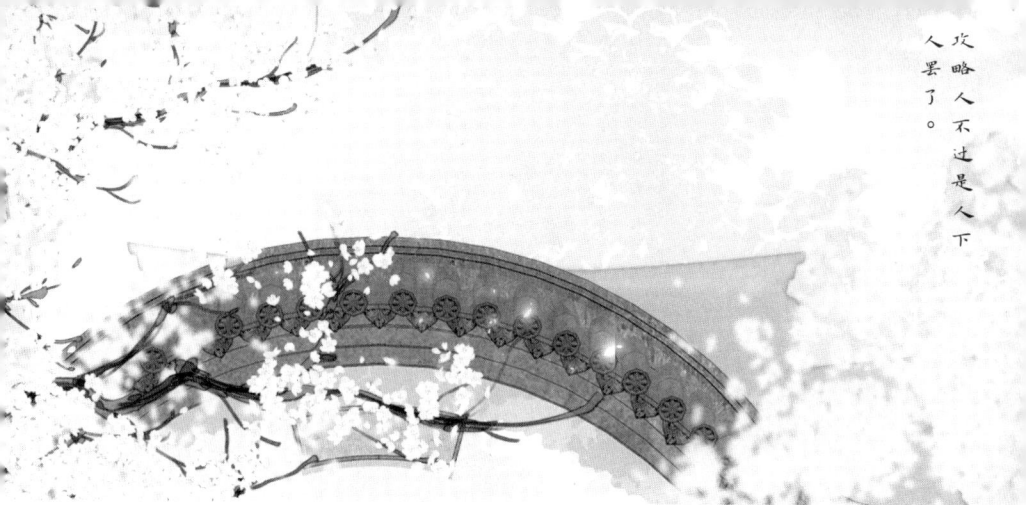

攻略人不过是人下人罢了。

第三章

樱桃红与荔枝香

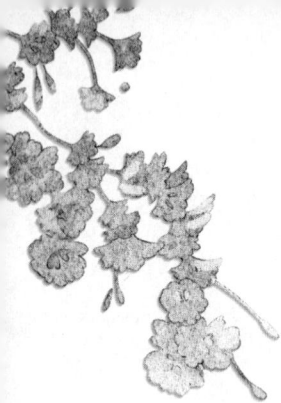

（一）

"你也在怕我。"

语气冰冷，神色平静。

路之遥单膝跪地，向来温柔的脸上不再挂着笑，甚至破天荒地出现了一丝堪称烦躁的意味。

但李弱水久久没有回应，不知在做什么，他根本看不见她的神情。

路之遥长叹一声，将湿透的衣袍脱下扔到一旁。

柔顺垂坠的外袍下，是白底红纹的劲装，黑色腰封勾勒着腰身，箭袖凌厉，一如他这个人。

"你总是这样。"

总是这样出乎意料，弄得他难以自控，即便方才杀了不少黑衣人，此刻也半点开心都没有了。路之遥说着话，低头擦着手上的血迹，面容隐在阴影中，笑意全无。

好烦啊。

一定要在她厌烦恐惧之前杀了她。

路之遥擦干净了右手，白皙的指尖触上她的脖颈，略带几分依恋意味地摩挲着她的颈脉，随后手缓缓收紧，没有给她一点狡辩的机会。

"我不想听你说了，你只会骗我。"指尖寒凉，一如既往，即使沾了这么多温热的血也没能让他暖起来。

警告！警告！检测到真实危险，请宿主及时应对！

一旦死亡，攻略无法开启，宿主将滞留于书中世界！

这系统平时不响，这时候嘀嘀嘀地吵得她脑袋疼，大概这小疯子是真想杀她了。路之遥情绪变化奇怪，由两人合作抓鬼到如今这个被掐的局面，有些出乎意料，却似乎又在她意料之中。

如果是路之遥，他做什么都不奇怪，包括杀她。

颈上的手慢慢收紧，李弱水仰着头，感受到了那从未有过的压迫感，喉口疼痛难忍，颈脉被渐渐挤压，似乎连血液都流得慢了一些。

她哽咽着抓住他的手腕，费力地挤出了一个问题："你、为什么、要……杀我……"

大多是气音，很难分辨其中的意味，但路之遥听懂了。他原本打定主意不听她多说一句话的，却还是在这时下意识松了手劲儿，给了她一丝喘息的机会。

路之遥指尖摩挲着她柔软的侧颈，硬生生地压下烦躁，勾起一丝笑。

"你又想说些什么，还想打赌？现在我似乎有些烦这个了。"

得了喘息的机会，李弱水喘着气，不顾隐隐作痛的脖颈，声音沙哑地重复了一遍："没想打赌，我只是想知道你为什么要杀了我。"

路之遥笑了一下，拇指抵住她的下巴，让她不得不仰起头看他。

"自然是因为开心。你逗猫为何开心，我杀你便为何开心。"似乎想到了什么，路之遥歪歪头，唇角扬起一个清浅的笑，看起来干净又安静，就像他身后的月光。

"你也想说，放下屠刀？"清浅的笑容骤然拉大，变得有些扭曲，就像日光被黑影割裂。似乎觉得自己的想法太过荒诞有趣，路之遥抑制不住地低声笑了出来，笑得胸前的发丝都微微颤动。

"不是。"李弱水声线喑哑，时不时咳嗽几声，看着他笑的模样，心中没有害怕，润泽的眸子静静地看着他。

"付出越多，收获的东西也会越多。杀我不过是你出剑一瞬的事，得到的快乐也仅此而已了。

"世上快乐的事绝不只有这么简单，你不想知道其他人在为什么而高兴吗？"

路之遥收了笑，收了手，没再说话。

这句话他实在太熟悉了。

从小便被囚禁在院中，他想要走出去，等到走出去后才发现，这世间和那院中一样污浊，一样没有意思。

他听过不少欢声笑语，却不能感同身受，直到他第一次挥剑，那份温热震撼着他。但现在，这些似乎不够填补他内心的空洞了。

"……我想知道你为何而高兴。"

其他人与他无关，他也从不在意，但是，他想知道李弱水的想法。

真是好笑，他上一刻明明还想杀了她，这时却还是被她的话牵走了思绪。

李弱水捏紧衣角，咽了下口水，声音有些飘忽："你真的想知道？"

路之遥还没点头，便感受到李弱水朝前凑近，原以为她要反抗，却没想到她搂住他的肩，呼吸渐渐靠近。

她今日吃了不少杏仁酥，呼吸间带着淡淡的奶香，只是有些紧张，就连凑近他时都是颤抖的。

路之遥僵直着身体没动，心脏狂跳，似乎知道要发生什么，可他确实又说不出来。直到微风吹过掌心感到一阵凉意时，他才知道自己早已出了薄汗。

紧张、好奇、心悸、愉悦，还有太多难以言明的情绪出现，就连呼吸都下意识收住了。

甜香越来越近，快要和他的呼吸交融在一起。他从未与人有过这样近距离的接触，似乎都能感受到她身上传来的温度。

路之遥下意识后仰了一些，略红的唇露在月光下，泛着细微的光泽，如扇的睫羽也在微颤，像是在等待惩罚，又像是在等待指引。

柔柔凉凉的触感落在唇角，她轻轻抿了一口，像是蜻蜓点水，又飞快地撤了回去。

李弱水方才一直在纠结，她没亲过谁，纠结了一会儿才选择了亲嘴角，像吃雪糕一般抿了一口，莫名其妙地尝出了一点甜味。

她捏着衣角，手有些抖，除了紧张，竟然还有一点说不清道不明

的兴奋。她这么做只有一个最简单的目的，让他将她从待宰的羔羊里提出来，意识到她的不同。

原本是想要循序渐进的，但方才情形紧张，这个大招只能搬出来了。

路之遥此时微微仰头，双手撑在身后，一副任由采撷的样子愣怔在此地。

"你高兴吗？"李弱水凑到他耳边问出这句话，声线沙哑，尾音颤抖。

夜风缱绻，将这句话卷到了他耳中，只觉得痒。路之遥唇角微动，似是要说些什么，李弱水却在下一刻一头撞进了他怀中。

他愣了一瞬，随后搭上她的脉，微微松了口气。

只是晕了。

路之遥说不清此时心里的感受，只觉得像雨滴落到树叶上，淅淅沥沥，每一片树叶都为雨滴的到来而颤抖。他坐在地上，怀里抱着晕倒的李弱水，不知在想些什么。

而李弱水能晕得这么巧妙，当然不是真的晕了，她心理素质没这么弱。但她知道此时最好的方法就是睡去，所以她开启了系统的回忆奖励，立刻陷入了梦境。

不对，应该是进入了路之遥的过去，真实的过去。

此时她轻飘飘地落到街上，看向街角那处。

"母亲，请让我带人去找李姑娘。"

郑言清作揖垂眸，和郑夫人没有一点的视线接触。

李弱水、路之遥二人发出的声响足以惊动郑府的守卫，他们看到躺在榻上的郑言清时大吃一惊，急忙将他送到了郑夫人跟前。郑言清没心情去听郑夫人担心的话，只想带人前去帮助李弱水。

郑夫人挑明了烛火，将房内照得通明，生怕这样暗的光会伤到自家儿子的眼睛，等到她将烛火都挑好后，才让伺候的丫鬟出去，转身看着他。

郑夫人勾着得体的微笑，像是哄小孩般带着他走到耳房，似是没听见方才他说的话："现在已经丑时了，今晚就睡耳房吧，明日早起还得温书，省试不远了。"

郑言清垂眸不看她，手握成拳，话里带着深深的无奈："娘，您听见我方才说的话了吗？"

"听见了。"郑夫人慈爱地拍拍他的衣领，"但她不过是来冲喜的，咱们还可以再招，你没大碍就好，这些事不用你操心。"

又是这样。

即使他刚才差点丢了命，他娘也没有半分心疼，话里话外全是几月后的省试，他的存在不是为了自己，而是为了家族争光。

"之前我问草药的下落，您也说我不该操心，那我能操心什么呢？整日将我关在院中，这个家里有什么是我知道的吗？"

郑言清挣开郑夫人的手，直直地看向她。

郑夫人见他面带不愉，一下慌了神，她可听说不少学子因为心情不好整日都看不进书。虽说她儿子天资聪颖，但也架不住整日看不进书。

"你看你，不过是草药这样的小事，这也要和娘置气？"郑夫人过去关窗，一边关一边说。

"这草药你用不了，就把它放到书房暗室了。你不用急，这也不是瞒你，想要什么娘去给你拿，你看书就好，不用为这等事劳烦。

"郑家富甲一方，却只能世代经商，没人考过功名，连乡试都过不了了，不少人用这个来刺咱们。

"现在出了你，若不是前几年突然得病，现下怕不是已经中状元了。"

郑夫人满怀希冀地看着他，那眼神虽然温柔，却总是少了几分母亲的慈爱味道，多了几分拜托意味。

"家里产业有哥哥姐姐，你考官就好，娘都是为了你……言清！"

郑言清从小听到大，早就乏了，得了药草的所在地，他也不想再在这里浪费时间了。

家里不拨人，他便自己去。李弱水也是被他连累的，他不能让她

因为自己出事。

"你去哪儿……快跟着二少爷！"

郑夫人原本温柔的声音突然尖厉，双手挥着让院外守着的护卫跟上他，生怕他出什么事。郑言清身体不好，常年喝药，明显跑不过那些训练有素的护卫，没过多久便被拦了下来。

他皱着眉，固执地往大门去。一群人浩浩荡荡地走到郑府大门，家丁在他的眼神下，犹犹豫豫地开了门。

漆红的大门打开，露出路之遥的身影，他背着李弱水站在如水的月光中，唇角含笑。

"郑府不安全，本想直接带她回客栈，但我的剑还在你房里。劳驾，能不能将它还给我？"

（二）

"一骑红尘妃子笑，无人知是荔枝来。"

日光融融，夏日鸣蝉。

街边有一座书塾，里面传来琅琅书声，童声清脆，带着无限的希望和美好。

书塾的院墙外有一棵年份不小的樱桃树，上面结着不少嫩红的樱桃，一颗一颗小巧可爱，将枝丫都压低了一些。但许是挂果的时间有些长了，樱桃都已经熟透，却没人采摘，只能一颗颗地掉到地上。

一只雀鸟飞来，啄食着树上的樱桃，不小心弄掉一颗，砸到了树下那人的头上。

那是个乌发齐肩的小男孩，头顶扎着丸子头，穿着稍显破烂的灰衣，身材瘦弱，小脸灰扑扑的，全身上下唯一鲜艳的颜色便来自耳上挂着的两片红羽耳坠。

他原本是闭目靠着樱桃树的，被那颗果子一砸，颤悠悠地睁开了眼。那双眼像是江南水乡下的新雨，朦朦胧胧，光是看着就消了几分炎热。

他的手指在空中画来画去，不知在想些什么。

虽然他比之前大了些，但李弱水还是一眼就认出了他，那眉眼还是一如既往地好看。知道别人看不见她，李弱水直直地走过去，却还是在离他几步远的地方停下了脚步。

果不其然，感官极其敏感的路之遥转过了头，以为这个地方有人，便对着这处露出了一个笑容。小小的他已经颇有几分长大后的神韵。

如果按时间算的话，现在的他应该已经被他娘亲抛弃了，只是不知道有没有遇上他师父。

李弱水仔细看他的穿着打扮——袖口破了几个洞，露出的手臂上也有不少青痕，裤子只到脚腕，鞋子似乎也很挤脚的样子。

总的来说，街角要饭的穿得都比他好。

亏得这是夏天，不然就凭这两件衣服，在冬天走两步人就没了。

"荔枝清甜美味，这时候也正好是时节，今日回去便买上一些，写成感言，明日交来。"

院墙内传来夫子的声音。

或许是屋子里太热，他正带着孩子们在院中上课，恰好与路之遥一墙之隔。墙内的人摇头晃脑地读着书，墙外的他指尖敲着树，随后想起头上落下的小东西，低头摇摇，将它抖了下去。

似乎有些无聊了，他在树下来回动着，行动间踩破不少地上已然熟透的樱桃，流了满地鲜红的汁水。

李弱水完全不知道他在这里做什么，只好席地而坐，撑着下颌看他。

路之遥走来走去，耳下的红羽跟着摇晃，乌黑的发丝恰好遮住下颌，脑袋顶绑着的绸子飘来飘去，乍一看像个无家可归的小女孩。

突然间，他从地上拾起一枚裹着软烂果肉的果核，二话不说就往李弱水这边扔来。

这情形太过熟悉，李弱水甚至都没有躲，眼睁睁看着这枚果核从自己脑门穿过去，打中一个摊贩的推车。

许是他的内力还不够，这枚果核没有嵌进去，只是发出"砰"的

一声。

路之遥稍显疑惑地歪歪头，不知又在想些什么。

摊主是画糖画的，车身一震，一脸不耐烦地看过来，带着满身麦芽糖的甜香往树下走去。

李弱水慌忙站起来，下意识挡到路之遥身前，但她阻止不了任何人，只能眼睁睁看着摊主穿过自己，又着腰站到树下。

"你是谁家孩子？这么欠呢？！乱扔什么石子！"

路之遥扬起灰扑扑的小脸，眼神暗淡，没有焦点，但还是对着摊主抿出了一个笑。他的唇角原本就微微上翘，这一抿更显乖巧可爱，就连李弱水都心软了许多。

"你父母呢！"

摊主却没有一丝心软，反而见他弱势，变本加厉了。

烈日炎炎，街上往来的行人不多，他的糖又容易化开，心情自是憋闷了许久，现下好不容易找到一个出气筒，哪里会这么容易放过。

路之遥却没有一点怯意，沉吟一会儿后，又扬起一个甜甜的笑。这笑比之前的更大，露出了牙齿，眼眸弯弯，只是看起来有些夸张了，甜中带了几分不协调。

摊主用手扇着风，站在树荫下，身上的糖香越发黏腻："你别来这套，我糖画都被你毁了不少，让你爹娘来赔。"

路之遥略微皱眉，离他两步远，阴错阳差地站到了李弱水身前："没钱。"

这摊主看看他的眼睛，又上下打量了他的穿着，噎了半晌，撇撇嘴。

"没钱，就用你那耳坠来抵。"

那对红羽耳坠的做工看起来非常自然，一点没有晕染的痕迹，也没有一点杂色，红得纯粹，红得艳丽。

"这是我师父给的，没了她会生气。"

从李弱水的角度能看到他的小脑袋摇了摇，不禁让她有些疑惑，难不成他小时候确实是单纯可爱的？

那摊主热得烦躁，不想和他周旋，就直直地伸了手："你不赔我，我还生气呢！"

寒光一闪，摊主受惊地收回手，瞪大眼睛看他。李弱水看着小路之遥手中的刀刃，有种微妙的心安——果然，这才是他。

"看来笑也不总是有用，不过还算有趣。"小路之遥转着刀刃向他走去，李弱水光是看他这姿势就知道这人今天活不了了。

倏然间，一声尖锐的鸟鸣传来，小路之遥脚步一顿，唇角笑意变淡，收回了手中的小刀。

"还要赔钱吗？"

那摊主骤然回神，心下暗惊，离开时却还是碍于面子过了把嘴瘾："看你是个瞎子就不和你计较了，什么玩意儿，晦气。"

路之遥似是没有听到一般，收了笑，继续在那里发呆。

李弱水看着他空洞的眼睛，骤然想起上一次见到小路之遥的时候。他被白轻轻关在院子里，虽说也爱笑，但绝不是长大后的那副模样。小时候的他并不是每时每刻都在笑的。

那个面具似的笑到底是谁教他的？

院墙内铜铃声响，孩子们发出一阵欢呼，大家匆匆忙忙地跑出了书院，奔向那糖画化成了糖水的小摊。

一文钱一串，有人要了兔子，有人要了小花，一时间欢声笑语，方才的一切毫无踪迹，谁也不知道这里发生过什么。

一个穿着书院服装的小男生买了糖画，竟然朝树下跑了过来。

他眼神晶亮，有着小孩该有的天真烂漫。

"你又来了。"

他竟然是来找路之遥的。

小路之遥居然有朋友，这个认识让一旁的李弱水捂住嘴，眼神中不免带了一丝欣慰。路之遥却没多大反应，虽然是笑着的，可李弱水看不见一点真正的高兴，他仿佛只是在敷衍。

那小男孩看着满地的樱桃，没忍住从地上捡了不少完好的。十来岁的孩子正是嘴馋的时候。

"樱桃欸，要不要来一颗？"

路之遥歪歪头，有些不解："什么是樱桃？"

小男孩挑了一颗分给他："就是这个。"

圆滚滚的东西在指尖转了一圈，心里大概有了轮廓，路之遥这时才提起几分兴趣："这是可以吃的？"

"是啊，你不知道吗？"

路之遥摇摇头，将那颗软软的樱桃放进了嘴里，随后点点头："甜的。"

早已熟透的樱桃虽然有些软，但滋味甜蜜，口感很好，虽然他不太爱吃甜的，但这味道竟然还不错。

小男孩点点头，好哥儿俩似的拍拍他的肩，随手翻着书袋。

"今日我们教了首诗，先生说是讲荔枝的，但其实我早就吃过了，太甜了，我不喜欢。"

他终于翻出了一张白纸，将纸递给了路之遥："这是今日学的诗句，我抄在纸上了，你拿去吧。"

他正要接过，却被一声轻喝止住了动作。

"放下！"

小路之遥顿了一瞬，毫不留恋地放了手，没有焦点的眼看向了左侧："师父。"

（三）

月凉如水。

郑言清看着门前站着的男人，沉默一瞬，还是摇了摇头："路公子，即便你们是好友，我也不可能让她一个昏迷的女子同你独处。"

路之遥眉头微挑，有些意外："你以为我在和你商量？"

气氛凝滞，郑言清身后的护卫觉察不对，纷纷挺身站在他身前。

郑言清想到之前在房里看到的场景，估摸着这些人是打不过他的，只能换个说法："客栈条件不好，让李姑娘住在郑府会更妥帖，我们这里什么药都有的。"

路之遥微微歪头，又将李弱水往上托了一些，这才让她的脸露出来。做好这些，他点了点头，抬脚踏进郑府："是缺一味药。"

护卫们拦住他，一脸为难地看着郑言清："二公子，生人进府都是要通报的。"

"昨日通报过了。"郑言清不想再听这些废话，转身在前方为路之遥引路。

"李姑娘没事吧？"

"睡着了。"

两人一问一答后便陷入了沉默，郑言清想过打破尴尬，但苦于找不到话题，只能这么往前走。

他的视线往旁边扫了一下。李弱水头靠在路之遥肩膀上，睡得安稳，嘴角沾着他的发丝，脸颊被挤得嘟起来，看起来很是滑稽。

郑言清又想起之前李弱水扛着棍子出门捉鬼的样子，眼角染了几分笑意。他能看出来，李弱水是个不受拘束、心思灵动的人，倒和他很不一样。

"郑公子，非礼勿视。"

路之遥顿了脚步，走到郑言清另一边，郑言清只能看到李弱水的后脑勺了。

郑言清："……"

"路公子，我有个问题，不知该不该……"

"或许不该。"路之遥轻轻地回了一句，又和他拉开了几步距离。

"不该我也想问。"郑言清学到了李弱水问话的精髓，"你喜爱李姑娘，又为何让她嫁到郑府？是为了你们的任务吗？"

路之遥将滑下去的李弱水掂起来，露出了今晚第一个真心实意的笑容。

"喜爱谁？"

"李姑娘。"

"她是很有意思，但你误会了，这大概不是喜爱。"

郑言清："？？？"

难道是他很少出门，对情爱的理解出了偏差吗？现在的好友都是这样的？

郑言清带着深深的自我怀疑进了房门，看到路之遥将李弱水放到床上后，转身利落地拔出了床柱上的剑，动作流利得一点不像盲人。

路之遥走到郑言清身前，从怀里掏出了一张银票："这是一百两，郑公子府上的火燅草卖给我不算亏，如何？"

郑言清疑惑地看着这张银票，骤然想起之前李弱水问过草药的事，突然明白了。

"不用，于情于理，这草药都该我赠给李姑娘。"

"真奇怪。"路之遥有些不理解，将银票放到了桌上，"你们明明只是成亲了，为何说得像是比我和她关系还好。"

郑言清："……"今晚是怎么了，怎么总有让他迷惑的事出现。

路之遥放下银票就当和他完成交易了，不再理他要赠药的话，径直拿着剑出了房门。

"路公子，药在书房暗室。"

"知道。"

之前李弱水就提醒陆飞月、江年二人东西在书房，只是他们在书房耽搁了好些日子也没能寻到机关。路之遥一直在等李弱水来找他，抱着说不清道不明的情绪在他们房顶坐了许多天，李弱水却一点表示也没有。好不容易等到她来找他了，却只等到她叫他去捉"鬼"，虽然结果也很有趣，但还是少了些什么。

她醒来时看到火燅草会是什么表情？

啊，他看不见，不过不妨碍他听，或许她会开心到大笑一整日。而且，以后她也不会被自己吓到了，毕竟是解毒的恩人，恩人做什么都是对的。

路之遥满意地点点头，预料到之后会发生的情形，他的步伐都轻快了许多。

丝毫不知自己有了"恩人"的李弱水正跟在小路之遥身后，看着走得缓慢的二人。

路之遥的师父在原著中不过只有几句话描述，李弱水现在见到真人还是有些震撼。他师父与他娘亲不同，漂亮得凌厉、有攻击性，眼尾上勾，却没有一点媚意，而是像一柄弯刀般锋利。与凌厉容貌完全相反的是她的身体状态：唇色苍白，发丝枯黄，像是玫瑰处在干枯的临界点，再流失一些水分就要死去。

她从袖口中露出的双手满是疤痕，控制不住地在抖动，随后又很快地将手收回袖中。她走路的速度也不快，行走间能看到有些跛。

路之遥说过，他是废人，他的师父也是个废人，看来二人的情况要比他口中所说还要严重。

一个瞎子，一个残疾，两人走路一个赛一个慢。

李弱水绕到他们身前，只见小路之遥步履不停，对着她这里笑了一下，空茫的眼睛弯成月牙，耳下的红羽顺着风飘来飘去，看起来十分乖巧。李弱水倒吸一口气，下意识往旁边站了一些，真的要怀疑这小子能看见自己了。

宿主放心，本系统没有漏洞，路之遥又是盲人，绝对看不见你。

最好是这样，但她已经不怎么相信这个除了回放毫无用处的系统了。

李弱水在他眼前挥了挥手，又在他师父眼前挥了挥，见二人都没什么反应才松了一口气。

路之遥的师父一语不发，额角出了细汗，而路之遥则是偏头听着街上的吵闹，嘴角带笑。两人从热闹的街市慢慢走到人烟稀少的城郊，走进了一栋破旧的小木屋。

甫一进门，路之遥的师父便从门旁拿了两根拐杖，撑着自己坐到了轮椅里。

李弱水看着张圆了嘴，不住感慨，这是怎样的女强人啊，坐轮椅的人竟然在城里走了这么久。

路之遥好像说过，他师父手脚筋都被挑断了。

"过来。"他师父凌厉的眉眼直直看着他，丝毫不见半点温情。

小路之遥没有反抗，乖乖地站到她身前，垂头听训，齐肩的短发遮住了面容，令人难以看清他的神情。

"我让你同他交朋友，但我说过，不要接受那个杂种的一点东西，我看着恶心！

"狗尚且不食嗟来之食，他从地上捡起的东西给你，你竟也吃了下去，没有羞耻心吗！

"我有没有说过，人有自尊，不要一次又一次上赶着倒贴！"

他师父似乎是气极了，手颤得越发厉害，但还是抄起了一旁的拐杖，毫不犹豫地甩到了他身上，将他打得一个趔趄。

李弱水条件反射地抖了一下，看着小路之遥的背，估计那里已经肿了。

这力道并不小，即使是成年人也难以招架，更何况是一个孩子。如果是李弱水，估计当场就得疼出眼泪，可小路之遥只是微微皱眉忍痛，脚步移了一下。

他师父对这反应很是不满，用拐杖抬起他的下颌，紧紧盯着他："我说过，笑，不论如何都要笑，只有笑才不会让人厌恶你。"

小路之遥皱着眉，再次扯出一个乖巧温柔的笑。

他师父这才收回手，冷冷淡淡地看着他："这几次有什么新消息吗？"

小路之遥点点头，捂着喉口咳嗽，眼角染上几分咳嗽带来的湿意："他说……咳，过几日是他生辰，他父母会到。"

他师父丝毫不顾他的状况，冷笑着看向窗外，一脸即将要快意恩仇的模样。

"终于要来了，但我不急，先陪你们玩玩，等到你们惶恐不安时再将你们一网打尽。"

她的眼转向小路之遥，目光狂热，手脚颤抖不停："这是我最得意的作品，是我最锋利的剑，你们敢辱我至此，就要付出代价。"

她转动车轮到柜前，从里面拿出一盘银丝，敲了敲柜门："过来这里。"

小路之遥摸索着往前走，撞了一次桌角后走到她身前。

他师父将银丝绑到他手腕脚腕，拖着他走到了院中，颤抖的手继续操纵着他："既然要小闹一场，便要做好准备，今日加练。"

这场景非常熟悉，就在前不久，她才被路之遥这样对待过，但他的动作远比这要温柔。路之遥的师父对他就像是在打磨一件兵器，眼里的狂热并不是为他，而是为了自己成功打磨的喜悦。

被牵制的路之遥被甩来打去，许多诡谲的招式非常反人体，将他的身子扭得可怖。亏得他从小就是这样练过来的，身体柔软，才不至于被伤到。

李弱水站在一旁看着他，心情复杂。

为什么别人可以在学堂上学，下课了去买糖人，他只能从小习武，被别人当作复仇的武器。

银丝嵌进手腕，勒出一片红痕，小路之遥似乎不觉得痛，看神情还有些无聊。

他师父手指颤抖，鼻尖出了薄汗，操控对她来说很费体力和精力，但为了之后，这点辛苦不算什么。

李弱水坐在了院中的桌上，看着那个小小的身影陷入了沉思。

他师父要怎么闹？路之遥还是个小孩，再厉害也难敌四手，冲上去不会"白给"吗？

尽管知道他长大后没缺胳膊少腿，但这一次肯定吃了不少苦头，这就是他说的用实战来练武吗？

李弱水深深叹了口气，明亮的眼睛暗淡不少，眉宇间尽是忧愁。

为什么长这么大，好像没人爱他呢？

（四）

可能是外界很安稳，没人吵她，李弱水这次在这个地方待了三日，就足足观察了路之遥三日。

小路之遥的生活极其无聊。

清晨起来，打坐练武，中午吃了毫不美味的馒头咸菜之后继续练武，晚上吃着馒头咸菜，听他师父说着自己多年来的怨恨和愤怒，习惯性地笑笑，然后练武。纵使他感官灵敏，天赋很好，是个习武的好苗子，但能成为书中的武力"天花板"，与这些勤勉的练习是分不开的。

李弱水看着师徒二人的饭菜，不禁面露菜色。路之遥之前跟着他娘亲，穿着打扮不错，但是在吃馒头青菜，如今跟着他师父，穿着一般，吃的是馒头咸菜。小小的他吃过的馒头比李弱水走过的路还多，后来能长这么高完全是因为他坚强吧。

"就是今日了，你快去，将他们的生辰宴闹个天翻地覆。"路之遥的师父极其亢奋，天刚蒙蒙亮便转着轮椅叫醒了小路之遥，提醒他今日要做什么。

小路之遥睁开眼睛，神情慵懒，没有焦点的眼"看"向他师父，点点头，随后自己爬了起来，摸索着去洗漱。

小路之遥不会梳头，没人教他，就连头上绑着的红绸都是自己琢磨的。

李弱水做梦也想不到，在这样的生活里，真正困扰小路之遥的是如何扎头发。

他跪坐在破旧的床上，看起来像个小团子，睁着的双目没有焦点，他用手撩起上半部分的发丝，牙齿咬着红绸，不停地将散落的头发撩回去。

但当他试图用红绸绑上去时，头发散了不少，红绸也松垮垮的。

小路之遥深深吸了口气，维持着嘴角的微笑，手紧紧抓住头顶的发丝，略显烦躁地用红绸缠了个冲天鬏，扎起的发尾耷拉到一边，更像个小女孩了。所以这就是他长大了从不扎头发的原因吗？

搞定头发的他按照惯例吃了两个馒头，没理会沉浸在喜悦中的师父，抄起一旁的馒头、剑和木偶便离开了木屋。

小路之遥没有朋友，便给自己做了几个木偶娃娃。这些木偶娃娃长得奇形怪状，上色也非常惊悚，李弱水只在这里待了三日，已经不知道被吓了几次。

他很少去城里，每天练武之余休息的时候，总爱带上木偶到竹林里去走一走，那是他一日里最为悠闲，也最为童趣的一段时间。

小路之遥走在去往城里的路上，一手提着木偶，一手用剑探路。长相清奇的木偶被操控着做出扭曲的动作，身上的木头碰来碰去，发出叮当的响声。

李弱水跟在他身后，满脸担心。让他这么小一个孩子去大闹宴席就算了，还让他一个人去？多少得给点东西防身吧？怎么让孩子揣着馒头、带着木偶就走了？

李弱水腹诽着他师父，老母亲似的在他身后摇头叹气，完全忘了小路之遥是要去干什么的。

"你期待今日去做的事吗？"他提起木偶，雾蒙蒙的双眼倒映着这个形容可怖的木偶，却没能聚焦在它身上。

木偶自然是不会说话的，它只会受细线的控制，做出相应的动作。

小路之遥再次拉起了它的手臂："期待吗？"

李弱水心想：它只是一个丑丑的木偶，为什么要难为它？

"无趣。"

她看到小路之遥幽幽叹气，含着笑举起木偶，微微皱起的眉却带些遗憾。

"本以为不说话就很好，现在看来还是不够，不会说话有什么意思呢？

"不如在这里陪这些不说话的竹子吧。"

话音刚落，他毫不犹豫地将玩了几日的木偶插进竹节中，继续拖着剑往前走。

李弱水看着那半截脑袋进了竹节的木偶，不禁觉得脑袋一凉，她以后不会也被这样对待吧？看着前方那个小小的身影，以及他头上抖动着的童真鬏鬏，李弱水再次感到熟悉的寒意。

果然，变态小时候也不会是正常人。

走了没多久，天空中淅淅沥沥地下起了雨，小路之遥毫不犹豫地

拐进了一座破庙。这庙供的大概是城隍爷，但已经看不清塑像，只有红色的袍角显出几分当年的辉煌。

小路之遥看不见，自然也没有概念，他自己摸索着拖来一个蒲团，以打坐的姿势坐在了香案上，百无聊赖地撑着下颌，开始放空自己。

他从小看到的就是黑暗，此刻在这里大概也不觉得有什么可怕。

但李弱水怕了。

她虽然是一个谁也看不见摸不着的外来者，尽管这庙里最诡异的就是她自己，但她还是怕了。

雨天光线较暗，庙里更甚，那城隍爷的袍子又红得奇怪，光是看着这幅压抑景象她就已经脑补了十万字的"魂断城隍庙"灵异小说。

角落突然传来窸窣的响动，李弱水以惊人的弹跳力跳到小路之遥身边，试图以他十岁的瘦弱身子挡住自己。

小路之遥显然也听到了这个动静，却与躲在他身后默唱《恭喜发财》的李弱水形成鲜明对比。他不怕，甚至还对此有了兴趣。

他漂亮的眉微扬，对着那处招了招手，又敲敲香案，极其相像地叫了一声："喵。"

李弱水从他背后探出头，和那只从墙脚探出头的三花猫对视，顿感尴尬。还好没人看到她这样。

人往往不是被真相吓死的，而是被自己的脑补吓死的。李弱水看着那只猫，顿时对这句话有了深刻的理解。

那只三花猫从角落走出，瘦弱的它在远处走了几圈，似乎有些焦躁地想要逃离，但外面又下着雨，只好奶凶地对着这处"喵"了几声。

小路之遥噙着笑，从怀里掏出那个馒头，撕了一小块，在空中晃悠。瘦弱的三花猫大概许久没吃过东西了，在本能的食欲和逃离中，选择了食欲。但它没有声张，而是踩着肉垫走来，没发出一点声音，小路之遥还在晃悠的馒头似乎会被它吃到。

李弱水站在一旁，看着这一人一猫，恐惧被紧张替代，但她还是直觉这猫会扑空。

果不其然，三花猫弓着身子猛地弹跳起来，却还是没能快过小路之遥。他不仅将撕下的馒头收了回去，还放到了自己口中。

　　"抢的话，可就不给你了。"

　　猫儿还小，自然是被惹急了，却又跳不上高高的香案，只能在下面磨着爪子威胁性地咕噜着。

　　"有意思。"小路之遥轻笑一声，颇有长大后的风范，再次撕下一块馒头扔给那只三花猫，"这便当作你的奖励。"

　　三花猫一跃而起，叼过馒头块就跑到了一旁吞吃，边吃还边警惕地看着他。

　　似乎感受到了猫儿的视线，他又掰了一块扔过去，手中的馒头顿时便只剩一半了。

　　"好吃吗？"

　　猫儿不理他，"喵呜"一声后继续吃起来。

　　"吃饭又有什么意思，讨我欢心了，这些便都给你吧。"他将馒头全部扔了过去，没给自己留一口。

　　"依我看，最有意思的还是看别人挣扎。"

　　吃完馒头的猫儿舔着爪子，伏在远处看他，时不时"喵"一声。小路之遥对着猫扬起笑脸，似是终于找到了一个会回应的倾听者。

　　"等师父解脱的那日，我就会离开她了，到时我来找你如何？我还未曾养过猫，一直都想试试。"

　　猫儿看看庙外，雨势渐小，似乎已经在盘算着逃跑了。

　　小路之遥听着雨声，不知道在想些什么，看起来有些出神。

　　"莫听穿林打叶声，何妨吟啸且徐行……那位夫子好像还未说过这诗的意思。"小路之遥为了套到消息，在书院外待了差不多一个月，他的记性很好，夫子说过的诗他都记得。

　　李弱水总觉得他不是去套消息，而是去学习的。作为一个天盲，他对外界的认识除了通过耳朵和手，最重要的还是别人给他的反馈。可从没人告诉他草是绿的，天是蓝的，血是红的，他从来都只知道草

是硬的，树是粗糙的，血是温热的。

不仅仅是书本知识，就连常识他也欠缺。

如果说每个人对这个世界的认知都会相对片面，那么他可能连片面都达不到，他对这个世界根本就缺乏基本认知。

不行，李弱水忍不住挠头，总觉得攻略越来越难了，要怎么和一个缺乏常识的人去沟通抽象的爱？

庙外雨停了，只有雨珠从竹叶上落下的滴答声。三花猫等不及听小路之遥的心里话，转身便跑出了破庙，再也不见踪影。

说到一半的他愣了一瞬，随后笑着摇摇头："还是不会动有意思些，回去再做个木偶吧。"

他抱着剑走出破庙，继续向目的地走去。

城中不少人都对这个抱着剑，头顶耷拉着鬏鬏，耳上挂着红羽的小孩感到好奇，纷纷扫视着他。

小路之遥心无旁骛地向前走去，最后停在街角，面向那座府邸。这府邸修建得很是大气，在城中心，牌匾上龙飞凤舞地写着两个字——何府。

今日何府有喜事，是他家独子的生辰日，请了不少宾客前来。来往的人大多是穿着劲装、带着宝剑的江湖人，少部分才是穿着华贵的老爷公子，他家应该与江湖人士来往更加密切。

李弱水担忧地看着路之遥，他如今不过十岁，再厉害也难以打过这么多高手，这不就是去"白送"吗？可还没等到她看接下来发生的事，便感到一阵眩晕，这就是要回去的预兆。

"不是吧！都让我在这里待三天了，怎么这种关键时候把我拉回去！"

下次她一定会贴个"别叫我"的字条在身上！

眩晕过后，李弱水迷迷糊糊地睁开眼睛，入目就是刺眼的阳光——与她方才体验的阴冷压抑不同。她的视线聚焦在床边的路之遥身上，心里顿时像是有小猫在抓挠。

这不就是卡剧情吗，好难受。接下来的剧情到底是什么？他被暴揍了吗？她真的想知道！

路之遥感受到她的动静，抿起一抹柔柔的笑，混着阳光面向她："你睡了好久。"

……

他好好看。

要命，她现在看路之遥居然都带柔光特效了吗？

（五）

阳光正好，在路之遥的侧脸勾出一道金边，配上他那副温柔昳丽的相貌，任谁看了都会觉得是神仙下凡。

可李弱水的关注点却在他的唇上。这唇红得像樱桃，再加上洒下的金光，看起来更加可口。

他说话时嘴巴动的幅度不大，明显的唇峰被微微拉平，唇角上翘，像是在笑一般。她前不久刚尝过味道，又软又甜，还能感受到他那一瞬间的颤抖。

……

李弱水猛地坐起，试图将这些可怕的想法和奇怪的形容词甩出大脑，它们却仿佛扎根一般让她越想越清晰。

仔细想想，他的容貌确实是极其符合她的审美的。但是为什么要仔细想！她可是为了回家才攻略他的，总不能最后把自己搭进去吧！

"你看这是什么。"路之遥坐在脚踏上，从旁拿出一包草药，绿叶红茎，安安静静地堆在一起，在光柱中显出淡淡的金色。

李弱水只看了一眼，视线便不由自主地滑到了他耳边，看到了那两个耳洞，不禁有些好奇那对红羽去哪儿了——不得不说他戴着确实别有一番风味。

李弱水又摇摇头，将视线转到他脸上。路之遥虽然是闭着双目的，但微微勾起的唇角还是暴露了他的期待。

他这副模样和小时候的他重合，惹得李弱水怜爱之心泛滥，很怕自己将这种感觉错当成了爱情。

怜爱不等于爱。

所以她需要清静一下。

"这大概是什么草药……"李弱水掀开被子，下地穿鞋，"我、我去找一下郑言清。"

她只是想找个理由离开这里，就随便提了个人。

看着郑言清就感受不到那种世俗的欲望了，她现在急需他来让自己镇静一下。

李弱水起身时突然被拉住了手腕，她不敢看路之遥的脸，只能望向窗外："怎、怎么了？"

"你不仔细看看它们吗？"路之遥侧坐于脚踏上，闭着双眸，将药草再次送到她眼前。

"挺好看的。"

听了这话，路之遥再次笑了出来，薄唇微启，话语就被堵在了喉口。

"但是我找郑言清有急事，等会儿再来和你说。"李弱水拂开他的手，红着耳郭匆匆忙忙地跑了出去。

听着她"嗒嗒"的脚步声，路之遥静默许久，将草药拢在手中，嘴唇张开几次却不知道该说什么。随后他皱着眉伸手捶了捶心口，总觉得这里闷闷的。

"得去看看大夫了。"

路之遥将草药放在柜子里，出门时朝李弱水离去的方向走了几步，随后回过神来，径直上了房顶，走了那条熟悉的路。

李弱水都不用问人，直接跑到了郑府的藏书室，果不其然，在那里看到了郑言清。

郑府的藏书室不小，十来个书架排放在一起，上面有不少名著典籍，书室的中间有一张书桌。

"李姑娘，你醒了。"郑言清放下手中的游记，略带惊喜地看着她，"你昏睡了一天一夜，怎么都叫不醒，倒是把我们吓到了。"

"抱歉，让你们担心了。"李弱水扇着微红的脸颊，随手拿起一本书翻了几页。

"你家书房里有没有佛经？'色即是空，空即是色'那种。"李弱水的神色很是诚恳，堪比一心求经的三藏。

郑言清顿了一下，转身去书架上拿了一本给她，有些失笑："没想到李姑娘爱看佛经。"

李弱水接过书，准备将脑子里的旖旎场景全部甩开，随口回道："没想到郑公子学习不看典籍，爱看游记。"

李弱水知道郑言清的情况，这句也只是打趣，可郑言清听到心里去了。

"都是书，游记和典籍又有什么分别。都说我从小天资聪颖，却也没人问过我到底喜欢什么，便一股脑儿地将诗经名学都塞给了我。"

李弱水脸上的热也散得差不多了，心情平静了不少："那你喜欢什么？"

"我喜欢出去游历，喜欢探险。可自从小时候意外过了童生试，便再也没有出过远门。"他长长地叹了口气，眼里都没了多少神采，"若是我的病情有了好转，几月后的省试是逃不了的。"

"你傻啊。"李弱水不可置信地看着他，"从来只见过想考考不上的，没见过想落榜落不下的。"

"什么意思？"郑言清呆愣愣地看着她。

"让你去省试你就去啊，反正考试地不在沧州，你借此机会去游山玩水一番，回来再说考不上不就行了。"李弱水轻咳一声，掩饰性地移开目光，"我可不是在教坏你。"

原著中，郑言清体质虚弱，有时难以呼吸的病当然不是真的，不过是被下了慢性毒药而已。陆飞月确实捉到了下毒之人，是个妒忌郑言清许久的秀才，家里有些钱财，就买通了下人给他下毒。

但事情没有这么简单，郑家管得严，仆人也都忠心，按理说买通这么多年需要的花费不低，而且这人冒出来的时机非常凑巧，像是故意送上门的。陆飞月也发现这事不对劲，但郑家父母正在气头上，报官将人赶出沧州后便专心忙碌郑言清参加省试的事了，没人再提起这个话题。自家人都不在意了，陆飞月一个外人当然不好硬插手，这件

事也就算过去了。

当然，看小说时李弱水还吐槽过：郑家人这是在心疼儿子还是在心疼未来状元郎？

郑言清从小就与这个经商的家族割裂开来，父母一边大谈钱财、谋划着如何扩张店面，却又一边告诉他，万般皆下品，唯有读书高，钱财都是粪土。父母将他关在院中，给他请最好的教书先生，明明就在一座府邸，却又说一年见不到他几次。他的哥哥在外跑商，他的姐姐是沧州绫罗绸缎一把手，他却被告知家里的事与他无关，他要做的事唯有读书。

他叫郑言清，却没人真的将他当成郑家的孩子。

郑言清若有所思地看着她，似乎真的在思考这么做的可能性。

方才那话说也就说了，但最关键的点李弱水还是问了出来："你现在不缺吃喝才想探险，若是以后真出去了，你父母不给你钱，你怎么办？"

她现在能够专注攻略，也有部分原因是系统奖励有银子，省省也是吃喝不愁，不然别说攻略，生存就是一个难题。

郑言清苦笑一下："我确实除了看书，别的都不会。"

"不会可以学嘛。"李弱水拍拍他的肩，露出一个笑容，"谁生下来就会读书。"

说完这句话，李弱水愣了一下，突然想到了什么，低头问他："你知道沧州哪里学游泳比较适合吗？"

郑言清爱看游记，本朝的地理和景点都了然于胸，立刻便给出了答案："北山那里有条小河，清澈见底，是个不错的地方。"

"多谢。"李弱水点点头，将佛经还给他，一溜烟跑出了藏书室。

刚才的话点醒自己了，不会可以学，没有人天生就什么都会。

那么，路之遥不懂爱也可以学。

"脉象沉稳，没大毛病，吐出舌头我看看。"

胡子花白的大夫赫然就是那日为李弱水包扎手掌的那位，他今日看到路之遥进来时一眼便认出来了。没在他身边看到李弱水，大夫默然叹气，世上终究少了一对眷侣啊。

路之遥闻言张开嘴，吐出了舌头。

"吃得很差，眼下也有黑影，睡得不好，肝火有些旺，但总的来说没有大问题。"大夫摇头，将他这样的身体状况归咎于情伤，"想开点就好。"

路之遥摸摸心口，有些疑惑："这里也没事吗？"

"你这处怎么了？"

"心悸，胸闷，有时候跳得飞快，有时候又有些钝痛，但没有中毒，是什么病症呢？"

路之遥不怕死，但他不喜欢自己身体失控的感觉。

大夫摸着他的脉象，再次摇头："没有问题，我行医几十年，还是对自己的医术很有信心的。"

"那还真是奇怪。"

"发生病症时你都在做什么？"大夫仔细问道，或许能发现什么他忽略的点。

"都和李弱水在一起，特别是她亲我的时候，不仅心跳得厉害，还会手脚发软，完全不像我自己。"路之遥虽然唇角带笑，但他说得非常认真，毫无旖旎之感，听得大夫老脸一红。

"你这……"大夫憋了半晌，"这这这"了许久也没说出个结果。

他原以为是什么难以发现的大病，却没想到是这方面的问题。

"虽说有想过下毒一事，但确实没有迹象表明是她下的。"

路之遥转着桌上的药杵，似乎在沉思着什么。

大夫舔舔唇，口张了又闭上，来来回回许多次，这才出声："你没有中毒，这样只是因为你太累了，多多休息。"

既然那姑娘已经嫁到了郑家，就不要告诉他真相，不要让这世界再多一个伤心人了。

"这次问诊费就不收你的了。"大夫双手笼袖，颇为沧桑地看着他，"当然，若是真的想不通，便去烟柳巷的茶馆听听书吧。"

那处最爱说古往今来的男女情事，说不定能教他些什么。

路之遥抿起一个笑，也没有再多问下去，反而提起了另一个话题。

"我知道我的双眼不能再救……"他的睫羽微颤，唇角勾起一个真心的笑容，"可否告知我，李弱水是什么模样？"

大夫更加痛心了，这大概便是情窦初开的孩子吧，他不能让他再陷进去了。

"那位姑娘……"大夫默默给李弱水道声歉，拿过一旁的药材。

"党参眉、绿豆眼、竹叶嘴，总之就是不漂亮。"

真是罪过啊，大夫良心有些不安。

那李姑娘灿若朝阳，亮如繁星，一看就有灵气，是个不可多得的妙人，竟被他形容至此。

路之遥伸手摸着那几样药材，嘴角噙笑："长得真有意思。"

大夫："……"

"多谢。"路之遥还是留下了银子，转身往外去，随后拦住了一人，神色温柔。

"请问，烟柳巷在何处？"

（六）

沧州靠南，商贸来往频繁，物产丰富，有不少当季的水果已经到了市场上。

比如樱桃，比如荔枝。但都是早熟品种，卖的人也不多，这就意味着价钱不低。李弱水犹豫了一会儿还是买了一斤小樱桃。

她提着小竹篮正要往回走，却迎面撞上一位抱着刀的玄衣女子。

"陆姐姐！"

行色匆匆的陆飞月看着她，皱着的眉头也松了不少："弱水，你在郑府可还好？"

"还行。"

李弱水点点头，毕竟郑言清在郑府实在太特殊，他的院子除了送饭的丫鬟和教书的先生，基本没人来。

陆飞月点点头，紧抿的唇角也弯起几分笑意，她就知道李弱水是个顶顶机灵的人。"不用担心，过不了多久我们……你这里怎么了？"她说。

陆飞月抬起李弱水的下颌，凝眉看着她脖颈上的瘀痕。

瘀痕？对了，前日晚上路之遥留下的掐痕还没消。

李弱水直直地接住陆飞月的目光，杏眸弯成月牙，半点不心虚地说道："前日有人在郑府装神弄鬼，我不幸中招了。

"这事儿之后再同你细说。"

她在陆飞月发问之前转移了话题："你们去巡案司报告，事情如何了？"

陆飞月摇摇头，从怀里拿出一瓶药膏给她："早晚一次。郑府这事有变，沧州的巡案司分所给了密令，说是就此收手。"

"为何？"李弱水真的疑惑了，原著里并没有这段剧情，陆飞月是抓住了投毒凶手，偷到了资料的，怎么这会儿又不让了？

陆飞月微微叹气，长睫垂下遮住眼眸，原本坚定的眼神带了两分迷茫："不知道。"

李弱水沉默一会儿，将篮子举到她面前。

"陆姐姐要不要尝尝樱桃？吃了这个，我们再继续查案。"

陆飞月看着她，柔了眼神，亲切地拍拍她的头："谢谢……我现在去找江年，你要一起吗？"

"他在哪儿？"

"烟柳巷的茶馆。"

李弱水脚步一顿，眼神有些微妙："烟柳巷，不是沧州最大的一条花街吗？"

陆飞月笑着摇摇头："但那里的茶馆说书也是沧州最好的，我也常去听，没什么。"

李弱水抱着增长见识的心态点点头，跟着陆飞月一起去了烟柳巷的茶馆。

"公子，今日是情爱场，您确定要进去？"

路之遥被门口的小厮拦住，有些疑惑地后退一步，和小厮拉开了距离。

"为何不能进？"

小厮见他眼睛不好，看起来又像是初入这方茶馆，便委婉地告诉他："今日茶馆说书的内容不是风雪夜斗剑，是男欢女爱。"

"这样啊。"路之遥想了一下，"有区别吗？"

原著为了突出陆飞月办案的合理性，将朝代背景设置得较为开放。这样的茶馆平时都是正常说书，但每月都会有个固定日子做些额外节目，或者是只说恐怖诡异之事，或者是只说缠绵悱恻的爱情故事。

烟柳巷的茶馆说书人技巧高超，故事又新，在沧州早已出名，慕名而来的人不少，路之遥进去时已有不少人落座。今日来听的大多是女子，但其实男子也不少。

他交了茶钱后便安安静静地坐在角落，等着找到自己心悸的原因。

路之遥嘴角勾着浅笑，气质温柔，但和这喧闹、觥筹交错的场景融合得异常和谐。

"路兄！"

听到了熟悉的声音，路之遥没理，仍旧是静静地坐在那处。

江年从楼上跑下，一屁股坐到了路之遥身旁，哥儿俩好地将花生米和瓜子放到了桌上："居然在这里见到你了，李弱水没来吗？"

路之遥柔柔笑道："她不是总和我在一处的。"

"也是。"江年捡起一粒花生扔进嘴里，"虽然是假的，但她毕竟也算成亲了，表面上还得跟郑公子在一处呢。"

想到李弱水"嗒嗒"跑走去找郑言清，路之遥摸索着倒了杯茶，面向高台。

"成亲算不得什么。"

江年一愣，捂着嘴憋笑，声音嗡嗡："是是是，我多嘴了。"

啪——

高台上的说书人一拍惊堂木，打开扇子起了范："说起这男女之间的爱，那不得不说说《梁祝》——"

台下嘘声一片，都说这太老套，谁都听过。

"《梁祝》不过是个引子，大家细细听我道来。"

虽说《梁祝》是个尽人皆知的故事，但这说书人的口技好，说得也幽默，再听一遍倒也算有趣。

台下坐着的无不是听个趣味，只有路之遥一人认真了。他从没听过这个故事，也从没听过书。

这人口技了得，声音学得像模像样，不需要用眼都能给人以身临其境之感，将路之遥带了进去。原本他还有些兴趣，但到后面便慢慢皱起了眉，听到二人化蝶之后突然笑了一声。

江年一直在观察他的神情，此时有些好奇："你笑什么？"

"争了这么久，最后竟眼睁睁看着他们化蝶走了。"路之遥眼角带笑，真心实意地感叹马文才眼界太窄。

"若是我，一定要将蝴蝶捉住，让它再也飞不走。"

江年沉默半晌，开口道："所以你为什么代入的是马文才？"

"这里面还有谁吗？"路之遥有些疑惑，"祝英台？还是她娘亲？"

江年瞪大眼睛，多少有些震撼，手里的瓜子都掉了一些。

"梁山伯啊，说了这么多次名字你没记住他吗？"

"啊。"路之遥仔细思索一番，从脑海中找到这个人名，"他怎么了？"

"你不为他和祝英台的爱情而感动吗？"

路之遥沉默一会儿，扬起的嘴角放下，好看的眉微微蹙起："他同祝英台是爱情？"

"不然呢？"江年嗑起瓜子，只觉得听故事都没他的回答有意思。

"还真是古怪。"路之遥微微叹了口气，除此之外再没有其他感想。

高台上的说书人一拍惊堂木，笑呵呵地道："方才不过是引子，接下来才是正经故事。

"这个故事同《梁祝》一般，发生在一所书院。

"十几年前，我朝还没经历变迁，女子不能入学堂。江南有个白府，白家小姐自幼聪颖，但也贪玩至极，竟然乔装打扮入了学堂……

"从悚动开始，便是一段缘分的到来，但大家都知道，人一生并不是只有一段缘，只有少数过于偏执的人会将此看得很重，白小姐恰好是这样。"

这个故事绘声绘色地开始了，说书人仿佛亲眼见过一般，将小姐公子的情态模仿得惟妙惟肖，将氛围说得清新至极。大家似乎都能看到白小姐的娇羞，公子的翩翩风姿，以及江南那片蒙蒙的烟雨，闻到那沁人心脾的栀子香。

但他也仅仅说了开篇，说了两人相遇前的事后，故事便戛然而止。说书人折扇一收，叫醒了沉迷其中的众人："这故事新着呢，今日不可多说，预知后情，还请诸位等待下次。"

台下听得沉醉的小姐忍不住打趣："你们说书的，就是喜欢断来断去。"

说书人摸摸自己的小胡子，不置可否地一笑："我为这个故事，可是付出了不少，哪能这么轻易便说完。"

那姑娘也毫不扭捏，笑道："书院里的其他人为何没发现白小姐是女子？"

"好。"说书人将画了翠竹的折扇收回，拿出一把流萤小扇遮住半张脸，莫名有些娇俏，"今日就说说这女扮男装之事。

"若是书院里有更加貌美之人，但他实打实是个男子，那另一位稍逊色的，你还会怀疑她是男是女吗？"

台下有人不信："你是说那位公子更美？"

"谁知道呢。"说书人收了扇子，笑看众人，"五日后，诸位请早。"

这故事开篇不同以往，就连江年这个走南闯北的人精都觉得新鲜，忍不住问了一句："听这开头，白小姐明明不喜欢他，为何还说他们像梁祝？"

"可不要乱说，这白小姐可不是祝英台。"说书人眼睛一眯，用折扇点点他，"而且，谁说她不喜欢。"

李弱水抱着竹篮，仔细看着台上那个说书人："他似乎不太像男子。"

"她是女的，姓姚。"陆飞月站得笔直，眼里有着欣赏，"我几年前来沧州时她就在这里说书了，说的少有重复，每次来都能听不少新故事。"

说书人收拾桌面，继续着说书后聊天的传统："'情'之一字，嘴会说谎，可身体永远不会。如若不喜欢，她如何会亲吻那位公子呢？"

台下一片哗然，八卦之魂燃起，纷纷要她再多说一些。

说书人佯装惊讶，半捂住嘴："多嘴了，诸位五日后来，让在下回点本钱吧。"

周围议论纷纷，都在讨论这事的后续发展，讨论剧中二人的心绪，唯有路之遥一人似有所悟。

所以，李弱水那晚吻他，是因为喜爱他？

"江年。"陆飞月带着李弱水到了这里后，便和他商量起事情来。

李弱水一手提着竹篮，一手拍了拍路之遥的肩，本想叫他，却被他侧身躲过。

"你怎么了？"李弱水弯下腰去看他，开始想自己是不是又做了什么事。

清甜的气息骤然靠近，原本还能泰然处之的他呼吸一顿，手不自觉地抚上了左腕的白玉珠，冰凉之感让他镇静许多。

他如以往般勾起嘴角，捏紧手腕，想了想："在想如何教你剑法。"

痛苦的记忆涌来，李弱水撇撇嘴，将手中的篮子放到身后，无声地做了个捶他的动作。把她掐成那样不说，被操控的关节现在还有些痛，她之前居然还想着给他吃樱桃？

"哦。"李弱水淡淡应了一声。一想到之后不得不带他去游泳刷好感，她就觉得一阵憋屈。不知道以后有没有机会捶他一顿。

"密令有问题，不可能在短时间内突然便不查了。"陆飞月抱着刀，眉头紧皱，似乎在思考这事的解法。

"郑府暗室里似乎有书信。"路之遥说出这句话，没在意场上三人的震惊。

李弱水首先问道："你什么时候进去的？"

"昨晚，去拿了一些火燅草。"

之前还想揍他一顿的李弱水噎了一下，脑海中闪过一个片段，道："不会是今早那个红茎绿叶的草药吧……"

如果真是，她不是犯了攻略大忌吗，难怪他今日有些不对劲。

路之遥莞尔一笑，腕上白玉珠叮当作响："是啊，但你好像不太喜欢。"

救命！原来因为她不合时宜的娇羞，让她错过了刷好感和救自己的好机会吗？！

（七）

"你骗我的吧，怎么会扔了？"

中午的阳光不仅灿烂，还带了几分热意，将沧州的街道照得暖融融的。不过四月，就已经开始回暖了。

沧州的街市洒着灿金色的阳光，一男一女走在其间，穿着白衣的盲眼男子在左，步履缓慢，穿着鹅黄襦裙的少女在右，怀里抱着一篮鲜红的樱桃。

"只有几天就要到月中，你真的扔了？"李弱水那叫一个焦急，如果不是打不过他，她现在已经提着他的领子摇晃起来了。

"你不喜欢，只好让它尘归尘土归土了。"路之遥幽幽叹口气，看起来很是遗憾。

李弱水心很累。陆飞月二人打算去巡案司查查经过，大白天便分头去跟踪了，只留她和路之遥周旋。她当然不相信路之遥扔了草药，也知道他在等什么。人能屈能伸，口不对心，说出的话不代表什么，所以——

"求求你，把药给我吧。"李弱水看着周围的行人，走得挺胸抬头，嘴皮不动只出声地说出了这句话。

路之遥听到了想听的，唇角抑制不住地扬起，笑容如春风拂面。

"没听清。"

早晨那份胸闷在此刻烟消云散。那大夫说得有些不对，想要止住这份悸动，不该去听书，该多听李弱水求求他。

"求求你！"

行人纷纷转过头来，没见到人，只见到一个遮住脸的竹篮。

路之遥心情止不住地好，语调都快了几分："可我不想听你求我。"

李弱水瞪大眼睛，实在想把这筐樱桃都砸他脸上。

"火燚草做药引难熬制，不如我帮你？"

举起的篮子停在了半空，虽然有不好的预感，但李弱水着实说不出到底是什么："什么意思？"

"我帮你熬药。"

李弱水心想：你觉得我信吗？

两人你一言我一语，磨磨蹭蹭到了郑府门前，随后非常自然地走了进去。

自从知道捉鬼一事全靠路之遥后，郑府不仅把他列为常客，开了后门，甚至还有招他入府的念头，但都被拒绝了。

"咱们进得也太自然了。"李弱水默默吐槽一句，不知道的还以为郑府是他们家。

路之遥沉默了一瞬，轻声道："你不是郑府少夫人吗？"

李弱水心想：怎么感觉隐隐有些阴阳怪气？

郑言清的小院虽然冷清，但该有的都有，比如位于东南角的小厨房。路之遥以往自己配过解药，对熬药这事已经驾轻就熟了。

"火燚草本来就热，熬制时控温很重要。"

两人将小火炉搬到院子里，路之遥将研磨好的草药放进药壶，慢慢地扇着火，李弱水坐在一旁的秋千上，晃来晃去地看着他。

"你昨晚怎么拿到的草药？"

路之遥扇着蒲扇，另一只手隔着药壶试温度，沉吟一会儿才回她："里面很黑，到处是暗器，非常危险。"

李弱水若有所思地晃着秋千，没有回话。

"暗室里的草药非常多，可我看不见，只能一个个闻着区分，虽然有些伤鼻子，但我最后还是找到了火燚草。"路之遥的语调轻柔又悠扬，任谁听了都会有些感触。

可李弱水完全没有这个想法，甚至还觉得有些奇妙："你……不会是在装可怜吧？"

火炉上的药汁"咕噜噜"冒着泡，飘出一阵清苦的药味，掩住了路之遥的一声轻叹。

"我没有装。"路之遥转过头，"难道不是真的可怜吗？"

李弱水无声地骂了一句，张嘴了就等于说了。

路之遥轻笑一声，随手翻出一根银丝缠住秋千，慢慢将它拉高。

李弱水赶忙拉住两侧的绳子，看着离地越来越高，有些结巴："你干吗，我刚才可没说你坏话！"

话音刚出她就后悔了，这不是不打自招吗？！路之遥手上力道不减，垂下的眼睫略微弯起，心情很好："下次说坏话在心里就好，就算是只动嘴唇也会有声音的。"

路之遥嫌这高度不够，纵身跃到树上，将秋千越拉越高，直到快要和地面平行时才停了手。李弱水心跳不停，闭眼咬牙，生怕自己会忍不住将心里话骂出来。可眼睛闭了好久也没等到他放手，李弱水睁开一只眼往前看去。

只见路之遥站在树间，面上光影斑驳，乌发静静披散在脑后，像是林间仙人。

"荡秋千这种事，要放就赶快放，停在空中真的没有武德……"李弱水小嘴叭叭的，又闭上了眼睛，叽里咕噜说了一大通，想借此来缓解自己的紧张。

"风来了。"下一刻，秋千便倏然下降，带着令人心慌的失重感。

"我恨——"

路之遥落到火炉边，继续开始熬药，顺口问了一句："恨什么？"

秋千从前方最高点晃到后方最高点，想要控制平衡只能靠屁股和手。

李弱水咬牙切齿地回了一句："我恨我自己没有早点体验！"

以后一定要暴揍他一顿。

路之遥将银丝踩在脚底，有一下没一下地拨弄着，不让秋千停下来。李弱水拉着绳子，裙角在空中翻飞，她的双眼都写着"累了"两字，总觉得自己又被玩了。

药壶里的药味慢慢散发出来，路之遥将小火炉的火熄灭，足尖止住银丝，将秋千拉停。他抓着把手，精准地将黑乎乎的药汁倒入瓷碗中，侧过身来笑对她。

"可以喝药了。"

……

听到这话，她不由得想起一句名言：大郎，喝药了。

李弱水软着腿走下秋千，整理着自己凌乱的头发和裙角，走到了桌边。刚一接近，她就闻到了一股直击灵魂的臭味，像是腐烂的泥土，像是臭了几天的鱼，熏得她都有些恍惚了。

李弱水皱着眉，准备端起碗一口干了，却在半途被路之遥拦住手臂："这个药性强，要一口一口喝。"

李弱水回想起毒发时的痛苦，再看看桌上那篮樱桃，一屁股坐到了石椅上："虽然你可能在耍我，但是，来吧！"

她探向瓷碗的手再次被拦住，路之遥笑而不语，指尖轻轻点着瓷碗，似乎在暗示什么。

李弱水松了肩膀，满脸无奈："一定要这样吗？"

路之遥愣了一下，扬眉笑道："你知道我的意思？"

"不就是想看我痛苦吗。"李弱水拉过一旁的樱桃做好准备，"你喂药吧。"

攻略人不过是人下人罢了。

路之遥抑制不住地笑了出来，眼角眉梢都带着柔意，就连这四月的春光都没他明媚。路之遥搅着药汁，神色温柔得不像话，忍不住低声喟叹一句："我都想做一个像你的木偶人了。"

李弱水握住他的手腕，抓住了那串冷冷的白玉珠，碰撞出几声脆

响："木偶哪有真人好。"

要是做出的木偶人不合他心意，他直接把主意打到她身上，把她做成人偶怎么办？他完全就是会做这种事的人。

"咱们先喝药吧。"还是先把他的注意力转移了再说。

路之遥笑着舀了一勺药汁递到她嘴边，声音轻柔："不能吐出来。"

李弱水深吸一口气，张嘴便将黑乎乎的药汁含入口中，脸瞬间便皱在一起，路之遥手腕上的白玉珠也被她捏得嘎吱作响。

这药汁又酸又苦又麻，仔细回味还带些辣味，口感感人，她只能立马吞下去，然后立刻放进一颗樱桃。

"这也太难喝了。"喝药如果是一口一口地，那就不是喝药，而是上刑。

"再来。"下一口热乎乎的药汁凉了一下后又被递到了唇边，光是闻着都能感受到嘴里一阵发苦。

李弱水皱着眉喝下，方才嘴里还留了一些樱桃的酸甜味，此刻也被冲击得一点不剩了。她此刻有些庆幸路之遥看不见她被苦到扭曲的面容。

"再来。"

樱桃已经不管用了，李弱水的舌头麻到只剩苦味，被喂药的大郎可能也没她这么受折磨。

"真的只能一口一口喝吗？"李弱水希望他能良心发现，玩够了就收手。

"我可不像你这般油嘴滑舌，这确实是事实。"路之遥吹了吹勺子里的药汁，显得非常贴心，将药汁送到她唇边。

"一口喝完也可以，我不介意见你热到往井里跳。"

李弱水唉声叹气之后，一口接一口地慢慢喝着药，没再抱怨和拖延。路之遥心情颇好地喂着药，任她抓着腕上的白玉珠。

常听人说，养猫最大的乐趣便是逗弄和喂食，逗弄确实有意思，但没想到喂食也这般有趣。这种只攀附着你的感觉令人倍感愉悦。

不过最重要的还是李弱水乖巧，关键时刻该喝就喝，一点也不会让他不高兴。

"只有一点了。"

李弱水止住他的动作，自己端着碗将最后那点药汁喝了。喝完药后李弱水才知道他说的都是真的，因为她现在确实觉得有些热，但好在四月天气还算凉爽，不会热到不适。

"终于解脱了。"她靠在桌子上，眼神放空，方才光是忍着臭味和苦味就已经耗费了很多精力。

路之遥摸了摸被焐热的白玉珠，足尖微动，后方的秋千又被拉得晃悠起来。

"要玩吗？"

因为喝了药，微微发热的李弱水扇着风，抬眼看他："这么无聊，明日要不要同我去北山游泳？"

身后秋千骤停，路之遥低眉笑道："你竟还记得？"

"答应你的事我怎么可能忘。"李弱水挑了一颗樱桃给他，"明日带上这个去吃，我教你凫水。"

路之遥接过樱桃，红彤彤的果子被他放入口中细细品尝。咬破嫩红的皮，酸甜的汁水在舌尖跃动，软嫩的果肉在唇齿间研磨。他无意识拉动着指间的银丝，将十指都勒出了红痕，试图以此来抑住此刻莫名的悸动。

"明日几时去？"

（八）

如果再给李弱水一次机会，她一定不会说中午。

北山在沧州的北部，要出城，进山的路也都修成了石板路，不算难走，像是以往景区做的那样。

但有一点不好，太远了。李弱水昨天喝了用火燧草熬的药，晚上好几次被热醒，更别提现在中午爬山了。

石板路旁有不少野花，但李弱水完全没心思欣赏。她扶着腰，扇

着蒲扇，仗着路之遥看不见，将襦裙裙摆系到膝盖上方，露出细长白皙的小腿，脸上劳累的神情像是爬山到一半想歇歇脚的老太太。

李弱水索性坐在台阶上，不断地扇着凉风。反观路之遥，他一袭白衣飘逸，提着竹篮，慢悠悠地走在翠绿的山林间，偶尔还有几朵飞花落到他的发中，成了点缀。

对比有些惨烈，但李弱水此刻没心思吐槽，她只觉得热。这热不是来自太阳，而是由内而外散发出的热意，即便躲在树荫下也没什么用。

"你以前吃了药也这么热吗？"李弱水抬眼看他，因为逆光，不由得眯起眼睛，只能隐约看到他唇角的笑。

"当然，我也是人。"不过他那时不懂药性，因为药味腥苦，便直接一口喝完，后来可受了不少罪。

他原本也想捉弄李弱水，让她一口喝完的。但转念一想，这人虽然能忍痛，但要是哭出来……虽然她哭出来他会更喜欢，但她记仇，说不准什么时候就要被她反咬一口。

于是路之遥忍痛放弃了这个选项，选择让她慢慢喝掉，不过她一口一口喝药的反应也没有让他失望。

还是很好玩。

"你站过来点，遮一下太阳。"李弱水拉着他的袍角挪了下位置，挡住了林间投下的光斑。她手中的蒲扇摇得呼啦作响，带来的风却只能给肌肤带来凉意，内里的热度一点没有消散。

"真的好热，腿也软。"李弱水将袖子挽到上臂，头发也扎了马尾辫，却没能让微红的脸颊消退一点热度。

路之遥叹了口气，俯身"看"她，垂下的乌发形成一个小天地，将她包围其中。

"你想如何？"路之遥身上仿佛自带低温，光是靠近就让人感受到一丝凉意。

李弱水突然把蒲扇转向，对着他扇，咧嘴笑道："不如你背我过去？"言情小说常用套路，此时不用更待何时。

路之遥原本平静的嘴角弯了起来，像是在夸赞李弱水的好主意。他直起身，腕间飞出银丝，将李弱水的手脚紧紧缠住。

"我以往也常带着木偶人上山的，看我，怎么忘了呢。"

"等一下，我不是这个意思……"救命！这一点都不梦幻！

李弱水被控制着踏上一级又一级的台阶，走路的姿势极其僵硬，像是个还在驯服双腿的"史前生物"。再加上那绑到膝盖的襦裙，若是来往有人看到，定是要被吓到的。

忍无可忍，李弱水怒吼出声："你这招怎么破！"等她练成大侠，一定将他按在地上摩擦。

路之遥闻言，面带欣喜，立刻收了银丝，走到她身旁："你想学？"

"我只想知道怎么破。"

"想破就要先学会，等过几日，我送你一个东西。"

既然解了束缚，她哪里还会任他操控。李弱水假意弯腰捏了捏脚踝，又起身甩甩手腕，小嘴叭叭地说着什么，晃悠着绕到了他背后，随后趁他不注意时猛地跳上他的背，用上了锁喉方式勒住他的脖颈，生怕自己被他摔下来。

"不用学，这样就破了。"

路之遥被她这样胡闹也依旧站得稳当，脖子虽然被勒住了，但他也只是微微仰头避开，轻笑道："你倒是第一个这样破局的人。"

他顺手将竹篮递给李弱水，准备将她托得更稳一些，却在碰到她的小腿时愣了一下。

"愿赌服输，快走，太阳又照过来了。"李弱水以并不存在的赌约为借口，拍着他的肩膀催促他赶紧上山。

这火燚草药效猛烈，确实会让骨头酥软，李弱水倒也不是在说谎，是真的走不了。还好昨天约了今天来小河，不然她在郑府估计会忍不住跳到假山池塘里止热。路之遥体温不高，相对她来说就是很凉了。李弱水忍不住用手臂贴近他的脖颈，脸也蹭在他的肌肤上，汲取着他身上的凉意。

"这还是你第一次背我吧？放心，以后有机会我也背你。"李弱水

秉持着两人都不吃亏的心态拍拍他，将手从被焐热的地方挪开，贴上了另一处。

路之遥弯起唇角，笑而不语，抬脚踏上下一个石阶。

"这次你带我过去，到了河边我教你游泳。"李弱水趴在他肩头，伸手挡着侧边的阳光，又补充了这么一句话。

她的语调拉得有些长，却一点不显敷衍。路之遥不太能理解李弱水对他那种似有若无的偏心，她会很在意他的看法，很在意他的行为，就连被他掐着脖颈时下意识说的也是关于他的事。

这种毫无来由的关心到底是因为什么呢？

"又有朵花掉到你头上了。"

路之遥背着人往前走，这次和上次背她时完全不同。这次她是醒着的，不像上次晕倒时那么安静，反而爱在他耳边说个不停。

李弱水将那朵花拿下来，在他鼻尖晃了晃："香不香？"

野花少有香的，这朵闻起来倒是有些清新，他正要点头，便被她止住。

"别动，你眼睫上居然也沾上蒲公英了。"李弱水按着他的肩膀探出头，伸手从他如扇的睫羽上摘下蒲公英，路之遥不禁颤了下。

随后，他听到李弱水在他耳边笑个不停的声音："我还以为你真的被猫嫌狗弃，没想到你还是挺招植物喜欢的。"

他的发间夹杂着花瓣，袍角卷着竹叶，睫毛上停着蒲公英，不知道的还以为他在林间打了个滚才沾惹上这么多花草。

"怎么没朵花掉到我头上？"李弱水抬头看着周围的树，也想试试这种类似女主角的待遇，却只等到了迎面痛击她的竹叶。

"……"

"花草都爱颜色好的人。"路之遥幽幽补了一句，"但你长得很有意思。"

李弱水二话不说，立刻勒紧他的脖颈："谁告诉你的？"

路之遥没回答这个问题，只是重复了一遍："你长得很有意思，有意思比好看重要很多。"

李弱水心想：想捶人。

郑言清不愧是看过如此多游记的男人，他推荐的这条河确实不错。周围满是绿树，河水清澈，河中心立着两块大石，正被冲刷出"簌簌"的声音。

李弱水今日特意穿了轻薄的襦裙，衣袖处只是一层薄纱，很是轻巧。而路之遥则和以往一般，穿得少，但包得严实。

他解下佩剑，脱掉外袍，露出带有奇怪暗纹的里衣和臂间的箭袖，随后解下一团泛着冷光的银丝和腕上的白玉珠。

李弱水扇着扇子，一脸震惊："上山还要带这么多东西，真是难为你了。"

等他处理好身上的东西后，李弱水拉着他，一步步走进清澈的小河。

"放心，我水性好，一个下午就教会你。"

这条河的温度不高不低，对于李弱水来说很合适，入水瞬间她都能感受到热意被吸出去了。李弱水找了处比较深的位置，大概到她胸口。她揽着路之遥的腰慢慢用力，试图将他放倒："我托住你，你先慢慢浮起来。"

腰间传来难以忍耐的痒意，路之遥颤了一下，右手不自觉环上了李弱水的脖子，滑下的发丝将她遮了大半。

"痒。"他维持着嘴角的微笑，低声吐出这个字，小半的重量都放在了李弱水身上。只一个字，便将此时的气氛带得旖旎起来。

可在李弱水的设想里，这次游泳的目的是完成她的承诺，从而得到他的好感。因此，教会他游泳才是首要的。

"那我托住这里，你先浮起来。"李弱水丝毫没察觉此时的氛围，她的手上移到他腰上方，专心地抱住他，甚至还在水里微微扎了马步来稳定身体。

李弱水教人的时候很有耐心，尤其是教游泳这项技能，她是真的希望路之遥能学会。

"放心，不会呛到的。"等他能浮起来后，李弱水托住他的肩膀，耐心教他如何用腿划水。

路之遥原以为李弱水只是走个过场，却没想到她教得这么认真。

这种感觉很好。似乎，自己做她的木偶也不错。

"你的腿不要乱蹬。"李弱水双手没空，只能抬脚帮他调一下动作，却一个没站稳，自己摔到了水里，手没抓紧，路之遥也沉了进去。

"哗"的一声，李弱水从水中站起，将脸上的水甩开，看到眼前景象时不免呼吸一窒。

路之遥仰躺在水中，昳丽的面容上晃荡着波光，白衣上的纹路似乎在游走，身后的黑发顺着水流缓缓漂动，像一只诱惑行人的海妖。

李弱水承认一刹那她被惊艳到了。但……但即便他肺再好，也不能一直这么漂着。

她可不是那种贪恋美色的攻略人，应该是吧。

河水不深，他完全可以站起来的，但李弱水还是伸手过去准备拉他起来。指尖刚碰到他的手腕，便看到路之遥缓缓睁开了眼睛，眼珠像是嵌了黑琉璃，又像是被雾隐隐遮住，让人想要一探究竟。那朦胧的黑琉璃上映了波光，晃眼又漂亮，让他更像一只诱人入水的海妖了。

他反手抓住李弱水的手腕，将愣怔的她拉入水中。

直到两人面面相对，李弱水在他的眼眸里看到了自己的倒影。

（九）

李弱水见过他小时候睁眼的模样，却从未见过他长大后是个什么样子。这下倒是见到了。眼睛比小时候略微长了一些，也更勾人，但还是那副雾蒙蒙的样子，焦点不能聚在某处，视线只能直直地穿过她。

他抱着李弱水，睁着双眼，脸上也没了以往的笑容，不知在想些什么。

李弱水承认自己被诱惑到了，但也只是短暂地被诱惑了一下。她憋着气，屈指敲了敲他的眉心，将水中摇晃的纱裙拂开，挺腰站起了身，顺手将他从水底捞了起来。

出水的瞬间，路之遥闭上了眼，透明的水珠只能从他眼睫上滑下，再没能探到水底那抹琉璃色。

"再能憋气也不能一直这么躺在里面，等你想起来的时候，可能就没力气了。"李弱水拂开脸上的水珠，一边喘气一边问道，"你方才一动不动是因为什么？"

路之遥勾着唇角，略微冰冷的身体靠近她，轻叹一声。只有她，会在这种时候问他原因。

"因为这种缓慢增加的压迫感很舒服，很安宁。"路之遥弯了眼眸，睫毛上落下一滴水珠，滴进李弱水的衣襟。

也只有她，是可以随意吐露心中扭曲念头的对象。

他轻轻拥着李弱水的腰，下意识地凑近她，想要汲取一些热度，却在下一刻被她转着往岸上推。

"我觉得你可能泡久了，脑子也进了点水，产生了错觉。上去晒晒吧。"李弱水听完他的解释，总觉得是在意料之外，但在情理之中，脑回路正常就不是他了。

她顺手将他推到河中的大石上，大石被太阳照得暖洋洋的，尽情吸收着两人身上的水珠，坐上去就有一种被温暖治愈的感觉。

李弱水体内药性还没全解，这样会有些热，不过很舒服。

"奇了怪了，在水里你也这么吸引花？"李弱水看到他湿湿的发间夹杂几朵嫩黄的迎春花，啧啧称奇，伸手将它们择下来放到水中，几抹嫩黄便顺着水流漂走了。

"是吗。"路之遥手中摩挲着她的裙角，正全神贯注地听着她的一举一动。

"你以后在你家院子里多种些花草吧，说不准风一吹就全往你身上扑了。"李弱水打趣几句，随后站起身，提着裙摆跨过他下了水。

"你别拉我裙子，我去拿吃的过来。"

路之遥放了手，听她踩着水花声去，又踏着水花声来。

李弱水坐在大石上，打开竹篮，从里面拿出几颗荔枝放到他手

中："运动之后要吃些糖分高的，这个荔枝很甜，你吃了试试。"

昨天原本想只带樱桃来的，但想到教他肯定不容易，李弱水不仅多带了荔枝，还做好了会有突发状况的心理建设。

"这个怎么吃？"路之遥侧头"望"来，长睫上还挂着细密的水珠，嘴唇较往常也更加红润。

"剥开吃里面的果肉。"李弱水低头剥着荔枝，没有抬头看他。

"我不会。"路之遥侧身过去，将荔枝放到她手中，垂下的额发湿漉漉的，更衬得肤色苍白。

李弱水："你没剥过橘子吗？"虽然无语，但她还是剥了一个荔枝给他，看着他吃。

但那颗荔枝的膜衣被她完好地保留下来了，李弱水捂住嘴，眼里的笑意遮掩不住，等着他被苦到的反应。

路之遥接过荔枝，将它放到唇边，随后弯唇一笑，张口咬下果肉。清甜的汁水将他的双唇浸成润泽的红色，白色的果肉被他卷入口中，连带着那层苦味的膜衣也被他吃了进去。

原是想看看他皱眉的样子，他却好像没有什么反应。不过也是，他怎么会怕苦呢。

李弱水看着他唇角的汁水，眨眨眼睛，立刻转过了头，没敢继续看下去。不知为何，这人吃东西总有种说不出的诱惑感，看得她都忍不住舔了舔唇。

"我好像还不知道你喜欢吃什么。"李弱水低头剥着荔枝，随口说道。

"我对吃的不挑。"

意料之中的回答。

"不过若是非要说一样，那就是荔枝吧。"

李弱水剥荔枝的手微微颤抖，她惊喜地看着路之遥，像是看到了自己回家的希望。

"为什么？"

路之遥侧头面向她，笑意温柔："因为是第一次吃，闻起来很香甜。"

……

"确实甜，毕竟是我买的荔枝。"李弱水干笑几声，又给他塞了几颗荔枝，略带几分贿赂的心态，那神情像极了贿赂上级的下属。

"或许和我也有几分关系？"

路之遥温柔并且快速地摇摇头，给出了回答："或许和你一丝关系也没有。"

他知道李弱水心悦他，但情爱这种恶心事和李弱水不搭，得早些让她明白。

李弱水"哈哈"两声，把荔枝从他手中又薅了回来，起身站到他身后："休息好了吗？继续学。"

她非得靠教游泳把好感拉起来不可，不能过了这么久还是没进展吧。

"可我已经会了。"

"你才学多久。"

李弱水小时候学游泳就学了半个月，她这还没教多久，这人就学会了？

"你要是能游一个来回，今天我把这篮子吃了。"

路之遥站起身，将半干的发拂到身后，慢悠悠地下了水："不用你吃篮子，到时候答应我一件事就好。"

李弱水应了一声，都已经在心里想着到时候怎么给他台阶下了，可这人居然真的游了一个来回。

李弱水教他的是自己的泳姿，路之遥游得和她毫无分别。

"……"就教了半个小时不到，这让她怎么刷好感？接触的机会都没了。

路之遥游到李弱水身前，白玉般的手攀上大石，随后覆上了李弱水的膝头。他仰头"看"着她，和煦的笑意还在唇角，这动作像是在求赏，可语气像是在下令。

"不用吃篮子了，背我回去就好。"

李弱水看着伏在膝头的他，欲言又止。

在李弱水的设想中，路之遥不仅学得慢，还有些惧水，毕竟当初差点被淹死，多少该有些杯弓蛇影的忌惮。到那时，她就可以温柔地安抚他，尽情地向他张开温暖的怀抱，做他在水中唯一的浮木，将吊桥效应发挥得淋漓尽致。

可千算万算，都没算到这人不仅不怕水，还喜欢沉到水底，觉得那里安宁。

学游泳快的人都有一个特点，不怕呛水。

而路之遥比他们学得都快也只有一个原因，他不怕死。

纠结许久，李弱水还是开口问了出来："那我今日带你来河边，你开心吗？"

路之遥闻言怔了一下，似是没料到她会问这个问题。随后他便弯起眉眼，眼睫上闪着细碎的光，唇角是抑制不住的笑意。

"开心。"

"现下我也很开心。"路之遥揽住李弱水的脖子，一点不留力地将重量压给她。

如果再给李弱水一次机会，她一定不会答应这个要求。还好来时带了换洗衣物，不然不仅要背他，还要加上湿衣的重量。

路之遥尽管瘦，却也是个成年男子，压得李弱水颤颤巍巍，犹如风烛残年的老人。为什么别人攻略就是公主抱和"命给你"，她攻略不仅要背他，还要时刻警惕不把命给他。

"真的把你背到郑府吗？我之前可是只让你从山腰背到河边的。"李弱水将他放下，捏着酸软的手臂，试图唤起他不知道有没有的良心。

路之遥笑吟吟地蹲在她身前，却没有一点讥讽之意，对着她的神情像是庙里的佛怜悯众人那般温良："背你上山是另一件事，背我下山是你赌输了，怎能混作一谈？"

可惜说出的话和本人相差太大，貌如佛陀，心似恶魔。路之遥生命中是没有"怜香惜玉"这个词的。

"我也是个愿赌服输的人，走吧。"李弱水背起他，继续颤颤巍巍地往山下走。

"是吗？"路之遥在她耳旁轻叹一声，吹得她痒痒的，"若是你愿赌服输，早就把我的剑吞了，可惜我到今日都没看到。"

李弱水噎了一下："你别乱说，那是我赢了。"

"就当你赢了吧。"

颤颤巍巍的李弱水也想反驳，无奈她确实没精力说话了。也不知道路之遥是个什么心态，即便李弱水走几步便要歇息，他也丝毫不觉得麻烦，就这么站在一旁等她歇息好，随后再等她背起自己。这份执着和耐心是谁见了都要鼓掌的程度。

等到两人进了城门，天早已经黑透，街市上也只有几个卖消夜的小摊贩了。

"再背，我的腰真的要弯了。"李弱水坐在卖馄饨的小摊里，一边吃着馄饨，一边拒绝路之遥。

路之遥坐在一旁，放下勺子，将吃了一点的馄饨推到一旁："你耐力很好，好好随我练剑，必定能打败我。"

李弱水："……"

"你牙口其实很好，好好随我吃饭，一定能在饭量上打败我。"

路之遥闻言轻笑一声，又将推走的瓷碗移了过来。在李弱水的注视下，他终于第一次吃了顿完整的消夜。

两人踏着月色回府，却没想到郑府这么晚了还灯火通明。李弱水如今在郑府的地位奇特且尴尬，这当然不会是在等她。

郑府门前停着一驾马车，车身华贵，轮上包着软皮，小厮站在车边，扶着车上的一位公子下车。那人也没直接进府，反而是转过身，直直地越过马车看着李弱水和路之遥二人。

距离不近，李弱水看不清他的神色，只知道这人似乎在等他们。

李弱水琢磨了一下，似乎没在书中看到过郑府来了什么贵客。等到二人走近时才看清他的模样，和郑言清有六分相像，同样儒雅随和，这大概便是郑言清的哥哥了。

"弟妹。"

李弱水尴尬地笑了一下，犹豫一会儿还是叫了声："郑公子。"

还没等他们纠正这个称呼，一旁的小厮便匆匆走了上来："路公子，今日去客栈没见到你，不知现在能否和我走一趟，我家夫人想见见你。"

李弱水转头看他，本以为他会拒绝，却没想到他点头了。

"可以。"

（十）

看着路之遥离开的背影，李弱水有些惊讶。她原以为这些事路之遥都会拒绝的，没想到他答应得这么干脆。

"弟妹还唤我'郑公子'，着实有些生分了。"略带笑意的声音唤回了李弱水的思绪，她看着眼前这位清俊的男子，笑了一下。

"大哥。"

这便是郑言清的大哥，郑言沐。在李弱水的印象中，这人在书里是没出场的，但因为原著实在太长，她跳着看了不少，所以也不太确定是不是自己把他忘了。

郑言沐穿着墨绿长袍，头戴冠，气质要比郑言清成熟许多，看起来也比他多了几分深沉。

两个小厮提着灯笼在前方引路，她和郑言沐并肩而行，略微有些尴尬。毕竟她也不是郑府真的儿媳妇。

"前不久我在外经商，没来得及参加你和三弟的婚宴，倒是有些愧疚。"

李弱水摇摇头，礼貌回道："大哥说笑了。"救命啊！她真的不想和不认识的人尬聊！尤其这人还是兄长！

"不用如此紧张，我不吃人。"郑言沐见她拘束的样子，不禁失笑，从身后的小厮那里接过一个锦盒，"这是我送与你们的新婚礼物，聊表心意。"

红木锦盒上雕着牡丹，盒子带着淡淡的香气，一看便知道里面的东西有多贵重。

李弱水看着这个礼物，只觉得有些棘手。她和郑言清是假成亲，契约书都写好了，现在又收这贵重的礼算怎么回事。

"大哥和我一同去东苑吧，此刻郑言清一定在，交给他或许更好。"

"收下吧，能让我心里舒服些。"郑言沐微微叹气，将锦盒塞到她手中，又给了她几本书。

"谁都不能去打扰他温书，明日早饭我们便能见到。这几本书，就拜托弟妹交给他了。"

李弱水看着锦盒和书，没法推辞，只好笑着接过。都给郑言清吧，反正也都是他家的东西，交给他处置。

"说起来，我似乎还不知道弟妹是哪里人。"

真巧，她也不知道"李弱水"是哪里人。

"江湖人，无父无母，四海为家。"

"抱歉。"郑言沐微微睁大眼看她，似乎有些懊悔，"是我多嘴了，竟提一些不合时宜的话。"

"无事。"李弱水抱着东西，笑着摇摇头。

前方的小厮提着灯笼，偶有几只飞蛾从黑暗中寻来，一头撞上灯罩，却无路可入，只好在灯罩上攀爬。大大的翅影投射到地上，触角蠕动，看起来骇人极了。

小厮慌忙将它们拍到地上，向后看了两人一眼，松了口气。

郑言沐没正眼瞧一下，抬脚踩上飞蛾的身体，笑着问道："听闻近来三弟的身体好了许多，咳嗽得没有往常厉害，看来冲喜还是有些用处，多亏了弟妹。"

李弱水再次尴笑："是大夫的功劳，我就不抢功了。"

郑府真的太大，东苑也真的太偏，她已经加快脚步了，却还是有一段距离。

"听闻之前弟妹和朋友一起抓到了常来府上闹的'鬼'，还真是令人敬佩，有时间可以与我切磋一下。"

"有时间一定。"众所周知，这句话代表了没有下次。

郑言沐顿了一下，继续道："不知弟妹可否和我说说那晚的事，我常年经商，对这些事难免好奇。"

那晚的回忆不是很美妙，李弱水也和他不熟，不愿多提，只好打哈哈。

"这事说来话长，不如下次找个时间再细说……到东苑了，大哥要不要进去坐坐？"

李弱水站在院门前，微笑着看向郑言沐。

他抬头看了眼院门上的匾额，随后摇摇头："我就不打扰了，你们早些休息。"

"好的，大哥。"

郑言沐向她点头示意，随后带着一队人往西北方向去。

一路上看来，今晚郑府除了东苑这边，其余各处檐下都点着灯，必定是摆了接风宴的。

"郑言清惨啊，家里有宴席都没人叫你。"李弱水看着他们离去的背影，抱着两样礼物喃喃自语。

她不太喜欢这个郑言沐，他的笑容和话语都让她不舒服。同样是戴面具，路之遥就戴得比他好多了。这人嘴上好似关心胞弟，问的却都是无关紧要的小事，说着对他们二人的愧疚，却在一开始便把礼物交给她，让她抱了一路。

说话绕来绕去也不知道想从她这里套出什么。相比起来，只戴了痛苦面具的郑言清就比他可爱多了。

李弱水抱着东西走进东苑，用手臂撞开门，一下就看到了专心读游记的郑言清。

"你怎么抱这么多东西？"郑言清赶忙放下书，上前来接过那几本书和锦盒。

"你大哥送你的。"李弱水坐在椅子上，倒茶的手不住颤抖。

她之前背路之遥就已经很累了，还要抱着东西走这么一段路，现在只是肌肉颤抖就已经是万幸了。

郑言清闻言，收拾书的手都停了下来，手指不自觉抠着书皮，脸上扬起一抹讥笑："我大哥何时回来的？"

李弱水看着他，幽幽叹了口气："刚回来，你家正给他办宴席呢。"

郑言清怅然地坐在凳子上，看着地毯发着呆。

"我以为你不在意你家里人。"李弱水按摩着手臂，开始为明天肌肉酸软的自己默哀了。

"大哥是家里唯一一个支持我不从仕的人，这个家我也只对他有牵挂了。"郑言清迷茫地看着桌上的书，长长地叹了口气，"上次你说我没有独立能力，我仔细想了许久，好像确实找不到生计。"

李弱水在一旁洗漱，回答他的声音都有些含糊。

"实在不行，你给别人做向导，又能赚钱，又能游山玩水，还能写游记，不行吗？"

如同醍醐灌顶，郑言清看向李弱水的眼神都亮了许多："向导？"

李弱水没精力理他了，洗漱好，放下帘帐，钻进了被子："只要思想不滑坡，办法总比困难多。"

她能在路之遥身边苟活到今天，全凭这条真理。

"路公子，注意门槛，小心摔倒。"小厮提醒一句，引着路之遥到了侧室内。

路之遥平日里都会带着盲杖，但和李弱水出去从不会带，因此走得就小心了一些。

侧室里有不少人，郑夫人、郑老爷，以及几个小厮丫鬟，这些人一同关注着走进来的路之遥。

郑夫人和郑老爷对视一眼，无声地叹了口气。这路公子相貌出挑、武力高强不说，这性情也是少有的温柔，他们是很满意的。

可唯一不满意的便是这眼睛。女儿和一个瞎子在一起，他们怎么能放心呢，而且还不知道以后的孩子会不会也染上眼疾。

"路公子请坐。"郑老爷开口了，"今日请你来，主要是想多谢你前几日帮助我家言清，希望公子不会觉得唐突。"

路之遥不紧不慢地抿出一个笑容，温声道："举手之劳。"

郑老爷给郑夫人使了个眼色，两人仗着他看不见，交流了一会儿。

"也不绕圈子了。"郑夫人清清嗓子，笑道，"不知路公子可有意中人？"

"没有。"路之遥回答得没有一丝犹豫。

郑夫人还算满意，点点头，眼角浮现几条细纹："那……公子觉得我女儿如何？"

路之遥唇角含笑，侧脸上映着暖橘色的烛光，显出几分温润和柔和："抱歉，你女儿是？"

郑夫人、郑老爷互看一眼，脸上的笑意渐渐收敛。莫不是他们女儿剃头挑子一头热，两人甚至都没认识？一旁站着的丫鬟没忍住看了眼屏风后，默默往后退了一步。

"是我，郑眉。我们已经不算是初次见了。"郑眉一听这话憋不住了，提着裙角便从屏风后出来，直接走到他面前。

"我也不弯弯绕绕，我看中你了，愿不愿入我郑府，做我家赘婿？"郑眉从小便学着经商，常和生人打交道，性子直来直去不扭捏，也不爱做小女儿情态。

若是李弱水在这里，一定会极其敬佩地看着郑眉并为她鼓掌。入不入赘不重要，主要是想和她学学这份勇气和自信。

"不愿。"路之遥理了一下腕上的佛珠，神色未变。

他还以为来这里会有什么趣事发生，没想到竟是这种无聊的东西。

路之遥站起身，回了一礼："多谢厚爱，告辞。"

郑眉向来是傲气的，她跨一步挡在他身前，毫不在意他的拒绝："你可以再考虑一下，入赘我郑家，想买什么都行，我还能花钱帮你治眼睛，百利而无一害。"

路之遥轻笑一声，往前踏了一步，温声道："你是在拦我？"

笑容还是那个笑容，悲悯、温柔，甚至双眸是闭上的，却依旧让她有种脊背发凉的寒意。

郑眉下意识让了一步："入、入赘的事之后再说，你明日和我去游湖。"

在路之遥拒绝之前，她紧跟着说道："我可以允你一个要求。"

路之遥转着腕上冰凉的佛珠，唇角扬起一个笑。

"可以。"

郑眉松了口气，郑夫人也是笑意盈盈："路公子，我们今晚有宴，便跟我们一同……"

"不必了。"路之遥对他们略行一礼便离开了。

郑眉再次忘了方才的恐惧，满意地看着路之遥离去的背影，开始想着明日该穿的衣裳。不过，护卫是该多带一些。

"路之遥、路之遥……"黑暗中似有若无地传来几声呼喊，这声音清脆、干净，他一听便认出来了。可他眼前只有一片黑暗，即使睁眼了也什么都看不见。

李弱水叫他做什么？

耳边由远至近传来脚步声，其间夹杂着叮叮响的铃音，却不会让人觉得吵闹，只觉得有生气。他似乎坐在院落中，周围吹着微风，有着树叶"沙沙"的响声，以及不间断的蝉鸣。

这是夏日吗？

"看我买了什么。"这人跑到他身边，一把揽住他的肩，带着一阵浓郁的荔枝香，闻起来便觉清甜、水润。

"又买荔枝？"他听到自己的声音，夹杂着无奈和其他的情绪，这情绪里带着他完全听不懂的意味。

这是他吗？

"都快过季了，现在不吃，以后就吃不着了。"

耳侧传来剥壳的声音，不少汁水溅到他侧脸和眼睫上，痒得他忍不住轻眨眼眸。随后听到她憋笑的声音，微凉的指尖触上侧脸和双眼，甜腻的汁水被她抹去。

"我离你远些剥。"身侧再次响起铃音，叮当个不停，是他完全不熟悉的音调。

李弱水似乎坐到了石桌上，淡淡的荔枝香从他前方飘来。那阵

清脆的铃音在她坐定后骤然落到他腿上，被风吹得叮当作响。路之遥眉心微跳，手往那铃音处探去，摸到了她纤细的脚腕以及上面冰凉的脚链。

那上面不仅仅有铃，还串着他的白玉珠。

阳光燥热，蝉鸣恼人。

路之遥放开手，声音干涩："这是什么？"

"你做的脚链。"铃音再次响起，清甜的荔枝香由远及近，慢慢停在他身前。

"为何？"

她的声音听起来有些无奈："这不是你祈求的吗？"

蝉鸣猛地增大，将失神的路之遥唤醒，他坐在床上，静默许久。他似乎现在都还能闻到那股甜香，听到那阵铃音，以及感受到她踩在腿上的触感。

路之遥静坐在床上，月光慢慢从他的手腕爬升，拂过他腕上的白玉珠，照进他半睁的眼中。那雾蒙蒙的眼里蕴含月华，美得令人心惊。

路之遥无意识握着腕上白玉珠，心里不解。

他在祈求什么？

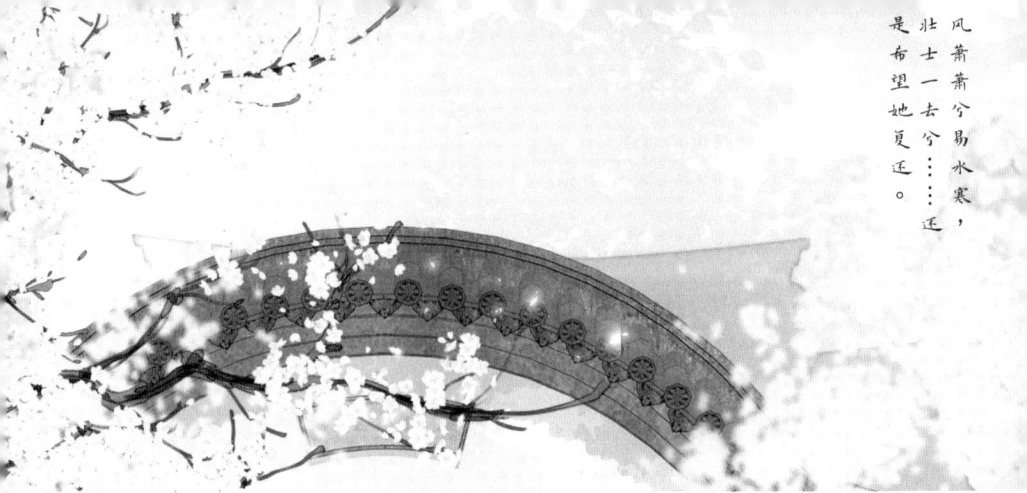

风萧萧兮易水寒，壮士一去兮……还是希望她夏还。

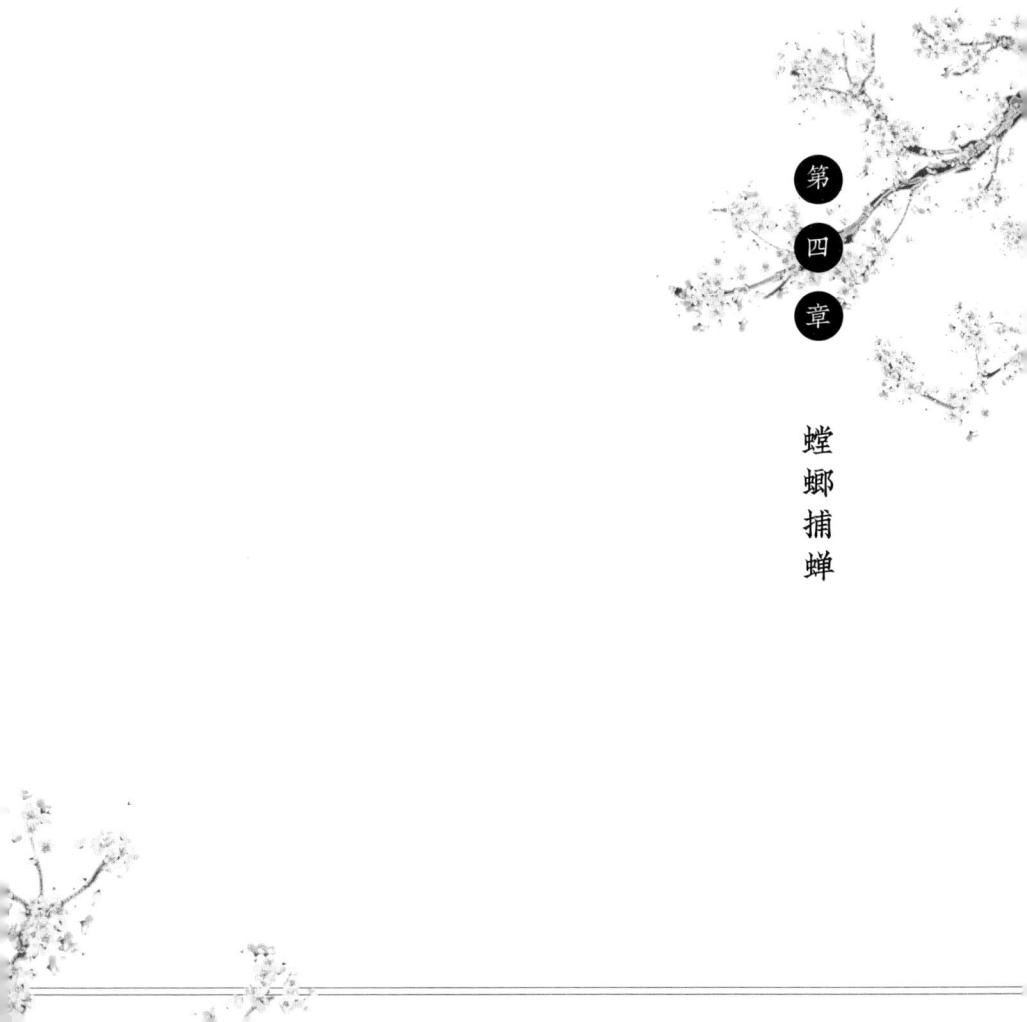

第四章

螳螂捕蝉

（一）

郑言沐回来第二日，一大早便有人来请郑言清去用早饭。李弱水作为名义上的儿媳自然也在其中。

"来，弱水，多吃一些。"

李弱水接过郑夫人夹来的菜肴，点头道谢，试图让自己不要那么尴尬和僵硬。让她和路之遥吃饭她都能应付，但和这一群表面和气的人尬聊实在有些为难，所以她决定不出声。

"我吃好了。"郑眉放下碗筷，起身准备离开。

"你要去哪儿？今日给你大哥接风洗尘呢。"郑夫人看着她，一脸不赞同。

"我今日要和路公子游湖啊。"郑眉不甚在意地整理裙摆，"接风宴昨晚都吃了。"

郑眉一句话，让李弱水和郑言清同时顿住了筷子。

郑言清嘲讽一笑，继续吃着饭菜，没有理会郑家二老看来的眼神。而李弱水则是直直地看着郑眉，不知在想些什么。

郑眉接到这视线，又联想到她和路之遥之间的亲近，没忍住挺直腰背，睨着李弱水："弟妹，你同路公子是好友，可有什么想说的？"

她特意在"好友"二字上加了重音，神采飞扬，似是要去做什么开心事。

李弱水看着她，放下碗筷，慎重地开了口："多带些护卫，不要让小厮离你太远，一定要冷静。"

李弱水眨眨眼睛，又想起什么，伸手给她比画了一下："若是掉到水里了不要使劲扑腾，容易呛水，船尾船身都有凸出的扶手，抓那

里不费劲。"

"不知所云。"郑眉一心认为她在酸，不在意地拍拍裙子，将头发拂到身后，带着丫鬟离开了。

李弱水看着她离去的背影，心里微微叹口气，只能帮到这里了。风萧萧兮易水寒，壮士一去兮……还是希望她复还。

路之遥这人喜怒不定，心思难以预料，被他皮相骗到的人只能用"危"这个字来形容。她甚至已经想象到了，郑眉因为态度过于高傲，频踩红线，最后被扔到水里的画面。

代入感太强，李弱水已经开始有窒息感了。

不过，路之遥答应游湖又是为了什么，这点她得好好探究，说不定对攻略他大有助益。

这一段小插曲没有持续太久，毕竟今早这顿饭的目的是让郑言清为他哥哥接风洗尘。

"还真是人逢喜事精神爽。"郑言沐转移话题，笑看郑言清，略带几分兄长的慈祥，"你的气色好了许多。"

郑言清笑着点点头，却也没有多说什么。

前不久李弱水说他的药可能有问题，先停一段时间。他一开始不信，但听她念叨多了也难免有些疑虑，便有一段时间没喝药，近日来身体虽不能说好，但确实轻松了很多，至少不容易咳喘了。这药确实有问题，可他又能和谁说呢？

"这还得多谢弱水，看来这冲喜真的有用！"郑夫人亲昵地看着李弱水，眼里满是谢意。

郑言沐看着她，意味深长地说道："确实要谢谢弟妹。"

"哪里哪里，毕竟来都来了，也不能白冲。"李弱水认真敷衍着他们。谁也没察觉这话的奇怪之处，之后就将话题扯到了三个月后的省试上，毕竟这是郑家人目前最为关注的问题。

"按这情况，言清三个月后说不准就能去省试了。"郑夫人看了李弱水一眼，"弱水，这阵子你们暂时不要孩子。"

"娘！说这个做什么！"郑言清脸色通红，都没敢去看李弱水的神色。

"懂的。"李弱水点点头，尽管她已经抠出了一座梦想城堡，但面上还是体贴地笑了笑。

在这尴尬又不失礼貌的氛围中，李弱水开始盘算怎么结束这场婚娶闹剧。

沧州有个明湖，是众人游湖的好去处。

此时正值四月，岸边杨柳拂风，湖中碧波荡漾，其上漂着四五艘船，看起来很是惬意。

郑眉看着四周，止不住地点头。这艘画舫是她亲自挑选的，其上飘着藕色轻纱，放着茶几，推开轩窗就能看到碧波，很是雅致。

画舫的后方远远跟着一艘小船，上面站着的是她此次带来的护卫。她原本只想带五六个震慑一下路之遥，但临走时想到李弱水说的话，琢磨了一会儿，还是带了十个，多点总不吃亏。

"路公子，你觉得这艘画舫如何？"郑眉走到路之遥身边，又细细地看了他的容貌，顿时心里更加喜爱他了。

"抱歉，我看不见，但想必是好的。"路之遥坐在茶几旁，手上握着一把刻刀，正在雕刻着什么。

他昨晚梦醒后便再也没睡着，鬼使神差地拿出剩余料子开始刻东西。

郑眉看着他手中那个渐渐成型的木料，一时有些惊喜："你还会做木偶？"她从没见过哪个瞎子会做木偶，这人竟不仅仅是个"花瓶"。

路之遥心不在焉地应了一声。

郑眉坐在他身旁，脊背挺直，瞟了那个木偶几眼："会做木偶的大都善良，方才出门时李弱水还让我提防你，果然是胡乱说的。"

路之遥雕刻的手一顿，腿上似乎又感受到了那份被踩下的重量，耳边又听到那声铃音。

"她如何说的？"

"她让我随身带小厮和护卫，还说你会推我入水，你说好不好笑。"

路之遥的嘴角慢慢弯起，眉心也不自觉松开，轻笑出声："好笑。"
他一直都觉得李弱水有趣。

"你知道我为何喜欢你吗？"

路之遥继续刻着木偶，没有回应她。

"是在比武招亲前。"郑眉看着湖面，似乎在回忆当初，"那日我去街上看场地，或许是命运的馈赠，正好见到笑着的你。"

郑眉从没见过这样的人，眉眼不似凡人，笑容温柔却不失昳丽，仅仅是第一眼，她便移不开视线了。

"那日你用一粒红果打到我，这里都留了疤。"她挽起衣袖，露出了一个豆大的疤痕，却突然想起他看不见，叹口气后将袖子放下。

若他不是瞎的，她一定会更喜欢。

路之遥指间拉着几段银丝，正在打磨木偶的细微处，几缕额发落到眼睫上，被他拂开。

"是你啊。"其实他不记得，但他记得李弱水说的，这样回话能快速结束话题。

果不其然，知道他还记得自己，郑眉没再继续这个话题。

"我当时便觉得，你长得这么好看，自然该配我。"

"是吗。"

郑眉一边和他聊，一边往画舫外看去。透过被风吹动的纱幔，她看到了不远处的一艘画舫，上面站着几位衣着华贵的女子，她不禁笑了起来。

她这么急着要和路之遥在今日游湖是有原因的，不仅仅是因为喜欢他，更因为她早和其他姐妹约好了，今日让她们见路之遥。

"路公子，我们出去看看吧。"

"我看不见。"路之遥手下不停，嘴上照旧敷衍。

另一艘画舫上的小姐们向她招手示意，可路之遥始终在摆弄那个小木偶，没有分给她半分心神。她吹过牛，说他们两情相悦，却又不敢真的带路之遥前去，只好推托说他害羞，让大家远远见一面就好。这下若是大家连一面都见不到，她以后还怎么见人！

"路公子，你答应过我今日来游湖的。"

路之遥摸过木偶的五官雏形，满意地弯起眼眸："我们不是在游湖吗？"

眼见着那艘画舫慢慢离开，站在船头的姐妹们也在交头接耳，不知道在说些什么，说不定是在嘲笑她。

郑眉咬着唇，看向了他手中的木偶："你刻的这人真丑！"她猛地抢过那个木偶，不顾被银丝划伤的指尖，将木偶往湖中扔去。

黄白色的木偶被抛到湖面上空，圆形的关节"咔啦"转动一圈，在落水前被缠在其上的银丝拉了回来。

路之遥摩挲着木偶的关节，眼角都泛起了笑意，让人想到岸边拂动柳枝的春风。

"看来你很喜欢入水，不如来玩一下。"

路之遥将木偶收了起来，顺手扯下一条纱幔，手法娴熟地缠在了她手腕上。在郑眉反应过来之时，她已经从窗口翻出，落到了另一侧的湖中。

冰冷的湖水瞬间浸透她的身体，打湿了她精心化好的妆容。

此时郑眉与画舫唯一的连接就是这条藕色纱幔，她几乎是被这条纱幔拖着前行的。摇桨的船夫大惊失色，正想要上前来，却在看到路之遥的笑容后顿住脚步，只能放慢船速，等着后方的护卫赶来。

"你敢这样对我！"

路之遥靠着轩窗，专注地磨着手中的木偶，嘴角笑意盈盈，对她的恐吓充耳不闻。

郑眉在水中大吼，看似很有气势，可她的眼睛紧紧盯着这条纱幔。藕色的纱幔被湖水浸得暗沉，不复原先娇嫩。在她方才的挣扎和浮沉下，仅仅是缠着她的藕纱慢慢松散开，她随时有可能沉到水中。

郑眉会水，但被纱幔拖了这么久，她又挣扎了这么久，体力早已流失大半，原先妨碍她的藕纱，此时成了她的救命之物。

她不明白，明明方才还好好的，怎么突然就成了这样。

腕上的藕纱在慢慢松散，却不知哪一刻才会彻底脱开，这样未知

的恐惧折磨着郑眉，可她又不愿求人。

"你救我上去，要多少银子我都给你！"

路之遥靠在窗边，长长的睫毛接过洒落的阳光，透下稀疏的光影，他颇为闲适地对她晃了晃木偶。

"你觉得它丑吗？"

（二）

路之遥也不急着听她的答案，兀自用指尖玩着木偶的手和腿，偶尔扭扭它的头，愉悦地笑出声。

碧波上荡着碎金，亮起的细碎光点反射到他眉眼间，将他衬得像不食烟火的仙人。即便是现在，郑眉也不禁因为他的笑而晃神。

画舫慢慢往前走，身子越发冰冷，湖水已然漫到唇边，这份恐慌让她回过神来。郑眉紧蹙眉头，紧紧看着那个关节转动的木偶。

确实是丑的，但显然不能这么说，可她若是说好看，这人又说她撒谎怎么办？

到底怎么回答？郑眉现在思绪很乱，根本静不下心来思考。她看着后方那艘正在加速赶来的小船，骤然想起了李弱水的话。

——不要让小厮离你太远，要冷静。

郑眉使劲咬唇将自己的恐惧压下去，心里满是懊悔，当初就该让他们和自己一艘船的。

她看着木偶，略微冷静后回道："不丑。"

路之遥指尖敲着木窗，无声地叹了口气，神色温柔且怜悯："怎的连撒谎都不会。"

若是李弱水，不仅会毫不犹豫地回答，还会将这个木偶夸一遍。

他不再理她，而是将木偶举起来，自顾自地说了一句："它也不丑，长得多有趣。"

路之遥的声线温和，像是在和她闲聊，在郑眉听来却荒诞至极。怎么会有人喜欢听别人骗自己？

"它好看！"郑眉立刻接上这句话，"如果你愿意，我出一百两买下它！"

路之遥撑着下颌，指尖摩挲着这个小木偶，嘴角笑意淡淡，不知道在想些什么。他根本没听进她在说什么！

"你这是谋杀！我可以去官府告你！你听没听见我说的话！"郑眉心下恐惧，没忍住伸手敲了一下船身，溅起的水花落到她眼角，和她眼眶里的泪一同流了下来。

藕纱越来越松，湖水已经淹过了她的嘴唇，她只能不停地踩水让自己浮起来，不至于被淹过。

求助无门，生死一线。她当初怎么会觉得他是仙人，他明明就是以折磨人为乐的恶鬼！

郑眉的眼泪混在湖水中，只觉得无助极了。那条藕纱不知何时就会彻底松开，可她此时光是踩水都已经很累了。

——若是落水，不要过多挣扎浪费体力，船身船尾都能抓。

清越的声音蹿进脑海，她突然想到了今早李弱水说的后半句话。她真能未卜先知不成！

郑眉慌忙去摸船身，却只是光滑一片，没有一点凸起。想到李弱水认真的表情，她咬咬牙，准备赌一把。

郑眉索性用力扯掉欲掉不掉的藕纱，用还剩不多的体力游到船尾，果然看到了一排排连接船身凸出的木条。她拉着木条撑起身子，红着眼眶看着后面追来的船只，不由得松了口气。等他们都到了，她一定要他付出代价！

后方的船只比较小，船上又站着十个护卫，行船速度很慢，即便这个船夫故意压着速度，等他们追上来还是花了一些时间。其中两个护卫慌慌忙忙跳下水，将泡得浑身发软的郑眉推上了画舫，其余几人拔刀对着路之遥，神色紧张。

他们都是郑府的护卫，之前巡夜这么多次都没能抓住的"鬼"却被路之遥玩弄于股掌，可见他们上来基本就是"送人头"的。

郑眉穿着湿衣，发丝不停地滴着水，浸湿了脚下的木板，她站在船

头瑟瑟发抖，伸出早已被水泡皱的手指指向路之遥："快去把他抓住！"

护卫站在她身前，面面相觑一会儿，谁也没动。谁都不想做这出头鸟，谁都不想丢命。

郑眉看着众人，傲气在一天内被击溃两次，气极反笑："今日之后，你们也别来我郑府做工了！"

其中一个护卫为难地看着她，握刀的手紧了又松，犹豫一会儿还是说出了口："护卫就是刀尖上舔血的活儿，敢做我们就不怕死，但这里是湖中，不好施展，等到上岸了，我们必定将他捉到小姐面前。"

"他瞎了，如何打得过你们？"郑眉冷笑一声，不再言语。

十二人都站在船头，将这艘雅致的画舫压得前低后高，藕色的窗纱被斜斜吹起，铺在画舫内的茶几上。

船尾那人背对着他们，并不在意他们的对话，也不知在想些什么。

突然，他动了一下，船头的护卫们下意识一震，屏气凝神，握刀的手再次收紧，悬着的刀尖直直对向他。只见路之遥骤然翻身坐在窗上，白色袍角与藕纱一同拂起，像是要投入湖中，又像是要乘风而去。

他抬起手，小小的木偶便走在窗边，可以转动的关节被任意操控，手舞足蹈，发出"嗒嗒"的声响。

路之遥靠着窗，悬在湖上的腿随着船身晃荡，却始终落不到湖里。

"给你买条襦裙吧。想要什么颜色？

"你昨晚说的话是什么意思？"

窗上的木偶人跳来跳去，舞着剑招，嗒嗒作响，却回不了话。

跳了一会儿后，木偶人骤然停止了动作，圆形的关节转动一周，肢节扭曲地趴在窗台，细如毫发的银丝软软地搭在它身上。

小木偶的头歪向路之遥，小小的眼睛直直地看着他。

"船家，还有多久到岸？"

路之遥偏头"看"过去，阳光斜斜擦过木窗打在他唇边，晕出淡淡的金色。他笑意温柔，不见一点戾气。在场不少人被这个笑容蛊惑到了，握刀的手都松了几分。

船家一直在加快速度回岸，他顿了一下，声音不自觉缓和几分：

"很快就要到了。"

不知为何，他看着这幅场景，不由得想到了前不久街上行佛时的佛子像。

船夫行船多年，很少见到谁能像他这般温和——

但他还记得这人将郑小姐扔下船时也是这副表情。

船夫不由得加快了速度，这些人不在船上打真是佛祖保佑，只要将他们送到岸上便不关他的事了。不仅是船夫，站在后排的几个护卫也俯下身帮他划船，生怕对面那人突然发难。

船慢慢靠近岸边，船夫眼里亮起希望的光芒。护卫们带着冷脸的郑眉下了船，立刻掉转刀头对着画舫，心跳不已。

路之遥提着袍角，点着盲杖踏上岸，船夫见众人都下船后便立刻离开，只留下荡开的涟漪证明他来过。

路之遥对着前方柔柔一笑，慢慢蹀步而去："今日和你游湖所见景色极好，湖风也舒畅，你觉得呢？"

这句话是他在茶馆里学来的，他不知道这句话说了有什么意义，但话本里的人游湖后都这么说，大概是什么约定俗成吧。

郑眉听了这话鼻子都气歪了，拧着发上的水，此时冷得牙齿都颤了起来："游你个头，你这个杀人凶手！"

"是吗。"路之遥毫不在意地将木偶收入怀中，"我也很开心。"

自觉走完了流程，路之遥点着盲杖往前走，似乎对前方悬着的十柄刀浑然不觉。

"对了。"走到一半，他想起什么，扬唇笑道，"关于游湖后的报酬，只要郑府的那块玄铁便好。"

所谓的游湖和邀约，在他这里同官府里挂着的悬赏令并无分别，得到报酬也是理所当然的事。

"做梦！我不把你送官就不错了，竟还想要我家的玄铁！"

前方站着的十个护卫给了郑眉勇气，她撩开湿漉漉的头发，傲气地看着路之遥。

"这样啊。"路之遥也不气恼，继续往前走，离那些刀尖越来越

近，"李弱水没和你说另一件事吗？"

他抽出薄剑，轻巧地打开拦在身前的刀刃，毫不费力地到了郑眉面前，弯着唇掐上了她的脖颈。

"同我做交易，最好还是守约。"

郑眉从没想过，自己和他竟是以这样痛苦的方式离得这么近。身后的护卫想要上前，可郑眉在他手中，他们不敢轻举妄动。

"守约吗？"路之遥饶有耐心地收着手劲儿，享受着她痛苦哽咽的声音。

上次掐李弱水时却没有这种感受，他还以为自己出了问题，现在看来，他还是好好的。

郑眉呼吸渐渐粗重，喉间发出的声音如同鸭叫，破碎的语调拼不出一个完整的字音。享受过了，心情好了不少，路之遥松了手劲儿，给她呼吸的余地。

"守……我守、约……"没敢多停，郑眉忙不迭地说出这句话，声音哑得像是被砂纸磨过。

"大声点。"路之遥弯着唇，长睫在眼下投出稀疏的阴影。

郑眉皱着眉，放大了声音："我守约，给你玄铁！"

路之遥心情很好地弯着眼眸，从怀里拿出那个小木偶："现在回答我——

"它好看吗？"

"好看！"郑眉毫不犹豫地说出口，看着那个丑丑的木偶快要怄气死了。

路之遥满意地点点头，彻底松开了她，起身时随手抽剑反手劈开砍来的刀刃，笑着将木偶放入怀中。

"我也觉得好看。"

他将剑回鞘，拿着盲杖："我还有事，今日就不杀人了，能让开吗？"

护卫们犹豫一下，还是让了路。反正回去也要被解雇，不如现在先把命保住。郑眉不停地咳嗽，双目含泪地看着众人，心里气死了却毫无办法。毕竟她也看出来了，这些人根本打不过他。

"将玄铁准备好，我择日来取。"路之遥转身离开，声音如同岸边的春风。

择日？

郑眉抓紧湿透的衣裙，气愤地看着他的背影。她不会放过他的！

（三）

春风拂槛，吹过叮当作响的珠帘，也吹淡了屋内浓厚的药味。

"阿嚏——"郑眉吸吸鼻子，将喝完的空碗放到一旁，又吃了几颗蜜枣。

甜味在舌尖滚过一道后，她犹豫了一下，还是将蜜枣吐了出来，喉口处依然泛着药汁的苦味。她暂时不能吞咽硬物，不能大声说话，这一切都要拜路之遥所赐。

"小姐，为何不把他送官？实在不行，咱们告诉老爷夫人也好啊。"郑眉的丫鬟帮她上药，看着她脖颈处的紫色瘀痕，实在是心有余悸。

昨日她收到消息去后门接郑眉，刚去就看到她浑身湿透，披着护卫的外衣，声音沙哑难听，活脱脱一副被迫害的模样。

"那是要我的脸丢尽不成？"郑眉压着嗓子，只能用气音说话。她昨日说要送官也只是吓唬路之遥，要是真把他送官了，那整个沧州的人不都知道她主动示好却被扔下水的事了吗？而且对于路之遥，报官有什么厉害的，说不准官府连人都抓不住，还不如直切他的要害，让他就此后悔惹了她。

"你们查得怎么样了？"

"差不多了。"小丫鬟一边擦药一边回道。

"他来沧州后，要么是往咱们府上来找李弱水，要么就是去烟柳巷的茶馆听书，没做其他的了。"

"这般性子，若不是太危险，倒确实合我胃口。"郑眉摇摇头，将这个可怕的想法甩到脑后，"不过，他和李弱水的关系倒是不寻常。"

郑眉看着窗外，陷入了沉思。她一时间也想不到怎么才能报复

回去，毕竟虽说路之遥看起来温温柔柔的，但他的性情她已经领教过了，大概是油盐不进的。打又打不过，骂又骂不出口，这不是太憋屈了吗？

"小姐，要不去外面透透气吧，大夫说您伤风了，要多晒太阳。"

"也好。"

两人走到府内的花园中歇息，顺便晒晒日光，转眼就看到一抹鹅黄在假山那边晃来晃去，很是显眼。郑眉仅仅看到裙角便知道这人是李弱水。郑府的人多爱穿显得稳重的颜色，就算是她自己，大多穿的也是釉蓝色，府里上下能穿这么显眼出挑颜色的也就李弱水一个。

郑眉和小丫鬟对视一眼，轻轻移着位置，站到了假山的死角处往那里看去。只见李弱水拿着一张信纸走来走去地看，神色认真，似是在思考些什么。而在她附近，郑眉毫无意外地看到了路之遥。

他正坐在石桌旁，手里抚弄着一长串的红花，似乎也是在沉思。一人雪衣，一人鹅黄，看起来像是雪山上染着一抹灿阳，登对极了。

两人虽然没有交流，但氛围和谐，郑眉站这么远观察都能感受到其中的安宁。

路之遥举着手里的红花晃了晃，唇边泛起笑意，偏头向她们这边"看"来。脖颈似乎又痛了起来，郑眉下意识一颤，往后退了一步，不由得移开了视线。

"小姐？"小丫鬟扶着她，拍拍她的背，"他只是个瞎子，别怕。"

郑眉深呼吸一口气给自己壮胆，到底抵不过心里的好奇，再次试探性地往那处看去。

她想看看这二人到底是怎么相处的。

"真有意思。"李弱水看着手中的信纸，面无表情地说出这四个字，只觉得头大。因为昨日郑夫人那句"暂时不要孩子"着实把李弱水给"雷"到了，她打算赶紧揪出府内给郑言清下毒的人，赶快和离。

下毒的事真相大白，郑府里调来保护郑言清的护卫会少很多，书信应该也很快能被找到。总而言之，她打算剧透了。

原著里那个下药的小厮就是在郑府待了很多年的人，她只需要将那个人揪出来就可以了。方法非常简单，但有一个问题，她不记得那个小厮的名字了，只依稀记得他姓陈。

郑府有许多个小陈，从小养在郑家的总共有十一个，接触过药的有八个，男性有五个。

李弱水神情严肃地盯着纸上那五个名字，试图勾起一些相关回忆，但回忆没勾出来，反倒是勾出了一张清晰的表情包——一张关于马冬梅的表情包。

……真是该记得的没印象，不该记的随时就能想起来。

原著里陆飞月是恰好碰到小厮下毒，跟踪好几日取得证据后才揭发的。可她不是陆飞月，根本碰不上这样的事。

李弱水索性把信纸扔在石桌上，准备放松一下换换思路。她转头看着研究红花的路之遥，走过去坐在他身边。

"怎么样？想到怎么吃了吗？"

这一串红种在郑府的花园中，红艳艳地立在花盆里。

"吃这个有什么意思。"路之遥闭着双眸，笑着将花递给了她，"不是说走够一个时辰才能坐下吗？"

李弱水就是不想走才来转移话题的！

李弱水俯身趴在桌上，骤然发出一声清脆的当啷声，吓得假山后的郑眉二人不禁抖了一下。她们探出头，往那边看去，只一眼两人便同时瞪圆了眼睛，嘴巴微张。

李弱水散开的衣袖下露出一对铁制铐子，泛着冷冷的铁黑色，严丝合缝地扣着她的手腕，一黑一白对比鲜明。她被风吹起的裙角下也透出一些黑，亮起一些金属光泽。

郑眉捂住嘴，挡住即将出口的惊呼，她的心里不禁有些触动，原来李弱水平日里竟过得这么艰难吗？

被人怜爱而不知的李弱水正想办法摆脱这两对铐子。

铁铐在石桌上划出一声刺耳的尖鸣，她拖着手凑近他，假装没听到他刚才的问话。

"这个里面还有花蜜，很甜的，你试试。"她从上面摘下一小朵花递过去，轻轻点了一下他的唇，声音清亮，"你张嘴尝尝，吸一下就出来了。"

花朵独有的柔软敲打着唇角，有些痒，也有些凉。路之遥顿了一下，随后微微张开唇，含住了那朵花，轻轻将花蜜吮进舌尖。

确实甜，但他对吃的没有什么兴趣。

见他没有惊喜的表情，李弱水以为他没吃到，又将花往里面推了一些，指尖不小心点到了他的舌尖。

李弱水猛地抽出了手，手腕被铁铐的重量压着下坠，狠狠地打在了石桌边缘。

"哎——"刚刚冒头的羞耻感立刻便被这疼痛感压了下去。

回过神的路之遥将那一串红拿开，伸手触到了李弱水捂着的地方："我帮你揉揉？"

不，他只是想按按她的伤处，让她痛。

"不痛，我自己来就好。"

听到这话，路之遥略显遗憾地收回手，玩着桌上的一串红。

李弱水看着他的神情，又想到了他以前让自己咬他的事情，不由得问了出来："你到底是喜欢让别人痛还是让自己痛？"

搞清楚了，她好按需调整自己。

路之遥眉眼一弯，将剑递到她身前，神情比以身殉道之人还要真挚："不如你亲自刺我一剑看看，我不会躲的。"

李弱水："……"她要是真信了，估计明日郑府就要办丧宴了。

李弱水揉着伤处，假装呼痛，吸引他的注意，眼睛却仔细地看着手腕上的铁铐，想着怎么把它解开。

腕上的铁铐只是一个简单的扁圆环，像是现代卖的护腕，紧紧地咬着她，找不到一丝缝隙。李弱水不动声色地用两指拉着铁铐，试图将它们拉开，但用力到手都颤抖了也没能成功。今早路之遥很轻易就将它们合起来了，怎么解开就这么难呢？

李弱水不是那么容易认输的人，她深吸一口气，再次咬着牙用力，喉间忍不住发出了使劲的哼声。身旁之人轻笑一声，指尖敲着石桌，笑盈盈地等着她努力的结果。

铁铐内的扣环似乎动了一下，但那一下过后再也没有动静了。

李弱水翻来覆去地看了几遍，也不再遮掩，索性直接问了出来："这个怎么拉不开？"

路之遥俯身过去，在郑眉以为李弱水要遭殃时，路之遥动手打开了她腕间的铁铐。

郑眉："……"昨天那个一言不合将她扔到水里的人哪儿去了？

"这个是锻炼你手劲儿的，等你能拉开的那日，就用不着这个了。"解释完后，没给李弱水缓冲的时间，铁黑色的铐子再次咬上了她的手腕，仿佛只是展示一下而已。

李弱水："……"她只是短暂地轻松了一下。

路之遥将剑递给她，像给学生发糖的好老师："练基础的剑招，我教过你的。"

郑眉看到这里不禁握紧了拳头，只觉得路之遥不可理喻，世上怎么会有这样的人？

"手拉开手铐，那脚怎么办？"

郑眉愤怒的神色一滞，看到李弱水将脚搭在了石凳上，露出那对沉重难看的脚铐。鹅黄的裙角滑下，露出白皙的脚腕，一黄一白之间夹杂一抹冷黑色。

她晃了一下，脚铐相撞，叮地响了一声："难道脚也要练到把脚铐拉开？"

李弱水没有生气，也没有在意这对脚铐，反而以打趣的态度应他，像是山间清泉，不仅清爽，还不带一丝冷意。

路之遥弯唇一笑，眉眼柔和，抬手触到了她的裙角，顺着往下摸到了脚铐，只轻轻用力，脚铐便应声而开。

两人都知道脚铐是用手解开的，但那句话明显让路之遥开心了。只要他开心，那么要求什么都可以，这是李弱水刻在大脑里的一句话。

李弱水动动脚腕，拖着酸软的手臂拿起薄剑，无力地舞着剑招。虽然不清楚原因是什么，但练剑这个举动绝对可以增加他的好感，累是累了点，但值得。攻略方面，虽然偶有翻车，但她还是觉得自己是拿捏到位的。

李弱水口头用力，听起来像是在努力舞剑，但手臂只抬起了半寸，剑尖指地，剑身有气无力地画着圈。划水，她一向行的。

"我听得到。"路之遥轻叹一声，走到她身后握住了她的上臂，将她的手抬到与地面平行的位置。

随后他笑着点了点她喉口的位置："痛苦的呻吟该是自然发出的，装又如何装得出来。"

李弱水举着酸软的手臂练剑，果然发出了真正痛苦的声音，听得路之遥唇角都抑制不住地扬了起来。他站在她身后，细细听着风声，偶尔动一下帮她调整动作。

有的人杀了能让他快乐，有的人折磨着能让他开心，李弱水大抵就是后者吧。郑眉看着两人，脑子里闪过许多，最后将视线定在李弱水的脚腕上。

不知为何，她有种特别的感觉，即便那对脚铐仍旧戴在李弱水脚腕上，她也会想办法解开，这个根本禁锢不住她。看起来被控制的人是李弱水，但他们之间的主动权似乎一直在李弱水那里。

郑眉无意识地抓着裙角，看着舞剑的两人，眉头微微挑起。

她似乎知道怎么报复路之遥了。

（四）

翻来覆去地思索之后，李弱水终于想到了能快速抓到这个下毒之人的方法。不过这个法子需要郑言清配合，所以她告诉了他部分事实。

"下毒之人真是郑府的小厮？"郑言清看着她，虽说神情看来只有几分疑惑，但他不自觉抓紧衣袖的手还是泄露了自己的不安和失落。

也是，家里没人在意他的真实想法不说，就连人人都要夸一个

"忠"字的郑家家仆也会为了钱罔顾他的生死，这种被排除在外的孤独感最折磨人。

"所以你要好好想一下，假若以后靠不了家里，该怎么生活。"

李弱水坐在桌边，揉着身上酸软的肌肉，忍不住腹诽路之遥。或许是铁铐戴了太久，即便现在解了也依然有种被锁住的沉重感。

郑言清放下笔，走到李弱水身边，有些期待地将手中的册子递给了她："我看了这么多游记，但作者大多是随意编纂的，走到哪儿写到哪儿。但游玩总该有个指向性，所以我想要编写一本指南。"

李弱水接过他的书，只见书皮上端端正正写着三个大字——四时篇。她翻看了一下，总共写了这本书的三分之一，其中不少见解都很细致。

郑言清平时很少与人交谈，大多时候都在看书，行走间带着几分书卷气，为人也谦和有礼，从不逾矩。

平心而论，李弱水是很欣赏他的。

"很有想法。"她仔细看过后，将书递还给他，眼中带着笑意，"我觉得写得不错，你可以投稿试试。"

像是受了莫大的鼓励，郑言清收回书，抬眼看她："若是书局愿意收，出版的第一本便给你。"

李弱水站起身，点点头："那可要快些，过不久咱们大概就得和离了。"

郑言清愣了一下，手微微用力抓着书卷："你们的事办完了吗？"

"应该吧。"

原著里的案件就两个关键节点：抓住那个下毒的人，拿到书信。陆飞月他们已经去查书信的事了，只要她再抓住那个下毒的人就差不多了。

"是吗。"郑言清笑着拿起手边的笔，"那先祝你们马到成功。"

李弱水点点头，往郑府的药房走去。为了让郑言清安心读书，郑家将他的院落安排在最偏僻的东苑，那里从不开火，吃饭、喝药都是主厨房和药房做了送来的。李弱水摇摇头，她确实不太懂这样安排有

什么意义。

"少夫人。"

李弱水略微点头，看了一眼药房里分拣药材的人，男女各有一半，道："我来给二少爷取药。"

"少夫人，这药还要等一会儿，您先坐。"其中一个圆圆脸的小丫鬟急忙给她腾出一张椅子，示意她坐下。

李弱水摆摆手，走到药炉旁边，不小心被迎面而来的苦腥味熏了一下。她维持住笑容，将路之遥的假笑学了个六分像，转身看着他们："煎药确实辛苦，不过还好，诸位以后就不用这么累了。"

煎药的小丫鬟打着扇子，疑惑地看向她，药房里的其他人也都停了手中的活，等着她下面的话。

"大家也都知道，最近二少爷的身体好了许多，所以药量减半就好，一日一服，这是大夫的手信。"

圆脸小丫鬟接过那张盖有红章的信纸，上面的确写着"一日一服，药量减半"。

她点点头，将信纸锁到小抽屉中，又让人按信纸上的药量抓药重煎。

"太好了，终于减药了，二少爷的病终于有了好转！"

李弱水跟着附和，神色诚恳："还真是多亏了我这个药，不然还不知道他得被折磨到什么时候。"

圆脸小丫鬟跟在她身旁，正想继续问下去，便看到李弱水走到了药柜旁，有模有样地看了起来。要完成她的计划，得先让这些人知道她懂药。

"这里竟有火燚草？"在一堆堆着的草药中，李弱水扒拉出了一根绿叶红茎的小苗，神色惊喜。

这个惊喜不是装的，是真的。她居然真的碰上了一种能说出一二三的草药，还是寻常人难以见到的那种。

圆脸小丫鬟站在她身旁，也有些意外："夫人知道这个？"

"知道。"李弱水做出一副怀念的神情，"很珍贵，当年用它的时候没控制好火候，浪费了不少，惭愧。"

这是之前路之遥帮她煎药时说的话，现在成她的了。

"这种草药寻常人都不知道的，更别说药性了。"圆脸小丫鬟看她的眼神都不一样了，"夫人还懂医术？"

李弱水笑而不语，故作高深地摇摇头，没再回她的话。要想让别人误解，最重要的便是给他人留一些遐想空间，人的脑补能力是不分时空和地点的。

"我突然想起有些事，你们先熬，过一会儿我再来。"走完了过场，李弱水没再给他们问问题的机会，歉意一笑后立马离开了。

"都说这个少夫人身手好，没想到还医术了得。"药房里的小丫鬟们不禁讨论起来。

"难怪她来了之后二少爷身体便好了许多，原来是给他重新配了药，我之前还真以为是冲喜的原因。"

"还亲自来拿药，可真是恩爱。"

"说不准二少爷今年真能去省试，咱们府上终于要出官老爷了！"

角落里的一个小厮正认真捣药，似乎不在意，但没过多久便起身离开了药房，留下一个药杵在地上胡乱滚动。

李弱水回到东苑，一头扎在了榻上摊着，用手揉着酸软到今日的肩胛和手臂。太累了，想找个人来给自己按摩。

"如何了？"郑言清停下手中的笔，抬眼看她，那神情看起来隐隐有些激动，笔尖上的墨滴到了纸上都没发觉。这还是他第一次做这样的事。

"等着吧，过不久就会有人来的。"李弱水坐起身揉着小腿和臂弯，只觉得酸爽非常。

她发誓，虽然希望渺茫，但以后一定要揍路之遥一顿。

虽然她已经发过很多次这样的誓了，但现在还是要再来一次。

听了李弱水的话，郑言清连写书的心情都没了，现在非常激动，忍不住在房里踱步，等待李弱水口中的那个人。

这就是反击的感觉吗？郑言清抓紧衣袖，清俊的眉眼满是喜意，嘴角一直勾起，脑中忍不住猜想待会儿来的会是谁。

过了许久，向来冷清的东苑门口突然多了不少脚步声，郑言清赶快坐回书桌旁，假意看书，但不停向外瞟去的眼神暴露了他的心思。李弱水也有些好奇这次来的会是谁。

脚步声越来越近，李弱水看着窗外，直到一身绛色衣袍的郑夫人出现在视线中。

李弱水确实没想到今日来的会是她，就连郑言清都愣住了。郑家夫妇二人是府里最不可能给他下毒的人。

郑夫人没有半点寒暄闲聊的心态，一进来便直接走向李弱水，留丫鬟小厮在门外等着。

"好儿媳！娘听说言清的病是你治好的，可是真的？"郑夫人亲热地握着李弱水的手，眼角皱纹立现，看她的眼神也炙热不已。

按理来说，郑夫人原本也是不信玄学的，冲喜实在是下下策，但没想到娶进来的人真有本事治好郑言清！这大概是天命吧，她回头得找个机会再感谢那个道士。

从没被这么热情对待过，李弱水抽出自己的手，控制好自己的表情，生疏地喊出那个称呼："娘，我不懂医术。"

郑夫人愣了一下，原以为她是在开玩笑，但看李弱水和郑言清的神色又不像是在开玩笑。

"可是你姐姐同我说的，有人告诉她说弱水能治病……你姐姐不会骗我。"

郑言清垂下眼睫，拿起书看了起来，淡淡地回了一句："我也没必要骗你。"

郑夫人实在是糊涂了。她还以为自己得了个天大的好消息，说不准现在就能为郑言清赶考的事做准备了，却没想到只是空欢喜一场。

"是娘误会了。"郑夫人讪讪一笑，放开了李弱水，"你放心，娘一定会找到办法治好你，到时候一定能进省试。"

如同被一盆凉水泼下，郑言清方才抓凶手的热情骤降，突然觉得没意思了。抓住没抓住有什么区别呢，他父母只会为他能参加考试而欣喜。

"我现在就去问问你姐姐，看看到底是怎么回事。你好好温书，不要多虑。"郑夫人自认为体贴地叮嘱后，又带着其他人匆匆忙忙地离开了。

郑言清低头编着自己的指南，没再往外看一眼。

李弱水看着他，默默叹了口气。抓凶手可以，但他的家务事她也无能为力了，毕竟她还有个更头痛的攻略任务要做。

转眼已是四月下旬，院子里的花陆续开了又败，落下的残红顺着风卷进屋里。李弱水看着地上的花瓣有些出神。

"你觉得是我姐姐吗？"郑言清沉默半晌，终于问出口了。

"不是。"李弱水摇摇头，继续揉着肩膀，"你姐姐性子高傲，就算要害你也不是用下毒这种方法。"

郑言清笑了一声，只觉得有些讽刺。不过也正常，毕竟他从小也没怎么见过郑眉，算是陌生人，她确实犯不上来迫害他。

"那你这个办法是什么意思？三十六计的哪一计吗？"

"不是。"李弱水摇摇头，给了一个比较贴切的回答。

"这叫作——狼来了。"

这边，郑言清沉浸在亲情的失落中；那边，李弱水也皱着眉头。

她突然想到前不久郑眉和路之遥二人出去游湖的事，她还不知道后续，而且郑眉那边也没什么消息。难不成她预估有误，他们真的相处融洽？而且路之遥到底为什么愿意和郑眉游湖？难道他其实很吃傲娇这种性格的？

李弱水往后靠着木窗，长长叹了口气。

"为何叹气？"温热的气息萦绕耳边，吓得李弱水一下就跳了起来，又拉到了酸软的肌肉。

她看着站在窗边的路之遥，无奈地坐到了桌边，拉长了语调："在想有人太变态了，要怎么相处。"

路之遥弯弯眼眸，点着盲杖从大门处进来，跟在他身后的还有陆飞月、江年二人。

"想不通不如就杀了。"路之遥扬起唇角，轻车熟路地走到了桌边，坐在了李弱水身旁。

随后而来的江年笑了几声，轻松地拍拍他的肩膀："路兄真会开玩笑。"

李弱水："……"说来你可能不信，但他说的是实话。

陆飞月抱着鎏金刀，穿着黑红色衣裙，匆匆走到李弱水身前打量她，见她没什么事后松了口气："有路之遥，我还是很放心的。"

李弱水再次噎住了。她上一次差点噎屁就是因为路之遥。

"陆姐姐，你们怎么来了？"李弱水揉着肌肉，有些疑惑地看着他们。

陆飞月看了眼郑言清，他立刻收拾桌子，将书卷和笔墨带到了院子里，专心写着东西。

"我们这次来是带你走的。"陆飞月单刀直入地说出这次来的目的。

李弱水有些意外："你们找到书信了？"

路之遥感受到李弱水的动作，没在意他们的谈话，伸手触上了李弱水的上臂捏了一下。

"哟——"李弱水转头看他，张着嘴把手臂塞到他指间，"舒服，快揉一揉，多谢。"

路之遥有些新奇地挑眉，顺着她的意思揉捏起来。别人服侍和自己动手的感觉完全不一样，按摩是痛并快乐着的。在这方面，价值观不同的两人奇异地合上了拍。

"没有。"陆飞月坐在她对面，看起来很是忧愁。

"我们昨晚已经探入密室了，但里面只有典籍和草药，并没有书信。但不论书信在不在郑家，你都可以离开。"

陆飞月很是愧疚，明明很快就能完成的事，却因为自己的无能拖到今日，还让李弱水替嫁了这么久，若是因为这个耽误了她的姻缘，那可就是大罪了。

"过几日再离开吧。"李弱水摇头拒绝了。

按着肩的手顿了一下，微凉的指尖触到李弱水的后颈，她下意识躲开却又被他按在原处。

在其他人开口之前，路之遥先问了出来："为何？"

"我想帮他。"她觉得郑言清这人不错，而且又在他家蹭吃蹭喝这么久，总不能眼看着他被毒死。

"帮他？"

李弱水听到路之遥重复了一遍，他在她身后，她看不见他的神情。但她看得见江年的神情，正在疯狂摇头，对她挤眉弄眼。

李弱水："……"

身后那人慢慢凑了上来，靠近她的耳郭，能听出话里带着一丝笑意，如以往一般和煦："能告诉我原因吗？"

李弱水默了一瞬，脑子飞速思考之后，还是说出了那个答案："因为他帮过我。"

话音刚落，她看到江年叹了口气，陆飞月不自在地移开了视线。

所以他到底是什么表情？

"可我不仅帮过你，还救过你的命，你为什么没有帮帮我呢？"

李弱水被按住后颈，根本动不了，不能分析他的神情，只能自己思考了。路之遥连成亲都不在意，难不成还会在意这个？所以现在应该顺着他的话说吧？

"你要我做什么？"李弱水自认为说了个很不错的答案，即便不是优，至少也有良了。

路之遥沉默了，他的鼻息洒在她的耳尖，指尖压着她的后颈，不再说话。偶有几缕他的乌发被风吹到她脸上，像是轻柔的抚摸，弄得她痒痒的。可李弱水不敢动，生怕惊到他，让他本就曲折的脑回路更加曲折。

时间一分一秒地过去了，就在李弱水忍不住要去挠挠脸颊时，他终于开口了。声音不同以往的轻柔，像是呢喃，像是询问，带着一丝不易察觉的迷茫。

"是啊，我要你做什么呢？"

他放开了李弱水，终于给了她自由活动的机会，李弱水便立刻转过头来看他。

路之遥脸上依旧带着以往那样柔和的笑容，而且也没有对她动手，但给她的感觉就是很不对劲。

"我要走了。"

事情来得太突然，等到路之遥离开这里后她才反应过来。

要命，她不会说错什么了吧？！

（五）

正值六月，烈日炎炎。

街市上卖吃食的小贩都懒洋洋的，没什么生意，也没什么精神，只是拿着蒲扇扇风驱热。但在街角有一处卖冷食的小摊，木牌上歪歪扭扭地写着两个字：饮冰。

小摊里坐满了前来避暑的客人，其中一男一女最是显眼。男子身着白衣，耳戴翎羽，正一语不发地吃着冷元子；女子身着鹅黄襦裙，衣袖大方挽起，露出一截藕臂。

两人之间气氛诡异，谁都看得出来他们是一对，可两人没有一点交流这事着实奇怪。不少八卦的客人频频往那处看去，想听出些内幕。

女子放下瓷勺，长长地叹了口气："你到底怎么了？我觉得你最近很不对劲。"

"没怎么，很快就好了。"男子依旧吃着东西，抿着笑，动静之间没有什么不合理的地方，但总有些说不出的奇怪。

女子似乎也有些不高兴了，拿起一旁的油纸伞离开了位置："我去买些其他东西，你在这里等我吧。"

吃完了最后一个冷元子，男子准确地抓住了她的手腕，指尖细细摩挲着，将她拉了回去："很快就好了。"他喃喃着这句话，将她拉到了怀中，轻轻地摸着她的发尾，从一旁抽出了自己的薄剑。

那剑上布着裂痕，将男子的笑容割成无数块，看起来诡异极了。女子似乎意识到了什么，开始挣扎，可是没有什么用。

周围的客人都尖叫着离开那里，有人准备报官，有人既害怕又好奇地看着他们，就是没有一人上前阻止。

男子睁开了眼睛，没有焦点，里面混沌一片，暗沉沉的像是一片沼泽。他的右手从发尾移至她颤抖的眼上，慢慢压了下去，遮住了她惊恐的眼。

"很快就好了，不会让你痛的。"寒凉的剑刃送到脖颈旁时，他突然停了手，随后有些无奈地笑了下。

"我都忘了，你不喜欢我用这个杀人。"他将剑扔到一旁，抽出了自己随身带的匕首。

刀尖顺着她的大腿慢慢游走，如同亲热，如同安抚，冰凉的触感激得她颤了一会儿，最后停在了她的心口处。

女子倒吸一口气，拉着他的手，生怕他下一刻就会动手："到底为什么？你和我说啊，我觉得我还能抢救一下！"

"我不喜欢这种痛苦，我知道你也不喜欢。"男子安抚性地拍拍她的额头，"但很快就好了。

"你怎么总是选别人呢。

"我会让我们一起解脱。"

女子听到这话，不禁瞪大了眼睛，似乎明白了什么："等等，人都是要沟通的，你之前不说我怎么知道，给个机会——"

没有机会了，刀尖深入心口，那一瞬间她甚至感受到了刀刃冰冷和心脏灼热的反差。

周围尖叫四起，有人逃窜，有人遮眼，嘈杂声充斥着她的耳膜。男子将匕首放到她的手中，毫不犹豫地带着她的手刺向了自己，一点点地深入心脏。

他俯下身去，与她额头相抵，十指交缠。

"我好像知道梁祝为什么要化蝶了。"他的唇边扬起一抹笑容，那抹笑像是勘破因果、得以证道的佛子。

……

李弱水猛地坐了起来，脸上全是冷汗，身上的丝质襦裙也早已被浸湿，夜风吹来时透着一阵凉意。心口处还能感受到真实的凉意，她立刻摸向那里，感受到稳定的心跳后长长地松了口气。

"我去！"

是梦啊。不对，这是噩梦吧？这不会是预示梦吧？！

"系统，这是你给的提示吗？！"

"快出来回答回答我，救命救命啊！"心跳猛烈的李弱水已经开始嘴瓢了，控制不住地说起了叠词。

请宿主好好睡觉，不要自己吓自己。相信自己，不要多虑。

说完这句，系统再次下线，快得仿佛没有出现过。

被杀的不是你，你当然说不要多虑！李弱水深呼吸后强迫自己冷静下来，开始回想梦中的片段。

他说的总选择别人是什么意思？她可是时时刻刻谨记攻略任务的，不可能选择其他人。而且他根本就没明白梁祝为什么要化蝶吧！李弱水又想到了昨日，她现在有些后悔了，那时候怎么能不第一时间跟上去呢。这个梦怎么看都像是达成了悲剧结局。

因为没有想通原因，又做了这么一个奇怪而恐怖的梦，李弱水一晚上都没睡好，第二天醒来时都有些恍惚。

没敢赖床，李弱水立刻开始洗漱。什么抓下毒的、书信任务都被她抛到一边了，她得去客栈问个清楚。

对于这样脑回路不正常的人，任凭他想象下去的结果只会是越来越歪。

郑言清看到李弱水，赶紧从桌上拿起刚写下的游记指南："弱水，这是我之前写下的《四时篇》，写到第二卷了。"

李弱水歉意一笑，匆忙说道："我现下有些事，回来再看。"话刚说完，她便急匆匆地往外去了。

郑言清静了一会儿，将书收了回来，笑得有些落寞。

她大概是去找路公子了。

也是，过不了几日她就要离开这里了，他们才是一路人。

"客官，您是要住店还是要吃饭？"

小二看着这位客人在门口走来走去许久，久到都快到吃午饭的时间了。见她还在唉声叹气，他便忍不住出门来问问。

李弱水看他一眼，随后摇摇头，捂着心口继续来回踱步。她早就到了，但实在不敢进去，生怕一推开他的房门就被扎一刀。

系统是没什么用了，还得靠自己。

"你们楼上住的那位盲眼公子在吗？"

"原来如此。"小二明白了，"原来姑娘也是来看那位公子的。"

李弱水一怔，有些好奇："还有其他人来看他？"

"有啊。"小二见怪不怪地和她聊了起来，"虽然这位公子不常待在客栈，但附近不少姑娘都知道他，常来客栈门口等着见他一面。"

李弱水点点头，仔细一想也不奇怪，毕竟是长了那副相貌，吸引人很正常，谁会不喜欢好容貌的人呢？

"以前早早就出去了，但今日正好，待了一早上也没见下来，这样的机会姑娘算是遇到了。"

李弱水皱皱眉头，捂着心口的手都放了下来："他不吃早饭？"

"不知道，总之在店里是没吃过。"

都快中午了，他不可能连午饭都不吃吧？

"等会儿送午饭到他房里吧。"李弱水心里拿定主意，在上楼前突然想起什么，"不要随便把客人的消息透给陌生人。"

小二："……？？？"

在小二奇怪的眼神中，她深吸一口气，埋头冲进客栈，一口气上了二楼，敲着他的房门。房门没锁，只一下便被敲开了。"吱呀"一声，门开了一道缝，从缝里能看到一片白色的袍角，但没什么动静。

"我进来了？"说一声后，李弱水轻轻推开房门，见到了躺在床

上的路之遥。

她此时才发觉，来了沧州之后，她好像很少来找他，大多时候都是他到郑府去的。

"路之遥？"李弱水慢慢走到床边，轻声叫着他的名字。

像是梦魇了一般，路之遥全身颤了一下，随后紧皱的眉头松开，手指微屈，看样子是醒了过来。

他竟然不是在装睡？李弱水愣了。

路之遥睡眠一向很浅，平时一点风吹草动都能叫醒他，在一起这么久，她从没有见过他睡着的样子。

李弱水挡住心口，凑到他上方，摸了摸他的额头："是不是生病了？"

手心传来的温度并不烫，应该不是发烧，但还没等她再好好感受一下温度，路之遥便将她的手挥开了。

"你怎么来了？"他坐起身，身上衣襟散乱，露到了锁骨下方的位置。

李弱水突然想起梦中的场景，他拉着她的手插的就是左心口。她移开视线，手先是背到了身后，又慌乱地移到自己的心口处。

"我来找你吃午饭。"其实她想直接问他到底怎么了，但她的直觉告诉她最好不要这么做。

路之遥弯起眼睛，站起身走到桌边，轻车熟路地给自己倒了杯茶。

"我以为你现在该和郑言清一起吃。"他转头笑道，"你们毕竟是夫妻。"

嗯？什么意思？他怎么突然提起夫妻的事了？

"可我们是假夫妻，这你是知道的，当初你还拿了我不少喜糖。"李弱水坐到他身边，隐隐觉得自己懂了什么，但又总抓不住那一丝微妙感到底是什么。

"我之前在茶馆听了个故事，叫《白蛇传》。"

"然后呢？"李弱水很想知道他到底又从这个故事里得到了什么奇怪的感悟。

"你不回郑府吗？"路之遥跳过了这个话题，笑着问道。

李弱水瞪大了眼睛，握紧了拳头，不敢相信他居然学会了如何在关键点断开："我是来找你吃午饭的。"

为了生命安全，她现在是万万不会离开的，一定要把这个不对劲找出来。

时机恰好，外面响起笃笃的敲门声："客官，能进来吗？"

"请进。"李弱水在路之遥之前抢先回答，站起身去接了午饭。

小二看着她，眼神更加奇怪了，关门时还能听到他的低语："认识还在客栈外鬼鬼祟祟的……"

李弱水："……"

"吃饭了。"

"我不饿。"

立刻就被拒绝的李弱水没有灰心——都是小问题……

"看你心情好像不是很好。"李弱水拉过他的手放到了自己脑袋上，"给你揉一揉。"

路之遥不紧不慢地抽回了手，笑容温和："你大概饿了，不吃吗？"

李弱水摸摸自己的头，顿时觉得不是小问题了。但她毕竟在外面站了一早上，确实饿了。李弱水端起碗，一边吃饭一边想办法。

路之遥喝着茶，神色依旧，一点不像有问题的样子，但连头都不摸就不对了。

"我今早来找你时摔了一下，手好像破皮了，但我上不了药，能不能帮我一下？"触碰她的伤口是他最爱做的事，如果这个都不行……

"不能。"

"……"李弱水的筷子掉到了地上。

她靠近路之遥，是真的有些担心，语气都缓和了许多："你到底怎么了，不能和我说吗？"

"我在想一些事。"路之遥抿着笑，笑容依旧温柔，"想清楚了大概会告诉你吧。"

李弱水深深叹了口气，就怕他想不清楚。路之遥没有再说什么，李弱水也没再问，吃完饭后她就蔫着离开了。

等她走后，路之遥坐在桌边，从袖口里拿出那个刻好的小木偶，又嗒嗒地让它跳起来了。

昨日李弱水问了他一个问题——

"你要我做什么？"

这个问题如果是陆飞月、江年二人来问，他会回答"不用"，因为他没有为他们做过什么。如果是郑言清来问，他会回答"去死"——没有缘由，这是他由心给出的回答。不论是谁来问他，他都能说出内心的回答，但唯独李弱水，他想到的只有一片空白。

昨日她那样维护郑言清让他觉得很无趣，明明只是假夫妻，却显得比同他一起时更亲密。

李弱水明明是站在他这边的，明明该站在他这边的。

他不知道自己想要李弱水做什么，但他又确实想要她做些什么。比如……比如什么呢？路之遥陷入了沉思，陷入了一些莫名让他不知所措的情绪中。

木偶小人被他捏在手中，他无意识地用着力气，木偶四肢发出"咔啦啦"的声响，如同痛苦的呻吟。

窗外的天空渐渐变灰，夕阳被乌云吞噬，屋外刮起了狂风，将屋内吹得乱七八糟。

郑言清赶紧收拾着纷飞的纸片，眯着眼将吱呀作响的门窗关起来，松了口气："今天的天还真是奇怪，说变就变，这才刚到傍晚就下起大雨了。"

李弱水坐在榻上，怔然出神，愁得眉心都皱起来了，不知在想些什么，竟对外界的狂风暴雨没有半点反应。

郑言清看着她叹了口气，只好低头写起自己的东西。

突然有人敲响了木门，笃笃几声，混夹着外面的风雨，吓得郑言清抖了一下。

他放下笔，前去开门："谁……"

门刚打开，一股湿气和寒意扑面而来，他看着眼前这人愣了一下，转头叫了李弱水一声："路公子来了。"

李弱水诧异地抬头，赶紧走到门前，看到这人时不禁被吓了一跳。

路之遥浑身湿透，黑发湿答答地滴着水，眼睫上也挂着水珠，原本红润的唇色淡了一些，整个人像是刚从水里被捞出来。

"去坐秋千吗？"他唇角勾起笑容，弯着眼睫，问得像是今日是艳阳天一般。

郑言清诧异地看着他，默默出声："现在下着大雨，不然就在屋里……"

"好啊。"李弱水从屋里拿了一把伞撑开，带着他走到院中的秋千旁。

两人一同坐了下去，秋千在风雨中慢慢晃悠，雨滴撞上伞面后散开，滴滴洒在他们身旁，对面的树叶也被打得簌簌作响。

李弱水看着他，眼中带笑，帮他擦着额角的水珠："你想清楚了？"

路之遥勾着笑，像是这风雨中唯一和煦的色彩："我知道我要什么了，我想要你今日就随我离开郑家。"

李弱水没有想到他提的会是这个，犹豫半晌，还是开了口："我得先帮他找到凶手，等几天就好了，真的只要几天了。"

路之遥收了笑，眼睫微颤，其上的雨滴坠下，像是一颗颗从眼角滑下的泪珠。雨滴狂乱地砸着伞面，砸得李弱水撑伞的手都在颤抖，对面的树都被雨压弯了枝丫，似乎也在吱呀作响。

在这嘈杂的雨声中，她听到了他的声音：

"为何要等？是你问我想要你做什么的，我想到了。

"是你问我的。"

（六）

乌云蔽日，狂风大作。

李弱水手中的油纸伞被吹得东摇西晃，但还算能遮雨，不至于让她满脸都是雨水。

这雨是怎么回事？雨来得也太戏剧性了，她脑海中不自觉地播放起了电视剧里的片段。她现在很想说一句"听我解释"，但话音几次到嘴边又都让她吞了回去。这没什么好解释的，不论是站在她还是路之遥的角度上看，两人都没有错，只是思路没有合在一起罢了。

现在最应该做的是让他理解自己。

"确实是我问你的，我一定会离开郑家，但只是缓几天离开而已。这样也不行吗？"

——这样也不行吗？

当然不行，她为什么要因为郑言清而拒绝自己？路之遥在这骤雨中勾起嘴角，很是勉强，但依旧有几分温柔包容的意味。这个笑看在李弱水眼里却很难受，没有人是永远开心的，不想笑可以不笑，不需要勉强自己。

她当然知道在这时候顺势答应他是最简单的安抚办法，可她不想。明明再等几日郑府的事就能告一段落，为什么要前功尽弃？她不喜欢半途而废。

"郑府里有人给郑言清下毒，只要再有几天我就能了结这件事。"

……

等等，他为什么非要自己离开郑家？李弱水将视线移到他湿润的脸上，移到他垂下的眼睫，脑中突然闪过什么。

不会吧。

这，该不会是吃醋？

李弱水的唇角慢慢扬起，顿时觉得这场雨都可爱起来了。

"为什么你突然要我这么做，我在郑家待了这么久你都不觉得有什么，怎么今日非要我离开这里？"

听到她的问题，路之遥思绪更乱了。他不是在思考李弱水话里的答案，而是想到了李弱水这接二连三的拒绝。

路之遥不懂，她不是喜欢自己吗，又为何会去维护郑言清，郑言清的生死又与她有什么关系呢？

雨滴噼啪地打在伞面、打在树上，不禁让他想起了茶馆听到的那个故事。

白娘子和许仙相见时也是这样的大雨。白蛇原本是不爱许仙的，却因为前世的缘由，不得不嫁给许仙报恩，再借此成仙。可是，她却在成亲后爱上许仙了。为了帮他，甘愿被压在塔下数十年。

……

这才是成亲，这才是常人成亲的真相。他总以为成亲的人都会反目成仇，以为成亲的人是彼此相厌的，以为夫妻是天底下最好笑的关系。

所以他时常待在郑府，待在李弱水二人住的房间的屋顶，本想在郑言清暴露本性之后帮她一把，免得她受伤，毕竟是路上遇到的"猫"，总得照顾一下。

可事实不是这样的。他们会在屋里说着趣事，会一同吃饭，一同游玩，晚上还要待在一个房间里。

这一切都让他很烦躁，就像千辛万苦做好的木偶被偷走，小偷又怎么能安然无事呢？

他无数次将剑放到郑言清的颈边，却总在最后一刻收了手。毕竟李弱水喜欢他，这又怎么能算郑言清偷走了呢？若是真杀了郑言清，反倒证明李弱水被偷走了，这可不行。至少在昨天之前，他一直是这么想的。毕竟李弱水亲过他，这难道不是证明她爱他吗？可他从没想过，爱是会变的，是会被成亲改变的。

李弱水不爱他当然是好事，他不希望她沾上情爱这样的东西，可她怎么能随意改变呢？人应该守信不是吗？既然说了爱他，就应该守信，可她不是这样不守信的人。

——错的不是李弱水，是郑言清。

都是这个恶心的小偷带坏了李弱水。

纷乱的思绪立刻被打开，困扰他许久的问题迎刃而解，路之遥的眉头松开，弯起的唇角也显得轻松许多。路之遥垂头笑了起来，笑得浑身颤抖，笑得握着剑柄的手都用力到发白。

只是这么简单的答案，竟然让他想了这么久。

"我终于想清楚了。"他站起身,或许是情绪激动,或许是笑得太过开心,他的眼尾都泛着红,再加上他那温柔的面容和湿漉漉的长发,像是来普度迷途之人的佛子。

他拔出佩剑往房里走去,因为实在太过兴奋,兴奋到手中的剑都颤了起来。

很快,李弱水就会感激他将她从苦难中救出来。

"你想通了?"李弱水看他起身往屋里走,很是欣慰,一边打伞一边道,"终于知道避雨了,这雨这么大,说不准明日会生病。"

走进屋内,他身上不断滴下的水珠渗进地毯,洇出一片阴湿的黑痕。剑身上的裂痕将烛光割成扭曲的模样,也映出了郑言清的疑惑。

"你把剑鞘忘了。"李弱水将伞放在门外,拿着他的剑鞘到他身边,但还没高兴多久,下一刻就看到路之遥转了下手腕,头也微微偏了一下。

她太熟悉这两个动作了,这是他要动手的前兆。

李弱水条件反射地退了一步,捂着脖子,正想说些什么时,看到剑刃向郑言清砍去了。

寒光闪过,只听"当啷"一声,李弱水用手中的剑鞘挡住了他的剑。不得不说,路之遥的训练确实有用,至少已经在她身上初见成效了。

"你们在比剑吗?"事情发生在一息之间,郑言清甚至还没放下手中的笔,只是愣愣地看着头顶的剑。

"你傻了不成,快让开!"李弱水提高了声音,手被压得往下降了不少,就算两只手撑着他的剑也有些吃不消。

郑言清慌忙点头,抱着书跑到了屋子正中间的餐桌边,看着他们欲言又止。

"就算是下雨了也能去廊下练剑,做什么非得到屋里来?"在郑言清的眼中,路之遥是个温和有礼的公子,他根本想不到这人此时是来杀他的。

路之遥叹了口气,收了剑,伸出手来摸向她的侧脸,寒凉的指尖刺得李弱水一个激灵。

"被别人骗了，多可怜啊。"

李弱水心想：哪里被骗了？

她怎么看不懂了，这人到底是不是她想的那样吃醋了？但看这表现好像又不太像，谁能给个答案啊！

路之遥刚转过身，李弱水便扔了剑鞘，毫不犹豫地从后面拥住了他，将他的腰勒得紧紧的。

"有话好说，不要动刀动剑。"

门外风声渐大，将门窗吹得"吱呀"响，从细缝里钻进的风将烛火吹得东摇西摆。屋子里霎时暗了许多，映在路之遥脸上的光也晦暗不明，让人看不清晰。郑言清察觉到了气氛不对劲，抱紧书看着两人，心中隐隐有了猜想。

灯火明灭间，他看到了路之遥唇角勾起的笑，依旧温柔，却被摇曳的烛光拉得诡异、可怖。

路之遥没有多犹豫，被李弱水抱住后也没再往前走，只是抬手发出了一把不起眼的匕首。郑言清感到胸前一重，顿时瞪大了眼睛，低头往胸前看去，只见一把古朴的黑色匕首插在其上。

"我的稿子。"

李弱水从路之遥身后探出头来，借着闪烁的烛火看清了情形，不由得松了口气。那把匕首虽然是向他心口发去的，却被他抱在胸口的书给挡住了。

这大概是不幸中的万幸。

路之遥依旧能听到郑言清的心跳声，他弯起眼睫，笑得有些无奈。看不见确实有些不方便，果然还是要亲手把剑插进他的喉口才能安心。

他握住李弱水的手腕，将她拉开："我是在帮你，你为什么要阻止我呢？"

李弱水被他拉开，神色有些着急。这人现在根本听不进话，她又打不过他，只能先制住了。李弱水伸手触上他的腰，轻轻一揉，路之遥便忍不住颤了一下。

就在这一瞬间，李弱水勾着他的脖颈，用力将他压倒在地，翻身

骑上他的腰间，伸手将他的手腕压在头的两侧，像个强抢民女的恶霸。

她转头看向郑言清，拼命给他使眼色："快走啊！"

郑言清总算看懂现在发生了什么，他放下书，举起一张凳子走了过来："李姑娘，我不会抛下你自己走的，我来帮你！"

李弱水：不必了！你走了我才安全！！！

听到郑言清靠近，原本愣神的路之遥眼睫微颤，回过神来。他坐起身，和坐在他腰上的李弱水只隔一指，呼吸交缠，像是要亲吻在一起。路之遥拿起薄剑，毫不犹豫地反手向李弱水身后砍去。

剑刃锋利，劈开挡在郑言清身前的凳子，将他的手臂划开一道口子。终于伤到了他，路之遥兴奋到双手发颤，终于可以结束这纷乱的思绪了。

听着路之遥的低笑，李弱水不再犹豫，准备将保命的大招用上。她俯身向前，亲上了他略显苍白的唇。

路之遥的身上早已湿透，寒意入体，他的唇也是泛着冷的。像是梦中那碗冷元子，冰凉、软糯、清甜。

她的手攀上他的肩，闭上了眼，细细品尝这冷元子的美味。

李弱水本来只是想要阻止他，可内心有一种难以言喻的雀跃，似乎心跳也在为这个吻打着拍子。

"原来是这样。"在她换气间隙，路之遥低哑的声音响在耳边，听得她不明所以。

"怎么了？"李弱水的声音有些迟疑，她看着路之遥，一时间忘了自己还坐在他腰上。

路之遥又想到那晚，她颤着身子吻上了他的唇角。不是因为想让他高兴，也不是喜欢他，只是不想被杀罢了，一如现在，她会吻他不过是想他放过郑言清。

路之遥轻轻叹了口气："不喜欢我为何要吻我？"

她亲他根本不是因为喜欢，只是和别人一样不想让他"发疯"而已。只不过别人是杀他，她是吻他的区别罢了。李弱水没有沾上情爱这种东西，这很好，她还是她，不会变得面目可憎了。

路之遥拍拍跳动的心口，皱着眉，将怔然的李弱水扶起来。

"你怎么知道我不喜欢你？"李弱水拉住他的衣袖，问了这句话。

可她没有意识到这句话的歧义，原本是反问，听到路之遥的耳里却成了肯定她不喜欢他。

——你怎么知道我不喜欢你？

他没有回话，只觉得自己不该留在这里了。路之遥笑着点点头："不喜欢我，这很好。"

他站起身，凌乱的衣襟敞开，伴着那抹笑，给李弱水一种莫名的易碎感。

"那我便没有理由杀他了。"他杀郑言清不过是因为郑言清让李弱水失信了，可李弱水并不喜欢他，也就不存在失信的前提了。

郑言清没有偷走他的木偶，因为他原本就没有。

一场杀戮开始得突然，结束得也突然。

继昨晚的突然离开后，今日他又走了。

（七）

那晚戏剧性的倾盆大雨至今，已经两日了。

这两日里路之遥没有来郑府一次，李弱水去客栈和茶馆也没找到他的人影。知道他在躲自己，李弱水只好把这个问题先放下，等到郑府的事完全结束后再去解决。

路之遥的事没有进展，但陆飞月、江年二人却从沧州巡案司那里找到了线索。那封让陆飞月停止调查的手令是假的，巡案司里有人和郑家有勾结，不仅如此，似乎还和之前云城的拐卖案有联系。

"所以你们来找我，是想让我帮你们一起查吗？"李弱水看着院中的两人，犹豫了一下问道。她没在原著中看过这段剧情，跟着去可能没什么助力。

陆飞月有些不好意思，嘴张了几次也没能把话说出来。

江年看着她，叹了口气，站到李弱水的身前："我们已经找到了

藏书信的地方，但又怕打草惊蛇，就想一次拿到东西……所以想找路兄做个保障。"

李弱水抿着嘴角，笑得有些无奈："我这几日都没见到他。"

"你们没事吧？"陆飞月走上前来，面带歉意，"是不是因为替嫁到郑府的事？"

"不是。"李弱水摆摆手，随后顿了一下，"大概不是。"

眼见陆飞月暗暗咬唇，似要陷入自责中，江年立刻扯开了话题："这两日我们也就见过一面，那时已经很晚了，他说自己刚完成悬赏令。"

他摸着下巴，眼带敬佩："我去问过，不到两日，路兄便已经做了大半堆积的任务，不愧是他。"

"……"难怪一直找不到人，原来是发泄去了。

江年用手肘碰碰她，低声问道："你们怎么了？"

在他看来，李弱水和路之遥是非常般配的，两人同样温柔、不爱发脾气，又都不是别扭的人，按理是不会有什么误会出现的。

"非要说的话，大概是有些吃醋了。"李弱水叹了口气，说出这个话时一点没害羞，反而还有些惆怅。虽然不知道他什么时候意识到自己喜欢他的，但那晚误会自己不喜欢他后，他的第一反应竟然是松了口气。

不得不说，他松的这口气攻击不强，但伤害极大，一下就射中了她的膝盖。如果不是当时气氛太紧张，李弱水都想抓着他的衣襟大喊一句"为什么"了。

既然觉得是负担，为什么表现得像是吃醋了一样？

攻略的前提就是不能让对方厌烦自己靠近，如果自己的喜欢会变成对方的负担，那么这个攻略很大概率是要失败的，果然是常人不懂疯子的心吗？

看着李弱水惆怅的样子，陆飞月二人也不知道该如何安慰她了。

"明日吧，明日我去找他，找到就一起去。"

李弱水叹了口气，拍拍他们的肩膀："交给我，我也想让这里的事赶紧结束。"

陆飞月二人有些愧疚地走了，郑言清意气风发地来了。他右臂上的伤口是李弱水给他上的药，包得歪歪扭扭，很不成样子，但他看起来很高兴。

"弱水，今日路公子没来吧？"郑言清经过那晚的"见义勇为"，突然萌生出了一种要从路之遥手中保护她的妄想，时常抱着根棍子乱晃。不知道是谁给了郑言清信心，明明连她都打不过。

"他不会对我怎么样，但是你最好祈祷自己出门别碰上他。"路之遥会不会对她怎么样她不知道，但她知道，如果路之遥有暗杀名单，郑言清一定在第一个。

李弱水有心结束郑府的事，没有多和他贫嘴便往药房去了。经过上次她能治病的流言之后，她还要让流言再出现一次，但这次不会是上次那样的误导，她要直接说出来。

"少夫人。"药房的圆脸丫鬟看到她，有些惊讶，"您这次又来给二少爷拿药吗？"

药房里依旧是男女皆有，有人在烧火，有人在捣药，有人在运送药材，见到她来了后，不少人都斜着眼看过来。

"不是。"李弱水又走到药炉边看了看，"我这次是来提前告诉你们，以后郑言清七日喝一次药，今日的就不用了。"

圆脸丫鬟有些为难："您有大夫的书信吗？"

她当然没有，上次那个还是磨了大夫许久他才写的。

"在我房里，忘拿来了。"李弱水看了大家一眼，笑得很自然。

"之前府里有谣言，说我会治二少爷的病，也不知哪里起的，不过也不是全错。我不会治病，但确实有灵药。"

李弱水说到这里便故意停了声音，等着其余人来问。

"什么灵药？"圆脸丫鬟停下药杵，好奇地看着她。

"苑鲵丸。"李弱水背着手，陷入了过去的回忆，"我的先祖曾经捕到过一头大鲵，意外发现它的皮熬制出的药丸能解百毒，便熬制了一些，幸好传到我这里还剩一些。"

圆脸丫鬟皱着眉，有些怀疑："大鲵能治病？"

"我也觉得荒谬。"李弱水很是赞同地点点头，放大了声音。

"但世界太大，我们不懂的太多。后来抱着试试的心态给他吃了一颗，好了不少，不仅不咳了，前不久还一口气写了半本《论国策》。"

分拣药材的丫鬟似是想起了什么："这一阵二少爷只是偶尔轻咳，昨天我还看见他举着根棍子满院跑，半点没喘，还很高兴。"

屋子里碾磨药材的小厮点点头："前日二少爷确实拿着一本破了的书往外走，好像就是自己写的，直念叨着心疼呢。"

圆脸丫鬟心里的怀疑打消了一些，根据郑言清确实好了不少的事实给自己找了个合理的理由。

"大概是我们确实不太懂医吧，二夫人，这种药丸长什么样子？能不能让我们开开眼界？"

这不就上钩了吗。

"黄色的，有一股刺鼻的腥味。但剩得不多了，就不拿出来给大家看了。"

目的达到了，李弱水走到门口，突然想起什么："对了，我和郑言清还有事要出去，大夫的书信不确定什么时候送来，如果大家觉得不合规矩的话，药还是可以熬的。"

圆脸丫鬟松了肩膀，对她感激一笑："谢少夫人谅解。"

"不用言谢。"她还应该谢谢这小姑娘这么搭她的茬。

饵是放出去了，就看鱼咬不咬钩了。

李弱水赶回东苑，带着郑言清藏到了床后蹲着，等着鱼儿上钩。

郑言清将右臂移开，有些艰难地缩在这个小角落："他真的会来？"

李弱水往旁边缩了缩，一边探出头去看一边解释："上次的事传遍了郑府，还差点暴露幕后真凶，这次我故技重施，说有药治你，上次被骗了，难道这次还不亲自确认一下吗？"

郑言清疑惑了："这可是给我下毒的人，不至于傻到亲自来吧？"

"谁说我要替你抓幕后真凶了？"李弱水奇怪地看他一眼，"我押的狼从来都不是幕后真凶，而是这个下毒的小厮。他思虑不够周全，但胆子很大，一定会亲自来查看。"

231

原著中下毒的元凶是一个嫉妒郑言清的秀才，但她觉得没这么简单，后面必定还有人。不过她的主要目的还是让郑府的人知道这件事，抓元凶就让他们去头疼吧，再插手下去可能路之遥都要跑了。

两人躲在床后许久也没见人来，只好闲聊起来。

李弱水用手肘戳戳郑言清："你知道沧州哪里能找到猫吗？小一点的奶猫。"

"我听说豆腐坊有一只，花钱就能摸。"郑言清转头看她，"你喜欢猫？"

"还行吧。"李弱水想了一下，"不知道能不能把猫借走半日。"

"也是为了路公子吗？"

"不然呢？"李弱水深深叹了口气，没有谁比他更难搞了。

原本李弱水是感叹，可听在郑言清的耳里，就是不言自明的偏爱了。他苦笑一下，将右手又放低了一些，陷入了莫名的沉思。

路之遥不知道，也永远不会知道，这个让他难受至极的潜在情敌，是被李弱水本人生生劝退的。

"他就喜欢撸猫。"

听了李弱水这状似宠溺的话语，郑言清更低沉了。

窗外传来一点响动，两人立刻噤声，将自己完全缩在床后。

等了一会儿，门口处投进一道影子，他先是在门口停了一会儿，随后轻手轻脚地走了进来。屋里传来细小的碰撞声，他应该已经开始翻找起来了。

郑言清从床后的死角看过去，只看了一眼，便忍不住用手捂住嘴，满眼震惊。

李弱水无声地拍拍他的肩，示意他要坚强。

等到那人找到假的药丸后，便急匆匆地赶了出去，李弱水没有半点犹豫，拖着郑言清的衣领便跟了上去。他们在府里没敢跟太紧，等出了府后才保持着不远的距离。

跟踪的那段路程，郑言清一直在她耳边念叨："怎么是他，怎么是他……"

"你能不能闭嘴？"李弱水本来还以为他是个清俊少言的公子，哪承想熟了之后话这么多。

"他从小和我长大，下毒的怎么会是他！"

李弱水叹了口气："你现在就接受不了，等以后真凶出来你难道要崩溃吗？"

"什么意思？"郑言清顿了脚步，"你的意思是真凶会比他还要与我亲近？"

"不然呢？你父母将你保护得这样好，他还能给你下这么多年的毒，你还真以为是府外的？说不准就是你哥哥姐姐。"

郑言清思绪混杂，心情难以言喻，竟然有些不想跟着去了，怕自己见到的会是自己的哪个亲人。

李弱水没给他伤感的时间，拖着他的领子就往前冲。再耽搁下去路之遥真要跑了，那她还怎么回家？

等到两人跟着小厮左转右拐，终于走进了一条比较僻静的小巷，里面只有零星几家店铺，大都是卖纸笔的。不过这条巷子有一个很特别的地方，在拐角处种着一棵不算小的梨树。这梨树郁郁葱葱，在四月的尾巴里显得极其有生机。

他们两人站在拐角处往那边看去，见到小厮敲响临近梨树这家人的房门，可被梨树挡了大半视线，没能看到那位秀才。

郑言清还在消沉，李弱水则是躲到了树后面，侧着身子往那处看去。那秀才看起来没什么特别的，两人在门口像是普通闲聊一般，李弱水看到小厮将假药丸递给了那秀才。

"你来看看认不认识他。"她转身对着拐角处小声说话，可郑言清摇摇头，肉眼可见地伤心。

"不是你们郑家的。"李弱水的嘀咕声似乎惊到了不远处的那两人，吓得她下意识收缩小腹，夹紧裙摆，躲在树干后，叫了一声。

"喵。"

那小厮和秀才古怪地对视一眼，打开房门进到里面去了。

就在李弱水松了口气时，头顶突然传来一声轻笑。这笑声实在太过熟悉，她抬头往上一看，果不其然看到了一片纯白的袍角。

李弱水："……"

为什么相遇总在尴尬时。

（八）

这棵梨树上还带着不少白嫩的花朵，也有一些还未成熟的青涩小梨子挂在枝头，看起来繁杂又漂亮。路之遥的衣角混在其中，竟也没什么不对劲。

李弱水站在树下抬头望去，一时间竟不知道说什么好。是像什么都没发生过一般打个招呼，还是假装没看见他……

明明才几日没见，她竟然有种情侣吵架后再见面的别扭拘谨感，这可不是一个好征兆。

李弱水拍拍自己的脸，假装没看见他。

她转到拐角将郑言清拉了出来："趁现在人赃并获，咱们先去抓个正着。"

郑言清回过神来，有些迟疑地看着她："那人不是郑府的？"

"不是。"

他终于清醒了，用缠着绷带的右手到不远处捡了根木棍，神色认真地看着她。

"拿上武器，不怕他们狗急跳墙。"

那个秀才看起来就弱不禁风，小厮看起来也比较矮小，算起来他们这边更有胜算一些。

"好，咱们进去！"

其实在算胜率时，李弱水下意识将树上的路之遥算了进去，原本还有些顾虑的她顿时信心倍增，带着郑言清就冲了进去。直接将这个人带到郑家就能解决问题了，她也可以走完剧情功成身退。

两人破门而入，正好看见那个秀才拿了什么东西给小厮。接过药包的小厮见到李弱水二人，下意识的反应便是捂着脸跑。

他没有走大门，而是准备翻墙，顺着墙下的堆积物爬上了墙头，在翻出去时恰好发现了树上的路之遥，心下一惊，不小心摔了下去。

李弱水："……"

那个秀才看着郑言清，原本愣怔的神情一变，换上了满面的嘲讽。

"这不是沧州赫赫有名的神童吗，怎么到我这处破落地来了？"

破落地？李弱水打量周围——这院子不小，还有一座琉璃瓦的小亭，亭周围挖了一个小池塘，里面有不少红白条纹的锦鲤——怎么看都不像普通人的住所。这下李弱水更确定他背后有人指使了，毕竟看这智商不像是能下毒七八年的人。

"方才都已经看到了，不用再寒暄什么，咱们直接去郑府吧。"李弱水不想再浪费时间，直接挑明了两人前来的目的。

她一边说着这话，一边往梨树那处瞟，生怕路之遥又突然离开。

那个秀才不慌不忙地坐回石凳，给自己倒了一杯清酒，毫不在意地看着二人。

"我院子里就这些东西，不知姑娘看到什么了？"

这秀才发丝微乱，衣袍不够规整，像是刚起床的模样。他原本站着时还有一些书卷味，可如今只剩下说不出的轻佻。

"秦方？你不是前年便去皇城参加殿试了吗，怎么还在沧州？"郑言清显然是认得他的，但也只是几面之缘，并没有深交。

"殿试？"秦方动动肩膀，衣襟散得更开，李弱水隐约能看到上面奇怪的红痕。

"我连省试都没去，哪里来的殿试。"他将杯中酒一饮而尽，打了个酒嗝，眼神飘到了李弱水身上打量着她。

"应试之路崎岖弯折，哪有温香软玉来得舒服？"

郑言清瞪大眼睛，挡在李弱水身前，很是气愤："非礼勿视，你书都读到哪里去了！"

"狗肚子里。"秦方索性扔了杯子，拿起酒壶便往嘴里灌，"你这个家里珍宝如何懂这天下最美妙的事。"

"你！"郑言清很少与人吵架，此时"你"了许久也没说出下文，只好转头看向李弱水，想让她来撑几句。

可李弱水并没有在他身后，而是走到了墙下翻出一根两指粗的麻绳："说这么多做什么，将他捆了带走。"

秦方喝了个痛快，此时脸带红晕，靠在桌边看着李弱水，那眼神就像黏糊恶心的鼻涕虫，让人生厌。

"你们凭什么抓我？有证据证明我做了什么吗？"

确实，光凭他和小厮接头这一点，并不能完全证明就是他们合伙给郑言清下了毒，他随时可以找到漏洞反驳。想要让他承认自己的罪行，需要最直接的证据，没有证据难以服众，也很难将他绳之以法。

原著里陆飞月也是经过一番细致的调查和取证才断定的，毕竟原著是一本断案小说。可李弱水并不是来帮主角陆飞月和江年断案的，她要做的只是攻略路之遥，然后回家。

"能不能直接证明是你下的毒不重要。"李弱水拿着绳子向他走来，"能不能服众更不重要，我甚至没有想过要将你送到府衙。"

郑家二老把郑言清看作文曲星下凡，看作郑氏一族多年来能够有人高中状元的希望，他们根本不会放过一丝郑言清被迫害的可能性。

不需要李弱水给出多直接的证据，只要有一点可疑，他们一定会想办法将秦方送出沧州，远离郑家，从此也会对这类事更加上心。这也算是她吃了郑府火燚草的报酬，也是还了郑言清的恩情。

而且只要秦方被抓，书中的案情也算结束，她就能看到系统的判定结果了。秦方看她拿着绳子走来，毫不慌张，反而饶有兴致地打量她的身姿，视线从襦裙下摆滑到系着绦带的腰身。

"细看诸处好。人人道。柳腰身。"他摩挲着酒壶，从怀里掏出一沓银票，"姑娘，愿不愿同我共赴巫山云雨？"

李弱水拳头不能再硬了，她拿过郑言清怀里的木棍，二话不说便打了过去。

秦方闪身躲过，像是玩闹一般逗弄她："虽说在下是书生，但为了风月事，也练过不少时日。"

他看李弱水拿棍的姿势娴熟，打来的招式也有章法，不免有些惊

讶："看来姑娘也练过，不如和我去床上比画几招？"

"滚！什么垃圾！"李弱水气得不行，没想到自己会碰到这么个恶心东西，恨不得把他脑子里的废物都敲出来。

秦方确实是练过，但大多是练体力，和李弱水比技巧就落了下风，被棍子抽了不少地方。他也知道自己有些招架不住，从小腿处拔出暗藏的匕首，正想蓄力反击时，被一位突然到来的白衣公子止住了动作。

秦方的手腕看似被轻轻抓住，却难以挣脱。

那人腕上的白玉佛珠"叮当"碰出一声轻响，随手一转便扭脱了他的腕骨，痛得他忍不住大叫一声，手中匕首落到了地上。

"别人用棍子，你怎么能用匕首呢？"路之遥轻声说了后，将手中的长棍塞到他另一只手中，笑容体贴和煦。

郑言清举着绳子跑到李弱水身前挡着，一脸不解地看着他："路公子，你怎么还给他递棍子，这种冒犯别人的人，就该受到惩罚。"

路之遥理理手上散乱的白玉珠，偏头对他笑道："在我想清楚前，你最好不要在我身前乱晃，我也不是每次杀人都要理由的。"

李弱水："……"

她默默站在了郑言清身前。

几日不见，这小变态看起来憔悴了很多，眼下带着淡淡的黑，唇色也不如以往红润，感觉发丝都糙了不少。虽然有种另类的颓靡美感，但看起来不免还是令李弱水有些心疼。听江年说，他这几日好像接了不少悬赏令。

李弱水赶紧摇摇头，将"心疼"两个字甩出脑海："你今日怎么会来这里？"

路之遥眼睫微颤，转身拍了拍秦方，状似没听到一般问他："棍子给你了，不继续和她打吗？我倒是对你们之间的胜负有些好奇。"

李弱水："……"

这是不和她说话了吗？

秦方将棍子扔掉，退后几步，警惕地看着突然出现的路之遥，直

237

觉这个人比李弱水二人要危险得多。

"这样啊。"路之遥叹了口气，捡起滚到脚边的棍子，随手挽了个招式，"看不到你们对打还真是可惜了。"

郑言清以为路之遥是来帮李弱水的，便拿着绳子上前准备将秦方绑了。在往前走时，路之遥骤然抬起木棍向他袭来，他立马矮身蹲下，扫荡到一半的木棍被另一人截住。

"砰"的一声，另一根木棍断开，散出许多细小木屑。

"嗞——"李弱水的虎口被震麻，手臂也颤了一下，这才明白他一点也没收力，要是真打到郑言清身上，怕是骨头也要断一根。

路之遥怔了一瞬，低声喃喃："我的招倒是接得很快。"

他扔掉手中的木棍，对着李弱水二人："我今日到这里是做悬赏令，恐怕不能让你们带他走。"

李弱水他们还没说话，秦方倒是清醒了许多，握着脱臼的右手腕上前来，有些不可置信："什么悬赏令？谁要杀我？"

路之遥挑挑眉，唇边笑意温和："这我如何知道，我只是做任务罢了。"

秦方额角带汗，神色不再像之前那般轻松惬意，沉默了一会儿，居然走到了李弱水那里："只要让他离开，我就随你们回郑府。"

看着他这副顿悟的神情，李弱水喜上眉梢，这人估计是打算以和盘托出来换取生机了。但是，路之遥这里怎么办，他连话都不愿意和她说了，怎么可能答应她的请求。

"能不能放过他？"思来想去，李弱水还是觉得直接问出口比较好。

"不能。"路之遥终于理她了，弯着眼睛笑道，"我是个守信之人。"

不知为何，他特意在"守信"这两个字上下了重音。

李弱水索性坐在了凳子上，揉着发麻的手臂："那我们怎么做你才愿意放过他？"

路之遥听了这话沉默许久，随后突然笑了一声，声音轻柔："我们？

"那你觉得我如何才会让他和你们走呢？"

李弱水走到他身前，没有意识到自己方才的话又被他品出了一些

其他意味。她凑近他耳边，在另外两人都听不到的情况下，轻轻叫了一声。

"喵。"

这声又短又轻，气息轻轻地洒在了路之遥的耳垂上。李弱水满面通红，眼神闪烁，耳尖都烧了起来，仿佛听到了自己的羞耻心碎成渣的声音。

虽然知道他肯定喜欢，但她居然真的叫出来了！

李弱水抓紧裙摆，满脸都写着后悔。虽说之前为了躲避也装过猫叫，可现在的情况和那时完全不一样，这分明就是挑逗了！

好尴尬啊！李弱水忍不住往后退了半步，说话都有些不知所云了。

"你、其实不用，我、我们完全不用他，我们自己完全可以的，对吧？"李弱水红着脸看向郑言清，一通乱说后向他眨眼睛。

郑言清愣了一下，拿着麻绳的手放了下去，不明所以地点点头："是。"

其实他没听懂李弱水说的意思，但是点头就对了。

"所以，我们该走了……"

"可以。"路之遥面不改色地同意了，唇上依旧是那样温柔和煦的笑，"他可以和你们走。"

李弱水："……"不同意或许还好些，同意了更让她觉得奇怪了。

就这样莫名其妙地，李弱水二人顺利地将秦方带走了，他甚至还愿意说出事实。

"你方才和他说什么了，这么管用？"郑言清好奇地凑过来问道。

"人嘛，谁没几个小把柄。"李弱水用手扇着风散热，煞有介事地说道。

郑言清点点头，很是受教。

李弱水在离开这座府邸前回头看了一眼，只见路之遥依旧站在原地，看不清神情，但隔这么远她都能感受到那边愉悦的氛围。

她不会给他打开了什么奇怪的大门吧？

（九）

寂静的大厅里站着不少人，大家都屏气凝神，不敢发出一点声音来打破如今的沉默。

郑家二老坐在主位，面色不愉，郑言沐坐在左侧，神色严肃，郑眉则是时不时瞟一眼李弱水，不知在思量些什么。这几人各有心思，只是似乎没一人是真的在关心郑言清。

而李弱水、郑言清、秦方三人站在正中，接受着周围人明里暗里的打量。

郑言清从未接受过这样的注视，他下意识抿着嘴角，垂下视线，将右手的伤口遮得更加严实。他对待郑府的人向来如此，总是带着几分安静和疏离。

"弱水，你说的可是真的，秦方真的伙同陈玉给我儿下毒？"

好不容易消化了这个惊人的事实，郑夫人再次问了出来，声线不免有些颤抖："这若是真的，言清岂不是有可能在中状元之前……"

"真的。"李弱水看了眼周围的人，"我们赶到宅邸时，恰好遇上他们二人交易，陈玉见到我们心虚，便翻墙跑了。"

周围的家仆忍不住互看彼此，传递着内心的惊讶。郑家对待下人甚好，月钱、补贴、休假一概不少，家仆忠心是出了名的，谁也没想到会出现一个这样的叛徒。

"陈玉呢？他怎么还没到！"郑老爷猛地一拍桌子，瞪大眼睛，将不少人都吓了一跳。

"来了来了，找到陈玉了。"郑府的老管家将陈玉带了上来。虽说他掩饰得很好，但他的右脚走起路来还是稍微有些不自然。

陈玉一脸讶异地看着这样大的排场，加快了脚步走到大堂中心。

"老爷、夫人，这是怎么了？"他神情困惑，似是真的不知道到底发生了什么。

果然会这样，李弱水一点都不惊讶他这副神情，这种没有确凿证

据的事他当然会极力否认，说不定还要反泼脏水。

"你装什么？"秦方看着陈玉的表现不免嗤笑一声，这时候突然想起自己读书人的那一点清高了。

"大丈夫一人做事一人当，还演上戏了。"

陈玉看着他，暗咬了一下牙，面上还是那副疑惑的神情："这位公子，你可不要凭空污人清白。"

这两人在狗咬狗，郑言清看了陈玉一眼后垂下了眼睫。他从小在府里便没有朋友，童年的乐趣只有温书，陈玉是唯一一个愿意翻墙来找他玩的人，还会给他带许多他没吃过的东西。即便他病重后两人便疏远了，但他依旧将陈玉看作好友，从没想过给自己下毒的会是陈玉。难道幼时与他一同吃的东西也是早早被下了毒的吗？或许吧，不然他病倒的事要如何解释？真的是意外生病吗？

"我亲眼在秦方的府里看到陈玉了，这算捏造的证据吗？"郑言清没有看向陈玉，而是看向了主位上坐着的郑家二老。

郑夫人看向陈玉，皱着眉问话："这你如何说？"

"冤枉啊夫人，是您看着我从小长到大，我在府里这么多年忠心耿耿，前几年的秋天，我还为眉小姐挡过贼人一刀，如何会害二少爷？"

陈玉看起来委屈极了，不停地拍着大腿诉说，眼里含着泪，像是被冤枉狠了："或许是少爷读书太用功，眼花了。"

这句话像是突然提醒了郑夫人，她没有继续问下去，反而转头看向郑言清："儿啊，你今日出去玩这事便不计较了，但再过不久夫子要到了，你先回去等着他，这里的事娘一定给你查清楚！"

又是这样。郑言清长长地叹了口气，无力地看着众人，一时情绪翻涌，没忍住咳了几声。谁都说他聪明，但他从小到大都没想清楚过，家里人喜欢的到底是他本人还是那个能入仕的神童。

或许不是没想清，只是他一直抱着幻想罢了。

现在这场面就像是一场荒诞的闹剧，既然没人在意，不如罢演，反正一直以来都是如此。

"为什么让他走？"李弱水一脸疑惑地看着郑夫人，"这是他的事，他还是证人，为什么要让他离开？"

郑夫人看着李弱水，有些不满，但还是勉强勾出一个慈爱的笑："弱水，我们家向来如此，言清需要温书考学，这样的事难免会扰乱他。"

"你怎么知道他会被扰乱？"李弱水转眼看向郑言清，"这种事打扰你吗？"

郑言清移开视线，不再和郑夫人对视："这是我的事。"

郑夫人面上的笑挂不住了，一脸不高兴地看着李弱水："弱水，你该知道自己的职责。若是挡了言清的路，我们会为他另找一个贤内助。"

嗯？还有这样的好事？

"他完全可以留在这里。"李弱水立刻站了出来，试图再添把火，"你们怎么总替他做决定，不累吗？这么大个人，要走要留不能自己决定，他以后做官怎么办？更何况人家不想做官。"

郑家二老面色阴沉，郑言沐喝着茶不置可否，郑眉则是极为同意地点着头，看李弱水的目光也带了几分欣赏。

"当然，现在最重要的是把下毒这件事弄清楚。"

最好让她今日就能离开，还能有时间去豆腐坊借只猫。

她走到秦方身边，拿过他掌心的药包举给大家看："怎么全家只有郑言清一个人久病缠身，是他倒霉吗？肯定是有问题。既然今天下毒的人都打算招了，为什么要听一个小厮的话？毒已经下了，是不是他重要吗？"

李弱水拍拍秦方的肩，示意他说出来。

其实她没有想通秦方愿意招供的原因，他一旦承认了，牢狱之灾是必不可免的，这对他没有半点好处。但秦方的事属于剧情之外的内容，只要他如同原著一般被抓进大牢，这个案件就能结束。她想要系统发的回忆碎片，更想知道这次的判定结果。如果分高，就能完全确定路之遥心动了。

"没想到，原来天之骄子在家竟是这样的。"秦方说了这话，笑得不能自已，眼角都出了些眼泪，"原来我一直以来嫉妒的是这样一个人，你的处境也不比我好到哪里。"

郑言清没有多大反应，只是静静地看着他。

"从幼时我便嫉妒你，你从未上过学堂，却莫名其妙成了书院里的榜样，成了大家争相超越的人，可笑的是根本没人见过你。

"我没日没夜地努力温书，想要打败你这个不存在的人，最后乡试你夺了魁首，凭什么？！"

秦方这话状似真情实感，却时不时往郑家二老那处看上一眼，看到二人脸上隐隐的骄傲时松了肩膀，继续抒发感情。

"你郑言清是天之骄子，我就不是吗？论文章，论作诗，我们平分秋色，凭什么大家都只看到你？我不服。"

秦方抬手指向陈玉："于是我买通你家小厮，夜以继日地让他下药，让你再也没办法长途跋涉……"

"住口！"郑老爷一拍桌子，咬着牙指向秦方，"畜生！给我打！"

郑府的护卫上前来教训他，却也没敢下狠手，只能用拳头收着力教训他。

这个理由出口，周围的家仆面带不忿，郑眉也嫌弃地皱着眉，郑言沐垂眸喝着茶，偶尔抬眸扫一眼秦方。

李弱水和郑言清对视一眼，都从对方眼里看到了同样的想法：秦方在撒谎。难怪他这么有恃无恐，原来还留着后手。

"将他扭送沧州府衙，打点一下，关到最深的地牢里！"郑老爷气得不轻，自己给自己顺着气，同时吩咐其他人，"赶快去找懂毒的大夫来给言清看病！"

秦方被押着走了，但李弱水看得出来，他放松了很多。

管家看着陈玉，叹了口气："夫人，陈玉的事……"

"夫人，我真的冤枉，我和二少爷从小便是朋友，怎么会害他？"

陈玉还想打感情牌，郑夫人明显也有些动容，毕竟是自己从小看着长大的孩子。但转念一想，她问了一句："你从小去找言清，是时常去吗？"

原本还很委屈的陈玉愣了一下，没有料到她会问这个问题，只能讷讷答道："是……常去。"

郑夫人看向了管家："为何这事我今日才知道？"

管家沉默了一下，无言以对。

陈玉往某处看了一眼，抿唇不再辩解，知道自己在郑府待不下去了。

知道了陈玉幼时常去找郑言清，郑夫人心中那点动容便立刻消失无影。她带着笑看向陈玉，笑意却没到眼底："你在府里长大，该知道什么能做什么不能做。下毒一事我们不追究，但府里是不能再留你了。"

他有没有下毒不重要，他从小带着郑言清玩就是很严重的错误。这样一场以下毒为开头的闹剧，被郑夫人三言两语结束，郑家二老甚至没有再问其他的细节。

因为——

"言清，赶快回东苑去，这个夫子是皇城来考察的，在沧州不会留多久，不好让他多等。"

郑夫人似乎想亲自带他去，但还没上前，郑言清便立刻转身走了。他身子一向单薄，绣着翠竹的袍角被风扬起，像是被折断了一般。

李弱水看着他的背影，无声地叹了口气："祝你好运吧。"

现在该去豆腐坊借猫了，不知道今天能不能等到路之遥。李弱水低头摸着钱袋，不知道借猫的钱够不够。

在她离开后，大堂里有两人都看着她的背影。郑言沐长长看了一眼，笑着将手中的茶杯放了回去，眼里却没有多少笑意。

郑眉低声询问身边丫鬟："最近如何？"

"路公子似乎和他们吵架了，前几日自己离开了府上，后来有人看见二少爷手上缠着带血的绷带。"

"时机正好。"郑眉掩饰不住眼角的笑意，走路的步伐都轻松许多，"路之遥，让我丢脸至此，这是你自找的。"

"哐唧"一声，铁皮包裹的门被狠狠关上，秦方被推进府衙大牢深处。

此时依然是傍晚，这里却透不进夕阳，唯有火把在壁上发出微弱的光。这是沧州最严密的监牢，五步一个守卫，多少年来从未出现过偷跑以及劫狱的事，他在这里很安全。

果然，只要激怒郑家二老就一定能进这里。

　　秦方躺在草堆上，揉着身上的伤痕，没有半点入牢狱的担忧。躺了一会儿后，牢门再次打开，走进来一位穿着清凉的红衣女子，她提着食盒走到秦方面前，心有余悸地打量着这幽暗的地方。

　　"今日突然接到你的信，还以为你是开玩笑，怎么真的被关到这里了？"

　　秦方没有过多解释，而是将视线转到她手中的食盒上："东西带了吗？"

　　"带了。"她打开食盒，里面不是吃食，而是一些纸笔和一枚印章。

　　秦方拿出纸笔开始写东西，一边写一边念叨："沧州这么大，谁还没在府衙认识几个人，等你出去后把信给今日找你那人，到时我自然会出去。"

　　他今日在郑家给自己留了一条后路，没有说出主谋，也算是给自己留了个筹码。悬赏令时效只有一日，只要躲过今日，他就打算离开沧州。

　　"真可惜了，以后再不能去烟柳巷找你。"信写好后，他颇为惋惜地看着眼前这女子。

　　"是啊，以后再不能见，是得可惜一番。"

　　清越的声音从牢门外传来，"哗啦"一声响，铁门再次被拉开，路之遥点着盲杖走了进来。

　　秦方顿时瞪大眼睛，又探身往外看去，只能看到门缝处露出一片守卫的衣角："你怎么进得来这里！"

　　路之遥扬唇笑了一下，慢慢向他们走来："我为何进不来？"

　　"不对。"秦方想起什么，撑着身体往后退去，"你答应过他们今日不杀我。"

　　红衣女子看着两人，不自觉地抱着食盒离远了一些。

　　"我答应的是让他们带你走，可没说不杀你。"他的眼睫在火光下投出摇晃的影子，唇角的笑也忽明忽暗，看起来诡异又昳丽。

　　"悬赏令上说今日杀你，自然不会拖到明日，我是个守信之人。"

　　秦方想要奋起反抗，却在瞬间被他制住，牢牢锁在怀里。路之遥微凉的指尖没有触上他的脖颈，反而轻轻摩挲着他因为恐惧而微微痉挛的双眼。

他轻轻叹息一声，似是在警告，可语气又那么温柔："以后可要好好管住自己的眼睛，别乱看别人的东西。"

路之遥的指尖毫不犹豫地按了进去，秦方眼眶中流出浓浓的两道血痕。

秦方痛苦地大叫出声，声音沙哑，不停地挣扎。

路之遥制住他不停颤抖的身体，安抚性地拍了拍："我是个盲人，不知道看得见是什么感觉，你睁眼试试，还看得到什么杨柳腰吗？"

他说完这话后，将手中软弹的东西扔到地上，等着他的回答。

秦方当然回答不了，他现在已然痛到听不清别人的声音了。站在一旁的红衣女子扔掉食盒，紧紧将自己的尖叫声捂在口中。她在风尘中滚打多年，自然知道现在什么不该做。

"大概是看不见了。"路之遥勾起一个笑，用手帕擦了擦指尖的血，顺手握上手中的剑。

"等你的眼睛痛过了，我再取你性命。"有些事，就是要极痛才能记得住，虽然这人已经没有以后了。

"啊。"路之遥站起身，拔出了剑，唇角的笑被火光拉长。

"不知为何，似乎还是有些生气。"他转头面向红衣女子，乌发在身后散开，他压着情绪勾起笑容，"不走吗？"

红衣女子忘了食盒里的东西，飞快地跑了。

听着她离开的声音，路之遥不禁轻笑一声。

"这速度倒是比李弱水慢一些。"

（十）

夕阳如火，将白猫的双瞳拉成一条细线，里面映着李弱水好奇的脸。不论是什么年代、什么时空的猫，傲娇永远是它们的保护色，但这只白猫显然是例外。谁都能撸它一把，谁都能蹭蹭它，只要能把钱

246

给够。

豆腐坊老板娘收好银子，再三和李弱水保证这猫绝不会嫌弃别人："放心吧，如果它不愿意，你尽可将银子收回。"

得到了这份保证，李弱水抱着猫走到了客栈，内心忐忑地敲了敲路之遥的门，里面毫无回应。

纠结了一会儿，李弱水决定进去看看，万一他只是不想理她所以没回答呢？

"我进来了。"李弱水摸着猫头，轻轻用手肘推开了门。

他的门似乎从未锁过，每次都能轻易打开。

李弱水和猫猫一起探进头，嗅到了一股清新的木屑香味，往卧房里扫了一圈，床上没人，整个房间看起来空空荡荡……

除了房间中心那处。

纯白的木偶线根根分明地从梁上垂下，被夕阳染上一抹微红，映出的影子投在窗台上，密密麻麻的像是一张罗网。不少的木偶小人被这些木偶线吊着站立在木桌上，背对着大门，脑袋挨着脑袋，肢节自然地垂下，也染上了夕阳的颜色。

从背影看像是一个个面团小人在看夕阳，它们带着木头的亮色，乖巧地站在一起，看起来可爱极了。

"手艺进步了。"李弱水饶有兴趣地走了进去。她还记得路之遥小时候做的木偶，诡异中带着丑，丑里透着一点萌，远比不上现在看起来那么可爱。

她绕到那堆木偶身前，夸赞的笑容僵在了嘴角，手下意识地抓了一下猫毛。这堆木偶人的正面简直太丑了，又全都长一个样子，简直就是加倍的丑。

"这还真是……"背影可爱的人偶正面实在太有冲击力。

它们眼眶里被硬塞进了绿豆，因为大小不符，看起来像是下一刻就要被挤飞出来。嘴巴还被磨成了厚厚的波浪状，眉毛处刻得更狠，粗得宛如蜡笔小新。

"怎么长得这么丑。"丑到连最后那点诡异的萌都没了。李弱水离远了一些，咂舌摇头，嫌弃之情溢于言表。

她离开这处，继续在房间里转悠，在角落里发现了不少剩余的木料。

按理说，路之遥也在这里生活了不少时日，可房里除了这些木偶和木料，再看不出一点有人住的痕迹。

"难怪不关门，光是这些奇怪的木偶就能吓退不少人。"

李弱水专注地打量着周围，可能是方才下手重了，手中的猫一个没看住就从她怀里跳了下去。

"别啊！"

看着白猫轻巧地跳上桌子，李弱水的心也跟着跳到了嗓子眼。

虽然这些像是奇怪军团的木偶小人长得丑，可也是路之遥辛辛苦苦做出来的，说不定还很宝贝，这要是因为她而坏了还得了？

白猫在桌上围着木偶转圈，时不时嗅一下，看起来很是好奇。

李弱水悄悄接近它，一边在心里祈祷，一边伸出了双手。

"喵——"

这只店主发过誓保证听话的白猫跳开了，没能停住动作的李弱水扑上了那堆丑得吓人的木偶。其中几个倒在桌上，眼里硬塞进去的绿豆也崩了出来，睁着空洞的眼睛看她。

"吓死人！"李弱水被它们吓到了，条件反射地将它们挥开，垂下的几根木偶线打结缠在了一起，也有几根缠上了她的手腕。

她随手将腕上的木偶线扯松，继续去抓白猫："不要跳到花瓶上，碎了怎么办？"

这只猫似乎以为她想和它玩，"喵喵"几声后又跳到了花瓶上，姿态轻盈，但花瓶晃悠得很厉害，随时有摔在地上的风险。

"我没钱赔这些东西！"李弱水心里后悔极了，她刚才就不应该让猫溜走，不对，她就不应该进来，"你最好自己到我这里来，待会儿被他抓住可就不是我这么温柔了。"

猫听不懂话，再次跳上了桌面，绕到了木偶身前，它的眼瞳竖成一条细线，将这些木偶看进了眼里。

"喵！"大概是被丑到了，它猛地将木偶冲撞开，细长的木偶线顿时飞散在房间各地，缠作一团。

李弱水："……"她带猫来是哄人的，不是来给她雪上加霜的。

"明日我就去退钱。"

清冷的月光洒在街道上，照着白墙黑瓦，灰色的砖地上投着婆娑的树影。

现在已是深夜，街上没有多少行人，客栈也到了打烊的时间，但小二还是强撑着精神留门，他知道有个客人得很晚才回来。在他趴在柜台上快要睡着时，一抹白色的身影出现在了门口，拄着盲杖，轻车熟路地往楼梯口走去。

"公子。"小二叫住了他，"今日那个姑娘又来找你了。"

路之遥顿住脚步，微微侧头来"看"他，气质温和："她走了吗？"

"她上楼去了，走没走的倒是没注意……要不我陪您上去看看？"

"不用了。"路之遥点着盲杖上楼，传来的声音有些飘忽，"她大概已经走了。"

他走到二楼，在靠近房门时顿了脚步，右手搭上了身旁的薄剑，轻轻推开了门。

屋里的木香似乎浓了很多，进门时还能感受到脚下踩着不少散落的松软木屑，待听到屋里那人的呼吸声后，路之遥移开了握剑的手。他习惯性地扬起唇角往前走去，正想说些什么时，突然被一根线勒到脸颊，止住了步伐。

"……"路之遥后退一步，伸手往前摸去，摸到了一把打结的木偶线。

这下他懂了。

如果没猜错的话，现在这个房间里应该到处都缠着木偶线，没办法往前走一步了。

"缠了多少线在身上？"屋里没有回音，他再侧耳听了一下，呼吸绵长，心跳平缓，在这屋里显得那么安宁。

"睡着了啊。"路之遥将盲杖放到一旁，摸索着拂开身前的线，慢慢靠近床边。

他身上的外袍早已被他扔掉，露出内里紧紧勒着的黑色腰封，在月光的映衬下，少了几分柔和感，多了一些冷意。

此时的李弱水坐在脚踏上，身子靠着床边，歪头睡得正香。她的身上缠了不少木偶线，不算很紧，但是足以制住她的动作。李弱水早早就因为捉猫被线困住，反正也要等路之遥回来，她索性就睡在这里了。

路之遥站到她身前，黑色的影子将她完全笼罩住，随后他向前伸手，抓住了那些垂下的木偶线。

"是该受点教训。"他轻笑一声，原本想帮她的手又收了回来，任由那些线缠在她身上。

房顶传来几声细微的轻响，他转身离开时顺手抓住了落下的白猫，阻止了它跳到李弱水头上的动作。

"哪里来的？"他揪住白猫的后颈，摸索着走到了窗边，解开它身上的细线，将它送到了窗台上，声音轻柔。

"走吧，房里有一只就已经将这里弄得很乱了。"

白猫很有自觉，大概也明白自己是被花了钱的，在被送上窗台后又跳进了屋里。或许是路之遥身上的血腥味太浓厚，它没有离他太近，但也在几步的距离里。

"那你可要乖一点。"

有猫愿意和他待在一起实在少见，他也没过多阻止，轻声说完后便去洗手了。他今日玩得很开心，就是身上的血味浓了点。毕竟这样恶臭之人的血总是脏了些，就算扔掉外袍也驱不散那股臭味，还得将衣裳换了。

房里没点灯，但对他来说并没有什么不同。路之遥洗完手后走到了床边，从行李中找出了自己的衣袍，顺手搭在了房里穿来穿去的木偶线上。

他站在李弱水身旁，伸手触上了腰间，搭扣轻声一响，黑色的腰封便应声而开，勾勒出的腰线也隐没在散开的衣袍中。

窗户方才已经被他关上了，屋里只有透进的淡色月光。

路之遥背上的蝴蝶骨露在月色下，随后被黑发遮住，绘着纹路、带有血迹的裤子也滑落在地，露出匀称的小腿。

白猫缩着头蹲在角落，舔舔爪子后"喵"了好几声。

睡够了的李弱水被这几声吵醒，舔舔唇后悠悠睁开眼睛。刚睁眼，映入眼帘的便是一抹莹白，不仅是月色下的肌肤，还有他腰间那朵白昙。

那朵昙花太过逼真，像是真的在月色下绽放在他身上一般，明明是纯白色，却带着一些惑人的味道。只是还没等她看仔细，便都被白衣遮住了。

"醒了？"路之遥整理着衣服，似乎不知道她看到了什么。

李弱水咬住嘴唇，将嘴边的"哇哦"咽了回去，以免破坏现在纯洁又安宁的氛围。

"我才刚睁眼，什么都没看到。"

他扬起一个笑，将束缚在衣服里的长发拿出，在身后散开："你心跳似乎很快。"

有时候她真的觉得听力太好不是好事。

换掉衣服后，那抹血腥味才淡了许多，路之遥满意地推门到了走廊上，敲了敲楼梯。

正在收拾的小二从楼梯口探出头："客官还有事吗？"

路之遥听着声音，将银子扔到小二怀中："待会儿送些吃的和热水上来。"

"好嘞。"

等他再回到屋里时，李弱水正在解身上的白线，这些线让她只能小幅度动一下，大的动作根本做不了。而造成这个局面的始作俑者正蹲在不远处，乖巧地"喵"了一声。

"这些线缠得好紧。"李弱水以为他不知道自己的境遇，故意大声地说了出来。

路之遥挑起眉，半跪在地上四处搜寻散落的木偶，十分自然地转移了话题："你带猫来找我做什么？怎么不在郑府？"

李弱水悲愤地看了一眼一旁的猫："郑府的事解决了，我当然就走了，不过还有一点点事要收尾，可能还要回去一天。"

"这样啊。"路之遥淡淡地应了一声，继续低着头找木偶，似是对她的答案并不感兴趣。

"往左一些，那里有一个。"李弱水动动被缠得僵直的手，顺便给他指个方向，"而且我不找你又能去找谁呢。"

别的人她不知道，但路之遥一定爱听这样的话。果不其然，他勾起唇角，将那个木偶小人捡了起来。路之遥举起手中的木偶对她晃了晃，眉眼间柔和了许多，几缕垂在眼上的碎发将他衬得更加温柔。

"你觉得它好看吗？"他手中的娃娃眼里只剩一颗绿豆，手脚肢节都垂着，脑袋也随着他的手晃来晃去，看起来诡异又恐怖。

当然不好看，甚至能当上一个"丑"字，如果是照着某个人刻的，那个人知道了一定会哭死。

"现在光线太暗了，我看不清。"李弱水以客观的理由挡了回去，在良心和敷衍间，她选择了中立。

路之遥走到桌边，将木偶小人放到了桌上，微微叹气："看来不太像。"

李弱水的借口他听出来了，甚至还听出了其中隐隐的尴尬，大概是觉得丑了。

"真的不来帮我解一下吗，哪怕是扔把刀给我也行。"

路之遥扯了扯空中的木偶线，给自己倒了杯茶，没有回她的话。

李弱水："……"之前同他聊了这么多还以为没事了，看来是还在生气。

真是难哄。

看着他沉默地玩着木偶小人，李弱水突然有了一个疑问——他知道自己在生气吗？

第五章

暗香涟漪

（一）

他知道自己在生气吗？这还真是个直击灵魂的疑问。

按她的观察来说，路之遥之前其实并没有真的生过气。他一直都是笑吟吟的，让他不舒服的人都被当场除掉了。虽然行为变态了一些，但他从没有对谁恶语相向。而且他除掉人时的状态并不像愤怒，说兴奋反而更贴切一些。与其说他是生气，不如说是给自己找到了一个杀人的理由。

那他知道自己在生气吗？还是说他其实并没有生气，只是他的性格就是这样，是她多想了？

李弱水长长叹了口气，攻略真的好难，她为什么没有读心的金手指？都怪系统太鸡肋了，连好感度提示也没给她整一个，能活到现在全靠她机智。

路之遥摩挲着那个木偶小人，在听到她的长叹时顿了一下："想回郑家了？"

不是她多心，这话听起来真的酸。

"不想，只是坐累了，这床边也硌得我背疼。"李弱水再次开始卖惨，"前几日来找你，可你都不在，我只好顶着烈日、逆着风雨在街道间穿梭，还摔伤了膝盖。"

李弱水不会夸大编造没做过的事，但自己为了攻略他而做的，她会一件不落地说出来。要想攻略人，默默守护你这样的想法是行不通的。

路之遥听了这话笑了一下，起身走到她身前，在李弱水以为他有所触动时，这人拿了个枕头垫在她背后。

李弱水："……"她是不是该谢谢他这么贴心。

"不听话，不应该受罚吗？再坚持一下。"这句话说得很是温柔，路之遥还非常贴心地拉了下木偶线，将她缠得更紧了一些。他坐在李弱水身旁，身上宽松的袍子散开，长发也披散在四周，看起来很是惬意。

他屈指在地板上敲了敲，学着李弱水逗猫的样子叫了一声："喵。"

这声音温柔极了，李弱水不禁转头去看他，双眼里写着"荒唐"两个大字。她攻略这么久，竟然还不如一只猫。那只白猫不愧是豆腐坊的吉祥物，不愧是让她花了三两巨款的宝贝，竟然真的向路之遥走来了。

虽然白猫肉眼可见地犹豫，但踌躇一会儿后，还是走到了路之遥的身边，蹭了蹭他的手。

路之遥也有些惊讶地微挑了眉，随后便弯着眼睛揉起猫头来。

那只猫也很有素养，尽管毛都要炸开了，还是尽力地抑制住了自己。

"开心吗？我特意为你租的。"尽管心里有些不是滋味，但李弱水还是很开心有小动物能和他互动起来。

和动物有互动是很治愈的。

"开心吗？"路之遥摸着手下柔软的猫，重复了一句，随后偏头来"看"她，侧脸上勾了一圈月光，"大概有一些。"

那就好，这钱就不算打水漂。

路之遥学着李弱水撸猫的手法，伸手去摸了摸猫的下巴，将它揉得舒服极了，可这猫还是有些怕。

宁静的房里突然响起一声轻笑，路之遥话里的笑意明显了许多："这猫很像你。"明明很害怕，却还要耐着性子任他揉搓。

李弱水心想，不愿再笑。倒是没见他像对这只猫这样对自己。

在两人心思各异时，门外响起了敲门声，这声音有些犹豫，渐渐小了一些。

"客官，你睡了吗？"屋里没点灯，小二摸不准他睡没睡，问的声音也有一些发虚。

"等一下。"路之遥将小猫推到一旁，起身去开门，白猫在被推开的那一刻飞快蹿到了李弱水怀中，竖起的毛也渐渐顺了下来。

李弱水："……"他在动物眼里到底是个什么形象？

门被打开，小二下意识往屋里看了一下，却只能隐隐约约看到一些东西。

"公子，这是你要的消夜。水还在烧，但马上也要好了。"

路之遥接过餐盘时顿了一下，开口问道："这里是一副碗筷吗？"

"是。"

"再拿一副吧。"路之遥压低声音，没让李弱水听清。

小二仿佛懂了什么："公子，要不要我帮你们点灯？"

李弱水听到这话时疯狂摇头，脚趾都尴尬到缩起来了：拒绝拒绝拒绝……

"麻烦了。"

李弱水听了这话，默默低下头，试图将自己埋到猫后面。

小二走进了屋子，一开始还没注意到床边，只是从袖口中掏出火折子，将屋内的灯笼一个个点亮："公子，我点好……"

小二和李弱水四目相对，他看着被缠得奇奇怪怪的李弱水，不禁往后退了一步。

路之遥将餐盘放到桌上："多谢。"

这声感谢唤回了小二飘忽的神智，他讷讷应了一声后关门出去了。

房间被点亮，之前那淡淡的温馨氛围消失，只余说不出的尴尬飘散在空中。路之遥当然不会尴尬，他将饭菜放到桌上，慢悠悠地动起了筷子。

一个下午没吃饭的李弱水咽了咽口水，探头看着那几道菜肴，毫不犹豫地说出了自己的想法："我们一起吃吧，我给你夹菜。"

如今在路之遥面前，李弱水很少会尴尬，甚至有时还非常懂他的意思。

"或者你今晚要我做什么都可以。"揉头也好，用她来玩乐子也罢，反正都习惯了，现在她就想吃饭。

"我似乎不要你做什么。"

"太惨了。"李弱水顿了一下，看着膝头睡过去的猫，"可惜你的鱼干也被你吃完了，不然我还能垫一些。"

路之遥坐在桌旁，因为看不见，吃东西时速度很慢，垂下的长发被他别到耳后。其实他的吃相看起来很好，和他吃饭确实有些秀色可餐的意思。

但被她在心里夸赞的路之遥并没有回话，只是低头吃着东西，看起来确实像是饿了。

不知为何，李弱水知道她最后肯定能吃上，所以她开了口："给我留点肉……"

路之遥轻笑几声，将筷子放到一旁，看样子是吃饱了。他起身到她身前，拔出薄剑将繁杂纠结的木偶线从中间断开，将她放了出来。

小二此时恰好送来了另一副碗筷和热水，他将水壶放到房间，又垂着头出去了："我没看到我没看到……"

正在整理身上细线的李弱水："……"

路之遥洗漱好之后，慢慢地收着地上散乱的木偶线，顺着这些线头一个个找着那些木偶人："饭吃好了，你该回去了。"

"你怎么总想着我会走？"李弱水吃着饭菜，抬眼看着他，"今天郑府出了事，估计又开始宵禁了，说不定都不让我进去了。"

路之遥弯起唇角，继续找着地上的木偶："你今日做什么了？"

"抓住了给郑言清下毒的人，还让他们对郑言清好些。"李弱水语气有些惋惜，"他生在郑家真可怜，爹不疼娘不爱，还有人给他下毒。"

等等，这遭遇怎么和路之遥这么像？

路之遥将木偶一个个收起来，伸手摸了摸它们的头，低声问道："那我呢？你觉得我如何？"

"你？"李弱水放下筷子，给自己倒了杯茶，"你不是有我吗？"

茶水声突然顿住，李弱水提着茶壶的手僵在半空，脑子里全是刚才那句话。她在说什么奇怪的东西！鸡皮疙瘩都起来了！

"我吃饱了！"

路之遥则是保持着半蹲的姿势在原地，手中的木偶碰得当当作响，沉默一会儿之后，他扬唇笑出了声。

所以，这是表明她是他的所有物吗？

李弱水洗漱好之后，犹豫了一下，吹灭了房里的烛火，剩下满地的月光清辉。等她想到榻上休息时，突然发现榻不见了，取而代之的是一堆木料。

……

李弱水一时间不知道该不该开心。

此时路之遥已然躺在了床上，乌发披散在身后，身姿板正，却透露出一些他很好蹂躏的错觉。

"能不能挤挤？"反正之前毒发时也搂着睡过，这没什么可纠结的。

路之遥显然也不是常人，直接往里挪了一些，空出了外面的位置。在这种事情上，他莫名地好说话。

李弱水躺了上去，和他隔了一些距离，同时拉着被子盖在了身上。又想到了他眼下淡淡的黑，不用猜都知道他没好好睡觉。

他最近接了这么多悬赏令，又常常大半夜才回来，还要抽空做木偶娃娃，说不定一天连一个时辰都没睡到。刚才她还看到了地上的衣裳，上面有一些血迹，又没有外袍，估计今日又做了什么事。

原本她还想过，若是路之遥今晚还有任务，她无论如何都得把他留下来，可没想到他竟然乖乖上床睡了。

早就睡够了的李弱水现在很精神，睁着眼看向帐顶，随后转头看向他。

她打算和他聊些什么，比如有没有生气、为何要杀郑言清之类的，可她转头时就看到一张安详的睡脸。

没错，就是安详，而且他真的睡着了。

他双手交叠在腹部，腕上的白玉佛珠静静地跟着他的呼吸起伏，看起来极其规矩。她以前没看过之遥的睡姿，没想到会是这样的。他原本是个浅眠的人，现在居然在她之前睡了，该说这是个好现象吗？

李弱水微微松了口气，没想到他的睡姿这么正常……

这个念头还没在脑海里停留够三秒，路之遥的手突然压上了她的脖颈，呈现了锁喉的姿势。

"……"李弱水纠结了一下，决定不去动他，他这么浅眠，估计推一下就醒了。

没过多久，他慢慢地蹭了过来，锁着她的手没变，但呼吸突然就喷洒在她耳郭了。抛开他的力度，这姿势着实有些暧昧，像是凑近耳边低声耳语的恋人。这个想法让李弱水脸红了不少，她不自觉地歪着头，想要逃避这奇怪的氛围。

搂着她脖颈的手越来越用力，气氛渐渐染上了一些谋杀的意味。

"路之遥、路之遥？"

没有回音，但他手上的力气小了一些。

难道他睡着了是这个样子吗？这也没比醒着的时候好多少。李弱水费了不少力将他的手拉开，却不小心让他抓到了手腕。手抓住了她，路之遥身子放松了一些，手上力道却一点没减。

"居然睡这么熟。"他该不会前几日连一个时辰都没睡吧？

李弱水躺在床上，感受到手腕的力度和耳郭上喷洒的呼吸，不由得叹了口气："之前想错了，郑言清还是不像你。"

"他生命中是有人爱他的，尽管这爱非常非常浅。可你呢，一个都没有。"李弱水侧过身拍着他的背，让他慢慢放松身体。

黑暗中，少女的声音低低的，带着几丝缱绻和无奈。

"我对他是怜爱，但对你，好像不是，该怎么办呢？"

（二）

沧州属于江南一域，在即将步入五月时就已经渐渐热了起来。

空气中也带着微微的潮意，不算灼眼的阳光透过纸窗散射进来，照出了空中慢慢飘浮的木屑。在木窗那处蜷缩着一只白猫，它的尾巴偶尔甩一下，晒着太阳睡得正香。

屋子的正中间吊着一串木偶人，它们姿势各异，但丑得相似，其中一个正直直地看着床。偌大一张床，由于两人黏得太紧，占的地方只有床边那一小块，空出的空间再睡两个人都不成问题。

　　李弱水缩在床边，直挺挺地睡着，手腕被压在头侧，眉头微皱，睡得并不安稳。而一旁的路之遥紧紧攥住她的手腕，头伏在她的肩膀处，露出的半张脸上透着安宁。

　　突然间，路之遥浑身颤了一下，手上不禁又用了些力气，醒了过来。他眼睫微动，摸了摸手里攥着的东西，略微松了些力气。他有些无奈地坐起身，如绸缎的黑发滑落到身前，被阳光染上了一些灿金色。

　　"竟然真的睡着了。"还睡了这么久，睡得这么沉。

　　昨晚她已经承认自己是他的所有物，这不就意味着他有理由杀郑言清了吗？原本打算在床上装个样子，等李弱水睡着后就可以去杀他了，可没想到竟然莫名其妙睡了过去。

　　应该是这两日太累了。可他也会觉得累吗？

　　路之遥想不通，索性躺了回去，他的指尖下意识摩挲着她的腕骨，心里顿时有了一种奇怪的感受。

　　不想动，只想一直像这样一般躺下去。

　　难道他其实还是想把李弱水做成人偶吗？可做成人偶后，她便不是她了。路之遥认真地想着这个问题，甚至还想到了一种能控制人心的蛊虫。

　　但这种东西难找、难炼，李弱水又很会骗人，说不定到时还会被她哄得自己吃下去。

　　是怎么发展到如今这步的？

　　他可还记得初见时李弱水害怕又故作镇定的声音，就连骗他都要再三斟酌。如今她倒是连谨慎都少了许多，昨晚被绑也不见她有多害怕，像是吃定自己会放了她一般。这种被拿捏的感觉，还真是有些奇怪，但他似乎不讨厌。

　　"那个木偶是不是不太像？"他喃喃道。李弱水没有一点惊讶的样子，甚至他还能感受到明显的嫌弃，大概是不像她的。那她究竟长

什么样子呢？

路之遥指尖微动，手摸上了她的发尾，顺着发尾摸到了眉心，正当他的手慢慢滑到李弱水的眼上时，门外突然传来了急切的脚步声。

"路兄，你在吗？我们听小二说你今日没出去，便想来找你商量一件事。"门被叩响，江年的声音出现在门外。

路之遥没有理他们，半撑着身子，指尖已经滑过她的眼睛，来到了她的嘴唇。

就是这个地方。

他轻轻地按了下去，柔软、温热，不带一丝锋利的意味，竟然能说出这么多骗他的话。

"路兄，你起了吗？"江年敲门的声音小了许多，话语里也带了一丝不确定。

有人在门外吵闹，有人在动着自己的嘴唇，没睡好的李弱水皱了一下眉头，慢慢睁开了眼睛。

她活动着被抓住的手腕，看了一眼身旁坐着的路之遥，神情有些恍惚："你睡觉好缠人啊。"

这话一出，不仅路之遥顿住了，就连门外的江年都收敛了声音："我们等一下再来找你们。"

门外窸窸窣窣的响动渐渐离开，李弱水这才明白刚才发生了什么，但是她已经不在意了。李弱水抽回自己的手腕，仔细地看了一眼路之遥。

或许是昨晚睡得好，他眼下的青黑淡了一些，唇色也没有之前那么苍白，又恢复到了那副温柔到能蒙蔽别人的神情。

"这样就好看多了。"前几日那副模样实在让她看得很不舒服，明明又好看又厉害，怎么会让人有种随时会碎掉的错觉。

李弱水正想下床时，手腕又被他抓住了。

路之遥的声音依然温柔，神情也没有变化，甚至看起来笑得更开心了："好看多了？这是什么意思，我以前不好看吗？"

之前常常被他问这个问题，李弱水一直以为他是一个很在意自己相貌的人。抱着想要让他以后注意休息的想法，她凑过去点了点他的眼下："人如果长时间熬夜的话，这里会变黑，就不好看了。"

路之遥直起身，唇角的笑意平了一些，他随意穿着的衣服衣襟散乱开来，几缕黑发蜿蜒在他颈侧，探进了衣襟里。

李弱水默默在心里将"不好看"三个字收了回去。长得好看的人，即便是憔悴了，也带着一种易碎的高级美感。

"所以以后要注意休息，我去洗漱了。"实际上被美到了的李弱水移开视线，匆匆忙忙地下了床，没有看出路之遥的不对劲。

她知道江年二人来这里找路之遥是为了什么事情，便在洗漱的时候和他说了一下。她私心自然是想去的，下毒的秀才已经被抓了，可仍然没有系统的提示和奖励，自然是还差原著中陆飞月找的那几封书信。可这到底还是要看路之遥的想法，她不觉得自己能左右他。

"我今日要去郑府拿和离书，顺便收拾东西……你去吗？"有了前面的教训，李弱水觉得自己还是顾及一下他的心情比较好。

路之遥放下摸着眼睑的手，笑容温和，开始整理起自己的衣服："你同郑言清和离，为何要来问我？"

李弱水本以为他们的关系是有了一些进步的。

"那我自己去了。"李弱水打开门走了出去，面上再次浮现起名为"困惑"的神情。

她真的好想要个读心术一类的金手指！这系统太差劲了。

在李弱水走后，路之遥抚上自己的眼睛，嘴角抿起一个笑，随后无意识地用力按进了眼窝。

"原来是不好看了。"

"这猫虽然贵了一些，但确实不怕人。"李弱水笑着将猫放回了原处，又揉了揉它的头。

虽说它昨晚有些捣乱，但能让路之遥感受到撸猫的快乐，也算没有白花钱。

"姑娘，你将人哄好了吗？"豆腐坊的老板娘摸摸猫头，笑着看

向她。

"大概是好了。"昨晚绑她这么久，又说是惩罚，后来给她解开应该是消气了。

李弱水想了想，凑过去问老板娘："怎么才能让一个一直否认自我的人明白，他是在吃醋？"

"不过是不肯说真话。"老板娘明白她的意思，不禁笑了出来，"用些方法逼问出来不就好了吗？比如酒后吐真言。"

醍醐灌顶啊。李弱水眼睛一亮，心里顿时有了一些大胆的想法。

她一向喜欢在事前做准备，便直接向沧州最大的酒肆走去，因为有些分心，不小心和出店的人撞到了一起。

"抱歉……"她抬眼看向被撞的这位姑娘，只觉得有些眼熟，"你……"

"来打些梅子酒，少夫人慢看。"这人匆匆回了这话后提着裙摆便跑了，李弱水看着她的背影，突然想起了些什么。

这人好像是郑眉的丫鬟。神色慌张，必有问题，李弱水想了一瞬后跟了上去。她只是远远地跟着，没有太靠近，郑眉的丫鬟左右看了一眼后走进了一条小巷。

李弱水在巷口探头往里看，只见她将酒交给了一位红衣女子便走了，那女子看穿着打扮像是烟柳巷的人。她有些为难地看着手里的酒，最后还是带着它离开了。

李弱水和郑眉不熟，对她唯一的印象便是她邀请路之遥去游湖，最后毫发无损地回来了，是个非常有勇气的女子。

大概是在走宅斗路线吧，看来她走之前得提醒一下郑言清。

李弱水再次回到郑府时，深深感受到了她如今的地位。

府里的仆人看她时再没有以往那般热情，她在花园里遇见郑夫人一行人时，她们也只是淡淡地看了她一眼。李弱水昨日说的话大概把郑夫人气得不轻，其余人也跟着转了态度。但李弱水不在意，她今日就要离开郑府了。

等她回到东苑时，郑言清正在里面收拾东西，抬头看到她时抿唇笑了一下，从书中拿出一张整洁完好的信纸放到了桌上。

"这是我们成亲那日写的契约书，我想现在是时候履约了。"他昨日听李弱水说那些话时，便隐隐约约感觉到了什么，直到晚上没见到她的身影才有所确定。

他们这短暂又虚假的婚姻关系大致是走到尽头了。

"你要做的事做完了吗？"郑言清笑着给她倒了杯茶，像好友一样同她聊了起来。

"做完了。"李弱水点点头，拿过那张契约书看了起来。

"今日我看到你姐姐的丫鬟在外面做了些奇怪的事，不知是在做什么，你以后可要注意一些。"

郑言清愣了一下，随后扬起唇："与我无关了，我过几日就会离开沧州。"

李弱水将契约书递给他，有些惊讶："你要去哪儿？"

郑言清将签有两人名字的契约书收回，珍重地夹进他的手稿中。

"不是你说的吗？"他看着李弱水，轻轻眨了几下眼，"去皇城赶考，随后不幸名落孙山，回来的途中心灰意冷，便做起写游记的活计。"

李弱水也懂了他的意思，笑着解下自己的钱袋给他："那之后肯定会有些困难，里面没多少钱，这些算是我送你的饯别礼。"

郑言清没有推辞，接过这个钱袋，攥在手中："那我便收下了。"

一切以这份契约书开始，也该以这份契约书结束。

李弱水转身收拾东西，郑言清也在为离开做着准备。

在郑家二老商量着要再给郑言清找一个督学的妻子时，这两人已经做好了离开郑府的准备。

"公子，你准备好了吗？楼下那位姑娘等你许久了。"小二敲了敲房门，等着里面的回应。

房门骤然被从里面打开，路之遥站在门口，伸手指了指自己的眼下："可否看一下，这里是黑的吗？"

小二往后退了一步，仔细看了一眼，犹豫地点了一下头："是有一些，但公子近日早出晚归，有一些憔悴是正常的……这眼下的青黑

不细看便没有。"

"憔悴？"路之遥虽然不知道憔悴是什么样子，但他知道这不是个好词。

"瞧我这嘴。"小二自知说错话了，赶紧往回找补，"公子您这副容貌，就是憔悴也依然风度翩翩。"

路之遥习惯性地弯着唇角，拿着盲杖，跟着小二下了楼。楼下等着他的不是李弱水，而是郑眉身边的那个小丫鬟。

她神色有些紧张，动作也有些僵硬，见到路之遥时不自觉后退了半步："路公子，您要的玄铁我们准备好了，就在郑府，小姐让我带您去取走。"

路之遥点点头，没有多问，跟着她一起出了门。

小丫鬟看着路之遥的笑容，心里直打鼓。虽然这人笑得很是温和，但小姐叮嘱过她，不能被他的模样骗了。那日仅仅是出去游玩，小姐便被他推到了水中，伤风了好几日，若是这次的事被他发现了，还不知会发生什么。

"能问你个问题吗？"路之遥突然出声，将这小丫鬟吓了一跳，她握紧双手，点了点头。

"公子请问。"大概是想问为何这么突然叫他去吧，没关系，她来之前已经练习过了……

"郑言清眼下有像我这样的青黑色阴影吗？"

"啊？"小丫鬟愣了一下，回想着郑言清的相貌，"没有。"

路之遥点点头，没再说话，不知心里在想些什么。

（三）

这一路上小丫鬟走得心惊胆战，生怕自己什么地方说错了会耽误郑眉的计划。

可路之遥并没有问她郑眉的事，也很少同她说话，但嘴角总是噙着笑，任谁看了都会心生好感。

两人好不容易到了郑府，小丫鬟和门口的守卫打好招呼后引他到了会客堂。

"路公子，您先在这里等一会儿，我去叫小姐来。"

路之遥点点头，一副很好说话的样子。

小丫鬟犹豫地看了他一眼，将房门关紧后便匆匆离开了。

这会客堂里不知点了什么熏香，闻起来稍显甜腻，路之遥莞尔一笑，不甚在意地坐在凳子上，手撑着下颌，有些出神。

他看不见，不知道这所谓的青黑到底是个什么颜色，也不知道在他眼下会是个什么样子，但看周围人的反应，似乎确实不太好看。

路之遥指尖轻叩着桌面，有些无奈地轻叹出声。李弱水这么在意皮相，大抵是……他为何要在意这个？

"这会客堂要不要打扫？"门外传来两个丫鬟的轻语，将路之遥的神思又拉了回来。

"不用，昨日交代过了，今日小姐要用，让我们不要随意进去，擦擦廊柱就好。"

"真奇怪，这门窗怎么都封得死死的？"

路之遥颇感无趣地撑着下颌，听她们二人聊天。

他知道这个房里的香有问题，但对他没什么用，而且他今日心情还算不错，也不想计较郑眉耍的把戏。

"听闻少夫人昨日出去了，今早才回来，可把夫人气得不行。府里有人传她和少爷感情不牢，时常出去找一个盲眼男子。"

盲眼男子本人颇感兴趣地扬扬眉，纯当听书一般继续听着。

"乱说，感情不牢还会替少爷找出下毒之人吗？昨日少夫人为了他，和老爷夫人对峙的模样你没见到吗？"

"也是，不爱又怎么会帮他做这么多呢。"

路之遥眼睫微弯，但唇边的笑意被拉平了一些。

"听说夫人正在为少爷相看女子，想要选个能督学的娶进府中。"

"这才成亲没多久便要纳妾了？少爷大概是不会同意的，我也不愿意，我觉得少夫人很好。"

"对啊，她人没有架子，又很厉害，两人站在一起简直是郎才女貌，璧人一对，看起来很是登对。"

路之遥一语不发，像是在茶馆听书一般听着两人谈论。

两人谈了不少李弱水和郑言清在府里做的事，包括她带着郑言清去小厨房悄悄吃东西，以及昨日李弱水是如何维护郑言清的。每一件事都像是李弱水能做出来的，但每一件对他来说似乎又不太熟悉。

李弱水现在面对他虽说没那么拘束了，却也没有那么自然，是他太吓人吗？

可他不就是希望李弱水怕他吗？这样才有趣不是吗？

不论为什么，她的注意力就应该集中在他身上。

"你们怎么在这里，不是说今日不要来会客堂打扫吗？！"郑眉的丫鬟匆匆走来，见到门外的两人时很是惊讶，赶忙将她们往外拉。

她睨了一眼会客堂，离远后压低声音问道："你们方才没议论小姐的事吧？"

两个丫鬟慌忙摇头："没有没有，说的是少爷的事。"

她这才松了口气，生怕路之遥会发现一点不对劲。让二人离开后，小丫鬟装作焦急地推开了会客堂的门，稍带歉意地看着路之遥。

"公子，真是不凑巧，我家小姐恰巧去烟柳巷听书，玄铁也给带走了，要不您随我去烟柳巷找她？"

她手指紧紧绞在一起，眼神慌乱，这个理由实在是太蹩脚了，一般人都会有所怀疑，她要怎么敷衍过去呢……

"可以。"路之遥弯起唇角，拿着盲杖慢慢出了会客堂，"我正好也要去那里。"

李弱水在郑府其实并没有什么要拿的东西，她只是回来和郑言清告别。至于到底郑府其余人知不知道她离开的事，这不重要。

"为什么那位盲眼公子要去会客堂？小姐明明今日都在烟柳巷。"

盲眼公子？李弱水停下了离开的脚步，弯着腰隔着一墙的距离去听她们的对话。

"不知道，他好像在那处坐了不少时间。"

路之遥来郑府了？今早问他时还被拒绝了，现在又答应了郑眉的邀请？不会有什么问题吧？

李弱水犹豫了一下，还是向会客堂的方向走去了。

会客堂的门紧紧关着，看起来不像是在会客的样子。

郑眉不会想不开对他做了什么吧？

李弱水放轻脚步靠近那处，凑近听了一会儿，缓缓推开了门。里面空无一人，但总有一丝似有若无的甜味飘在空中。

这里换香了？李弱水走进去，只见会客堂里飘着淡淡的烟雾，中间的桌上放着一个小炉，炉上升起缕缕青烟。

她走上前，随手打开这个香炉看了一眼，里面插着一根暗红色的线香，此时已经燃了大约四分之三，落下了不少香灰。

李弱水下意识吸了一口，扑面而来的是一股甜蜜的味道，像是果子裹了蜂蜜，光是闻到都觉得喉口是黏腻的。

这香也太甜了。她用手扇了扇，皱着眉转身看着周围，在客位上看到了一杯凉了的茶水。

"难不成走了？"她抽了抽鼻子，有些嫌弃这甜腻的香味，总觉得自己整个人都被染上了这股味道。

"听说今日小姐请那位公子去烟柳巷听书了？"

门外传来声音，李弱水飞快地藏到了帘后，不停地在心里默念"看不见我"。

门被推开了，两个丫鬟走进来，拿着那杯茶水将香浇熄，收拾着桌上的东西。

"之前请他去游湖，现在请他去听书，怕不是请来请去要成姑爷。"

不可能。躲在帘后的李弱水默默摇着头，要是郑眉能拿下路之遥，她把头割下来给郑眉当球踢。

"那路公子去了吗？"

"当然去了，方才还在这里等她呢。"

……

268

等二人离开后，李弱水毫不犹豫地往烟柳巷走去。难道她判断有误，路之遥真的喜欢傲娇那一类型的？要是真看见他们有说有笑，她要不要上去？她应该怎么做？

人一旦对某样东西上心，难免会患得患失，再理性的人也会有这样的心态。

李弱水知道这个道理，但她现在已经下意识忽略了，满脑子都是待会儿尴尬怎么办。

"公子，我家小姐在二楼雅间等您。"

茶馆一楼是说书的地方，但二楼是正经喝茶的雅间，虽说这里处在烟柳巷，但还是有不少文人墨客到这里品茶。

路之遥一边上楼，一边听着说书人的故事。

今日说书的是一位声音浑厚、长着粗犷胡子的中年男子，他说的爱情故事最是缠绵，路之遥爱听他说的。

"……再说那妖精，他将少女囚禁起来，整日三餐好生伺候，可始终人妖殊途，总有人反对，妖精还能怎么办呢？"

路之遥挑挑眉，轻声说出了和那说书人如出一辙的答案——

"当然是将其他人都杀掉啊。"

他满意地点点头，觉得他今日讲的故事依旧有趣动人。

"路公子，就在这里，您先进去。"

他抿唇一笑，点着盲杖踏进了这处，没理那丫鬟匆匆离开的脚步。

"郑小姐，玄铁带了吗？"

雅间里有人，在他进去的瞬间响起了一声清脆的碎裂声，茶杯掉在地上，褐色的茶水溅上了他的袍角。

"你……"

听着这人惊慌的声音，路之遥微微一笑，点着盲杖坐到了椅子上，毫不意外的样子："看来不是郑小姐。"

这人确实不是郑眉，但她同样认得路之遥。如果路之遥看得见，就会发现这人和他前一日在牢里见过。

她正是给秦方送消息的那人，也亲眼见过路之遥将秦方双眼挖出的场景。

这女子花名徐娇娘，是烟柳巷春风楼的一位姐姐。之前帮秦方送消息完全是因为他是多年的主顾，后来官府四处搜寻杀死秦方的人，还找她问过话，她没敢说出来。

昨日之后，她夜里多次从噩梦中惊醒，睡醒时总是下意识摸摸自己的眼眶，她在风尘中滚打这么多年，从没见过那样的场面。

杀人都该是狰狞的，怎么会像他那般温柔又残忍，害得她不敢接面相温柔的客人。她今日也只是接了一个勾引人的小活，谁承想竟是这人！她最近真是倒了大霉！

路之遥对她勾起一个笑，轻声问道："请问姑娘是？"

见鬼！徐娇娘皱着眉往后退了一步，看着他的笑容竟然有种春风拂面的诡异感。

她咽了下口水，止住微微颤抖的身子："公子，郑小姐出去了，我帮您叫她。"

没给他发表意见的机会，徐娇娘穿上外袍，绕开他出了门，往对面的客栈跑去。她还想多活两年。

路之遥轻笑一声，靠近窗边去听楼下说书人的故事。这么怕他，大概是之前见过他杀人。不过也无所谓了，今日他肯定是要将玄铁拿到手的。

"冷情冷性的妖精不会知道，他这并不是中了幻术，而是饺子放在碟子里，沾酸吃醋罢了。"大堂里哄然大笑，笑着这不解风情的妖精。

唯有路之遥皱着眉，不解其意。

他之前也时常听到这个词，周围人都心照不宣地笑出声，唯有他一人在其中保持着微笑，格格不入。找个机会问问李弱水吧，她应该知道。

"即便是吃醋，这妖精也不断想着她。她怎么还没来哄自己，她是不是更喜欢其他人？要不要将其他人吃了？初入尘世的妖精很苦恼。"

说书人虽然长得粗犷，但说得感情细腻，说得路之遥皱起了眉，

好像也体会到了这份苦恼一般。不愧是他常来捧场的人，竟能将他带入至此。

路之遥有一下没一下地敲着窗，很快便沉浸到故事中去，听得入神。

（四）

"郑小姐，这事我做不了。"徐娇娘紧紧拉着外袍，神色依旧紧张。

"为何？"郑眉站起身，有些疑惑地看着她，"你已经收了钱。"

徐娇娘抓紧衣摆，不敢说出那晚的所见所闻，可她确实已经收了钱，这位郑家大小姐也不是她能随意毁约的对象。进退两难，若是早些知道是那人，她是如何都不会答应的。

郑眉看了一眼身旁的丫鬟："你那边如何了？"

小丫鬟有些为难地看了一眼对面茶馆："已经让人故意告诉李姑娘了，她现在大概在来的路上。"

开弓没有回头箭，人已经来了，她不会错过这次机会。

"我们加钱，三百两，只要能让他们二人有嫌隙，还能继续加。"郑眉坐回位置上，言外之意便是不答应她的请求。

郑眉长到这么大，从未受过那般屈辱，若是那天没带侍卫，她如今恐怕就是一具死尸了。这样的仇，她怎么可能不报？打蛇要打七寸，她不了解路之遥，但她看得出来他与李弱水的关系不寻常，所以她打算从李弱水那处下手。

制造二人之间的嫌隙，毁他清白，让李弱水抛弃他。

会客堂的线香是她花重金买来的，闻上一些只会觉得口渴燥热，但若是饮了酒，那可是连柳下惠都压不住的。

她现在之所以能约到路之遥全靠那块玄铁，一旦给出去了，以后再想下手恐怕比登天还难，所以她绝不会放弃这个机会。

"他已经闻了将近一刻钟的香，你只要再哄他多喝些酒，任凭他武功再高也只能浑身无力地倒在桌上。"郑眉早就试过这香的效用，再厉害的人也抵不过一壶酒。

"不需要你多做什么，只要等那位穿着鹅黄衣裙的女子进门时扑在他身上就好。"

徐娇娘被她这番话说动，原本坚定拒绝的想法又左右摇摆起来，最终咬着唇点点头了："我试试。"

徐娇娘又回到了茶馆，不断地给自己心理暗示，那晚她没发出一点声音，他又是个瞎子，认不出她的。

路之遥还坐在窗边听书，但有些心不在焉，听到她入门的声响便侧过头来问道："郑小姐还没到吗？"

若是今日拿不到玄铁，他只好罚一罚这位喜欢毁约的大小姐了。

徐娇娘眼神飘了下，笑道："郑小姐还在谈生意，过会儿就来，便让我先来服侍公子。"

她拿着一杯酒走近路之遥，在离他一步远时停下了脚步："这是沧州最出名的桂花酿，公子要不要试试？"

"多谢，但我不爱饮酒。"路之遥笑着拒绝她，在她靠近时微微一怔，开口问道，"你是春风楼的人？"

徐娇娘手一抖，酒洒了不少出去："公子怎么知道的……"

"之前去那里做过任务，春风楼的人大多是这个味道。"

路之遥突然来了兴致，转身正对着她，眼睫微微弯起："听说你们那里有一种药膏，抹了能消肿褪黑，真的吗？"

徐娇娘神色一僵，下意识递出了酒杯："不、不如公子同娇娘边喝边聊？"

路之遥一语不发地静静面向她，这让她有些心虚，便将递出的酒杯慢慢收了回去。静默一瞬后，他突然弯起唇角，接过了那杯酒。

"可以。"

里面有毒没毒又如何，他早就已经习惯这些，现在也少有毒能让他中招了。

路之遥慢慢抿了一口，无毒，但酒味很淡，大多是桂花的甜香，李弱水大概会喜欢喝这个。

"这个药膏是我们姐妹研制出的小玩意儿，确实有些效用。"徐娇娘尽力地找话题，又给他倒上了一杯酒。

"公子为何对这个东西感兴趣？"

"因为被人看到了，她说不好看。"

徐娇娘将酒推给他，顺着他的话题聊了下去："看来是公子心悦之人了。"

路之遥摩挲着酒杯，嘴角扬着笑，但声音听起来有些奇怪。

"心悦之人？为何这么说？你认识她吗？"

徐娇娘满心都是如何让他多喝些，就没有立刻回答，而是等他又饮下一杯后才开口："认不认识有什么打紧的，若不是心悦之人，公子又怎么会这么在意她的言语。"

路之遥放下酒杯，静默良久："心悦之人，是靠这个判断的？"

"当然不只。来，咱们碰杯，听我细细说来。"

已经喝好几杯了也没见他有什么反应，她只好再拖着让他多喝一些。

"除了过分在意这人的言语外，还会不自觉地吃醋，想时刻陪着她，同她在一起的每一刻都是开心的，还希望她的焦点都在自己身上。

"当然，最简单的判断方法便是心动，互相一凑近，摸摸心跳，便什么都出来了。"

徐娇娘已经开始用碗为他倒酒了，希望这人能赶快发作。若是等那位姑娘到了她还没将人放倒，那可就是两边不讨好，她什么也得不到。

路之遥脸上已经没了笑，眉头轻蹙，手不自觉握着腕上的白玉珠，用力地将一颗颗珠子压进了手腕。他甚至能透过珠子感受到腕间突突跳动的脉搏，那里似乎加快了一些。所以他的心悸并不是身体不好，而是心动吗？

可他对李弱水并没有杀意。

他娘亲、他师父，每一个都因为心动变得可怖，每一日都沉浸在痛苦之中，这才是情爱原本的样子。

情爱就是恶心又痛苦的东西，怎么会像她说的这般轻松？

可她说的每一样他都体会过，难道他也会像她们那般，堕入无尽的痛苦中吗？

"公子？公子？"徐娇娘看着一语不发的路之遥，心下焦急，实在不知道他有没有中招，"我去看看郑小姐的情况，说不准他们已经商谈好了。"

就在徐娇娘下楼的时候，郑眉的丫鬟正在对面客栈的窗边往外打量，在人群中看到一抹鹅黄，下意识地往后躲了一下。

"小姐，我看到她了！"

郑眉站起身远远看了一眼，确实是李弱水，她神色有些凝重，估计是听说消息后气到了。

正好啊，等她看到了那幅场面，最好是立马将路之遥抛弃，让他自此活在被抛弃的痛苦中。

但她的嘴角扬到一半便僵在了原处："徐娇娘怎么从茶馆出来了，快让她回去！"

"是！"丫鬟趴在窗口看了一眼，立刻转身提着裙摆下了楼，但还是晚了一步。

她和徐娇娘碰上面时，李弱水已经冲进了茶馆。

小丫鬟："……"这速度也太快了。

"你怎么出来了？"小丫鬟看起来焦急，实际上稍稍松了口气，她之前便有些怕路之遥会报复，如今阴错阳差地错过了，说不准还是好事。

她看着徐娇娘慌乱的样子，叹口气，带着她上了楼："去和小姐解释吧。"

"请问常来这里听书的那位盲眼公子在哪儿，我和他有约。"李弱水面不红心不跳地问出这话，同时在一楼大堂里找寻他的身影。

"那位公子在二楼，左手第一间。"小二迟疑一下，给她指出了地方。

"多谢。"李弱水提着裙摆冲上楼，脑海里想着乱七八糟的东西，推开了那扇房门。

房里除了坐着发呆的路之遥，再没有其他人。

"找到你了。"

他没事，郑眉也没出事，皆大欢喜，李弱水松了口气坐到了桌边，用手给自己扇风散热。

不知道是不是她的错觉，总觉得这一路走来不仅比之前累，还比之前热。

听到她的声音，路之遥眼睫轻颤，骤然回神，扬起唇角"看"她，没有半分异样。

"你找我做什么？"

"担心你啊。"其实更担心郑眉。

李弱水随手揭开一个茶杯，或许是方才运动得多了，现在异常地渴。

她一边开口一边找着茶壶："听说你被郑眉叫来了，怕你出事……这里怎么只有酒？"

桌面上茶具茶杯都不缺，就是没有茶壶，取而代之的是一个陶土烧制的酒壶，上面写着"桂花酿"三个大字。酒已经开封了，他身前的茶杯和碗里也留有酒液，大概是已经喝过了。这还真是打了瞌睡就来枕头，她正在想试试酒，他这里就喝上了。

没顾得上郑眉的去向，李弱水先将自己心里最想知道的问了出来："都是你喝的？现在晕吗？"

如果她想灌酒，至少得把他的酒量给摸清楚，到时候自己不能比他先醉。

"还好。"路之遥侧对着她，面向窗外，像是在专心听故事。

李弱水抬着酒壶晃了晃，里面大概还剩一半的酒，也就是说半壶酒灌不醉他。

她给自己倒了一杯，一口喝了下去。一来是想解解渴，二来是想尝一下这酒烈不烈。

入口先是淡淡的酒味，稍苦，但立刻便被桂花的甜香掩了过去，在嗓子处回甘。其实像这样的甜酒才是最醉人的，他喝了一半也没事，估计灌酒这计划会有些难执行。想到这里，李弱水又倒了一杯喝了进去，没什么特别原因，就是渴了。

她用手扇着风，四处看了下："郑眉呢？"

"据说是在谈生意，至今还未露面。"

"早知道便走过来了。"李弱水又续了一杯桂花酿，想着是清酒，便把它当成饮料喝了。

路之遥侧耳听着她的动作，伸手按住了她的手臂，略微皱眉："你方才就喝了三杯，还要倒吗？"

李弱水扇着风，不舒服地扯了下衣襟，仗着他看不见，将袖子都挽到了臂弯处，伸手将披下的长发都撩了起来。

"我跑过来的，太渴了。这酒不会醉人的。"李弱水看了眼周围大开的窗，莫名有些焦躁，"好热啊。"

她挥开路之遥的手，继续倒了一杯桂花酿喝进去。

不知为何，这酒初入口时十分凉爽，但一旦到了喉口便像火一般烧了起来。直直地烧到她的四肢和指尖，烧得她心里像是有小蚂蚁在爬，烧得她身体软了下去。

"等一下。"李弱水莫名其妙地开始轻喘，脑子也蒙了一瞬，"这酒有问题。"

路之遥顿了一瞬，立刻伸手抓起她的手腕开始把脉。这酒他喝过，并没有毒。路之遥的手触上她的瞬间，就像干了许久的禾苗被灌了清泉，舒服极了。

李弱水下意识去抓他的手腕，却只摸到了稍显冰凉的白玉珠。佛珠虽然刚入手是冰凉的，可没多久便被她焐热了，她只好将手指挤进去，挤到佛珠下去抚摸他微凉的手腕。

白玉珠紧紧压着她的手，和他的肌肤一起汲取了不少热度。

"你好凉啊。"李弱水有些晕，隐隐约约知道自己在做不好的事，却没有办法控制自己停下来。她此时连集中精神都做不到，注意力早

已被身上那小蚂蚁爬过的感觉分散了。

路之遥摸着她虚浮的脉象皱眉，虽说酒里无毒，但她确实是中毒了。李弱水此时全身乏力，双颊上像是飘了绯红的晚霞，看起来已经有些神志不清了。

她抽回手，使劲拍拍自己的脸，尽量让自己清醒起来。现在这个状态实在太经典，她不用猜都知道自己中了什么毒。要命要命，要是做了什么事一定会掉好感的！她眼里不自觉泛起泪花，强撑着身体站起来，脚步有些虚浮。

"我们去找个能泡冷水的地方。"路之遥顿了一下，像是明白了什么，便点着盲杖去开门。他的手刚摸到门闩，腰便骤然被抱住了，腰侧一向敏感的他不禁抖了一下。

"留下来陪我……呸，快走，对面有个客栈，我撑不住了！"

"……"

是得找个有冷水的地方。

（五）

如果可以的话，路之遥真的想将李弱水敲晕。

倒不是因为她在大庭广众之下使劲缠着他，也不是茶馆里其余人的视线都集中在他们身上。让他有些乱的是李弱水的手，不仅要来蹭他，但凡身边有个人走过她都要去拉一下，还在嘴里嘀咕着凉快。

等二人走到对面的客栈时，李弱水所剩无几的理智发挥了余热。她将头埋在路之遥身上，以免被小二看到她红透的样子，同时还稍显理智地要了两间房。把自己锁起来大概就不会到处摸了吧，这样她清醒的时候也不会尴尬到想死。

"你、到时候把我关在其中一间就好，这种毒忍忍就过去了。"不就是深入骨髓的麻痒和激出眼泪的燥热吗，她只要在冷水中泡一晚就都能解决。

李弱水条件反射地挠着手臂和身体，却在挠到一半时被路之遥锢住了手腕。她在迷迷糊糊间听到他的声音，这声音像在天边，又像在身前，让人忍不住想要凑近听清楚。

"要个有浴桶的房间，桶里不要热水，要凉透的井水。"

"好嘞，客官稍等。"

路之遥看不见，又要顾着她，上楼时便走得有些慢，慢得李弱水的理智消耗殆尽。在关上房门时，她已经缠在他身上，扯都扯不下来了。

从没见过李弱水这副样子，路之遥轻笑一声，伸手将她拉开，反扣住她的双手将她带到了榻上坐下。

如果李弱水还清醒着，她一定会吐槽这个动作标准得像抓犯人。但她现在并不清醒，满脑子都是冲到路之遥身上乱蹭，甚至还想对他做些什么。

路之遥坐在榻上，听着李弱水嘴里难耐的哼声，和她隔了半臂的距离。他不禁有些疑惑，她怎么会突然中这么烈的毒？

路之遥抓住她的手腕，俯身靠近她侧颈闻了一下，不仅有桂花酒的醇香，还有一丝稍显浓郁的果子蜂蜜混杂的甜香。

"这样啊。"他稍显无奈地叹口气，"明明是冲我来的，最后却是你中了招。"

路之遥抬手摸了摸她热度惊人的脸颊，像是感叹："不过，你这副样子确实新奇有趣……

"要不要转移一下注意力？"

李弱水当然不会回答他，她现在光是蹭着他的手都舒服得不行了，只想多靠近他一些，让自己不要那么难受。

"那我便当你默认了。"

路之遥弯眸一笑，手指顺着她的侧脸滑到她的唇边，轻巧地摩挲了几下她的嘴唇，随后慢慢俯身过去，凑到了她肩颈处。

那里有着丝丝暗香，带着一股清甜，他原本不是重口腹之欲的人，此刻却莫名地想要吃上一口。

这么想，他也这么做了。

隔着一层纱制的衣襟，路之遥缓缓咬了下去。

想要留下印记，却又不想她痛，这种欲望与自制碰撞出的冲突，让他不禁更加用力地抓住她的手腕，口中却又放缓了力道。

一种莫名的快乐充盈在心间，涨得像是要破出胸腔，让他就此炸开。他的肩上也有她留下的印记，上次她虽没用力咬，可他设法让那个印记一直保留在了右肩。这是他快乐的启蒙，他想借由这个印记，将当时感受到的愉悦完整保存下来。

想到这里，他右肩的那个牙印似乎也在隐隐发烫。他的呼吸变得急促，在没人看见的房里，薄红染上了他的耳尖。

笑声从喉口逸出，他不自觉用了力气，像是也要给她刻下不可恢复的痕迹。

"咝——"这样的痛终于唤醒了李弱水，她眨眨眼睛，不顾现在旖旎又燥热的气氛，动了动肩颈。

"找个东西把我绑起来。"她的嗓音沙哑，像是沙漠中行走许久的旅客。

理智短暂回笼，让李弱水有了片刻的清醒，既然这样的事他不愿意做下去，又不想伤害她，那只能将她制住了。

"绑起来？怎么绑？"路之遥抬起头，眼睫微颤，他也不知道什么原因，听着她此时的声音他的声音竟也有些沙哑。

"随你，快一点。"

若是郑眉在这里，一定会被李弱水的韧性惊讶到。

这线香的药性厉害，仅仅是浅浅淡淡的味道便足以让人浑身燥热，再加上一点酒，普通人便缴械投降了。可李弱水当时是猛嗅了一口，嗅到喉口发甜，身上都染上了这股味道，后来还将桂花酿当水喝，那堪比往热油里浇水，顷刻就能炸开。

此时没有理智全无，实在是她韧性强。

"绑住你？"路之遥轻轻重复了一遍，随后褪下了腕上缠着的白玉珠。

这串白玉珠是他娘送他的，他娘信佛，便去寺庙求了这串珠子，说是能保佑他们一家人一直在一起。他不信这个，也对一家人在一起这事无所谓，但这串珠子他很喜欢，摸起来清透细腻，带有淡淡的凉意，在他腕上缠个三四圈的感觉很舒服。

"那就用它吧。"他喃喃自语一句，随后倾身环住她，将白玉珠一圈一圈缠在她背在身后的手腕上。

被他环住的瞬间，李弱水能感受到他身上那股凉意，内心想要靠近他的冲动难以抑制……

一点点应该没什么吧？

李弱水靠在他肩上蹭起来，蹭着蹭着就上口咬住了他的衣襟。还想再扒开一点时，路之遥轻轻推开了她，手掌触上她的额头，帮她降着温度。

"上次是冷，这次是热。"他勾起唇轻轻叹道，"都一样难缠啊。"

他摩挲着她肩上的牙印，有些不明白她为何还是这么难受。这样的毒他没中过，但知道两人抱在一起就能解，现在看来好像不是这样的解法，还是需要冷水来降温。

"难道是姿势不对吗？"路之遥将环着她肩的手放到她腰上，好像还是没什么用。

"客官，能进来送水吗？"门被敲响，小二的声音在门外响起。

"可以，请进。"路之遥应着声，注意力还是在怎么抱这个问题上。

小二和客栈的其余小厮提着水进来，有人目不斜视，但也有人架不住好奇，往这边扫了一眼。

那位姑娘埋在那位公子的怀里，看不清模样，但她背在身后、被白玉珠缠住的手腕可是看得清清楚楚。几人一语不发地装满浴桶，出去时还贴心地帮他们关好了门。

路之遥听见几人离开的声音后，起身带着李弱水往屏风后走去。

此时将近五月，井水很凉，却又不至于冻到身体，他试了下水温后毫不犹豫地将李弱水抱了进去。但这浴桶太大，李弱水又双手被缚、浑身乏力，根本连坐都坐不住，刚一进去便往下滑淹了半个脑袋。

好在路之遥手够快，立刻又将她拉了起来："自己泡也不行吗？"他微微叹口气，腿却先一步跨进了浴桶中。

路之遥将李弱水抱在怀中，静静地靠在桶壁上，两人的长发在身旁漂浮交缠，随着水波涟漪慢慢晃荡。身体里的热度被水吸收了不少，李弱水安静地靠着，但身上依旧奇痒难耐，只能时不时动动身体。

路之遥揉着她的发尾，突然想到了那个女子说的话。

他的行为确实有异样，但这能说明他心悦李弱水吗？他不是一直将她当作玩具看的吗？他伸手摸上自己的心口，轻轻敲了敲，可那里没有变化，依旧是一下又一下沉稳地跳动着。

他拿匕首时也会心跳加速，李弱水受到惊吓时也会心跳加速，这些又同心动有什么分别？

"受不了了……"李弱水喃喃一句，原本被白玉珠缠住的双手突然从水中抬起，压上了他的肩膀。

路之遥略微挑眉，手在水底摸到了那串白玉珠，忍不住笑了一声："原来方才不是真的安静了，而是在悄悄脱掉佛珠……你这人啊，即便是昏昏沉沉的也还是有些狡猾。"

被按在桶壁上的路之遥勾起一个笑，丝毫不觉得自己有什么危险。原本沉下的黑发又被她的动作荡了起来，一缕缕地缠上他纯白的衣襟和脖颈。

此时的路之遥看起来就像是开在夜里的昙花，独绝清艳，滴着颗颗晃动的露珠，诱着行人采撷。

他没有反抗，他也想知道这些心跳声到底有什么区别。

李弱水睁着微红的眼看他，在她眼里，路之遥不是人，而是可以降热的冷饮，只要一口就能消暑。

所以她轻轻凑了上去，为自己消暑解热。

李弱水从没喝过这样的甘露，所以她怜惜又克制地饮着。像是春风吹起涟漪，像是细雨抚摸花瓣，一切都是轻柔的。

水中的黑发在两人身侧相遇，交缠，最后又静静沉了下去。

路之遥从未这样与人亲吻过，双手不禁抓紧袍角，眼睫微颤，生疏地被她引领。这种温柔的感受，像是在被人好好珍惜。

他伸手摸上心口，那里正狂乱地跳动着，疯狂的程度像是回到了他第一次拿起匕首时的光景。

兴奋、愉悦，却又多了一些酸胀的奇异感，像是被人抓住了心口，却又不是狠狠捏下，而是轻轻地揉弄。这奇异又温暖的感受漫到双眼，化成泪水流了下来，最后汇聚到这荡着涟漪的水中。

这样的悸动与杀人时的愉悦感大不相同，可对她来说又是什么样的感受呢？

路之遥仰着头，手从水中抬起，轻轻摸上了她的脸，顺着她的眼角向下走，最后停到了她的侧颈。那里的跳动虽没有他的疯狂，却也比平日的她快了一些。

他细细地感受了一番，似乎和她受惊吓时没多大区别，可她现在并没有被吓到，所以她也沉浸其中？

这就是她说的，除打打杀杀之外的快乐吗？

那她确实没有说谎。

路之遥微微歪头，一口咬上了她的唇，红色渐渐漫延开来。

这一下将李弱水痛醒了，她猛然睁开双眼，舌尖尝到淡淡的血腥味，这才惊觉自己做了什么。这血腥味大大地刺激了路之遥，他红着眼尾，无师自通地伸手按上了她的头，将微微退后的她按了回去。

就在李弱水怔住时，她的耳旁突然响起系统的提示音。

宿主攻略进度已达成至四分之二，将根据攻略结果发放任务奖励。

测评中……

奖励发放：任意回忆碎片 ×2、碎银一百两、神秘礼盒 ×1。综合评级：良好。

只差一点就能达到优秀，请宿主再接再厉，早日回家！

这些提示，大概只能等她之后再慢慢思考了。

现在，她只想咬回去。

（六）

路之遥这个人在这方面，只能说人菜瘾大。

摸腰不行，摸耳朵也不行，后耳处更是禁地。对他温柔一些，那泪水就会不受控地流出来。即便这样，他还是紧紧地按着她，不知在渴求什么。

唇上实在太痛，李弱水只好伸手按上他的腰，趁他卸力的瞬间往后离开。

浴桶中漾起波纹，将李弱水唇上的血色冲淡了一些，她摸着唇上的伤口，抬眼和路之遥对视……

对视？李弱水瞪大眼睛，不禁往后退了一些。

路之遥静静坐在水中，乌发在身旁漂荡，唇上像是点了朱砂。他睁开了眼睛，里面雾蒙蒙地倒映着她惊讶的脸，如果不仔细看，大概不会察觉到他眼睛看不见。

路之遥弯起眼眸，将唇上的血舔入口中，随后对着她伸出了右手："不继续吗？"

他的眼睛很漂亮，像是夜晚蒙上淡淡云层的星空，又像是铺着烟雨的江南。睁开眼睛后总让人移不开视线，让人想要拨开那层迷雾去一探究竟。

路之遥对她扬起一个笑，慢慢俯身靠近，将薄唇上染着的嫣红完全吞入口中，那双眼似乎也被他的笑衬出了一些神采。他停在她身前，手放在了她膝上，略微仰起头，那抹笑就像染着霞光的新雪，柔和又昳丽。

……

这谁能顶得住。

虽说是他愿意的，可李弱水莫名地羞涩了，不敢看那双眼睛，又被药折磨着，只好开大招了。

启用回忆碎片。

检测到宿主意愿，奖励开启。

传送开始。

手下按着的膝盖突然软了下来，路之遥抬手接住她，摸了下她的脉搏，笑着闭上了眼睛。

"总是这么突然晕倒，会让我有些怀疑啊。"

李弱水的身体还是很烫，路之遥此刻不能带她出去，只好继续泡在水中等她醒来。他一手摩挲着她的嘴唇，一手按在她的侧颈，慢慢靠近吻了上去。

辗转了一会儿，虽说不难受，但到底没了方才那种令人愉悦到灵魂都在颤抖的快乐。

"看来还是清醒着比较好。"

他长叹一声，面上稍显遗憾，却没有半点厌恶的样子，反而笑盈盈地抱着她靠在桶壁休息。

碎片一开启。

系统声音渐渐消失，李弱水站在这间黑暗压抑的屋子里不禁有些害怕。

"等等，这里什么都看不见，陪我聊聊……"

像是为了帮她拨开黑暗，门外骤然亮起一道闪电，将屋内的场景照亮。尽管只是刹那的光线，她也看到了屋里有一尊大佛。

这佛虽然慈眉善目，可在这样的环境里显出的只有压抑和恐怖。

门外风声呼啸，雷声滚滚，不知道多大的风将屋门撞开，整个房间里都响着令人牙酸的吱呀声。

"不行不行，这太吓人了……"李弱水一边念叨一边往门外走，却在出门时被站在门外的小路之遥吓了一跳。

他齐肩的短发被风吹得乱七八糟，稍显宽大的衣袍也被风吹得鼓鼓的，乍一看像个小妹妹。他似乎对周围的响动没有反应，正提着灯

笼慢慢地往屋里去。

得了，现在她只能跟着他再回到那个屋子了。

路之遥提着一个大大的四角灯笼，缓慢却熟悉地走到房里的四个角落点灯，让这个黑暗的屋子慢慢燃起暖黄的灯光。

直到屋里的灯全亮起时她才看清周围的东西，这里显然是个家里设的佛堂。

正中一尊大佛，大概一个成年男子那么高，正悲悯地看着下方，佛身在这灯光下衬出了几分神圣。周围摆着不少蜡烛和经书，佛前放着两个蒲团，佛台上放着一个奇怪的木盒，看起来像是被供在这里的。

小路之遥点完灯后走到门边站着，任凭风吹也没有动一下，看起来像是在等人，但李弱水总觉得他其实只是在发呆。

或许是和成年的他有些熟悉，所以现在对年幼的他有一些奇怪的直觉，她直觉小路之遥是觉得无聊了。

李弱水索性坐在门边跟着他一起等着，没过多久就看见白轻轻向这边走来。她脚步轻盈，裙角翻飞，像只翩翩起舞的蝴蝶，一点不被这黑夜和雷电所打扰。

"阿楚，今日准备好了吗？"

站在门边的小路之遥被拉回神思，对着那处点了点头。

母子二人一同走到佛台前，看似虔诚地拜了三拜，随后白轻轻拿下那个木盒，带着路之遥坐在了蒲团上。

"今日也没有找到你爹爹，阿楚猜猜他会在哪儿？"

小路之遥没有说话，只是静静地坐着，他知道白轻轻并不需要他的回答。

白轻轻打开木盒，夸张地感叹了一声，那音调像是哄骗小孩吃药一般："这些是被佛祝福过的银针，它们一定能在阿楚身上绣出最美的白昙。"

她拿出几根银针，唇角的笑被烛火拉得有些诡异："阿楚开心吗？"

小路之遥点点头，不甚在意地站起身解开衣袍。宽大的衣袍落下，露出他后腰处开着的半朵白昙。

小路之遥背对着白轻轻跪下身，毫不惧怕即将到来的痛苦。

屋外风声阵阵，敲打着每一扇木门，像是要立刻闯进来，将木门挤得吱呀作响。屋内点着暖黄烛火，燃着紫檀香，坐着一尊石佛，看起来岁月静好。

每一处都不搭调，每一处都透着矛盾，可在路之遥他们母子二人身边就显得异常和谐，毕竟没有什么比他们二人更奇怪的了。

白轻轻从瓷瓶里拿出银针，伸手按在了他的侧腰，接着上次停手的地方慢慢将针扎了进去。

刺青是一项细致活，需要蘸着颜料一针一针地刺进去，破坏身体细胞，将颜料永远留在那处。小路之遥即便再能忍也终究是个孩子，痛了也会产生生理性的泪水。他皱着眉，抿着唇角，想要放空却又会被这钻心的疼痛唤回神智。

李弱水蹲在他身前，手无意识地揪着裙摆，眉头蹙起，光是看着他的神情都觉得自己的腰处也在被针扎着。

她伸出手去摸摸他的头，即便摸不到，也想给他一些安慰。她知道这些都是过去发生的事，她既改变不了，也无法阻止，但发生在眼前时依然会难受。

他还这么小，就需要去经受那些本与他无关的折磨。无论是白轻轻还是他师父，她们所加注在他身上的痛苦都是因为别人。

"你知道这是什么花吗？"白轻轻一边刻着，一边同他闲聊。

"这是昙花，在夜里开放时是最美的，但美丽易逝，它没多久就会凋零死去。"

小路之遥额角冒着细汗，抓着蒲团的手都在轻轻颤抖。

"你爹爹最爱昙花，以前在书院时常常带我去后山看，我们总是能蹲一夜，就为了看它开放的那一刻。你爹爹最爱花了。"

说到这里，她不禁唇角带着笑，那是只有热恋中的女子才能笑出的弧度。

"他每次见到昙花开放时都忍不住会笑出来，直说那花美丽。但我觉得他比花好看多了。"

手中的针刺着他幼嫩的皮肤，有时还会带出滴滴血珠，血珠从那朵白昙上滑下，将花蕊处染上艳红。白轻轻随手将血珠拭去，继续勾勒着她心中最美的那朵白昙。

"你爹爹时刻都在感慨，若是有朝一日昙花能久开不败便好了。娘当然会满足他，他的一切愿望我都会满足的。"

李弱水拳头已经不能再硬了，恨不得现场给她一记正义铁拳。想满足别人怎么不刻自己身上？！

"他很喜欢你，娘知道，所以他一定会回到我身边，到时再将这朵永不凋谢的白昙赠予他，他一定会很开心。"

房中的石佛静静看着这一切，映上烛火的侧颜愈加悲悯。

"娘亲，你为什么、而开心？"小路之遥忍着痛，断断续续地问出了这句话。

他是真的好奇，到底是因为什么，能让她每日都步履轻盈、笑颜如花。

"因为爱啊。"白轻轻如同普通母亲一般为孩子答疑解惑，"情爱是世上最美妙的东西，就是因为它，娘亲才成了如今的自己，也是因为它，我才能感受到人间极乐。"

"这样啊。"小路之遥轻声应了之后便垂下眼眸不再说话。

原来情爱是这样恶心的东西。

他垂着头，忍受着腰上的刺痛，在心里将这个陌生的词语和恶心联系在了一起。能给白轻轻带来极乐的东西，只会给他带来无尽的痛苦。

"只要是阿楚答应做的事，都会好好做到呢。"白轻轻为昙花描着边，轻声说道。不论是之前给他打耳洞，或是后来为他刺青，一旦他答应了，就不会违约。

"明明没见过你爹爹，这个性格却和他一模一样……娘亲都有些嫉妒了。"白轻轻不禁多用了些力气，将小路之遥刺得一颤，"以后若是阿楚有了心爱的人，应该会很守诺吧？"

小路之遥皱着眉头，一语不发地将呼声吞了进去。

人生如此无趣，他该去找些有趣的东西，不会在这种恶心事上花半分心思。

"快成了。"白轻轻手下不停地刺着白昙，似乎只有这样才能转移她渐渐焦躁的心情。

"你爹爹这么守诺的人，最后竟毁诺离开了我，为何？你和他这么像，大概是知道原因吧？"

小路之遥没有回话，他在忍受着这样的痛苦。

"痛吗？"感受到他的颤抖，白轻轻放轻了手劲儿，轻轻拍着他的背，"阿楚，娘是因为爱你才会让你痛的，是因为爱你啊。"

"你再感受一下，这是痛吗？这明明很舒服，爱你的人给予你的伤痛，都是恩惠，都是业果。"

门外电闪雷鸣，将石佛照亮一瞬，霎时显露出了几分狰狞。在白轻轻柔和的声音下，小路之遥似乎也感受到了一分快乐。白昙渐渐成型，在他后腰处轻轻地绽开，混着血色，开出一份独特的纯洁与美丽。

门外突然传来敲门声，夹杂在风雨间，听起来不甚清晰。

"夫人，我们接到信了。"

白轻轻手一顿，整个人愣在了那处："什么信？"

"他们找到楚公子的下落了！"

白轻轻手中银针掉地，笑得有些羞涩，捧着脸看向趴在地上的小路之遥。

"阿楚，娘找到你爹爹了。"

（七）

李弱水没有哪一日像现在这般生气过。

在听到白轻轻教他"爱你才会让你痛"的歪理时，李弱水恨不得一拳打爆她的头。路之遥的三观能这么扭曲，虽说和他本身的性格有关，但白轻轻依旧是一个很大的引导因素。如果没有她，李弱水的攻略难度大概能下降好几个等级。

或许是太过开心，白轻轻草草给他处理好腰上的伤口后便离开了。在这狂风暴雨的夜里，小路之遥一个人被扔在了这个佛堂里。

　　门外传来雨打林叶的簌簌声，带着潮气的寒风吹进屋里，将不少烛火吹灭。

　　"快起来啊！"李弱水有些着急，他听不见也看不见自己，她现在只能围着他，却不能帮他做些什么。

　　风这么大，又这么冷，他这样松垮地着衣袍在这里一定会感冒的，说不准伤口还会感染。李弱水知道自己做不了什么，却还是蹲在他身前，试图帮他挡住这猛烈的风雨。

　　她看着地上趴着的小路之遥，心里从未像现在这样酸涩过。他们是将他当成随意丢弃的木偶了吗？高兴时逗弄几下，不高兴了就扔到一旁不管不顾。不管是白轻轻还是他师父，没有人记得他是个孩子，还是个从出生起便看不见的孩子。

　　"快将衣服披上吧，你不冷吗？"李弱水蹲在他身前，伸手摸了摸他的头。

　　趴在地上的路之遥动了一下，后腰处传来难以言喻的疼痛，但也多亏了这痛觉，让他"看"到了白昙到底是个什么样子。

　　虽说屋里的东西被吹得到处都是，但他总感觉自己这里要好上许多，像是有什么遮住了风一样。

　　他坐起身，皱着眉将衣服穿好，睁着的双眸没有焦点，他只能往一旁去摸寻自己的盲杖。小路之遥从未见过这个爹爹，对他没有兴趣，他出现或者不出现都一样，只是希望自己以后能找到一些有意思的事。

　　现在的生活实在太无趣了。

　　他用盲杖撑起自己，在往前迈步时顿了一下，莫名其妙地向左绕了一下才继续往前走。

　　李弱水见他绕过自己，步履缓慢地往外走时不禁怔了一下，正想跟上去时，发现他只是去关门了。

　　佛堂里的油灯已然被吹灭了大半，此刻显得昏黄幽暗，佛像的神情都模糊了许多。

　　小路之遥慢慢走回佛台前，非常娴熟地攀了上去，趴在那里，无意识地玩着佛台上的穗子，颇有几分怡然自得的感觉。他看起来很轻松，可李弱水拳头都快捏爆了。

　　假如哪天她遇到了白轻轻，一定要捶她几拳解恨！

　　门外的雷鸣声对小路之遥来说就像是催眠曲，没过多久他便趴在佛台上睡着了，呼吸轻缓，看起来恬静安然。

　　但这风雨交加的一晚，似乎也在预示着明日的不太平。

　　"阿楚、阿楚……"

　　佛台上的小路之遥被唤醒，他迷茫地睁开眼睛，看上去却依旧是失焦的。白轻轻拿出新制的成衣在他眼前晃了晃，颇为开心地为他穿了起来。

　　"今日就要去见爹爹了，自然要好好打扮一番，我们阿楚这么漂亮乖巧，他见了一定就不舍得走了。"

　　腰上依旧很痛，但路之遥没有多大的反应，他还沉在睡意中，任由白轻轻摆弄他。

　　白轻轻今日穿了一袭浅粉色纱裙，身姿窈窕、灵动可人，如同三月里最娇嫩的桃花，烂漫极了。

　　她今日给小路之遥穿的是孩子身型的衣袍，他不用再松松垮垮地拖着袖子走路，也不会再被绊倒。

　　"待会儿见到爹爹，你知道该怎么说吗？"

　　小路之遥将将回神，略显敷衍地摇摇头。

　　"你要告诉他，你很想他，希望以后能同他生活在一起，让他不要离开。"白轻轻帮他整理好领子，语气轻柔慈爱，"能哭出来吗？不能的话，娘亲到时帮你。"

　　自路之遥年龄很小时起便没有哭过，每日只是坐在某一处，没人知道他一个孩子在想些什么。白轻轻心里清楚，她的阿楚到时是哭不出来的，但她不需要他哭得多大声，只要他眼眶中含泪就好。

她太了解那人了，只要一点泪水就能让他心软。至于阿楚，哭不出来没关系，他腰处的那朵白昙大概还是痛的，只要按上一下就好。

帮小路之遥整理好之后，白轻轻牵着他离开了这里，步履匆匆地赶往那处。

李弱水也赶紧跟了上去。

他们去的地方并不远，就在府里的书房中，或许昨晚白轻轻就将他带到了这里。临近门前，白轻轻顿住了脚步，伸手整理了一下自己的衣裙和发髻，神色紧张又期待。

李弱水看着她的动作，这副单纯又欣喜的模样实在难以与她昨晚做的事联系起来。

但李弱水看着也莫名跟着紧张起来，她确实有些好奇路之遥的爹爹是个什么样的人。她站到白轻轻的身后，等她推开门的瞬间往里看了一眼。

只见一个男子被绑在凳子上，垂着头，像是睡着了一般，发髻散乱，身上的衣衫也破破烂烂的，堪比被强抢来的良家女子。

白轻轻在看到他的瞬间便放了拉住路之遥的手，她慢慢靠近他，却又在离他一步远的地方停下了脚步。

"楚宣、楚宣？"她放轻了声音叫他，一点不觉得他此刻被五花大绑有什么不对。

楚宣身子动了一下，缓缓睁眼看来，在看清白轻轻的面容时滞了一瞬，随后无奈地叹了口气："我在侥幸什么，除了你，谁还会抓我。"

李弱水原以为路之遥长得很像白轻轻，可现在看来又有几分像他爹爹。

他们一家三口都好漂亮。

"我当然是因为爱你才抓你，不然我为什么不抓别人？"白轻轻对此很是不解，"你怎么总问这样的傻问题？"

白轻轻走到他身边，像是献宝一般将小路之遥推到他身前："快看看阿楚，是不是长得很像你？"

楚宣这才抬眼，仔仔细细地看着这个多年没见的孩子。他的神情很复杂，像是慈爱，像是愧疚，却又带着不喜，最后都化为奇怪的怜悯。

白轻轻说这孩子长得像他，可在他看来，这孩子更像白轻轻。尤其是他那纯和温驯的气质，像极了白轻轻初来书院时的模样，不仅骗过了他，还骗过了书院的其他人。

这孩子过于像她，让他此时看到都有几分恐惧。

白轻轻伸手拍了拍路之遥的背，示意他可以说话了。回过神的小路之遥对着他嫩生生地叫了一声"爹爹"，可焦点没能聚在他身上。

楚宣知道路之遥为什么盲，也很愧疚，可更多感受到的还是压迫和惩罚，这是白轻轻对他的惩罚。

"楚宣，你再看看他，他长得这么乖巧，你不喜欢吗？"

楚宣不敢看，这孩子的出生，包括这孩子身上发生的一切都是对他的惩罚，只看一眼都会压得他喘不过气。

"不喜欢。"

白轻轻怔住了。小路之遥像是没听见一般站在一旁，后腰处一直在痛，只能用盲杖撑着自己，以免腿软时倒下去。

至于这个"不喜欢"的回答，他并没有多意外。喜爱这种情感对他来说玄之又玄，从未拥有过，又何谈在不在意。

只是这回答他虽然没多大感受，对白轻轻来说却如遭雷劈。

"……怎么会，你再看看他，他长得多可爱。"

她以为阿楚会是她留下楚宣最好的筹码，可这筹码对他来说竟然无足轻重。如果连阿楚都不能留下他，那她只能用一些楚宣不会喜欢的方法了。

白轻轻报着笑，假装开心地拉过路之遥，毫不留情地掀起他的衣袍："看，这是我为你雕刻的白昙，它永远不会凋零……你说你最爱这种花了，我将它刻在了我们的孩子身上，你喜欢吗？"

那朵白昙昨晚只是草草处理了一下，如今上面还留着血痕，看起来就像是被污泥涂抹过的昙花，不再纯净，只留着颓败的意味。见到这幅景象，白轻轻赶忙用手绢擦拭着他的后腰，让他痛得禁不住颤抖

起来。

"这白昙会很漂亮的……"

"够了……"楚宣再也受不了这样的场景，垂下头，出言阻止了白轻轻这种奇怪又诡异的行为，"和这些都无关，你放我走吧。"

气氛霎时安静下来，只剩窗外婉转的鸟鸣。白轻轻停下动作，将路之遥推到一旁，笑看着楚宣的眼睛。

"你不喜欢他，那我们就不要了。"

白轻轻叫来丫鬟，让她们将小路之遥带回他那个小院子中。房门被毫不犹豫地关上，将路之遥与他的父母隔绝开来。

没人知道白轻轻这句话意味着什么，楚宣也没有意识到其中的认真，谁都觉得这只是气话。

但李弱水隐隐察觉到了不安。

她跟在路之遥的身后往外走，抬眼看着周围，只觉得这座宅邸到处透着诡异。

这里仆人很少，而且他们都爱一语不发地垂着头，每个人都像孤魂一般在这里游走，对周围发生的事装看不见。

按理来说白轻轻此时是成亲了的，却不见她那个名义上的丈夫，她似乎就是这座府邸唯一的主人，而小路之遥就是被她当作礼物困在其中的金丝雀。

可惜，这只金丝雀似乎没能讨到主人欢心。

系统绝不会给她触发无用的回忆，她有预感，此日必定是路之遥被抛弃的那日。

李弱水看看一碧如洗的天空，暗自庆幸大雨下在昨日，今天大概是不会再下了，不然他被赶走后还得找地方躲雨。

她看着眼前这个小小身影，不由得问了出来："真的不能让我和他接触吗？"

他一个人实在太可怜了。

抱歉，因为不能随意篡改过去，宿主无法与其接触，但宿主可以在回到现实时多亲亲。

李弱水：“……”

这系统倒是很懂的样子。

“之前奖励里不是有个神秘礼盒吗，里面是什么？”

她一边问话，一边跟在路之遥的身后，试图从系统那里薅些东西，看到时能不能帮帮小路之遥。

神秘礼盒可以抽取礼物哦，可以给宿主增加攻略机会，比如亲亲抱抱的小要求，一样用于增加好感的精美礼物，或者只是简单的银子，就看宿主手气了。

友情提示：这是评级为良的奖励礼物，仅此一份，若是还想再开，只能等下次评级开启了。

“……”

她手气好像不是很好，用在不能改变的过去会不会有点浪费？

李弱水有些犹豫，她之前以为要想开启评级就要完成陆飞月、江年二人的任务，走一下主线，但现在看来并不是这样的。

评级出现的时机她还没有摸清，这个奖励确实很难得，现在用了对未来也没有什么助益，甚至他都不知道是她。

李弱水为了攻略，一向是理智又清醒的，不能增加好感的事她不会多做，但此刻竟然真的陷入了纠结。她知道这样的情绪不对，可她控制不了，她是人，不是木头。

“用了。”管他呢，现在她只想将小路之遥抱进怀里好好安慰一番！

在这遍地花盆的小院子中，坐在桌上“望”着天空的小路之遥不会知道，他的身边正有一个怪姐姐在做法。

李弱水闭目运气，假装自己在吸收天地灵气，这是她在抽盲盒前的必备仪式，希望自己能抽中想要的东西。既然规则限制她不能接触

路之遥，那她就抽一个强制抱抱，以彼之矛攻彼之盾，看看到底是抱抱强，还是不能接触更厉害。

但前提是要抽到。

"求求，求求……"

礼盒闪了一会儿，最后蹦出几个大字——爱的抱抱。

"中了中了！！！"李弱水在一旁手舞足蹈，小路之遥则坐在石桌上发呆。

他拿着自己的盲杖，似乎对接下来会发生的事有了预感。

正午的太阳移到空中，院门被打开，神清气爽的白轻轻步履轻盈地走进来，面带微笑，看起来心情很好："阿楚，娘来找你了。"

小路之遥终于露出来今日的第一个微笑，他"看"向门口，拿着自己的盲杖站起了身。

"你爹爹似乎不太喜欢你，那我们就不得不和阿楚告别了。"

白轻轻拿出一个钱袋，能看出里面装着不少银子，她俯身将钱袋系到小路之遥的身上。

"娘亲知道，阿楚一直想出去看看，所以娘亲给你这个机会，去颍州找你舅舅如何？"

在自己没有养宠物的需求和必要时，立刻将他放弃，就像抛弃一只养了多年的小狗，并不觉得自己哪里错了。

"好，娘亲。"

就这样，小路之遥被带到了白府外，身后跟着两个匆匆打包行李的小厮，他们临时接到要送他离开的命令。

但原著中说过，路之遥六岁时被娘亲遗弃。虽说现在有人跟着他，但后来一定发生了什么，让他从被托付变成了被遗弃。

白府的大门关闭，白轻轻毫不留恋地消失在大门后。

正午时分，天光大亮，街上人来人往，他们好奇地看向这个从未见过的孩子。骄阳将人的影子斜斜拉长，地上还残留着昨日的雨水，反射出一片水光。

小路之遥的眼里也晃着这些光点，像是湖上的潋滟波光，他笑了一下，闭上了眼。

这些光被他永远锁在了眼底。

他正要往前走时，身体像是突然被抱住了一般顿住，有些温暖，鼻尖还嗅到了一缕暗香，闻起来甜滋滋的。

这大概就是昨晚佛堂里的那个"鬼"吧？他弯弯眼眸，偏头随她抱着，享受着这短暂的温暖。

从此以后，他真的是独自一人了。

月凉如水，斜斜照到床榻之上。

路之遥侧躺在床内侧动弹不得，有些无奈地弯着唇角。

他叫人来给李弱水换完衣裳后便躺在床上，听着她的梦话发呆，可方才不知为何，身旁这人突然转身将他抱得紧紧的，说梦话的声音更大了。

"太惨了……阿楚，快来给姐姐抱抱……"

又是这样。今晚他已经不知听她叫了多少遍"阿楚"了。她不仅知道"路之遥"这个名字，还知道阿楚，这到底是为什么呢？都是巧合吗？

在他怀里嘀嘀咕咕半天的李弱水醒了，醒来时看到他的脸，一时伤感和怜惜的情绪上头，她脑子一热，狠狠地抱住了他。

在她要开口之前，路之遥先一步止住了她的话头："能问你一个问题吗？"

李弱水还处在心疼、伤感，以及将他看作小可怜的情绪中，自然是对他有问必答："你问，只要我知道，就都告诉你。"

路之遥柔了眉眼，手指有一下没一下地转着她的发尾："阿楚是谁？"

怜惜的情绪顿时如潮水般退去，李弱水心里只有"咯噔"一声。

他怎么知道的？

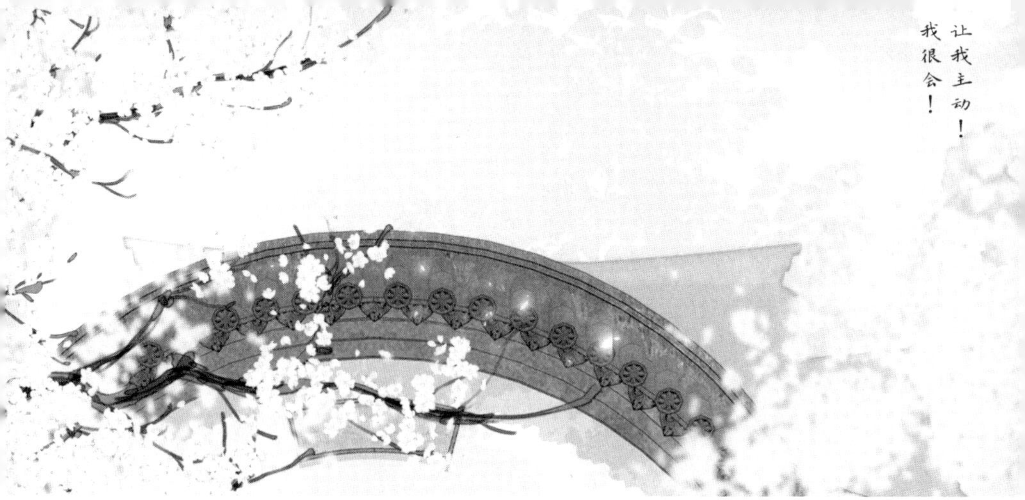

让我主动！
我很会！

第
六
章

黄雀在后

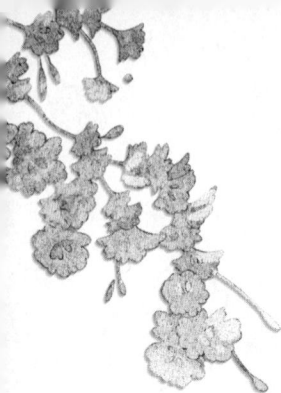

（一）

阿楚是谁，这确实是个好问题，但是她也没必要回答他。

"听起来像是个女子，好像刚才做梦时有这个人吧？"李弱水说得非常真挚，用问题回答了他的问题。

路之遥知道她在打太极，但梦中说出他幼时名字这样的事，确实是无稽之谈。

难不成她以前说的做梦梦到是真的？

"你的梦还真是神奇。"路之遥躺在她身侧，手指摩挲着那串白玉珠，喃喃道，"你之前说梦到我们后来日久生情，也会是真的吗？"

她什么时候说过？

李弱水开始回想，似乎他们刚见面时，她为了保命，确实说过这样的话。

"没错，是这样的。"她继续给他心理暗示，"我们以后一定会在一起。"

"为什么要以后，现在不行吗？"

李弱水惯性点头："没错，现在不……行？"

她刚才幻听了吧？什么意思？她晕一会儿起来就变天了？

李弱水坐起身，仔细地打量着他的模样，语气完全就是不可置信："是我想的那个意思吗？你是路之遥吗？"

李弱水缩在床角抱住自己，一时间心情极为复杂。惊讶、疑惑、荒诞在心底交织，这实在太突然了，在她什么都不知道的情况下，这人突然答应了？

她突然想起了那个为良的评级，难道他的好感度在不知不觉间被

她刷爆了？

　　就因为一个吻？

　　路之遥睁着双眼，微微笑起来时里面像是流动着星河，看起来更加温柔。他坐起身，手中拿着那串白玉珠，没有焦点的双眼"看"向她，伸手拉过她的手腕。

　　"我知道你一直都心悦我，现在我回应你了，不开心吗？"话语轻柔，他的手劲儿却一点不小，将李弱水的手腕拉过来后，自顾自地给她戴上了那串白玉珠。

　　"不愿意吗？"他执意要一个答案，但他知道，李弱水的回答只会是同意。

　　她不是已经表现得很明显了吗，她很爱自己，至于为何知道他的名字都不重要，重要的是她爱他。

　　"我，当然同意了……"李弱水喉口很紧，说话的声音都有些虚。看他的神情，还有他握住自己手腕的力度，如果她现在敢说一个"不"字，她毫不怀疑自己会血溅当场。

　　"但你为什么这么突然就说这个？你以前不是很讨厌吗？"

　　最重要的是，她没感觉这人有多喜欢自己啊！

　　路之遥轻笑一声，慢慢俯身而来，李弱水稍显紧张地屏住呼吸，他却在离她一指的距离停了下来。呼吸交缠，暧昧在两人之间流动，他保持着这样欲近不近的距离不动。

　　明明两人没有肢体接触，李弱水却莫名觉得痒，体温都升高了一些。她移开视线，却抑制不住自己的心跳。

　　路之遥拉起她的手触到自己心口，声线柔和："你觉得这是讨厌吗？"

　　与他温和的笑容不同，手下跳动的心脏像是狂暴的鼓点，蕴含着将她吞吃殆尽的急切。

　　……

　　身体的回应比什么语言都要有信服力。

　　李弱水蒙了，愣愣地看着路之遥，思绪少见地开始打结："那……

你是想要我们在一起？"

"你不想吗？"

路之遥放下她的手，伏在她的膝头，如缎的乌发散在腰后，微微仰起的脸像是在索求什么。

李弱水看着他这副样子，不禁眨了眨眼睛："我自然是想的。"

或许是晚上月光太绮丽，或许是药力还没过去，总之，她捧上了路之遥的脸，低头吻了下去。

不论他是出于什么原因，现在在一起，对她攻略路之遥百利而无一害。

她没有被迷住，只是为了攻略而已。

窒息，说不出的窒息。

像是被树藤紧紧缠住，像是身上压了千斤，李弱水从这窒息感中醒了过来。她垂眸看了眼紧紧扼住自己脖颈的手臂，扫了眼被压住的腿，长长地叹了口气。

昨晚本来亲得好好的，可路之遥气息实在太长，说什么都不让她离开，差点憋死她，今早又被他压住了命运的脖颈，难以呼吸。

不是说在一起了吗，怎么感觉她还是在受苦？

"快放开。"李弱水摇摇他的手臂，"我知道你醒了。"

路之遥这人警惕性高，浅眠，几乎是外面有些响动就能吵醒他，她可不信都日上三竿了他还在睡。

耳边传来一声轻笑，路之遥手动了一下，压在她脖颈处的手臂更加用力了："这样不好吗？"

仅仅是肌肤相触已经不能满足他，他此刻像是要将自己融进她的身体一般。

"如果你想明天吃席，就这样压着吧。"

路之遥轻轻叹口气，松开了身体，手指摩挲着她的脸颊，颇为遗憾地说道："我们为何不是双生子。"

李弱水："因为这样生出的孩子会变成弱智。"

路之遥："……？"

李弱水打断他内心的吟唱，毫不犹豫地翻身下床梳洗。

她看着镜子里的自己，除了微肿的嘴唇昭示着某些特别，她整个人看起来非常清醒。经过一晚的休息，李弱水已经想清楚了，她的攻略之路依旧遥远，不能在现在放松警惕。尽管他们在一起了，可系统并没有一点反应，说明感情还不到火候。还是差一点什么，但她此刻还不清楚。

路之遥虚握着手，躺在她睡过的地方，不知在想些什么。

"要不要我帮你束发？"

"好啊。"他扬起笑，赤足踩上地板，毫不迟疑地向她走去。即便情爱恶心，即便情爱会将人拖下地狱，他也要拉着李弱水一起沉沦。现在，他似乎有些理解他的母亲了。

李弱水站在路之遥身后，用木梳子沾了些梳头水，轻轻地从他头顶滑下："你的发质真好，都没怎么打结。"

前方是支起的木窗，斜斜地探进几缕阳光，看起来非常安宁和惬意。

"怎么突然想到给我束发？"路之遥端正地跪坐在梳妆台前，任阳光抚摸他的指尖。

"因为五月了，最近气温高了不少，露出脸要凉快些。"

路之遥从小到大都不会束发，小时靠剪短，长大后虽说不剪了，但也只是理一理，从没自己扎过。

李弱水虽然手艺也一般，但是好歹还是能绾个发髻的。她拿出一根木簪固定好头发，往镜子里看了几眼。双唇含珠，眉型甚好，绾起发后有些许碎发落到眼角，使路之遥看起来越发温柔和煦，更能骗人了。

"好看！"李弱水帮他梳理披散在背后的长发，很是满意地赞叹一声，"这样就不会热了。"

"我有样东西给你。"路之遥握着她腕上的白玉珠，看起来心情很好。

他带着李弱水走到桌边，上面放了一个红木盒子，雕着祥云纹路，看起来很是华贵。

"这是今早小二送来的。"他摸索着打开盒子，里面放着一块漆黑的铁块和一张字条，字条上写着一句话——

约好的玄铁——郑眉

李弱水凑近看了一眼，顿时有些惊讶地望了他一眼："你上次和郑眉去游湖，不会就是因为这个铁块吧？"

真是神奇了，李弱水从没想过路之遥这样变态的人也会有物欲，他不应该是以折磨人为乐吗？

"这是玄铁，天下少有，但郑家正好有一块。"

"她还不算笨，知道把这个送来赔礼道歉。"路之遥轻闭双眸，将这块玄铁推给了她。

"玄铁坚韧却不笨重，给你打一把剑最合适。"

原来还是用来折磨她的。

在这方面，路之遥向来行动力很强，两人草草吃完早饭后便到了沧州最好的打铁铺。

这家打铁铺店面不大，但很有名气，由一对夫妻经营，丈夫埋头打铁不说话，妻子则在一旁售卖其余的饰品。

李弱水看着被丢进大火炉的玄铁，再看看隐隐兴奋的路之遥，有种果然如此的感觉。他们除了比平日里亲近一些，和之前根本没什么区别。类似于"你是我的优乐美"的剧情并没有发生在他们身上，而且他似乎还在想一些不得了的事。

"这个是脚铃吗？"

他唇角带着笑，拿起一串声音清脆的银铃，在稍稍摇动后转头问店家。

老板娘意味深长地看了李弱水一眼，随后点头称是："这是我家最新打出的，铃铛绝对不掉。"

李弱水冲上去将东西夺下，面露尴尬地对老板娘笑笑后拉他到一旁。

"你这个人连亲亲都不会，怎么对这些东西这么了解？！"谁会一摸就知道戴手上还是脚上？

可路之遥依旧是那副神情，没有一丝羞涩："我认识自然是因为我摸过，但别人亲吻的样子我并未摸过，而且这只是脚铃，有什么不好的吗？"

说得有理有据，坦坦荡荡，让李弱水无法反驳。

"反正我是不会戴的，我是个有原则的人。"

"那就我戴。"路之遥毫不犹豫地接了这话。

李弱水：？？？

"或者你喜欢项圈？"他顶着那张温良的脸说出了最直白的话，"听闻西南有娈宠，轻纱赤足，做狗时最讨主人喜爱。你要是喜欢，我可以做。"

"啊！！你快忘掉！都是什么鬼东西！"见鬼，她真的想象了一下路之遥戴项圈的样子，竟然还可耻地心动了一秒。变态也会人传人吗？！

"你不喜欢？"

"不不不，我拒绝！"

路之遥有些困惑，又有些无奈："那你喜欢什么？只要你喜欢，我都可以做。"

李弱水终于知道哪里不对劲了。虽说两人口头上在一起了，但他完全搞错了方向，他的认知还是歪的。

"只要是你，我都喜欢。"这句话虽然肉麻了点，但是当下最能准确表达她心情的话了。

"这样啊。"路之遥兴致低了一些，似乎不太能理解她的说法。

李弱水也不着急，这种事需要潜移默化，妄图一下子将他的三观扭回来是不现实的。

路之遥摇摇头，唇角扬起笑，自顾自地否定了她："还是在骗人，你前几日还说我眼下青黑，不好看。"

"……"他总是在不该敏感的时候敏感。

"路兄！"打铁铺门口出现了陆飞月、江年二人的身影，将李弱水二人间的奇怪氛围打破。他们像看到救星一般冲了过来。

"你们怎么了？"李弱水被他们拉到了一旁。

"我们昨晚一直没找到路兄，就想先去踩踩点，但中途不小心触到了机关，只能原路返回。"江年三言两语解释了经过，还时不时地看向路之遥。

"那现在怎么办？"

"这东西就在巡案司的暗室，今日休沐，他们会晚些去检查，所以我们决定带路兄一起去。"

按道理，路之遥是男配角，是该和他们走一走剧情，可因为她的介入，路之遥现在和主角二人还是普通朋友关系，他不一定会去。

"我帮你们问问，但不一定能成功。"

"可以。"

李弱水转头看向身后，路之遥不知何时站到了这里，竟然还没有犹疑地答应了。

他弯眸笑了笑："我猜，我去你会高兴些？"

李弱水愣愣地应了一声，她现在威严这么大吗？

江年像是看透了什么，视线不停地在两人之间打转，意味深长地拍拍李弱水："深藏不露啊。"

倒也不必这样。

天生劳累命的李弱水刚从中毒的难受中走出来，又跟着主角二人潜进了巡案司的密室。

如果她知道接下来会发生什么，她一定会在打铁铺好好等他们回来。

但此时的她还略带好奇地站在这烛光大亮的密室里。

这里有一张书桌，四个靠在墙壁上的大书架，周围点着不少的油灯，怎么看都只是间灯火通明的普通书房，没有半点幽暗奇怪的样子。

四个人分散在四个角落，各自寻找着书信或是机关。

李弱水也在书架这里慢慢翻看，这里有不少书本，她只能一本一本地从书架上拿下翻找。就在她翻到第三层的架子时，倏然和板上的一个小黑洞里的眼睛对上了。

她怔了半瞬，在那只眼睛眨了一下时，密室里的油灯骤然熄灭，众人陷入了一片黑暗之中。她想要提醒他们，却被那人点了穴道，捂

住嘴巴，拖进了书柜后方。

路之遥察觉到不对劲，立刻拔出匕首，向异动的方向投掷而去，却只听到一声闷哼，等他赶到那处时，只听得细微的一声"咔啦"，早已空无一人。

"砰"的一声，四周的烛火再次亮起，还是原来的布置，屋里却少了李弱水。

陆飞月皱着眉头赶到书柜前，将里面的书全都推了下来，却没能发现一点异样。她转身看向一语不发的路之遥："路兄，这……"

路之遥情绪平和，扬唇笑了一下。

"不过一道机关墙而已。"

（二）

在一片黑暗之中，李弱水被人往后拖入墙内，脸上还溅了几滴温热的血。墙体刚刚关闭，这人便手脚利落地将她的手绑了起来，随后解了她的穴道。

"老实点，不然就在这里杀了你。"

李弱水小鸡啄米一般点头，傻子才会在这时候逞英雄。不过，这人的声音似乎有些耳熟。即使他压了自己的声线，变了声音，她依旧觉得熟悉，她敢肯定自己一定在哪里听过。

这人捂着自己嘴巴的手并不粗糙，大拇指指节处有一颗茧，一般只有常年用笔之人才会磨到这里。

会武功、养尊处优、读书人，她又有些熟悉，似乎猜到这人是谁了。但她想不通他绑自己的原因。

身后这黑衣人拖着她往前走，这是一条幽黑的密道，偶尔吹来一丝阴冷的风。他带着她七拐八拐地走着，最后在即将出去时抬手将她打晕，一把将她扛起，离开了这个地方。

他肩颈处正插着一把匕首，血不断地流出来，痛得他额角出了冷汗。

那个人果真厉害，即便他方才只是发出了一点声响，也顷刻间被找到了位置。如果不是他躲得快，此刻被刺中的就是他的眉心了。但他可不是什么正人君子，现在受的伤，他一定要在李弱水身上报复回来才行，他也早就看她不顺眼了。

在暗道之外的密室中，陆飞月三人正站在那张书桌前。

"路兄，你确定是这处吗？"江年看着眼前这张书桌，伸手敲了敲。

他原以为路之遥还会像上次一般，直接暴力破开机关，可他没有，甚至还真的开始寻找机关入口。

陆飞月也有些惊讶，她没想到路之遥会这么镇静。

虽然江年总说他是个温柔的好人，但在她看来，路之遥总给她一种奇怪的违和感，她一直不觉得这人表里如一。

"方才试了一下，这书柜厚重，再加上上面众多的书，想要驱动齿轮拉开柜子，不可能是小物件，只有这个了。"他伸手将书桌慢慢推开，刚开始还没什么反应，推到一定角度时房里突然响起"咔啦"声，书柜连带着墙体渐渐向两边移开。

路之遥没有犹疑，拿着剑走了进去。没有人知道，他此刻是兴奋的，他从来没有为了救人而杀人过。这是第一次，但仅仅是想一下，心头便涌起了莫名的快乐。

若是能将伤害李弱水的人一刀一刀剜去皮肉……光是想想，他就已经兴奋得握不住剑了。

三人走进暗道时后方的墙体便自动关上，江年举着火把走在前方，陆飞月仔细地观察着周围，没人察觉到路之遥的异样。

"暗道上有血迹，我们可以沿着这个找……"她看着眼前的三道分岔路，默默收了声。

确实可以沿着血迹，可这人明显是有准备的，三条岔道前都有血迹，难以分辨该往哪里去。

"我们正好三人，分头走。"陆飞月当机立断地开口，"快一些，不然弱水可能会出事。"

"她不会。"路之遥轻轻开口，摸索着走进了第三条岔道。

他知道李弱水的性格，她不会让自己处于被动方，当初能将他哄

得团团转，现在也不会让自己受苦。

　　正午时分，原本是人午休的好时候，李弱水却被绑在柱子上，很是无奈地看着眼前这人。他已然换好了衣裳，伤口也包扎过了，正悠悠地品着茶等她醒来。

　　两人视线对上，他对她点头致意，很是有礼貌："弟妹近来可好？"

　　李弱水动动酸软的腿，点点头："如果郑公子能将我放开，或许会更好。"

　　"都不叫'大哥'了？"郑言沐笑了笑，将茶盏放到一旁，"可怜我的弟弟，被人背叛了都不知道，妻子竟和别人在一起了。"

　　他擦擦手，将那身血衣扔到一旁，看着李弱水的眼神略带赞赏。

　　"就凭弟妹背叛我弟弟这一点，我也得好好谢你。不过方才你的情郎伤我不浅，这笔账还得算到你身上。"

　　"别啊。"李弱水扫了眼他肩上的伤口，"乱算账，可不是君子所为。"

　　她虽然不喜欢郑言清的大哥，但不可否认，他的确比郑言清要多几分儒雅味道，更像个饱读诗书的才子。

　　"君子？"郑言沐站起身，从身后拿出一根细鞭，"哪有君子会给自己弟弟下毒好几年的？我不是君子，也不屑做。"

　　细鞭在空中挥出"呼呼"声响，随时会抽到她身上。

　　"我就是小人，一个睚眦必报的小人。方才你情郎伤我至此，我总该在你身上讨回一些才舒服。"

　　郑言沐顶着那张儒雅公子的脸说出这话，他的眉弓高高挑起，平白多了几分狰狞："弟妹似乎一点不惊讶，你什么时候知道是我的？"

　　"就在刚才……"

　　"说谎！"

　　李弱水话音未落，那根细鞭破空而来，狠狠地抽在她身后的柱子上，将她吓了一跳。她张嘴看着突然恼怒的郑言沐，一时不知道哪句话戳到他的痛点了。

　　"我之前只是猜测，现在看到你才确认，我没有说谎。"李弱水和他周旋着，眼睛瞟向周围，可这里实在很空，什么能利用的利器都没有。

"如果你现在才知道，郑言清怎么会疏远我，又怎么会突然不听我劝告毅然进京赶考？他之前可是最信任我的！"可能是情绪太过激动，他头上的发簪都松了一些，冷笑着看向李弱水，握紧的鞭子随时有可能抽向她。

李弱水动动身子，直直地看向他："你为什么给郑言清下毒？我都不知道你是想害他还是对他好。"

现在靠她自己逃走是不可能的，只能先拖时间等路之遥他们来了。反派说的越多，她能拖延的时间越长。

"我对他好？全天下没有比我更恨他的了。"

听到这句话，李弱水默默松了口气，这人估计要长篇大论了，这冰冷的恨意估计要从小时候开始。

"从我幼时开始——"果然，郑言沐冷笑着说了一个"柠檬精"的成长史，他原本的儒雅气质全被酸没了。

郑言沐比郑言清大五岁，在郑言清出生前，他是郑家的骄傲。三岁识数，五岁打算盘，七岁就常跟着大人出去经商，是个做生意的小天才。虽然李弱水总觉得有吹牛的地方，但还是默认了他的自夸。

郑家父母不正常，对他还算喜欢，偶尔也夸几句，直到他弟弟出生，这个平衡完全被打破，家人对这个弟弟百依百顺，他就此被遗忘。他觉得不公平，凭什么全家都要为郑言清让路？

就这样，郑言沐慢慢变态，在不为人知的时候悄悄开始嫉妒起他的弟弟郑言清，直到后来，用上了下毒这招。

"谁知道你半路杀出来了，不仅给他解了毒，还劝他进京赶考。凭什么他运气这么好，什么都能有！"

在她看来，郑言清可是实实在在一无所有之人，但她显然不能说这个来激怒他。

"那你抓我是为了什么？"

或许是终于有人好好倾听他的话了，郑言沐坐回了凳子上，理了理自己的头发，甩着鞭子看她。

"这个告诉你也无妨，反正你和他关系匪浅。之前这位路公子接了不少我们发出的悬赏令，任务做得很好，我们有意招安。"他直直地看着李弱水，逗弄似的用鞭子抽在她脚边。

李弱水："……"

"他不愿被招安，我们又派了些人去请他，但没一个活着回来的，只好将主意打到你身上。"

好家伙，她在郑府的那段日子，原来路之遥在外面过得那么水深火热？

"我们只要控制了你，就不愁他不听话。"郑言沐说得实在太自信了，如果不是李弱水今早才和路之遥确定关系，她都要相信自己以前和路之遥是什么绝世爱侣了。

"我觉得你们有些高估我了……"

"谁知道呢，我只是听从上面的吩咐。"郑言沐微微一笑，站起身看着她。

"我和你说了这么多，总该回馈我一些吧？比如这个？"他举起手中的鞭子，兴致高昂地看着她，"你帮了郑言清不少忙，你的情郎方才还伤了我，你总得付出些什么吧？"

那根细鞭毫不犹豫地抽上了她的手臂，她只穿了一条襦裙，并不厚，被鞭子这么一抽，只感觉那里都肿起来了。

李弱水抖了一下，但并没有叫出声，这种程度的痛她还能忍。

像郑言沐这样表面君子实则小人的人，她越是叫痛他就越兴奋，只有忍着让他失了兴致才好。

"叫啊！你不痛吗？！"鞭子再一次抽到她腿上，将裙摆打得飞扬起来，但李弱水还是忍了下来。

等她得救了，一定要反抽回去。

连着抽了五六鞭，李弱水都没什么反应，郑言沐撇撇嘴角，无趣地坐了回去："弟妹啊，初见时我就知道你不好对付，竟这么能忍。"

郑言沐早已经没有了在郑府时的那副端方君子模样，此时的他像个不学无术的纨绔子弟。

"你不叫，我都没有打的兴致。"

李弱水一直咬着牙忍住呻吟，生怕自己的反应又刺激了他。她看着门外，心里难免有些焦急，都已经过去这么久了，路之遥他们怎么还没来？

"在等你的情郎？"郑言沐注意到了她的视线，不禁嘲笑一声。他转身从柜子中拿出一个巴掌大的锦盒，李弱水光是看着就觉得不对劲。

"再等等吧，他们要想摸到这里来还需要一些时间。"郑言沐拿着锦盒向她走来，很是悠闲，"弟妹，看看这盒子里的好东西。"

他打开那个盒子，里面正躺着一只黑色的独角虫，它的周围放着不少药材，看起来吃得正欢。

李弱水光是看一眼就起了鸡皮疙瘩，不由得往后贴着柱子，移开视线。

"这是什么？！"

"这是蛊虫。你以为怎么靠你来控制你的情郎？这东西一旦吃进去了，你就不得不听我们的话了。"

救命救命！

为什么她穿的不是仙侠文，这样被控制就不用吃虫子了！

"我和他感情还没到那步，没用的！"

郑言沐摇摇头，很是喜欢她这副惊恐的表情："这我可管不着，都是上面的意思。"

"等一下！我自愿成为你们的傀儡，让我往东我绝不往西！能不能不吃？！"李弱水使劲往后仰，却避不开慢慢靠近的锦盒。

"你觉得我们相信你会自愿吗？"

李弱水和郑言沐对上视线，两人静默一会儿，李弱水小声地开了口："能不能裹上淀粉油炸之后我再吃。"

她以前吃过油炸蝎子，闭上眼吃进去还算美味，希望郑言沐他们能学学。

"不可能。"郑言沐捏住她的下颌，慢慢将蛊虫喂了进去。

李弱水瞪着死鱼眼看着房顶，她为了攻略路之遥实在付出太多

了。中蛊这么过时又不讲科学的方法也会有用吗？她不会白白吃了一只虫子吧？

或许是原著设定太神奇，那只蛊虫被吃进去后，李弱水并没有很大的感觉，它很快便不见了……

郑言沐从怀里拿出一只铜铃，叮叮当当地摇个不停。李弱水还在怀疑蛊虫的科学性，倏然脑袋一沉，闭上了眼，再睁开时，已然双目无神。

郑言沐走上前来仔细看了看，随后问道："刚才抽得疼吗？"

李弱水目光呆滞地点点头，稍显艰难地蹦出一个字。

"疼。"

郑言沐闻言大笑几声，顺手解开她的绳子，坐回位子上。他拿出哨子对外面吹了一会儿，转身等待路之遥的到来。

"要怪便怪那位路公子吧，若不是没法子让他吃进去，又怎么会给你呢？"

检测到宿主神志不清，脑子瓦塌，攻略能力掉线，现开启防护功能。

（三）

"倒杯茶。"

郑言沐摇摇手中的铜铃，在等待的期间翻出账本打起了算盘。

李弱水木着眼神走过来，僵硬地倒了杯茶递给郑言沐，却在他伸手来接时抖了一下，泼了他满脸。

"你！"郑言沐瞪大眼睛看她，可李弱水依旧呆着眼神，不像是有苏醒的迹象。

"到底是被控制的，手脚就是僵硬。"他擦擦脸，又恢复了那副假模假样的君子模样。

外面远远传来一声鸟鸣，郑言沐收好账簿，专心地等着路之遥的到来。他右肩的伤口可还在痛，怎么能这么放过他呢。

门倏然被撞开，一脸悠闲的郑言沐和陆飞月对上了视线。

"怎么是你！"郑言沐站起身，皱眉拿起桌上的剑与陆飞月对峙，而李弱水则是端着空茶杯站在一旁，一语不发。

陆飞月仔仔细细地看了李弱水一眼，见她没什么大事不禁松了口气。她转头看向郑言沐，又扫了眼他身后的摆设。

"我也没想到，抓人的竟是郑家的大公子。"陆飞月说话时不停地看着李弱水，可她竟然一点反应都没有，只是呆呆地看着地面。

难不成出了什么问题？

"弱水、弱水？"陆飞月试着叫了几声，可李弱水没有一点反应，像是个失去了灵魂的木偶人。

郑言沐右肩有伤，若是打起来说不准会落下风。他突然想到了什么，退后一步将剑递给了李弱水。

"把她打出去。"

在郑言沐的眼中，李弱水是通过比武招亲进的郑府，家里人也说她功夫好，打败了不少人才得的第一。

他不觉得李弱水是那种花拳绣腿之人。

铜铃轻响，李弱水握紧手中的剑，毫不犹豫地向陆飞月袭去。

陆飞月知道李弱水不会武功，暗想着她估计受了控制，手中的鎏金刀也不敢出鞘，只能暂时避一下。在陆飞月转身之时，李弱水手中的剑突然反挑，割破了她的裙角。

这招式非常诡谲，让她一下子便想到了路之遥，他的剑招也是这么不合常理。李弱水虽然力道不够，但技巧很足，陆飞月不敢大意，只好拔出鎏金刀来应战。

郑言沐在一旁看得开心，不自觉地为她们鼓了掌，顺道摇起了铜铃："好好好，我最喜欢看这种场面了，再打得热闹些！"

陆飞月原本应付李弱水还算游刃有余，但此时李弱水加快了攻势，她既要接招，又要防着伤了李弱水，刀舞得就乱了些。

就在她们打斗时，门外突然响起一声尖厉的鸟鸣，却在半途骤然静音，像是被强行掐断的。陆飞月被这声音分了心，刀法急了一些，

不小心震开了李弱水的剑，直直向她手臂砍去。

鎏金刀锋利而厚重，却在半途被一柄薄剑止住了攻势。

"无论何时都要握好剑，你又忘了吗？"

这柄裂着纹路的薄剑看似轻轻一转，却以陆飞月无法抵抗的力道将她的鎏金刀打落在地。

路之遥收剑入鞘，看起来心情很是不错。他抬手摸上李弱水的手腕，想要检查一下她有没有受伤，一路无事，却在摸到她上臂时感受到了肌肉反射性的颤抖。

"这里怎么了？"

没有回话，他听到了有声音传来，只是稍稍偏了头，却没有放开她的胳膊。利剑割破他的衣角，在他右臂上划出一道血痕。

路之遥对这伤口毫不在意，翻手按上了她的手腕，脉象平稳，没有一点异样。

陆飞月见他有些疑惑，便张口为他解释："路公子，我看弱水的神情不对，像是被什么东西控制了。"

路之遥眉头挑起，微微扬起唇角，颇有几分兴趣："还有这样的东西？"

他转头面向郑言沐，碎发轻轻落到他眼上，看起来温柔极了："能告诉我是如何做到的吗？或者是你们也会制人偶？"

郑言沐神色凝重，下意识往后退了一步。之前派去的不少高手都折在路之遥那里了，他不能掉以轻心。

"你们最好不要轻举妄动，她中毒了，若是不早些解开，说不准哪一日就要被毒傻，再也救不回来。"

路之遥制住李弱水的手，听到这话时笑容敛了些许，又再次搭上她的脉。没有中毒的迹象，但也许是他能力不足，没能看出其中的问题。

"你们千方百计引我来，是为了什么？"

李弱水仍然不知疲倦地想要去攻击陆飞月，路之遥皱皱眉头，索性将她锢在怀中。

"现在有外人在，可不好说。"郑言沐看向站在一旁的陆飞月，觉得自己有了话语权。

"这位陆捕快频频坏我们好事，不如你将她杀了，我们再细说。"

路之遥沉吟一会儿，杀陆飞月固然简单，但若是李弱水清醒后问起这事，怕是有些难办。毕竟他不爱撒谎，她一旦问了，他是不会隐瞒的。

"这倒有些难办。"路之遥松开李弱水，慢慢走近陆飞月，略微勾唇，面带歉意，"抱歉。"

"路公子，我们应该联手打败他们……"陆飞月瞪大眼睛，正要拔刀应对便被他抬手打晕了。

"她只是一个小捕快，这里又是你的地盘，即便她去指认你也少有人会相信，不如算了？"

等到他再回头时，李弱水早已走到郑言沐的身边乖乖站好。

路之遥双眸轻闭，轻轻笑了一声，语气却没那么柔和了："我今早才打消将她做成人偶的念头，这下倒是又被你勾起来了。"

郑言沐自以为拿到了保命符，动了动隐隐作痛的右肩，将李弱水推到自己身前。

"不过是想让你替我们做事，所以用了一些小手段罢了。"他笑着拿出了那条细鞭，"在带你回去之前，我还是要报报仇的。

"这条鞭子是用牛筋做的，不会将人抽伤，但抽出的瘀痕久久不散。看起来软，抽起来的滋味可不一般，她之前已经试过了。"

郑言沐看向李弱水，不动声色地动了下铃铛："什么感觉？"

"疼。"

这是路之遥目前为止听到她说的第一个字。

他眼睫微动，唇角笑容不变，低语道："原来是你伤的。"

"之前在暗室，你差点刺中我眉心，还伤了我的右肩，近来都不能再用剑了，这笔账我不可能忍着。"

路之遥静静站着等待他下面的话。

"——不如，就让她来替我报仇吧，我最喜欢看相爱之人互相伤害了。"

314

郑言沐笑得儒雅，将手中的细鞭塞到李弱水手中，再次动了动铃铛："给我狠狠地抽。"

静了一瞬，鞭子破空而来，毫不停滞地打在路之遥的身上。

路之遥看起来依旧是那副温和带笑的模样，让人难以捉摸他到底在想些什么。

"你也不叫？"郑言沐看着他的表现，不由得笑了几声，"以为这样我就会放过你？使劲打！"

鞭子一下又一下地抽到他身上，将他滑落身前的头发抽得扬起，将他的衣袍抽得散开。他站在她身前，却像个被主人鞭笞的奴隶。

抽到路之遥身上的鞭子声越发响亮，郑言沐注意到路之遥垂在身侧的双手在微微抖动，以为他怕了。

"强忍什么，痛了不如就叫出来，何必逞强。你问问他，痛还是不痛。"

接收到郑言沐的信息，李弱水呆滞着双眼，更加用力地抽打起来，问话的声音也没多少起伏。

"痛不痛……"

"怎么会痛呢？"

屋子里响起几声满足的轻笑，路之遥弯起唇，任她抽打自己，抬起的手都有些颤抖。

"我快乐还来不及。"将她的痛苦全都转移到自己身上，接收她的一切，那种来自灵魂深处的喜悦一直是他无法抗拒的。

"这难道不是爱吗？"路之遥"看"向郑言沐，笑得温柔，似乎是想要他认同自己的观念，更像是在感谢他。

"若是在平日里，她定是不愿意这样爱我的，还得多谢谢你。"

细鞭挥得虎虎生风，偶有几次即将擦到他脸颊时都被他挡了回去："伤到脸就不好看了，你这么在意皮囊，我也得好好保护一下。"

郑言沐瞪大眼睛看着他，不禁往后退了一步。他原以为自己就是一个不正常的人，却没想到还有路之遥这样扭曲的人存在。谁会喜欢被打？

"待、待会儿我会带你到沧州的大本营去，想要解药，你最好乖乖听我们的。若是有什么不对劲，第一个遭殃的便是李弱水。"

郑言沐试图用放狠话来缓解刚才的冲击。

防护完成，已唤醒宿主意识，攻略能力恢复至正常水平。

脑袋晕晕的，正在抽人的李弱水跟跄了一下，随后手又不自主地动了起来。她看着自己的手，再看看一脸满足的路之遥，眼睛瞪得前所未有地大。

现在是个什么情况？不是防护好了吗，她怎么还是控制不了自己的身体？再这么打下去，她之前提起来的好感度都要前功尽弃了！

宿主意识唤醒即为防护成功，请宿主再接再厉。

什么鬼！这系统真的太拉了！什么忙都没帮到，还好意思叫自己HE系统吗？！

手不停歇地在抽路之遥，李弱水只觉得心痛：一方面是为路之遥，一方面是为了她好不容易刷起来的好感度。

正在兴头上的路之遥没有理郑言沐的话，反而由开始的兴奋成了现在的皱眉头。

李弱水觉得非常不妙，必定是好感度降了吧！

"果然，成了人偶还是有些不便。"

路之遥慢慢顺着鞭子向前走去，准确地抓住了李弱水的手腕，摩挲了几下她腕骨上的佛珠后，伸手按了按她的手臂。持续不断的动作早已让李弱水的肌肉僵硬，可因为命令，她不得不继续打下去。

"连痛都不会说，还有什么意思呢？"他揉捏着李弱水僵硬的右臂，试图让她舒服些。实际上李弱水也确实舒服了很多，总有种右手保住了的错觉。

路之遥索性环住李弱水，制住她的动作，偏头"看"向郑言沐。

316

虽然笑容和煦，但莫名给郑言沐一种压迫之感。

"虽说要谢谢你让她爱我，但该算的账还是要算清，比如，你之前似乎打了她。"

李弱水面上呆滞，但内里已经如小鸡啄米了。她现在受制于蛊虫，做不了什么，但这仇总不能不报，是该几鞭子抽回去。

"既然你右臂被我伤了，那就应该用的左手。"他笑意盈盈地抽出匕首，颇为闲适地向他走去。

郑言沐见状不对，拿出暗哨来使劲吹响，鸟鸣频频，屋外却没有半点动静。

"我既然能进来，你以为屋外还有人吗？"路之遥俯身按上郑言沐受伤的右肩，慢慢加了力，痛得他脸色苍白，"不痛，就一下，很快的。"

漆黑的匕首插入郑言沐的左肩，慢慢深入，痛得他龇牙咧嘴。

"你喜欢看人痛苦的样子，恰好，这也是我的爱好。"温热的血液从路之遥指缝中流出，他抿唇一笑，眉眼越发柔和。

"若不是还要你带她去解毒，现在就该慢慢捏碎你的喉骨了。"

他转头面向李弱水，像是个求赞赏夸奖的孩童："如何，解气吗？"

这何止是解气，简直是给她整没气了。她想的是抽几鞭子回去，可路之遥出手就是废了他的左臂。她不禁有些担忧，若是他以后发现自己做这些只是为了回家，会不会将她五马分尸。

"忘了，你没意识。"路之遥轻轻叹口气，笑着扶起了郑言沐，顺手从他身后摸走了那个铜铃。

"现在能带我们去你那个组织吗？"

李弱水猜被扶起的郑言沐一定在心里骂人。

（四）

郑言沐咬着牙不敢吭声。

他右肩受的伤刚包扎好，左肩又被捅了个对穿，此刻真的是心里有怨不敢发。明明直到李弱水将路之遥鞭笞得浑身伤痕时，他都还占着上风，可顷刻之间两人的地位就完全对调了。

原本是打算看点"打在你身，痛在我心"的老戏码，谁知道他是个"打在我身，爽在我心"的变态。若不是他不方便动李弱水，哪里能让他找到机会反击？

郑言沐翻了个白眼，嘴唇微动，一边在心里复盘这件事，一边给自己上药。

他余光瞟到一旁呆滞看他的李弱水，不知为何，竟从她眼中看出了隐隐的同情。

郑言沐："……"

不管是什么状态的李弱水，他看着都会莫名上火。

"你转过头去。"郑言沐将衣服脱到一半，想到李弱水还直勾勾盯着他，不免觉得奇怪。

李弱水也不想看，怕长针眼，可她能控制自己吗？如今只有铜铃的声响能操控她，普通的发言是无法命令她的。

李弱水正努力尝试着闭上双眼时，突然被人从后方拥住。清浅的香味萦绕鼻尖，修长的手指轻轻遮住她的眼皮，让她不得不闭上眼睛。铜铃声在耳旁响起，他温柔的声线随后加了进去。

"转头看我。"他放开手，指尖轻轻点在她眉心，却没有感受到李弱水有什么动作。路之遥摇着铃，心思转了几圈，看来这铃音还有一些玄机。

"没用啊。"他松了手，闭着眸去琢磨这个铃音，"摇铃有什么讲究吗？"

郑言沐捂着左肩，和再次直勾勾看着他的李弱水对上了视线，不禁长叹一声："没有讲究，这个要练，我也是练了许久的……能不能将她眼睛遮住，看得太露骨了。"

路之遥轻笑一声，在李弱水身边坐了下来，手中不住地在摇铃尝试："为何要她闭眼，你不能自己找个地方遮一下吗？"

路之遥的语气和神色极其有礼貌，话里的内容却实实在在地气到

318

了郑言沐。

什么叫他遮一下，凭什么要他遮？！

郑言沐痛得不行，想叛逆一下，顿时将外袍扔到了地上，内衫也被拉开了一半。

"若是脏了她的眼，我只好挖你的来补偿了。"

郑言沐："……"

他起身走到了柜子后方，自己给自己上药。

李弱水看着这一切，一时不知道该高兴自己眼睛得救了，还是该悲哀自己攻略的真的不是正常人。

路之遥坐在她身旁，不住地练着摇铜铃，整个屋子都回荡着"叮叮当当"的清脆声。

"学猫叫。"

李弱水心想：他心底竟然是在想这个吗？

希望郑言沐没听到，好羞耻。

"这样也不对啊。"路之遥像个复读机一般，不知疲倦地摇着铃，不停地重复那三个字，语调都没多少变化，听得李弱水内心抓狂。

真的好缠人啊！如果她现在没被控制，一定早就受不了叫好几声了。

"学猫叫。"路之遥又摇了摇铃，没有一丝不耐烦的表现。

鱼哭了水知道，她哭了谁知道？

郑言沐将绷带缠得差不多了，赶紧走出来，像是有些受不了一般匆匆穿上衣裳。

"我准备好了，快走吧……"他看向路之遥手中的铜铃，却又不敢上前去拿。若是被上头的人知道这铃儿有可能拿不回来，他怕是难以交差。

"路公子，可否将铜铃给我？"

路之遥微微挑眉，抿唇笑了一下后将铜铃递给他，轻声叮嘱一句："摇慢些。"

郑言沐接过铃铛摇了摇，里面黄铜色的铃舌四处碰撞，声音不似普通的铜铃音，听起来有些哑，还有些空灵。

"学猫、咳，跟我上马车。"

李弱水不由自主走到他身旁站定。

郑言沐手中的铜铃还没焐热便又被路之遥拿了回去，他稍显无奈地看了一眼，只得先回去再说。

郑言沐打开房门走在前方，刚踏出房门便不由得顿住。院里零零散散地躺着不少尸体，都是埋伏在周围等着接应他的人，此刻竟都已经毙命。外面厮杀成如此地步，他却只听到了一声短促的信号。

郑言沐脊背一凉，有些庆幸自己率先控制了李弱水，若不然，他也会是这个下场。

"不走吗？"

郑言沐转头看着这个笑容和煦的男人，没想到他不仅比自己变态，在伪装这方面也胜自己不少，有些担心他们到底能不能把控住路之遥了。

三人走到后院的马车前，郑言沐刚踏上车，突然听到身后一声熟悉的铃音，和他方才摇的音调一模一样。

李弱水稍显僵硬的姿势一顿，随后便听到身后这人温和的声音："停下。"

李弱水停住了脚步。

此刻心里有些慌乱的不仅是郑言沐，还有李弱水。这个蛊的威力她早就领会了，说是另类吐真剂一点都不夸张。若是他突发奇想问些关于她来历的问题，那她岂不是会都会说出来？

随着身后之人脚步的靠近，郑言沐和李弱水都不由得加快了心跳，各自在心里祈祷着什么。

"上车吧。"

郑言沐和李弱水同时松了口气，但又都有了不同的忧虑。

阳光洒下，乌鸦不知从何处飞来，在院落上空"嘎嘎"叫了几声后，落到尸体上啄食。有一两只误飞进了屋里，跳到那玄衣女子脸上后又"嘎嘎"叫着飞走了。

这异动闹醒了陆飞月，她猛地坐起身，伸手拿过自己的刀做防备姿态，面前却早已空无一人。

她眨眨眼睛，慢慢站起身，看着这无人防护的屋子。这间房里的东西不算很多，只有一些简单的家具，可她下意识便觉得这里有她想要的东西。一时间不知道路之遥打晕她是有意还是无意。

陆飞月站起身，慢慢走近那个柜子，打开后看到了里面堆着的账本，不少都已经泛黄，像是多年前的东西。

她着手翻了起来，其中偶尔夹杂着一张信纸。她仔细读了上面的内容，瞳孔放大，又快速翻找起其他的来。

没想到，郑家竟然也与上次的拐卖案有关系。

看来，她得好好调查一番了。

街道上叫卖声此起彼伏，不同的美食香味从车窗外钻进来，慢慢汇聚于李弱水的鼻尖。一缕阳光从窗格透进，直直地照在路之遥手中的铜铃上。

这辆马车并不大，郑言沐为了掩人耳目，不仅自己换了装，还将马车换成了这个。

车里只有李弱水和路之遥，两人面对面坐着，膝盖不由得抵在一起，更显逼仄。

不知是什么原因，路之遥从上车后便没有说话，只是摩挲着铜铃，看得李弱水心里更加慌乱。

她好像记得他总说她骗人来着。

"真奇怪，明明被控制了，怎么心跳还这样快？"他抬手触上了心跳声的来源，话语间带上了几分调笑，"莫不是心里是清醒的？"

李弱水垂眸看着放在心口的指尖，实在控制不住越发加快的心跳。这人太敏锐了，说不准接下来就要问些什么奇怪的问题。

路之遥慢慢靠近，黑发从肩头滑落，柔和的眉眼露在那抹阳光之下，眼睑被映照出淡淡的红。他看不见，只能靠手和呼吸交融的程度来确定彼此的距离，直到他认为足够近之后才停了下来。

李弱水看着这近在咫尺的容颜，不由得呼吸一窒，脸上不受控地升起了薄红。距离太近，她甚至能感受到他身上略低的温度。

路之遥弯起唇角，慢慢睁开了眼睛，蒙蒙的眸子里倒映着她和阳光："被控制了也会因为我的靠近心悸吗？看来是很爱我了。"

李弱水："……"即便他的眸子并不能聚焦，她也能从中感受到这人的喜悦。

路之遥动手摇了摇铃，睫羽投出的淡影映在他眼中，像是给他添了几分神采。

李弱水盯着那个铜铃，心跳又提了起来。她现在猜不到路之遥在想些什么，更别提她的脑子还不停地往外冒粉红泡泡。

路之遥的唇带着唇珠，近看时很饱满，再加上那明显的唇峰，是索吻的标准唇形。

一张一合间吐出四个字："你爱我吗？"

提起的心骤然放了下去，原来他要问的是这个问题。

"喜欢。"面对这样一张脸，她很难不心动。

路之遥听到答案时眉头微皱，唇珠轻轻压着下唇，压进一个凹陷："你爱我吗？"

"喜欢。"

他举起手中的铜铃摇了摇："说你爱我。"

"……我爱你。"

听到了让自己心满意足的回答，路之遥这才松了眉心，慢慢勾起唇角："只爱我吗，回答'是'。"

"是。"不用他说她也会回答"是"。

"那你有多爱我？"他喃喃出声，侧耳靠近她的唇，却只得到沉默。

不是李弱水不想说，而是她说不了，被控制其实还是有限制，太复杂的话自己说不出来。可这沉默在路之遥耳里便不是那么回事了。

他笑了一声："我也不知道这个问题该如何回答，那便算了。"

路之遥弯着眼眸，伸手抚摸着她的侧脸，但这似乎还是不够，他撑在她膝头的手难耐地抓住了她的大腿，试图用这个来缓解那份会将

人吞噬的欲望。

"真乖啊，我突然觉得人偶也没什么不好了。

"要不就这样吧，我带你离开，你好像很喜欢江南，那我们便定居在秦淮如何？

"说'好'。"

这可不能说，他们要是以这个状态定居在秦淮，最好的结果是在那里终老。万一他觉得无趣了，那她一定会被抛弃，就像他小时候扔在竹林的木偶人，那才是最悲惨的结局。

李弱水费了九牛二虎之力顿住自己的舌头，虽说面上不显，但她实际上已经用力到额角都出了汗，眼睫都颤了起来。

"……唔、唔好。"

路之遥敛了笑，垂头靠在她肩头，冰凉的发丝全都散在她手背上。肩上传来的声音虽然柔和，却显得有些落寞："你不愿，那便算了吧。"

马蹄"嗒嗒"朝前，赶马的郑言沐听到这话松了口气。若是路之遥真要走，他肯定是拦不住的，到时怪到他头上，那可不是断手的惩罚了。

小小的马车拐进一条小巷，那里开着不少书肆和小店，也有不少摊贩摆摊，看起来热闹非凡，极具烟火气。

马车停在一家不起眼的府院门前，那里站着一位身穿藕荷色衣裳的女子，正笑盈盈地望着这里。

李弱水被郑言沐带出马车，三人一齐站在门口。

看到这女子的瞬间，李弱水的瞳孔便因为过于震惊而缩小了不少。

救命！这是白轻轻啊！

（五）

此刻只有"瞳孔地震"能形容李弱水的惊讶。她做梦也想不到，她的回忆阴影会活生生出现在眼前。

这到底是怎么样的孽缘啊。

巷道里人来人往，有几位挎着篮子的大婶从府门前经过，好奇地看向白轻轻。

"白姑娘，他们是你什么人哪？"语气熟稔，像是白轻轻已经在这里住了很久的样子。

"我的远房亲戚，现在来投奔我了。"白轻轻扬起笑，尽管眼角已经有了微微的细纹，但她依旧给人一种烂漫纯真的错觉，让人不由自主地忽略那些细节。

李弱水在心里啧啧称奇，他们母子两人，一个永远纯真，一个永远温柔，但内心又各有自己变态的一面，这大概就是血缘的奇妙吧。

那几位大婶仔仔细细地看了他们，目光在路之遥身上停留最久，走时还能听到她们低低的嘀咕声。

"大概是白姑娘的弟弟，长得这么像。"

"怎么来投奔她？家里男人痴呆，这又多了个弟弟，惨啊。"

不论是哪个时空的大妈，她们的议论声永远都像自带喇叭效果，在场的人都听得一清二楚。李弱水忍不住腹诽，都叫她"白姑娘"，若是知道她身边这位白衣公子就是她儿子，估计要惊掉下巴。

白轻轻笑着打量路之遥，目光慈爱，像是没听到这些议论。

郑言沐悄悄抬头打量了一下，松了口气，难怪他之前便觉得路之遥看起来眼熟，原来是长得像白轻轻，还好他没有过于为难路之遥。

而路之遥大概是所有人里神色最轻松的，他耳力最好，却像没有听到那些嘀咕一般抬头问道："你们找我来是为了什么？"

李弱水不知道他有没有认出来，毕竟他被遗弃时才六岁，大抵是记不得这么多事情的。而且他此时的表现实在很自然，完全就是遇到陌生人时会有的反应，温和但又带着淡淡的俯视意味。

"累了吧？不如我们边吃边说？"白轻轻没有正面回答他的问题，反而将话题转到了吃饭上面。

她看起来很开心，可是直到李弱水三人进了大门也不见她多靠近路之遥一步。

李弱水打量着这座府邸，不是很大，但非常有春日的气息。每处院落都离地二尺左右，院落间用刷了红漆的回廊连接起来，除了走人的回廊，其余各处都铺着不算浅的泥土，土里种着各色的花卉和绿植。这就像是在大自然中凭空建起了一座宅子，花香、草木味混杂在一起，不显突兀，也没有闻到多少土腥味。

　　平心而论，李弱水很喜欢这座宅子的风格，但白轻轻在这里，再喜欢，她也不愿意住。

　　几人走在廊下，郑言沐去另一处疗伤了，此时只剩李弱水、路之遥和白轻轻三人。挂在路之遥腰间的铜铃叮当作响，李弱水木木地跟着那铃声走，愣愣地看着前面二人，但她此时的心情很是复杂。

　　就像是又回到那梦境中一般，但不同的是路之遥不再只到白轻轻的腰际，他已经比她高一个头了。

　　"路公子？你姓路？"两人之间隔了半臂的距离，白轻轻看着他手中早已换掉的盲杖，再看看他发上簪着的玉簪，意味不明地问了这句话。

　　"是。"路之遥笑着点点头，随后顿住脚步，微微侧头偏向后方，顺手将李弱水拉到两人中间后才继续向前走。

　　白轻轻笑而不语，似乎对他改姓这事也没什么意见，只看了一眼他们两人交握的手便自己往前去了。

　　饭菜摆在一座凉亭中，亭角挂着一串风铃，周围也种着不少雪白的栀子，看起来颇有意境，光是在这里坐着都有种被治愈的感觉。

　　这审美再次戳中了李弱水。

　　不知道路之遥有没有遗传到他娘亲的审美，说不准以后他们的屋子交给他布置会非常漂亮。

　　不对，她在想什么，先不说他看不见，他们就连以后都是不会有的。

　　三人走过石子路踏上凉亭，摆弄饭菜的丫鬟看了白轻轻一眼后又垂着头站到一旁，微微颤抖的托盘泄露了她的情绪。

　　"快来尝尝，这些可都是我最爱吃的。"

石桌上素菜偏多，且大多是甜口，看起来就和白轻轻的气质很配。她用筷子给路之遥夹了几块甜脆藕，又给李弱水夹了几块蒸南瓜，眼神在二人之间来回流转，最后定在李弱水身上。

"这位姑娘叫什么？"她的眼睛亮晶晶的，似乎对李弱水有着不小的兴趣。

李弱水中了蛊，虽然是和她对视着的，却没有什么回应。

路之遥唇角依旧扬着笑，却动手将碗推开了一些，轻声问道："想要我做什么，现在可以说了吗？"

微风吹来，亭角响起"哗啦啦"的声响，如同潺潺流水，那清脆的金属音莫名让人有些烦躁。

"急什么，她中的蛊早已经让我改了许多，毒性不大的。"

白轻轻提起裙角坐到李弱水身旁，藕荷色的纱裙层层叠叠地堆下，像是铺了一地的花瓣。

"现在我想问她些问题。"

李弱水心跳提速，生怕她像查户口一般什么都问，到时自己没兜住可就都完了。

白轻轻牵起李弱水的手腕，带来一股淡淡的栀子香，闻起来沁人心脾，让人不自觉放松了对她的防备。她从那丫鬟手中拿过一个绣着金丝的针灸包，展开时滑过一抹寒光，细如牛毛的银针排置在上面。

白轻轻用针给路之遥做刺青的阴影笼罩心头，李弱水试图躲开，却完全不能控制自己的身体。怎么突然就要对她施针了，她可什么话都没说！

微微颤动的银针悬在她手臂上，正要落下时被路之遥伸手拦住。

只听"咔啦"一声轻响，白轻轻的右手腕无力地耷拉下去，手中的银针也掉到了地上，咕噜噜地滚到了李弱水脚边。

"能告诉我，这是要做什么吗？"路之遥站在李弱水身后，微微笑着，俯身的样子像是将她拢在怀中。

亭角的风铃依旧在不停作响，站在一旁的丫鬟为难地看着这场面，最后还是决定低头闭嘴。白轻轻的手腕已然脱臼，光是要动手就

收到了这样的警告，这作风倒还有几分像她。

白轻轻毫不意外地收回手，看上去也不像是生气的样子。她左手又拿起另外一根银针，慢悠悠地开口解释："我只是想让她暂时清醒些，你觉得可以吗？"

路之遥沉默一会儿，放开了手，却依旧保持着这个罩着她的姿势，任由自己的长发垂落到她脸上。

"不可以。"他语气温柔，却一点也不委婉。

"你要找的是我，大概同她没什么话说吧。"

白轻轻微微挑眉，笑着坐回原位，一点不在意他话语里的不信任："是，我确实不该有话同她说，那我便同你说吧。"

她捏起一块玫瑰饼，一边吃一边慢悠悠地说道："这次找你来是为了让你帮我取样东西，在皇城，事成之后我便给她解蛊，如何？"

路之遥玩着腰间的铜铃，唇角的笑像拂过的春风，让人一看便觉得神清气爽："不如何，我很喜欢她现在这副乖如木偶的模样。"

他的手抚上李弱水腰后的长发，指尖不经意间触到她的腰际，顿了一下后，颇有兴致地按在上面。

白轻轻抬眸看他，她的眸子与路之遥的不同，是茶色的，在阳光照射下显得几分无害。

"倒是和我很像，不过，这蛊虫可不会只到这个程度。"话音刚落，她笑着摇摇手上戴着的银铃。

"哐啷"一声响。

身后那个站着为他们布菜的丫鬟弯下腰，手中托盘落地，指尖颤抖。她眉眼都皱在了一起，随后忍着痛不停地在地上磕头，"砰砰"声伴着亭角的风铃声，像是在奏乐。

"求主子停手……"

"她到时候只会比我这小丫鬟还痛。"

白轻轻笑着收了手，意味深长地看了李弱水一眼。

"我看这位姑娘眼圆而润，神采奕奕，气色也极好，许是很能忍痛的那类人。"她又转眼看向路之遥，像是吃准了他一般，"路公子大概也不觉得这有什么吧，什么痛苦，忍一忍不就会成乐趣吗？"

呸，她有机会一定要给白轻轻一记正义铁拳。痛就是痛，哪里有什么爱不爱的，她又不好这一口。说得冠冕堂皇，怎么不见白轻轻自己揍自己一顿？专让别人痛苦算什么本事！

有机会她一定要把路之遥的三观给掰回来。爱你的人珍惜你还来不及，怎么舍得打你？

路之遥轻笑一声，搂着李弱水站了起来："最好是你说的这样，若不然，下次断掉的就不只是你的手腕了。"

白轻轻点点头，看向那个冷汗涔涔的小丫鬟："阿桃，带他们去客房。"

叫阿桃的丫鬟行了礼，捂着肚子走在他们前方，强颜欢笑："请两位随我来。"

风铃叮叮作响，栀子花的影子斜斜投进亭中，横亘在那方石桌之上，给那些素菜都蒙上了一层阴影。

"还真是谨慎，真的什么都没吃呢，那我的毒不就白下了吗？"

白轻轻看着这些只有她动过的饭菜，不禁笑出了声，歪头撑着下颌，摇着杯中的冷茶。

"不过你答应了便算了。

"我们阿楚，长成了不得了的样子啊，娘亲都不敢招惹几分了。"

"飞月，你之前去哪里了，路兄好像也不见了。"江年看着神色凝重的陆飞月，有些摸不着头脑。

暗室里的密道虽然曲曲折折，但只有一条是通的，其余的出口都在郑府的后院。他出来时却谁都没看见。

"我走的那条道正好通往那处，路公子应该是被引去的。"陆飞月皱着眉，正和江年在客栈里商量。

"在暗室里绑走弱水的就是郑言沐，但我来时去了郑府一趟，他们说郑言沐昨日便启程去北地经商了。"

江年敲着桌面，低头沉思着什么："会不会，郑家不如我们想的

那样简单？"

陆飞月摇摇头，将怀中藏着的那几封书信都拿了出来。

"原本以为之前的拐卖案是偶然撞见的普通案子，但现在看来，牵涉的远比我想的要深。"

江年拿起那几封书信看了起来，越看眉头皱得越紧。

"郑家早就参与到这起案子里了，难怪他们家几年前明明还只是沧州的富商，后来便突然一跃成了沧州首富，原来是靠这个。"

不仅如此，书信里还牵扯出了几位官员。陆飞月长叹一口气，将鎏金刀放到了桌上，重重地砸出了声响。

"兹事体大，我们得回皇城找我师父商议，沧州的巡案司看来也得换人了。"

江年愣了一下，将书信好好收了起来："那李弱水他们怎么办？"

"我看郑言沐像是有求于路之遥，应该不会乱来。"她转身开始收拾行李，"他比我们强这么多，有他在，弱水不会出事。"

陆飞月自认是一个知道轻重缓急的人，如今拐卖案有了新进展，巡案司的人又不靠谱，她只能亲自去皇城送信，这样才能避免更多的人受害。

至于李弱水二人，她相信他们不会有事。

"只能这样了。"江年叹了口气，默默为李弱水祈祷之后也去收拾东西准备回皇城了。

月色盈盈，晚风袭人。

府邸中到处都种着花草、挂着风铃，这客房里自然也不例外。

窗台上放着几个青花瓷的花盆，里面都种着水红色的蝴蝶兰，五月正是开花时节，它们不约而同地将嫩生生的花枝探进了屋里。

床榻靠窗，四角都支着床架，却没有挂上幔子，只在床架上孤零零地挂了一个铜制的风铃。此时无风，那铃儿却止不住地在摇动。

李弱水跪坐在床上，神色木讷，眼神却止不住地四处乱瞟。

此时路之遥同样跪坐在她身前，明明是掌控的那方，却以一种祈求的姿态从下往上吻着她的唇角，动作轻柔得堪比今早的春风，一边吮着她，一边将她的头发都放了下来。

除此之外，再不敢做其他的事。

或许他不是不敢，而是不会。

李弱水心里的气都要叹完了，这人自从上次被她深入吻过之后似乎就爱上了这个，但也只会这个了。他看起来实在太无知了，以至于她真的在认真考虑要不要教他一些不可说的东西。

但仅仅是一个吻就能让他迷醉成这样，真教了其他的，李弱水怕他会兴奋到晕过去。

而且只是一个吻就能沉迷成这样，她还怕自己到时候会晕过去。

真是无解。

路之遥不知道她的心理活动，此刻他的心里只有那些可以将他吞噬的喜悦。他不知道为什么只是亲吻就能让他如此满足，但又好像还不够。他放开李弱水，颤抖着喘着气，不是氧不够，而是他实在太兴奋了。

如果李弱水没有被控制的话，此刻一定会将他推开的吧。

窗台上的蝴蝶兰在夜里展着身姿，探在床边，像是好奇这两人的举动。

抚平了自己心跳的路之遥再次攀上了李弱水的肩膀，轻轻地吻了上去，恰好将一片水红的兰花瓣含在两人唇间辗转。

花瓣细腻，却也柔嫩，辗转间不小心便被他扯了下来。

路之遥放开她，唇间含着蝴蝶兰，眉间的温柔似乎都染上了一些无奈："还是没有你主动时来得开心。"

让我主动！我很会！李弱水在心里无声呐喊，但可惜路之遥根本听不见。

他跪坐在床上，披着月光，眼瞳像黑琉璃一般漂亮，此时的他莫名显出一种脆弱感，像是找不到路的孩童。他伸手摸到铜铃，垂着眉眼轻轻摇了摇，空灵的铃声飘散在夜里。

"抱我。"

李弱水揽住他的后背，还很符合心意地拍了拍他。

路之遥回抱过去，埋在她发间，心里罕见地陷入了纠结。

到底是木偶人好，还是不听话的她好？

（六）

路之遥从小就喜欢做木偶人，这是他师父教他的。

他师父是一个控制欲很强的人，如果他没按照她说的来做，就会受到她的惩罚，或许是不给他饭吃，或许是让他在门外跪一夜反省。这些对他来说其实没有什么，反正每一日过得不都是一样的吗。

她还总爱在深夜念叨着要杀了那个男人，每每情绪上头时便控制不住地暴躁，这个时候唯有做木偶能平息她的怒火。

他也借由这个学会了雕刻木偶的法子。

路之遥看不见，做木偶总比常人要慢上一些，初期做出的木偶全是按照他自己的容貌来刻的，但不懂比例，常被他师父说丑。且不说他根本就不知道美丑有什么区别，即便这木偶丑，至少也能在他师父发疯时陪他聊聊，还能点头附和。

他能理解他师父的控制欲，但每次在玩木偶时总觉得差点什么。听话固然听话，但少了些生气就少了许多趣味。全由自己掌控的感觉哪里比得上意外和惊喜来得有趣，这个想法即便是和李弱水在一起时也没有改变。

但最近似乎有了些不同，如果可以求到她的爱，即便是木偶人他也会异常满足。那日她吻了他，这种从灵魂深处传来的温柔让他不禁为之颤抖。像是在无趣的黑暗中踽踽独行多年，终于看到了一丝微弱的光亮。

但她爱骗人，身上秘密又太多，谁知道那抹光会不会是海市蜃楼？

还是做个木偶人吧。

路之遥得出了自己的结论，唇角抿出一个轻笑，满意地拥着她睡了过去。

皓月当空，周遭淡淡的云都被映照出了朦胧的亮色。

院落中的花叶大都闭着苞，唯有角落的几盆白昙静静地绽开花瓣，放出了幽幽暗香。在月色的笼罩下，它们像是勾了柔光，独自在夜里亮起光华。

微风四起，花枝摇晃，四周挂着的风铃也止不住地响，映在墙上的花影突然被遮住，只顿了一会儿，那处再无白昙，只余空空的枝条。窗台上的蝴蝶兰莫名被殃及，探入的花枝掉了不少花瓣，此刻正恹恹地耷拉在上方。

映着花与窗格影子的床榻上正挤着两人，说是挤也有些不贴切，用压豆腐来描述或许更适合。

李弱水之前去豆腐坊借猫时曾看过他们做豆腐。

为了将嫩生生的豆腐挤出汁水，要包上布包，在底下铺层板子，上面再压一块方正的石膏板，慢慢用力压下，直到将汁水都榨出才算完。

她觉得自己就是那块可怜的豆腐。左边抵着墙，右边抵着路之遥，在他无意识的挤压下艰难地出着气。

这人光是抵着她还不够，头一定要拱在她侧颈，手也要紧紧握着她的手腕，好像一个不注意她就能羽化飞仙一样。

按照这个姿势，他们根本没有必要睡床，一张单人的榻都绰绰有余。这个姿势侵略性实在太强，也很难受，再加上之前做了不少事，李弱水直到半夜都没能睡着。但身边这人倒还睡得挺香，呼吸绵长，手劲儿十足，头发都柔柔地垂在身侧。

李弱水抬头看着床架上的风铃，默默在心里数羊。其实不仅仅是被挤到睡不着，她还很饿，今天一整天算下来她就只吃了几块糕点，属实不够。但她现在口不能言，路之遥这样吃饭如修仙的人又怎么知道甜点根本就不顶饿呢。

这就是攻略路之遥必经的苦难吗？

悟了。

秃了一小节的蝴蝶兰在她头顶晃悠，院外还偶尔传来一声蛐蛐鸣叫。

李弱水正听着这些声音发呆，院外突然传来一阵宁和又悠远的

箜篌音。曲调奇怪，却又莫名舒缓闲适，就像身处在炎炎夏日的树荫底，让人舒服得蒙眬欲睡。

她的眼皮慢慢合上，看起来像是即将进入梦乡，但没过一分钟，原本绷紧的身体骤然放松，李弱水立刻睁开了眼睛。

这曲调似乎有什么特别的作用，她能感受到自己又恢复了对身体的掌控权。她尝试着动了动手指，可以随意翘起和放下，腿也能挪动。她试图坐起身，却被路之遥锁着喉，难以动弹。

看来这蛊虫也是有法子治的……

但此刻她不想猜测这曲调是谁吹的，现在首要的是去填饱肚子。

"路之遥、路之遥……"她伸手拍了拍，这声呼唤像是吓到了他，他微微一颤后紧紧抓住她，眼睛茫然地睁开。

睫羽上流着月华，侧脸也勾着一层冷光，他视线没能落到她脸上，手却毫不偏移地摸上了她的脸。

"怎么了？"他开始还有些蒙，随即便反应过来了，"你恢复了吗？"

那语气怎么听怎么失落，甚至于过于不肯相信，他还从枕边拿过那个铜铃摇了摇，语气轻柔。

"说你喜欢我。"

李弱水："……"不要这样，会显得非常傻气。

听到这熟悉的沉默，路之遥似乎接受了现实，叹了口气放下了铜铃："看来确实是恢复了。"

李弱水终于能坐起身了，提着裙角跨过路之遥，坐在床边提鞋子。

"我之前不是说了喜欢你吗，怎么还不信？"她的声音向来清亮，仿佛再厚重的迷雾都遮挡不住，总是能直直地透进他的耳朵。

"……"

路之遥沉默不语地坐在床上，身后披着月光，侧耳听着她的动作，背光的面容看不清晰。李弱水穿着纱制的高腰襦裙，在这夜里不算太冷，正合适。她将滑到身前的长发理到身后，少见地多了几分温柔。

"不走吗？"

路之遥习惯性地弯着唇角，但方才那神情显然是在走神，突兀地被她问了一句才回过神。

"去哪儿？"

"今天下午只吃了几块糕点你就饱了？这也太好养活了吧。"李弱水原本是很惊讶的，他食量真的太小了，几块糕点就能对付过去。

但她看到他那副孤零零地笑着坐在床上的样子就觉得好玩，语气也不自觉带上了几分打趣的意味。

"你的胃在骗你，它说不定现在正在'咕噜噜'冒酸水。"她俯身牵起他的手，温热的掌心覆上他的手背，用力将他往外拉，"这个习惯不好，得改。"

他被慢慢拉起，行动间床架摇晃不止，风铃又开始叮叮当当地响了起来。这潺潺的声音像是流水一般汇进他的心里，荡着细不可察的微波。

原来还有人会回头等他吗。

"其实今天下午的板栗鸡我已经馋了许久，但一口都没吃到，不知道这厨房里还有没有。"李弱水一边叨叨着吃的，一边拉着路之遥往外走。

这府邸白日里看来繁盛又清净，在夜里便显出了它本来的模样，张狂又缭乱。花草的影子张牙舞爪地被映到回廊上，像是随时会攀爬上来的恶鬼，泥地里成团的花都看不清模样，远远一看还以为是个蹲在那里的孩子。

廊檐下挂着几盏泛黄的灯笼，堪堪将回廊照亮，但同这零星几盏灯笼相比，檐下的风铃可就多不胜数了。三步一个，五步一团，有的是金属管，有的是细竹节，还有一些挂着贝壳和小小的栀子花。

"这画风变得也太快了。"她今早还觉得这样的屋子很清新唯美呢！

李弱水原本是拉着路之遥手腕的，此刻被这场景弄得汗毛竖起，不自觉拉上了他的手臂，往他那处凑去。

"我以后的房子还是不要这么多花好了，风铃也算了。"原本是被白轻轻"种草"了这款宅子，现在只好"拔草"了。

路之遥偏头过来，乌发扬起一些，居然和这诡异的画面莫名和谐

地融在了一起："那你想要个什么样的房子？"

"晚上别这么阴森的。"

她像煞有介事地点点头，继续带着路之遥往前走，不过速度比之前快了一些。

"这样啊。"路之遥若有所思地点点头，心中有了些盘算。

本着早些脱离这诡异地方的想法，李弱水加快了脚步，却在过拐角前突然被路之遥提住衣领，往后拉了一步。正当她奇怪时，拐角里突然走出一个身影，赫然是今天莫名被殃及的丫鬟阿桃。

她皱着眉，神色愁苦，看到李弱水二人也没有很惊讶，只是微微行了礼便越过他们往前走。

她刚走了两三步便停了脚步，回身看着他们二人。

"请问二位有没有见到一名男子，披散头发，脸上花花绿绿的。"

这形容配上周围的景致，听得李弱水鸡皮疙瘩都出来了。

"没见到……"

阿桃听到回答后点点头便走了，走时还探头往院子里看去，找得很急切的样子。李弱水不断在心里暗示自己：这是一本探案文，不涉及鬼神，没有什么奇怪的东西。

"快走快走……"

白轻轻府邸的厨房很是宽敞，食材也很丰盛，似乎想要什么都能做得出来。但就是有一个问题，这里没有熟食。

"怎么回事，连今天的糕点都没有？"

李弱水正在厨房里翻桌倒笼屉地找吃的，满脸急切，路之遥却站在门边，唇角带笑，一副岁月静好的模样。

"不如我来做。"

李弱水转头看他，半信半疑地问道："你会做什么？"

"蒸馒头。"

"不了，你的人生中已经充满太多馒头，换些其他的吧。"李弱水转过头，放下笼屉，"还是我来下碗面条吧。"

路之遥轻笑一声，好心地站在门边帮她挡着风。即便是五月，这风也不能小觑。

"你站远点，挡住风我怎么生火。"

有那味了。李弱水清醒后又成了他熟悉的那个人。

路之遥笑着往左移了一步，即便心里似乎有些不舒服，还是觉得这样的她才是她。这样又比做成木偶人的她好，还真是难抉择。若是能将她分成两半，白日里是鲜活的她，夜晚是听话的她就好了。

丝毫不知自己微妙处境的李弱水艰难生起了火，拿过鸡蛋敲进油锅中，顿时响起了欢快的吱吱声。

西红柿鸡蛋面，味美价廉，是她的不二之选。

烟火味从厨房中飘散而出，这是路之遥从未体会过的感觉。他以为厨房一直该是冷清又寡淡的，却没想到还有这样有趣的一面。

有趣得他又想将她困在身边了，但他知道按李弱水的脾性，是不可能任由他这样做的，那到底该怎么办呢？

"面终于好了，快来吃吧。"

每一碗热腾腾的鸡蛋面上都撒了葱花，这面才算有了灵魂。

李弱水支好小桌子，拉着他坐了下来："这好像是你第一次吃我做的东西吧，快试试，我厨艺很好的。"

她的声音清而亮，里面满满的都是期待。

他从没见过这样的人，仿佛吃东西是天大的快乐，好几次她情绪低落时，一顿美食就能将她拉回来。难道吃东西真比打打杀杀来得有意思？

他挑起其中几丝，慢慢地送入口中。这面在他看来并没有多惊为天人，至少和折磨他人的快乐比起来还差了不少。

"好吃。"但是她做的，那就好吃。

"那是因为你饿了！"李弱水哈哈大笑两声，颇为得意地晃着腿，桌下的膝盖不住地碰上他的身体。

凉风习习，缓缓地从他的袍角处钻入，带着丝丝冷意。不知为何，此刻他只觉得心里有说不出的痒意，还有凉风也止不住的燥。

又想吻她了。路之遥眼眸微弯，无奈地摇摇头，看起来比这月色还柔。一定还有药或者蛊，让她既能听他的话，又能保持这样的她。

"快吃快吃，我都吃了大半了。"语调欢快，路之遥在她的催促下又慢条斯理地吃了起来。

他将心思又放到了面条上，毕竟要将这碗都吃完还是要费些心力。路之遥没看到，坐他身前的李弱水正无声地松了口气。

怎么回事？他可能自己不知道，但他方才的表情和之前思考杀郑言清时的一模一样，都温柔得吓人。她没有哪里做错吧？还是他的脑回路又转到了奇怪的地方？

李弱水双手抱臂，仔细地看着他，开始思考这次会是谁遭殃。

……

风吹铃响，门外突然晃过一道黑影，他像一道闪电一般蹿进来，猛然扑向桌上的鸡蛋面，但毫不意外地被路之遥止住了。

他抿着笑，右手从靴中拔出匕首，似乎并不在意他手中抓的是谁。

"等等！"李弱水拉着路之遥的手，仔细看着这披头散发、头上缠着一朵白昙的男子，顿时倒吸了口气。

今天是什么黄道吉日吗？她一天之内就见完了路之遥的亲生父母。

这位一脸呆相的男子，竟然是路之遥的爹爹。

（七）

路之遥的爹爹叫楚宣，和路之遥有五成相像，是个十足的美男子。

但楚宣的相貌会更让人有距离感。或许是路之遥更像白轻轻，所以他要比自己的爹爹看上去温柔无害一些。

李弱水曾在回忆中看到过他，虽然长得好看，但气势不足，在白轻轻身前总是垂着头的，不知是不是不敢看她。但无论是怎样的他，都与此时这个偷面吃的傻子沾不上一点边。

李弱水拉住路之遥的手，半张着嘴看向路之遥名义上的爹爹。他眼角有着细细的鱼尾纹，容貌已不及当初回忆中看到的那般好看，额角刻着一个"白"字，披头散发，脑袋上还顶着一朵白昙。

他像是被饿了三天三夜的小奴仆，不用筷子，直接用手抓着面往嘴里塞，一边塞还一边看着路之遥。

李弱水光看着他的模样就知道，这人或许已经傻了。

楚宣的视线从路之遥身上转到李弱水这里，看了几眼后又埋头去吃面，嘴里含混不清地说着"好吃"二字。

李弱水："……"心情复杂。

这人当初胆子小，不敢在白轻轻面前保下路之遥，也算是路之遥从小被遗弃的罪魁祸首之一，现在又在这里眼睛滴溜溜地看什么？

想到这里她就来气。

"啪！"李弱水猛地拍了下桌子，将那碗面拍得从桌上弹起一小段距离，随后又"当啷"掉回桌上。

楚宣瞪大眼睛看着她，像是被吓到了一般，嘴角还挂着一丝面条。

"我做给路之遥的，你吃什么！"不管是楚宣还是白轻轻，她一点都不想对他们好。李弱水越过路之遥，伸手准备将面条抢回来。

谁知道楚宣虽然震惊，但手紧紧扒住碗不放，两人就为了一碗面条抢了起来。

"不松手我要打人了！"李弱水冷着脸恐吓，但似乎没什么作用，只好更用劲儿地抢那个碗。

柔软的轻纱在脸上磨蹭，大概是李弱水身上的襦裙，温热中还带着一丝暗暗的幽香。

或许是这个姿势不好发力，李弱水毫不愧疚地屈起右膝抵到路之遥的大腿上借力，远远看去像是坐在他腿上撒娇。

路之遥不知道眼前这人是谁，又被李弱水这突如其来的敌意弄得有些蒙。

"可恶！就不给你吃！"李弱水丝毫没意识到现在的自己有多幼稚，一心只想同这个人划清界限。

路之遥在李弱水越过来时便收了匕首，此刻只好无奈地按上她的腰稳住她的身体。他听声辨位抓住了楚宣的手臂，没有半点犹豫地将

他整只胳膊牵制住了。

"下次不必多说，直接这样会更快。"路之遥语气轻柔地说出这话，摸索着将那碗面条端了过来，完全视楚宣如无物。

李弱水："你的法子还真管用。"

被抢走食物的楚宣愣愣地看着二人，随后大叫了一声，另一只手将头上的白冕猛地扯下来扔到路之遥身上。

"你走！"他的声线和路之遥的很像，但要比路之遥的沙哑一些，此时这副暴怒的神情更像是一个恨铁不成钢的父亲，但他的语气又的的确确像个傻子。

似乎是真的要赶他们走，楚宣提起松松垮垮的袍子绕到他们身后，用完好的左手推上了路之遥的背。

"你们走，滚开！"

路之遥没有反抗，却也没有被他推动，但这个举动很明显刺激到了李弱水，她又想起了六岁的路之遥被挡在白府外的那日。

被愤怒冲昏头脑的她挽起袖子，站到路之遥身后，准备和路之遥的爹爹打一架。这些人，让别人来就来，让别人走就走，以为自己是谁！

李弱水的拳头刚打上楚宣，让他退了半步，便猛地被一声尖锐的哨声制住了动作。

路之遥侧身面向门外，弯起的唇微微拉平。

"李姑娘，我给你一段时间的自由，就随时都能收回来。"白轻轻站在门外，身后跟着几个丫鬟，看起来笑得宽容。

楚宣看到白轻轻，眼神似有若无地和李弱水对视一下，又慌里慌张地跑到她前面："轻轻，他们欺负我！让他们走，我不想看见他们了！"

李弱水不能动弹，但明显看到了刚才那一眼，满腔怒火顿时平息了不少。白轻轻又吹了一声哨，恢复了李弱水的行动力，看向了肩颈上搭着的薄剑，又看了眼勾着笑的路之遥。

"蛊虫是我花费不少精力养的，能放了她自然就能制住她，还希望你们认真为我做事，事成之后，我不会违约。"

路之遥静默一会儿，薄剑终究还是入了鞘。

"希望你此次能履约，否则……要杀了你身边这人还是易如反掌。"路之遥说完这句后略一点头，带着李弱水走了。

白轻轻看着他们的背影，不无感慨："还真是长大了。"

她又转头看向了楚宣，眼神像是热恋中的少女，还帮他整理了一下乱发和衣袍。

"放心，只会有我们在这里的。等拿到东西后，我自然会让他们离开这里。"

楚宣委屈又害怕地抱着她，俨然是个被吓到的傻子。

"好。"

春风袅袅，携着清香吹入房内，拂动了窗台上的蝴蝶兰与床架上的风铃。

五月的清晨依旧令人窒息。

李弱水再次从溺水的噩梦中醒来，毫不意外地发现自己又被挤得难以呼吸。她至今都没想明白自己是怎么和路之遥睡到一张床上的，还如此自然地就进了一间房。

她抬手挡住从窗格透进的阳光，抬眼看向门外。那里正有人敲门，但声音太小，细若蚊蝇，不仔细听根本就察觉不了。

"谁啊？"

门外那人似乎被吓到了，敲门的手劲儿骤然加大，"砰"的一声打上了门框："李、李姑娘，夫人让我来提醒你们，再过不久就要出发了。"

是昨天那个小丫鬟阿桃。

"好，多谢。"李弱水使劲推开路之遥的手臂，正要起身下床时突然被他拉住。

她回头望去，只见路之遥半伏在枕头上，乌发像流水一般从腰上泄下，将透进的阳光割成一缕一缕的。

他一边拉着她，一边在枕下摸索，随后从下方拿出一根玉簪，正是她昨日给他挽发的那根。

看着他唇角的笑，李弱水突然明白了什么："今日不用发簪，用

发带吧。"

路之遥的发质太好，用簪子容易松动，不如用发带。

"用发带正好能缠住你的头发，起风时还能在你身后飘逸，肯定好看。"

"你觉得好看便好。"

按他的脸来说，即便他光头也是最好看的那个。李弱水并不会太复杂的发髻，平日里就爱用发带，缠起来省事又好看。

这间客房的梳妆台里正好有发带，统一都是丝质的，颜色各有不同。犹豫了一会儿，她选了一根鹅黄色的发带，上面绣着白色的祥云。带着说不清道不明的情绪，她稍显郑重地将它系了上去，还特地系了个蝴蝶结。

这鹅黄色在她身上显得清亮而不突兀，但他发色黑亮，将这抹鹅黄衬得更加灿烂，垂在其中像是被扎进的一束阳光。

李弱水看了连连点头，这么黑，总得加点阳光进去照照。

感觉到她完工了，路之遥摸了摸头发："好看吗？"

"好看好看！"

这个绑发带的发型充分凸显了他温柔的表象，李弱水很是满意。

还有什么比装扮美人更有意思呢？

路之遥显然对她的回答更加满意，他的眉眼舒展开来，细细地接受着窗外透进的阳光。在这个两人都满意的早晨，他们坐进了白轻轻的马车，和一脸痴相的楚宣对视。

李弱水："……"

路之遥显然还沉浸在今早的那声"好看"中，正眼不见心不烦地勾着笑。在他的理解里，李弱水喜欢皮相好的人，而她说他好看，约等于他今日很合她心意，约等于李弱水今日说了喜欢他。

他近日确实心慈手软了很多，也许就没有机会体会打杀的乐趣了。

不过——

那些打打杀杀的乐趣又哪里比得上这个。

……

李弱水看看痴呆着流口水的楚宣，再看看温柔笑着但她不懂为什么在笑的路之遥，她选择看车窗外。

据说他们今日要启程去皇城，白轻轻要的东西在那里。如果她没有记错的话，原著中陆飞月和江年二人也在这时回过皇城，不过是为了去见陆飞月的师父。

不知道他们此时还在不在沧州，但估计陆飞月已经拿到书信了。如果是小事，她大概会来找他们，但到今日迟迟没有消息，大概是她和江年已经离开沧州了。按照路之遥的男配角体质，说不准还能在皇城遇见他们。

李弱水随意地看着马车外，不少附近的邻居都来给白轻轻送行，那副热络的模样，像是白轻轻多年的老友。白轻轻人漂亮，双商也高，如果不是心里太阴暗、自私，估计会是她最喜欢的那类人。

在一众邻居之中，李弱水看到了一个异类。

那人贴着假胡子，身材高挑，对白轻轻恭维地笑着，嘴里不停地在说着什么，李弱水看着总觉得眼熟。

——那人不就是茶馆那位女扮男装的说书人吗？

她竟然和白轻轻认识？路之遥常去茶馆听书，莫不是她早就认出路之遥了？

李弱水放下帘子，神情凝重，脑子在不停地转，会不会有哪个时刻他们其实见过？说起来，她记得之前和路之遥捉"鬼"时曾见到过一个人，就是坐在马车中号令黑衣人的女子。

难不成那时候白轻轻就已经认出路之遥了？

若是那晚就认出来了，那白轻轻确实很冷血了，那晚那几个黑衣人可是要置他们于死地的。

这也太可恨了。拳头硬了！想通了其中的关窍，李弱水再次拍了下桌子，将流着口水的楚宣吓得闭上了嘴。

"我一定要揍她。"她一定要找个机会给白轻轻一拳。

白轻轻终于完成了自己的交际，这才慢悠悠地上了马车，敲敲车壁，车队慢慢向城外驶去。

她上马车后并没有关注其他人的神情，而是直奔楚宣而去。白轻轻毫不嫌弃地拿出手帕，将他嘴角不受控的口涎擦掉，随后摸了摸他额角刻上的"白"字，满意地看向李弱水。

"李姑娘是哪里人？今年多大？"

李弱水看着白轻轻，随后抱臂向后靠着马车，脸上没有一点笑容。

"你猜。"

白轻轻的笑容一僵，视线没控制住往路之遥那边看了一眼，他不仅没疑惑，嘴角反而扬得更高了。

似乎懂了什么，白轻轻笑了一下，轻声说道："我猜你是荆州人，年方十七，家里是开镖局的。"

李弱水点点头，随后又道："你说是就是吧。"她不想和白轻轻多说话了。

白轻轻显然明白她的意思，但还是有个问题想问："李姑娘和路公子已经订了婚约吗？可要成亲？"

关你屁事。"你说是就是吧。"李弱水仿佛一个复读机，只会说这一句话。

接连碰壁，白轻轻也不想自讨没趣，便不再说话。虽说噎了白轻轻，但李弱水莫名从白轻轻的眼神里看出了对她的满意。

你们这家人怎么回事？着实搞不懂，李弱水索性靠在车壁上假寐，睁眼看着对面两人实在太糟心了。

车外的摊贩叫卖声渐渐减小，他们大概已经出了城。

山路崎岖，马车禁不住摇晃起来，吱呀吱呀地叫着，像是无尽的催眠曲。李弱水坐得昏昏欲睡，却被马儿的嘶鸣声给惊醒。

"夫人，有人拦车。"阿桃的声音从车外传来，白轻轻微微皱眉，掀开车帘往外看，李弱水也顺道站起了身。

只见在斑驳的树影下站着一队黑衣人，领头的赫然是那日与她在比武台上大战的白霜。

她看着白轻轻，拿着手中的剑，语气冷淡："白姑娘，我家夫人有令，不让路之遥进皇城，必须先除掉他，烦请不要插手。"

李弱水看着白霜，眉头紧皱。她们果然是和路之遥有过节，但到底是什么过节，非要置他于死地？原著作者为什么不把路之遥的剧情写完整，现在弄得她一个头两个大。但是白轻轻不会答应吧？倒不是说路之遥是她儿子，而是她需要他进皇城取东西，怎么会任由这些人挑衅呢？

"请随意。"白轻轻坐了回去，用事实给了李弱水一个巴掌。

"路公子，只有拿到东西我才给李弱水解蛊，别看这蛊好像没用，但如果中蛊的时间长了，可是会痴傻的。"

李弱水和楚宣对上视线，一时间心情复杂。

路之遥轻笑一声，拿着自己的盲杖慢慢走出了马车。

楚宣瞪大眼睛，傻傻地拉着白轻轻的手："我们带他们走。"

"楚宣哥哥，你忘了自己说过要听我的话吗？"白轻轻看着他，眼神迷恋，"他若死了，我还能再找其他人。"

此时不打更待何时。

在众人都没预料到的时候，李弱水反身就是一拳，直直地打到了白轻轻的眼眶。

"爽。"终于完成了心里的愿望，李弱水理理头发，站到了车上。

楚宣愣了一瞬，立刻在白轻轻笑容僵掉之时按住了她："我帮你吹吹吧。"

楚宣少有地主动温柔，自然又把白轻轻的注意力转到了他身上。

这一招来得突然却又莫名其妙，不仅是白轻轻的部下，就连站在对面的白霜都不禁挑了一下眉。但她没有过多关注这事，最重要的还是在今日杀了路之遥。

楚宣一边给白轻轻揉眼眶，一边往外面看去："阿楚他不弱。不过，你不该总是看着别人。"

白轻轻让人关上了车门，将他们与外界隔开。就如同路之遥六岁那年，他们关上了白府的大门。

路之遥听着身后的关门声，低眉不知在想些什么，身后倏然传来声音："他们都打不过你的！"

清亮的声音再次传进耳膜，路之遥不由得低笑出声，随后拔出了自己那把满是裂纹的薄剑。

"虽然不知道你们为何要找我，但要多谢你们，又要给我带来一些其他乐趣了。"他根本就不惧这些，他才是那个围剿猎杀之人。

白霜早已经有了经验，她这次没再横冲直撞上来，反而做了个手势，像是要包抄。

"他们散开了！小心一点！"

此刻李弱水就像是路之遥的眼睛，帮他观察着周围的变化。但她怎么都没想到，这群人确实包抄了，还分了三个人往她这边袭来。

远处的白霜冷笑着看她，仿佛她才是那个一直被盯上的猎物："我之前便听说了，想要杀他，得从你下手。"

谁传的谣言！那几个黑衣人丝毫没留手，也没废话，拖着她就往崖边赶。

那边围攻的黑衣人也伤残大半，没能挡住路之遥的攻击。

混乱间，李弱水看到路之遥向她赶来。

那鹅黄的发带像是翩飞的蝴蝶，他毫不犹豫地飞出了山崖，抓住了她的手。

（八）

一白一黄坠落到山崖下。

此时还是清晨，山间漫着淡淡的雾气，只一瞬，这两抹颜色便消失其中。

那几个黑衣人看着崖下确认后，回身向白霜禀报："已经掉下去了。"

白霜点点头，看着周围死伤不少的兄弟，面露嘲讽："即便这样，还是折损了不少弟兄。"

他们早知道自己敌不过路之遥，即便杀了李弱水，他们也没办法杀了他，只好用这个间接的法子。这山崖不低，即便不死也要残，他又是一个瞎子，如何能从中走出来呢？不过是早死与晚死的区别罢了。

"白小姐还真是识时务，还以为要同你纠缠一番，莫不是还想把自己让步这事拿去邀功？"白霜看着那辆紧闭车门的马车，嘴角带着冷笑。

她向来看不惯白轻轻的做派，明明一大把年纪了还总装嫩，爱去夫人那里邀功。

马车内没有回话，只有几声"哐啷"的闷响。随后，白轻轻撩开马车窗帘，露出半张脸，眼神依旧纯洁如少女。

"你这孩子可不要胡说，你爱做她的狗，可不要扯上我。"她伸手敲了敲车壁，看向站在马车外的阿桃，"他们掉下去了？"

阿桃看了一眼崖边，愣愣地点点头，手指不自觉绞在一起。

白轻轻略微挑眉，向她抬了抬下巴："那便继续走吧，速度放慢些就是了。"

车队又慢悠悠地往前出发，干干净净地离开了这个是非之地。

白轻轻看着被她打晕的楚宣，怜爱地拍拍他的脸："楚宣哥哥，你果然还是没变。既然装了这么久便继续装下去吧，何苦为了他差点露馅。儿子要比我重要吗？

"他身手很好，说不准能活下来，不过也有可能……

"但这又与你我有什么干系，到了皇城，仍旧会有人替你拿药，我们不能在这里耽误时间。

"这都是我们阿楚的命啊，都是他的命。"

掉崖是大部分小说都会有的剧情，旨在促进男女主角感情。这样的事由文字描述出来很带感，但实际发生在自己身上时就是巨大的灾难。

他们不是这本书的主角，李弱水不敢说他们掉崖就什么事都没有，说不准这次真的会挂。

路之遥抓住她手的一瞬间，便反手扯住了崖边的藤蔓，而他手中那把薄剑就这么落下了山崖，隐入淡淡的雾气中。

即便拉住了藤蔓也不能止住他们下坠的趋势。李弱水环住路之遥的脖颈，咬住嘴唇，死死压抑住因为这恐怖的失重感而试图发出的尖叫。

346

风从鬓边擦过，将他们的发丝掀起，那根鹅黄的发带也在其中飞扬。

崖壁上有不少突出的岩石，李弱水能看到它们往上移去，自己却没有感受到，大概都撞到了他身上。恐惧失重感是人类的本能，李弱水能看到周围景象，这大大降低了她的恐慌感。

但根本看不到的路之遥呢？

他的世界里只有黑暗，这就意味着前方的一切对他来说都是未知。就像在一片虚无中坠落，不知什么时候能到，不知什么时候会受伤。

李弱水抖着手盖上了他的耳朵，挡住了那呼啸的风声：“我们会没事的，一般掉崖了都会有奇遇。”

路之遥的低笑被风声遮掩，他紧紧搂着李弱水的腰，头却轻轻偏进她的颈窝，鼻梁抵上她的动脉。这人的心跳慌乱无章，比他快多了，竟还想着来安慰他。

“我不怕死。你胆子太小，顾我不如顾顾自己。”说是这么说，他的手却依旧紧紧地抓着藤蔓。

藤蔓上的树叶一片片掉落，在这长久的摩擦中，原本深绿的藤蔓上渐渐有了血色，一眼看去还以为是褐色的泥土。

李弱水往下看了一眼，虽然有些朦胧，但似乎要到底了。

“我们快要……”

话音未落，路之遥手中的藤蔓已然到尾端，不再能支持他们向下滑行。

落下的瞬间，路之遥立刻将她护在怀中，还颇为闲适地拍了拍她的背：“不怕。”

就像他们即将面对的不是一场狂风暴雨般的跌撞，而是要陷入什么温馨美好中。

李弱水被他埋进怀中，周遭没有一点痛苦的呻吟，她甚至还听到了鸟儿叽叽喳喳叫着扑腾飞走的振翅声。如果不是她此刻确实在翻滚，她都要以为自己惬意地躺在山林中了。

这翻滚没能停下，直到他们一同落入水中。甫一落水，路之遥的手便松开了，他就像一块大石，无力地往深处沉去。李弱水看着周围"咕噜噜"浮起的气泡，毫不犹豫地拉住了他的手往上游去。

她除了方才被路之遥缠住的挤压感，再没有其他异样。跌跌撞撞地带着他上了岸，两人一同坐在岸边歇气。

之前没能看见，但此刻和他分开后李弱水才看清他伤得多重。右手全是血痕，身上的袍子也被割得破破烂烂，左手腕弯曲的弧度有些扭曲，露出的半截手臂上也多是瘀痕。

他撑着身体咳嗽几声，将勾缠在身上的黑发拂开，嘴角扬着笑："我腿似乎折了。虽然我想你陪着我，但你一定不愿意的。

"我身上有火折子，你带着，沿着这河水走，一定能走出山谷。"

李弱水抹开脸上的水珠，眼眶微红，罕见地张口骂了他："你有病啊！"

这句话里包含了太多，不解、生气、难受……太多太多，难以宣泄，唯有骂上一句才能让她舒服。

"谁想在这里陪你！我撞也就撞了，又不是忍不了痛，你至于把自己弄成这样吗？以为自己是滚山崖都没事的男主角吗？"她一边骂着，一边拧干自己的裙摆。

"我没你想的那么弱。"李弱水擦掉眼眶里的泪，吸吸鼻子走到他身前，俯身去查看他身上的伤口。

他的左手腕扭曲着，应该是已经移位了，左腿也无知觉地摆在一旁，她触上时能感受到他条件反射地颤抖。左手左腿都折了，随便撩开袍子都能看到一处瘀青，手上有不少血痕，怎么看怎么惨。

李弱水拉起他的手，用力将他扯到了背上，背着他往前走。

"我这么好的人，怎么可能抛下你，你要多跟我学学。"即便被他压着，她的声音依旧清亮，就像穿过林间缝隙，拨开迷雾投到身上的阳光，没什么能阻挡她。

"好，我跟你学。"身体很疲惫，路之遥伏在她肩上，回答的语调被他拉长，带着一丝说不清道不明的缱绻。

好在之前就已经背过他了，有了经验，李弱水走得还算稳当。他

的长发垂在自己身侧，还在湿答答地滴着水，手也无力地环着她，像一朵即将枯萎的花。

两人慢慢向前走，李弱水喘着气，突然看到前方有亮光一闪而过。她背着路之遥走过去，只见布满光斑的草地中躺着一把剑，正熠熠发光。

"这下好了，你的剑也找回来了，都没离开你。"

"嗯。"

她捡起那把薄剑当作拐杖，撑着往前走去。

林间透着不少光柱，偶尔传来雀鸟的啁啾声，翠绿配上灿金，像是一幅美妙的油画。但李弱水没有心情欣赏，她走一段路后停下来歇息，索性在这里给他上夹板，早些固定早些好。

"你会正骨吗？"

李弱水将剑插在一旁，将手中还算平整的木板放到他身前。路之遥靠在树下，光斑投到他柔和的眉眼间，一点不显狼狈，反而像是在林间停留歇息的仙人。

"我懂医的，尤其是外伤。"李弱水看着他的一身伤皱眉，长长叹口气后依照他的指示帮他绑夹板。

"刺啦"一声，她的襦裙便少了一截，鹅黄色缠到了他白色的衣袍上。

"用力些，我还受得住。"

李弱水看他一眼，默不作声地加大了捆绑的力气。

突然想起什么，路之遥伸手触上了脸庞，在下颌处摸到一处划痕。骨头的疼痛没让他皱眉，却因为这条伤口而皱起了眉。

他伸手拍拍李弱水，语气有些急切："这里有条疤，丑吗？"

李弱水凑近仔细看了一眼，有些无奈："它早就愈合了。"

"丑吗？"

"不丑。你这么在意做什么？"李弱水绑好他的腿，伸手转向他的手。

"因为你太在意皮相了，尽管皮囊之下都是恶臭。"路之遥放下手，和煦的笑容里真实地夹杂了一丝苦恼。

李弱水无声地笑了下，莫名想要打趣："也不至于这么在意容貌，有时还是得看看人品。"

路之遥眉头皱得更深了，神色迷惘："是这样吗？"

他不理解，也很难去理解。他只觉得李弱水的兴趣又变了，明明说过只喜欢皮相好的人，现在又突然说到其他的。

"那你现在还喜欢我吗？"他没有用"爱"这个字，他知道李弱水不会用这个字回答他。

之前被控制时的答案也只是"喜欢"，他不知道喜欢和爱有什么区别，大抵没什么不同吧。

"喜欢。"这声音有些低，有些含糊，他还没怎么听清便又被她吞了回去。

"弄好了，我们走吧。"

路之遥幽幽叹了口气伏到她肩上，没再追问，就当这是真的吧。

路之遥心里不相信，李弱水也觉得不对。之前他说在一起时她其实很高兴，但系统没有半点提示，这让她有些犹豫了。他说在一起到底是因为喜欢还是纯粹为了有趣？他能分清这两者的区别吗？如果是常人，他如今的表现绝对是喜欢了，没有系统提示大概是喜欢的程度不够？

李弱水喘着气，把这些想法从脑子里甩出去，眼前最重要的是走出这个地方，带他就医。

"我好困。"路之遥埋在她后颈处，呼出的气息莫名有些灼热。

李弱水顿时想起那些一睡不醒的情节，赶紧歪头给了他一个头槌，将他叫醒："睡了就醒不过来了，快醒醒！"

路之遥闷闷笑了几声，带着擦伤的手抚上她的脸颊："冻死之人才会这样，我只是困了。"

"……"是她激动了。

"你给我讲个故事，听这个我就不会困了。"

李弱水很诧异："我背你已经很累了，还要说故事？"

"那只好我来说了。"他弯起眼眸，睁开的眼虽没有焦点，却仿佛

漾着一弯春水。

"从前有个盲眼公子,他每天都在走,不停地走,直到有一日,他遇见了一只小猫求救。"

"……"莫名羞耻,要不他还是睡吧。

灿阳绿荫,风景如画,薄雾渐渐被驱散,露出晴朗的天空。路之遥永远不会忘了这一日的阳光有多舒适。

图书在版编目（CIP）数据

逢灯 . 上 / 欠金三两著 . — 成都：四川文艺出版
社，2023.6（2025.3 重印）
ISBN 978-7-5411-6487-3

Ⅰ . ①逢… Ⅱ . ①欠… Ⅲ . ①长篇小说—中国—当代
Ⅳ . ① I247.5

中国版本图书馆 CIP 数据核字 (2022) 第 207097 号

FENG DENG . SHANG

逢灯 . 上

欠金三两　著

出 品 人　冯　静
特约监制　王传先　沐　浔
责任编辑　王梓画
责任校对　段　敏

出版发行　四川文艺出版社（成都市锦江区三色路 238 号）
网　　址　www.scwys.com
电　　话　010-82068999（市场部）　028-86361781（编辑部）

印　　刷　嘉业印刷（天津）有限公司
成品尺寸　146mm×210mm　　　开　本　32 开
印　　张　11　　插页 4　　字　数　340 千
版　　次　2023 年 6 月第一版　　印　次　2025 年 3 月第七次印刷
书　　号　ISBN 978-7-5411-6487-3
定　　价　49.80 元